모자 씌우기 • 1

모자 씌우기 • 1

오동선 지음

모아북스
MOABOOKS

오랜만에 탄생한 한국현대사의 대작

〈무궁화 꽃이 피었습니다〉 저자 김진명

나는 그간 수많은 책의 추천사를 부탁받았지만, 단 한 번도 써준 적이 없었다. 대부분은 스토리 구성이 엉성하거나 작품 배경으로 등장하는 정치 · 외교 · 군사적 상황도 어설프고 사실과 거리가 멀었다.

이 원고도 추천 청탁을 받고 난 뒤 오랫동안 읽을 엄두를 내지 못했다. 저자인 오동선 PD의 저력은 일찌감치 알고 있었지만 큰 눈 수술을 했던 터라 원고 볼 상태가 아니었다. 하지만 진짜 이유는 따로 있었다. 아무리 저자가 시사적으로 박식하고 저력이 있다 한들 이를 픽션으로 써내린다는 것은 쉽지 않은 일이고, 어쩌면 이것도 그저 그런 소설일지 모른다고 지레짐작했기 때문이다.

그러나 예의상 몇 페이지라도 보고 거절해야겠다는 생각에 첫 페이지를 넘긴 그때부터, 나는 한순간도 눈을 떼지 못하고 마지막 페이지까지 앉은 자리에서 독파하고 말았다. 그리고 지금, 곧바로 자판으로 손을 옮겨 이 글을 쓰고 있다.

나는 『무궁화 꽃이 피었습니다』와 『10.26』 두 작품에서 박정희 대통령의 암살과 핵개발을 다룬 바 있다. 그리고 단언컨대 이 소설은 그보다 광범위하고 치밀하게 당시의 상황을 고증하고 있다. 또한 누구도 알지 못했던 역대 한국 정부의 핵개발을 역사상 처음으로 소상히 밝히고 있는 보기 드문 역작이다.

나는 이 작품이 소설의 양식을 빌렸지만, 사소한 것까지 엄밀한 취재와 고증을 거친 실제 사건이라는 사실을 한눈에 알아볼 수 있었다. 또한 이 같은 사실의 유기적 나열이 허구적 상상만으로 쓰이는 일반 소설보다 훨씬 재미가 크다는 사실에도 새로운 확신을 가질 수 있었다.

핵개발과 한국정치 및 외교의 유기적 관계를 큰 틀에서 조망하는 작가의 시각은 정치 팩션 소설의 새로운 길을 개척했다고 해도 부족함이 없는 수준이며, 특히 박정희 시해사건 이후의 미국의 움직임을 다각적으로 조명한 부분은 어떤 역사학자보다도 정밀하고 놀라웠다.

무엇보다도 이 소설은 그간 극소수 관련자들만 알고 있던 김대중, 노무현 정부 때의 핵개발을 세상에 드러내고 있다. 즉 핵개발 문제가 단순히 '박정희대통령의 망상'이 아니라 앞으로 한국의 국방·정치·외교 면에서 깊이 생각해야 할 대상이자 현실임을 충격적으로 제시하고 있는 것이다.

미국의 경제대란이 필연적으로 군사비 삭감을 불러오고, 중국의 급속한 군비증강이 한반도 주변의 군사 및 정치 외교 환경을 총체적으로 뒤바꾸고 있는 이 시점, 이제 우리도 핵을 개발해야 할지 포기해야 할지, 만약 포기한다면 그 대가로 무엇을 주변강국에게 요구하고 보장받아야 할지를 신중하게 생각해볼 필요가 있다. 이런 면에서 이 소설은 이 시대 한국인의 필독서라고 확신한다.

한 마디로 이 책은 오랜만에 탄생한 한국현대사의 대작이다.

2011. 11. 18
김진명

누구도 몰랐던 남핵의 진실들

나는 「평화방송」 라디오에서 10년간 출근길 시사프로를 제작했다. 국내를 떠들썩하게 한 여러 특종기사들이 바로 내 프로그램에서 나왔다. 특성상 시사프로에는 사회 각 분야의 핵심 인물과 전문가들이 많이 출연한다. 사회·정치·경제·국방 등 각 분야의 핫이슈와 연계된 이들이다.

2005년 가을 점심시간이 지난 무렵, 국내 원자력계의 거물인 Q로부터 한 통의 전화를 받았다. 그는 대뜸 저녁에 시간이 있냐고 물었다. 지방에서 근무하는 그는 가끔 서울로 올라와 볼일을 보고는 다시 내려가곤 했다.

가끔 서울 오는 이가 귀한 저녁 시간을 할애하겠다는데 당연히 승낙해야 했다. 그러나 이후 밝혀졌지만, 그 저녁 시간은 단순한 식사 자리가 아니라, 그 의미를 훨씬 뛰어넘는 엄청난 의도가 포함된 자리였다.

나는 그와 약속한 효자동의 한정식 식당으로 향했다. 안내를 받아 방문을 열고 들어가자 Q가 반갑게 맞아주었다.

"어서 오시오, 오 PD."

그와 나는 처음에는 가벼운 얘기로 시작했고, 이과두주 몇 잔이 돌았다. 그렇게 분위기가 무르익을 무렵, 그가 불쑥 질문을 던졌다.

"오 PD, 북한의 핵무기 제조 능력이 어느 정도라고 생각하시오?"

그의 갑작스런 질문에 처음에는 당황했지만, 북한의 핵 동향 얘기를 하려는가 싶어 내 생각을 간추려 답변했다.

"독재정권을 유지하기 위해서라도 핵무기 제조는 절대 포기하지 않을 것 같은데요. 그렇다면 핵실험도 필수적이지 않겠습니까? 그때가 언제가 될지는 모르겠습니다만."

나는 알고 있는 지식을 동원해 답변했다. 그러자 Q는 고개를 끄덕였다.

"잘 지적했소. 북한 정권은 말로는 미국의 침략에 맞서기 위해서라고 하지만, 사실은 체제 유지를 위해 핵무기 개발에 나서고 있는 거요. 북한이 조만간 핵실험을 할 것 같소. 어쩌면 내년쯤이면 공개적으로 할 가능성이 있어요. 두고 보시오."

그 말에 나는 놀라서 물었다.

"그런 예상을 하시는 데, 어떤 근거가 있습니까?"

하지만 그는 웃기만 할 뿐이었고, 이어서 내게 또 다른 질문을 던졌다.

"그렇다면 우리나라 핵무기 제조 능력은 어느 정도라고 생각하시오?"

그것은 어려운 질문이었을 뿐만 아니라 당혹스럽기까지 했다. 세계적 관심 사안인 북한 핵무기 제조 수준도 잘 모르는 내게 뜬금없이 한국의 능력을 물었기 때문이다.

"글쎄요, 오히려 제가 여쭙고 싶은 내용인데요? 미국이 죽으라면 죽는 시늉까지 해야 하는 우리가 독자적인 핵무기 제조를 시도할 수 있겠습니까? 그건 박정희 대통령 시절의 아련한 추억 아닙니까?"

내가 말을 돌리자, 그는 술잔을 들며 말했다.

"핵무기 제조 기술 자체는 사실 오래된 기술이오. 1940년대 미국이 맨해튼 프로젝트로 핵무기를 만들 때도 2년 반밖에 안 걸렸지. 당시는 컴퓨터 칩 하나 없을 때였소. 지금은 솔직히 우리가 군사과학에서 북한보다 앞서 있지 않소."

"그렇다면 그 말씀은……."

그가 갑자기 목소리를 낮추고 말했다.

"오 PD, 지금부터 내가 하는 말 오프더레코드 해줄 수 있겠소?"

"중대한 비밀이라도 털어놓으실 모양인데, 저를 어떻게 믿고……."

내가 장난기 섞인 목소리로 묻자 그가 답했다.

"오 PD가 제작하고 있는 시사프로그램에서 그동안 다뤘던 주제들
과 출연자들을 살펴보고 하는 얘기요. 나는 보수다, 진보다, 우파다,
좌파다 어느 한쪽에 치우치기를 거부하는 사람이오. 오 PD도 그런
것 같았소. 특별히 어느 한쪽에 치우치지 않는 점이 마음에 들었단 말
이오."

"말씀은 고맙습니다만, 매일 기사거리를 찾아 들짐승처럼 후각을
곤두세우는 게 시사프로 PD인데, 제게 비밀을 털어놓고 오프더레코
드를 요구하시다니요."

그러자 그가 손을 내저었다.

"나처럼 과학 하는 사람들은 그런 복잡한 계산은 잘 모르오. 약속
지킬 수 있다면 얘기하고……."

순간 호기심이 일었다. 나는 그렇게 하겠노라고 약속했다. 그때부

터 Q로부터 충격적인 발언이 흘러나오기 시작했다. 세상에 한 번도 공개되지 않은 엄청난 비밀들이었다. 나는 그가 얘기하는 동안 한눈을 팔 수도, 심지어 몸을 뒤척일 수도 없었다. 솔직히 그가 갑자기 마음을 돌려 얘기를 중단할까 싶어 숨도 제대로 쉬지 못했다. 얘기를 듣는 내내 강한 전류가 몸을 휘감는 것 같았다. 때로는 분노 때문에 참을 수 없을 지경이었다.

그렇게 그와 헤어진 후, 나는 그가 했던 말을 한동안 잊고 지냈다. 오프더레코드 약속 때문이기도 했고, 도저히 방송으로 다룰 엄두가 나지 않았기 때문이다. 시사프로 PD는 나라 생각도 하며 방송해야 했다. 그렇게 시간이 흐르던 어느 날, 충격적인 일이 일어났다. 2006년 10월 9일, 그의 예상대로 북한이 1차 핵실험을 실시한 것이다. 한국은 물론 미국과 서방세계, IAEA 모두가 충격과 혼란에 빠졌다. 특히 한국에서는 북핵 위기 앞에 무방비로 놓인 위험상황에 대한 우려의 목소리가 터져 나왔다. 갑자기 그가 했던 말이 떠올랐다. 이번에는 내가 그에게 전화를 걸었다.

"작년에 예상하셨던 내용이 정확하게 맞아 떨어졌군요. 북한이 1차 핵실험을 강행했습니다."

나는 떨리는 목소리로 말했다. 이제 내가 궁금한 건, 그가 내게 밝혔던 또 다른 충격적인 얘기들의 진위였다. 그것도 정말 사실일까? 수없이 되뇌었다. 잠시 후, 내 말에 Q가 답했다.

"마침 모레에 서울 올라가니 그때 만나서 대화합시다. 물론 인터뷰 아닌 개인적인 만남으로 말이오."

그와의 두 번째 만남은 종로 인사동의 한정식 식당에서 이뤄졌다. 나는 그간 궁금했던 점들을 머릿속에 정리해둔 차였고, 그것을 하나씩 꺼내서 물었다. 그는 이번에도 까다로운 질문들에 친절하게 답해주었다. 물론 대답하기 곤란한 질문은 짧게 대답하거나 합리적인 이유로 거부했다. 어쨌든 그의 대답 하나하나는 또 한 번의 큰 전율이었다. 나는 이번에도 그의 오프더레코드 요구를 수용했다.

그리고 그로부터 두 달이 지난, 2006년 겨울이었다. 참여정부 최고위 간부를 지낸 X와 사석에서 만나게 되었다. Q로부터 전해들은 얘기에 대한 크로스체킹을 위해서였다. 내가 Q에게서 들은 얘기를 슬쩍 언급하자 그의 인상이 갑작스레 차가워졌다.

"그 얘긴 대체 어디서 들었소?"

그가 정색을 하고 물었다. 나는 그의 급작스러운 반응에 당황했다. 그러자 그도 미안했는지 곧 표정을 바꾸었다.

"오 PD에게 그 얘기를 해준 이가 누군지는 모르겠으나, 그건 국가적으로 대단히 민감한 문제요. 자칫 잘못 흘러나갔다가는 불필요한 오해를 낳고 나라에 큰 위기가 닥칠 수도 있어요. 유엔 안보리 회부처럼 말이오. 진위 여부를 떠나 그 얘기는 앞으로 상당 기간 동안은 거론되어서는 안 됩니다. 내 말 명심하시오, 앞으로 적어도 10년은 더 지나야 공론화가 가능할 거요."

"그렇다면 그 이야기를 부정은 안 하시는 거군요."

내 말에 그는 나를 한참 쳐다보더니 말했다.

"오 PD를 믿고 이렇게만 얘기하리다. 통제 안 되는 몇몇 과학자들 때문에 우리 정부가 고생한 걸 생각하면, 지금도 등에서 식은땀이 흐르고 자다가도 벌떡 일어납니다. 나는 훗날 시간이 흘러 참여정부가 가장 잘한 점을 꼽으라면, 이 문제를 해결한 것을 거론할 거라고 확신합니다."

나는 그의 발언을 통해 Q로부터 전해들은 내용이 사실이라는 확신을 갖게 되었다. Q와 X의 태도 차이는 정치권과 과학계에 속한 사람의 차이였다.

그때부터 나는 이 경천동지할 얘기를 어떻게 다룰지 고민했다. 그러다가 소설로 쓰겠다고 결심한 뒤 준비했다. 보도 형식으로 다루기에는 내용이 민감했고, 오프더레코드를 요구한 이들과의 약속도 깰 수 없었다. 그래서 탄생한 것이 이 소설이다. 하지만 이 책은 사실에 가까운 소설이다. 일각에서는 이런 소설을 팩션이라고 부른다. 그러나 이 소설은 팩션이 아닌 팩트에 가까운 사실을 담고 있다.

이 책의 내용은 한 마디로 김대중, 노무현 정부의 핵개발 비사다. 즉 남핵南核을 본격적으로 다룬 최초의 책이다. 박정희 대통령 시절 비밀 핵개발에 대해서는 잘 아는 독자도, 지난 10년 진보정권에도 핵개발 비사가 있었다면 깜짝 놀랄 것이다. 이 책에 담긴 내용들 중에는 세상에 처음 공개되는 충격적인 사실들이 적지 않다. 물론 소설 형식이므로 다소 과장되거나 윤색된 부분이 있지만, 그 핵심적인 내용만큼은 사실에 근거하고 있다. 만일 이 책을 읽고도 머리카락이 곤두서지 않는다면, 감히 그는 대한민국 국민이 아니라고 말씀드리고 싶다.

이 책을 쓰며 수없이 나 자신에게 질문하고 대답했다. 혹시 이 책이 세상에 나옴으로써 나라가 곤란에 처하게 되는 건 아닐까? 아니, 북한과 주변국의 핵위협에 떨고 있는 독자들에게 자긍심을 불어넣어줄 수 있지는 않을까?

결론적으로 나는 이 책을 쓰기로 결심했다. 그리고 그 결심과 함께 다음과 같은 결론도 함께 내렸다. 아무리 북에 인도적 경제적 지원을 늘린다 한들, 결코 북한은 핵을 포기하지 않을 것이며, 북핵을 해결하는 방법은 그 전략적 유용성을 낮추는 길밖에 없다고 말이다. 즉 북한이 핵을 갖고 있어도 얻을 게 별로 없다는 점을, 아니 오히려 잃는 것이 더 많다는 점을 스스로 분명히 깨달을 때만이 비로소 북한도 핵 포기를 진지하게 고민하게 될 것이다. 이 책은 바로 이 결론에 의해 쓰여진 것이다.

많은 분들의 도움을 받았다. 앞서 말한 두 분의 결정적 증언 외에도 전직 국정원 최고위 간부들, 전직 통일부 최고위 간부들, 지난 정부 과학부처와 국방부 최고위 간부들, 그리고 박정희 대통령 시절 핵추진사업에서 핵심적 역할을 하셨던 분들도 만나서 자문을 구했다. 물론 이분들에게 책을 쓴다는 사실을 알렸고, 묵시적 동의를 얻었다. 정부의 주요 직책에 있던 분들이라 실명은 밝히지 않겠다. 그분들에게는 큰 부담일 수 있기 때문이다. 그리고 일일이 만날 수 없는 분들에게는 이 자리를 빌려 감사의 말씀을 전한다.

나아가 이 책을 쓰는 동안 남편으로서도, 두 아들의 아빠로서도 소흘했다. 묵묵히 아빠의 작업을 이해해준 아들들, 그리고 내 건강과 마음의 평화를 챙겨준 아내에게 감사한다. 이들은 내 작업에 많은 관심과 조언을 주었다. 그것이 큰 용기와 힘이 되었다.

또한 여러 모로 부족한 작품을 정성스레 편집해 준 모아북스 이용길 사장님과 편집진에게 감사드린다. 끝으로 몸이 불편한 가운데서도 과분한 추천사를 써주신 국민작가 김진명 선생님께도 깊이 감사드리며, 빠른 쾌유를 빈다.

오 동 선

〈일러두기〉

- 이 책에 등장하는 인물들의 직위와 발언들은 실제와 차이가 있을 수 있음을 밝힌다.
- 이 책에서 다루고 있는 핵심내용(남핵 관련 부분)은 이 책을 통해 처음 밝혀지는, 사실에 기초한 내용임을 밝힌다.
- 이 책에 나오는 중요 물질 실험에 관한 묘사 부분들은 과학적 지식과 작가의 상상력이 결합된 부분이며 절대 따라 해서는 안 된다는 점을 밝힌다.

| 차례 |

부르터스의 반란

1979년 12월 12일 밤 10시

눈썹같이 가느다란 달이 밤하늘을 떠돌고 있었다. 서쪽 하늘에서 먹구름이 삼각지 방향으로 몰려들었다. 듬성듬성 새어나오는 국방부 청사의 불빛이 어둠이 내려앉은 삼각지 한쪽 귀퉁이를 비추고 있었다. 국방부 보안당직실 이춘곤 대위는 먹장처럼 컴컴해진 밤하늘을 이따금씩 불안한 눈빛으로 올려다보았다.

"눈도 안 내리면서 날씨만 잔뜩 찌푸렸군. 하필이면 내 당직 날 비상이 걸릴 게 뭐냐!"

이 대위는 철제 책상 위에 놓인 탁상시계와 자신의 손목시계를 수시로 번갈아 쳐다보았다.

"이제 몰려올 때가 됐는데 왜 이리 늦지?"

비상대기 중인 그의 초조한 마음과 달리 국방부청사 주변은 정적만 가득할 뿐 평소 분위기와 크게 다름없었다. 그것이 이춘곤 대위는 더 초조했다. 태풍의 눈에 들어와 있는 느낌이었다. 그것은 또한 앞으로 벌어질 일을 아는 자와 그렇지 않은 자의 차이이기도 했다. 그가 진돗개 하나가 발령됐다는 비상연락을 받은 것은 저녁 5시경이었다.

"따르릉, 따르릉."

보안사 상급 지휘관으로부터 예상치 못한 비상전화 한 통이 걸려왔다. 이 대위는 전화기 옆에 설치된, 네모진 숫자판의 1이라고 쓰여진 곳에 빨간 불이 들어오자 비화기 스위치를 켜고 수화기를 들었다.

"통신보안! 당직실 이춘곤 대위입니다!"

"나 부대장인데, 지금부터 사령관 긴급명령을 전달한다."

부대장의 굵고 힘 있는 목소리가 수화기를 타고 흘러나왔다. 이 대위는 찬물 세례를 받은 듯 그때까지 몽롱했던 정신이 번쩍 깨는 것을 느꼈다.

"특전사 예하 대대병력이 곧 국방부와 육군본부를 접수하러 간다, 자리 비우지 말고 비상대기하면서 상황을 수시로 보고하도록. 이상!"

"네? 국방부와 육군본부 접수요? 무슨 이유 때문입니까?"

이춘곤이 화들짝 놀라 되물었다.

"김재규 관련 수사 목적이다. 그러니까 지금부터 국방부 내에 조금이라도 수상한 움직임이 보이면 별도 라인으로 즉시 보고하고, 특히 이 대위는 현재 행방불명 상태인 국방장관의 소재를 파악해놓도록! 이상!"

부대장은 긴급 명령사항을 전달한 후 급하게 전화를 끊었다.

'특전사 병력이 국방부를 접수하러 온다고? 김재규 수사 목적인데 국방청사는 왜 접수한다는 거지? 조만간 계엄사와 합수부 별들이 한

판 붙는다는 소문이 돌더니, 드디어 터질 것이 터지는구나.'

이춘곤은 담배 하나를 꺼내 물고 불을 붙였다. 불을 붙이는 그의 손이 가늘게 떨렸다. 담배 연기가 내장 깊숙한 곳까지 빨려 들어가는 기분이었다.

'자칫하면 오늘밤 특전사 병력과 국방부 병력 간에 한바탕 불꽃이 튀겠군.'

그는 자신의 목을 한번 쓰다듬었다. 텅 빈 위장을 담배 연기가 한바탕 헤집고 나오자 속이 더 쓰렸다. 책상 위 재떨이에 담배꽁초가 산처럼 수북이 쌓여갔다. 당직실 TV에서는 김재규 중정부장의 박 대통령 시해사건에 대한 수사 속보가 흘러나오고 있었다.

'몇 시나 됐지?'

이 대위가 시간을 확인하려고 TV 옆에 놓인 탁상시계를 다시 쳐다보는 순간이었다.

따다당, 따다당!

갑자기 국방부 청사를 뒤흔드는 요란한 총소리가 고막을 때렸다. 화강암 바닥이 울리는 진동이 그의 발목을 타고 허벅지까지 닿았다.

"젠장!"

그는 담배를 대충 비벼 끄고 재빨리 창밖을 내다보았다. 벌써 국방부와 육군본부로 진입하려는 특전사 병력과 헌병경비대들 사이에 총격전이 벌어지고 있었다. 요란한 총소리가 쉴 새 없이 고막을 울려댔다.

방금 전만 해도 적막감이 흐르던 국방부와 육군본부 일대는 순식간에 콩 볶는 소리와 함께 불꽃 튀는 아수라장으로 변했다. M16A1 소총과 헌병들의 권총과 소총에서 발사되는 총알들이 밤하늘 천지사방에 희끗희끗 날리기 시작한 싸락눈 사이를 뚫고 날며 혼란스러운 불꽃들을 터뜨렸다.

"우리는 합동수사본부의 명령을 받고 왔다! 헌병요원들은 모두 총을 버리고 협조하라!"

특전사 부대를 이끌고 온 부대장이 확성기로 외쳤다.

"저 새끼들! 여기가 어딘 줄 알고 와서 함부로 헛소리야! 저놈들은 반란군이다! 한 놈도 국방부 청사에 발 못 딛게 해!"

총소리를 듣고 내무반에서 몰려나온 헌병대원들이 가세하자 상황은 더 격렬해지기 시작했다. 양측 모두가 팽팽하게 버티면서 조금도 물러서지 않고 있었다. 국방부 청사 유리창이 깨져 나가고 유리 파편들이 우박처럼 쏟아져 내렸다. 벽과 부딪친 총알이 제 2의 총탄이 되어 바람 가르는 소리를 내며 날아다녔다. 청사 주변은 순식간에 고지 점령을 위한 전쟁터로 돌변했다. 그러나 팽팽하던 양측 교전은 시간이 가면서 균형이 깨지기 시작했다. 수적으로 열세인 헌병경비대들부터 서서히 무너졌다. 헌병경비대들이 여기저기서 피를 흘리며 나둥그러졌다.

국방부 병력의 저항이 정문 초소부터 서서히 무너져가기 시작할 무렵 두르륵, 두르륵 하는 지축을 흔드는 굉음이 들렸다. 국방부 청사 옥상에서 총알이 장대비처럼 땅으로 꽂히기 시작한 것이다.

"옥상에 발칸포다, 모두 피해!"

기세등등하던 특전사 요원들이 갑자기 밀리기 시작하면서 양측 간의 전세가 순식간에 뒤집혔다. 총포탄이 국방부 앞 시멘트 도로에 짐승의 이빨 자국을 내며 산개했다.

"아악~!"

특전사 요원들이 여기저기 하나둘씩 피를 흘리며 쓰러졌다. 이제 양측 간 전투는 일진일퇴 양상으로 변했다.

"저격병! 저격병! 옥상에 저 새끼, 저 발칸포병 잡아!"

"분대 저격 위치로!"

혼란에 빠진 합수부 병력이 우왕좌왕했다.

"절대 물러서지 마라, 저 반란군 놈들을 한 놈도 들여보내선 안 돼!"

따다당, 따다당…… 드르륵, 드르륵, 탕탕!

발칸포탄과 특전병들이 쏘아대는 총탄들이 삼각지 밤하늘에서 불꽃을 튕기며 엇갈렸다. 신고를 받고 급히 인근까지 왔던 구급차와 경찰차는 군의 제지로 결국 안으로 들어오지 못하고 돌아갔다.

얼마 지나지 않아 발칸포가 멈추고 국방부 옥상에서 검은 그림자 하나가 꽃잎처럼 아래로 떨어졌다. 그림자가 떨어진 현장은 곧 핏빛으로 물들었다.

"발칸포가 제압됐다!"

누군가 흥분해서 소리쳤다. 발칸포가 제압되자 상황은 다시 특전사의 편으로 기울었다. 시간이 흐르자 총을 버리고 도망가는 헌병들이 눈에 띄기 시작했다. 정문을 제압한 특전사 병력은 여세를 몰아 국방부 청사 건물 내로 파죽지세로 밀고 들어갔다.

"1소대와 2소대는 각층 참모실, 그리고 3소대와 4소대는 헌병 대기실로! 나머지는 국방장관을 찾아와!"

조를 나눈 특전사 병력이 국방부 장관실과 참모실, 헌병 대기실 등 주요 포스트들을 하나둘씩 점령하기 시작했다. 청사 안에서 체포된 병력들은 원산폭격 자세로 머리를 바닥에 박고 있었고, 놀란 여군무원들은 부들부들 떨며 비명을 질러댔다. 다들 고개를 들지 못했다. 같은 시간 6층의 작전 참모실에서는 영관급 장교 하나가 문을 박차고 들어온 특전사 병력에게 권총을 뽑아들고 저항하고 있었다.

"이 새끼들, 너네 뭐하는 놈들이야? 여기가 어디라고 감히 들어와 총질이야!"

파다당!

순식간에 총구에 불이 붙자 장교는 허벅지에 총알을 맞고 고꾸라졌다.

"이 새끼 무장해제시키고 상의 벗겨서 한쪽 구석에 몰아넣어!"

상의를 벗으면 계급을 알 수 없다. 청사 내에 있던 몇몇 장성들과 영관급 장교들은 갑자기 몰려든 특전사들에게 놀라 우왕좌왕 몸을 피했다. 창고로, 화장실로, 침대 밑으로, 심지어 캐비넷 안에 장성 하나와 사병 둘이 뒤섞여 숨어 있다가 발각되기도 했다. 특전사 병력들은 국방부 곳곳을 이 잡듯이 뒤져 별과 영관급 장교들을 끌어내 무장해제시켰다.

"국방장관 어디 있어? 국방장관 찾아!"

부대장이 소리쳤다.

"지금 계속 찾고 있습니다만 보이지 않습니다!"

"무슨 소리야! 이 청사 안에 숨어 있을 거야, 찾아내!"

입수된 정보에 의하면 국방장관이 몇 시간 전에 국방부 청사 내에 몰래 들어와 숨어 있다고 했다. 충돌 몇 시간 후 행방이 묘연했던 국방장관이 대대적인 수색 1시간 만에 지하 1층 계단에서 발견됐다. 초라한 모습으로 특전사에게 끌려나온 그의 옆에는 보안사 이춘곤 대위가 의기양양하게 서 있었다. 이로서 청사 내 상황은 종료됐다.

육군본부는 수사본부 병력이 들이닥치자 싱겁게 접수됐다. 상황을 총지휘해야 할 윤성민 육군참모차장 등이 이미 육군본부 지하벙커를 버리고 수경사령부로 피신해버린 것이다. 전쟁 상황을 대비해 만들어놓은 육군본부 지하 B2 벙커는 특전사 2개 대대병력이 30분도 안 돼 함락했다.

밤 11시, 용산을 한바탕 휩쓸고 지나간 광풍이 새로운 힘의 질서를 태동시키고 있었다. 추운 계절이 왔음을 알리는 차가운 바람이 한전 연수원 시멘트 도로 위를 음울한 소리를 내며 휩쓸고 다녔다. 지난 가을 떨어진 낙엽들이 차가운 도로 위에서 바람 결을 따라 이리저리 쓸쓸히 몰려다녔다.

공릉동 연금술사

공릉동 연수원 주변을 빽빽이 에워싼 키 큰 소나무들이 거인이 담장 밖을 경계하듯 목을 빼들고 서 있다. 소나무 군락 위쪽의 또 다른 경계구역에는 아찔하게 솟은 굴뚝과 삐죽 솟은 고압 철탑들, 이국적인 돔과 아치 형태 건물이 운집해 있었다. 한국원자력연구소 연구단지다.

이 연구단지 핵심건물인 C동은 화강암으로 단단히 지어져 있었고, 건물 내부 정중앙에 한국형 최초 원자로인 트리가마크3이 설치되어 있다. 그 뒤쪽에는 벽면으로 위장된 일반인들 눈에는 띄지 않는 비밀통로가 있었다.

이 통로 문을 열고 뒤쪽으로 연결된 지하계단을 따라 내려가면 오른쪽으로 굽어진 곳에 또 하나의 실험실이 나타난다. 이곳은 70년대 중반 극비리에 지어진 한창혁 박사의 비밀 실험실인 특수사업부로서 연구소를 처음 건설할 당시에는 설계도에도 없던 장소였다.

연구원 둘이 연구실 안에서 뭔가를 작업하고 있었다. 원자력연구소 특수사업부 한창혁 박사와 최용하 연구원이었다. 두 사람 앞에는 납으로 만든 미니 핫셀이 놓여 있다. 핫셀은 핵물질을 다루는 데 필수적인 장치로 이 미니 핫셀을 설치하기 위해 1년 반에 걸친 비밀공수작전을 통해 해외에서 기자재를 들여온 터였다.

"질소와 수소용기 연결 확인!"

한창혁 박사의 낮은 목소리가 실험실 안에 잔잔히 울려 퍼졌다. 최용하 연구원은 핫셀 중앙에 놓인 투명한 미니 실험관 투입구에 질소 용액이 든 용기와 암모니아 기체를 분해하여 얻은 수소 용기를 차례로 연결시켰다. 용기가 연결된 실험관은 마치 로봇처럼 보였다.

이어서 한 박사가 실험실 뒤편 캐비넷에서 노란색 물질이 담긴 접시를 꺼냈다. 천연우라늄 1차 정제물질인 옐로케이크였다. 그걸 보자 한 박사는 몇 해 전 서거한 박정희 대통령이 떠올랐다. 그는, 비밀리에 제조한 옐로케이크를 박정희 대통령 생일인 11월 14일에 맞춰 선물로 위장해 보냈고, 박정희 대통령은 그걸 받은 지 1년도 안 돼 부하가 쏜 총에 맞고 목숨을 잃었다.

한 박사는 옐로케이크 접시를 미니 실험관 안으로 밀어 넣었다. 전원이 켜져 있음을 알리는 파란색 불빛들이 크리스마스트리처럼 깜빡였다. 비명에 간 박정희 대통령의 유지에 점화를 하는 기분이었다.

'그때 청와대로 보낸 옐로케이크 존재를 미국이 알았을까?'

옐로케이크를 볼 때 마다 매번 같은 의문 하나가 그의 머릿속을 맴돌았다. 실험관 안에 투입된 옐로케이크는 주위의 불빛으로 찬란한

금빛을 뿜고 있었다. 한 박사가 실험관 안으로 질소 용액을 투입하자 무색투명한 용액이 황금빛 우라늄 덩어리 속으로 아이스크림처럼 스며들었다. 잠시 후 물처럼 변해버린 황금빛 덩어리 위에 미세한 거품들이 물방울처럼 피어올랐다. 맞은편에 있던 최용하 연구원은 용액의 투입량을 알려주는 계기판 눈금과 실험관 내부의 변화를 빠르게 오가며 주시하고 있었다.

"1단계 투입 완료!"

최용하 연구원이 또렷한 목소리로 보고했다.

"성분 확인! 수소용기 연결 확인!"

최 연구원의 보고에 한 박사가 다음 지시를 내리자 최용하 연구원이 질소용액 투입이 끝난 실험관 안으로 길고 투명한 성분 체크 봉을 찔러 넣어 실험관 내부 물질의 성분 변화를 체크했다. 투명했던 봉이 어느새 짙푸른 색으로 변해 있었다.

'UO3!'

실험관 내 물질은 3산화우라늄(UO3)로 변해 있었다. 한 박사는 이번에는 암모니아 기체를 분해하여 얻은 수소를 시험관에 투입했다. 가스가 초음속 비행기가 공기를 가르는 듯한 슉 소리를 길게 끌며 실험관 내부를 채우기 시작했다.

'포연 가득한 전쟁터 같군.'

연기로 뒤덮인 실험관 내부를 보며 한 박사는 생각했다. 수소 투입이 끝나자 한 박사가 다시 성분 체크를 지시했고, 최 연구원이 역시 길고 투명한 성분 체크 봉을 실험관 안으로 질러넣었다. 체크 봉이 은백색으로 변했다.

"UO2 완성!"

최 연구원이 짧게 보고했다. 실험관 속의 물질은 처음의 노란색에서 짙푸른 색을 거쳐 이산화우라늄인 UO_2의 은백색 분말 형태로 바뀌는 화려한 색상 마술을 펼쳐 보였다.

"플루오린 가스 연결!"

한 박사가 다시 지시했다. 비밀실험이 쉼 없이 계속됐다. 기상청의 예보대로 지상에서는 오전 내내 날씨가 찌푸리고 바람이 불더니 오후 들어 눈발이 가늘게 흩날리기 시작했다. 눈발이 거친 바람에 요동칠 때마다 지하 실험실에 연결된 배기관을 타고 찬바람이 새어들어왔다. 최 연구원은 실험실 한쪽 벽면의 캐비닛에서 푸른색 플루오린 가스 통을 꺼내 주입구를 실험관 좌측 상단에 부착된 호스 관에 연결시켰다. 순간 플루오린 가스 약간이 실험실 공기 중에 퍼졌다.

"우라늄에서 박하향이 나는데요?"

최용하 연구원이 한 박사 얼굴을 쳐다보며 작은 소리로 말했다. 그러나 박하향 냄새는 이내 역한 냄새로 바뀌었다. 두 사람은 실험관 내로 투입된 플루오린 가스가 스펀지에 물이 스며들 듯 UO_2에 흡수되어 황백색의 4불화우라늄 (UF_4)으로 변해가는 과정을 숨죽이며 지켜보았다.

"4불화우라늄 제조에 성공했습니다!"

좀처럼 흥분하지 않는 최 연구원이 들뜬 목소리로 외쳤다. 그러나 한 박사는 대답 대신 고개를 잠시 끄덕였을 뿐이다. 마지막 실험 과정이 남아 있었다.

"4불화우라늄을 환원로로 옮기게!"

4불화우라늄은 지하 비밀통로 끝의 방으로 옮겨졌다. 반응로라고도 불리는, 고열 고압을 견딜 수 있게 만들어진 특수환원로가 있는 곳이었다.

UF4를 환원로에 넣고 고 순도 마그네슘을 투입하자 750℃에서 시작된 내부 온도가 화학작용으로 1600도까지 올라갔다. 환원로와 연결된 통에서 웅웅 소리와 함께 미세한 분말들이 통을 타고 지상으로 흘러나가 컴컴한 하늘 속으로 빨려 올라갔다.

몇 시간째 가늘게 내리던 눈이 자취를 감추고 배기관 흔들던 소리도 잠잠해졌다. 얼마나 흘렀을까. 뜨겁게 달궈졌던 환원로가 완전히 식자 한 박사는 환원로 아래쪽 문을 열고 고체로 변한 은백색 물질을 꺼냈다. 플루오린을 뱉어낸 MK, 즉 금속 우라늄이 모습을 드러냈다.

"대성공이군!"

한 박사의 얼굴에 그제야 만족스러운 표정이 묻어났다. 그러나 자축할 시간 같은 건 없었다. 10.26 사태 후로 특수사업부의 비밀실험은 하루하루가 살얼음판이었다. 실험의 성공을 함께 축하해 줄 외부인도 없었다. 그들은 완성된 MK를 미리 준비해둔 방사성 차단용 보관함에 조심스럽게 집어넣고 통의 겉면에 MK-9이라고 표기했다. 9번째 금속우라늄이었다.

지상에서는 싸락눈을 흉물스럽게 뒤집어 쓴 낙엽들이 여전히 제 갈 곳을 찾지 못하고 있었다. 그들은 C동 연구소에 인접한 잔디 위에 파편처럼 어지러이 박힌 채 금속우라늄의 탄생을 지켜보았다.

비슷한 시각, 한남동 육군참모총장 공관 인근

도로는 빵빵 소리로 가득 찼다. 평소에도 정체가 심한 공관 인근 차도는 오늘따라 더 극심한 교통체증에 시달렸다. 모처럼 아들과 시내 구경을 나온 민일용 박사는 차 안에서 오도 가도 못하는 신세가 되었다.

"아빠, 밀도가 뭐예요?"

뒷좌석에서 과학 동화를 읽고 있던 여덟 살 태준이 느닷없이 물었다. 운전하고 있던 민일용 박사가 백미러로 어린 아들을 바라보며 흐뭇한 미소를 지어 보이고는 잠시 고민하다가 대답했다.

"우리 태준이가 과학에 관심이 많구나. 밀도라는 건 예를 들어 축구공에 바람이 얼마나 채워져 있는가 하는 정도를 말하는 거야. 바람을 많이 채워 넣으면 공이 그만큼 단단해지겠지? 그런 걸 밀도가 높아진다고 말하지. 과학 용어로 표현하자면 일정한 공간 내에 아주 작은 구성 입자들이 들어차 있는 정도를 말하고. 일반적으로 고체는 밀도가 클수록 단단하다고 할 수 있지."

민일용 박사의 설명에 태준이 고개를 끄덕였다.

"그러면 쇠처럼 단단한 물질은 밀도가 아주 높겠네요?"

"그렇지, 우리 태준이 똑똑하구나. 하지만 그보다 밀도가 훨씬 높은 것들도 있단다. 철의 밀도는 7.9인데 원자핵의 밀도는 10의 14승이니까 무려 100조배나 되지."

"우와, 100조배요? 그런데 원자핵이 뭐예요?"

태준이 눈을 동그랗게 뜨고 물었다. 계속되는 질문에 민일용 박사가 이번에도 잠시 생각하더니 답변했다.

"물질의 최소 단위는 원자란다. 그리고 원자는 원자핵과 전자로 구성되어 있고. 그런데 재미있는 건 이 원자핵이 원자 전체에서 차지하는 크기는 1만분의 1 수준이라는 거야. 축구장 가운데 놓인 축구공만하다는 거지. 그런데 이 작은 원자핵의 무게가 원자 전체 무게의 99.98퍼센트를 차지한단다. 밀도가 그야말로 엄청난 거지."

태준은 푹 빠져 듣고 있었다. 민일용 박사가 설명을 좀 더 이어 갔다.

"그런데 이 원자핵의 발견에 대한 재미있는 얘기가 있단다. 태준이, 연금술사라고 들어봤지?"

"네, 중세시대에 금을 만드는 일을 하던 마법사들이요."

"그래, 마법사라고도 할 수 있겠지, 중세시대에는 금을 불로장생효험이 있는 돌, 신비의 돌, 권위의 상징, 심지어 철학의 돌이라고 여겼지. 그리고 천한 금속을 귀한 금속으로 변환시키는 연구를 했던 사람들을 통칭해서 연금술사라고 불렀고. 보기에 따라서는 마술이나 미신을 행했던 사람들이라고도 할 수도 있지. 그런데 그 연금술사들의 욕망과 노력이 결과적으로 훗날 원자를 구성하는 더 작은 요소인 원자핵의 발견을 이끌어냈단다. 아빠 설명이 너무 어렵지? (고대 그리스 철학자 엠페도클레스는 모든 물질은 4원소(불, 흙, 공기, 물)를 기초로 만들어졌다고 주장했다. 아리스토텔레스도 이 4원소설을 그대로 수용하고, 여기에다 4원소가 가진 4가지 성질(따뜻함, 추움, 건조함, 습함) 가운데 하나만 바꿔주면 다른 원소로 바뀔 수 있다고 주장했다. 이것이 훗날 중세 연금술사의 이론적 근거가 되었다)."

"아니에요, 재미있어요! 더 해주세요."

민일용 박사는 그런 아들이 대견했다.

"안타깝게도 중세의 연금술사들은 원자핵의 존재를 몰랐기 때문에 물질을 섞거나 삶거나 끓이는 방식으로 변환을 시도했단다. 지금 기준으로 보면 미련한 방법이었지. 결과적으로는 실패할 수밖에 없었고. 하지만 그 노력이 현대에 와서는 원자핵 발견으로 이어진 거야. 현대 과학자들은 원자핵을 변환시켜 물질의 성질을 변환시킬 수 있다는 걸 알아냈어. 바로 현대판 연금술인 셈이지."

"그러면 원자핵 변환으로 쇠나 구리를 금으로 만들 수 있어요?"

태준이 다시 물었다. 민일용 박사가 잠시 난감한 표정을 지었다.

"물론 만들 수는 있단다. 예를 들면 백금 원자핵에 중성자를 충돌시키면 금이 만들어지지. 또 구리와 주석의 원자핵을 융합시켜도 금이 만들어진단다. 하지만 이렇게 만들어진 금은 자연 금보다 너무 비싸서 경제성이 없지. 그래서 만들지 않고 있는 거야."

태준은 실망스런 표정이었다.

그 시각, 정승화 육군참모총장 공관 거실

공관 거실에서 정승화 참모총장 측과 합동조사단 수사팀이 대치하고 있었다. 일촉즉발의 긴장감이 공관 전체를 짓누르고 있었다. 합조단 수사팀의 지휘를 받는 수경사 예하 제 33 헌병대와 보안사병력이 공관 앞 차도를 점령하고 차량통행을 금지시킨 상태였다. 영문을 알리 없는 총장공관 인근 주민들은 갑자기 몰려온 군인들과 군 차량들의 심상치 않은 움직임을 지켜보며 불안에 떨었다.

"너희들! 지금 참모총장 공관에 와서 이게 무슨 짓들이야!"

합조단의 급습에 놀란 정승화 육군참모총장이 공관 거실에서 합조단 수사팀을 향해 노기 띤 얼굴로 소리쳤다. 평소 합리적이고 차갑다고 알려진 정승화 총장이 이날은 거침없이 날 선 목소리로 외치고 있었다.

"박 대통령 시해사건을 수사한답시고 어깨에 힘주고 다닌다는 얘기가 있더니 이제 계엄사령관도 무시하는군! 눈에 뵈는 게 없나?"

"총장님, 10.26 당시에 궁정동 안가에 함께 계셨던 부분에 대한 해명이 석연치 않다는 지적들이 많습니다. 가서서 좀 더 밝혀주셔야 하겠습니다."

"이 자식들이! 그 부분에 대해서는 너희 합수부가 수사발표하면서 내 무혐의를 발표했잖아? 너희들이 그렇게 해놓고 이제 와서 무슨 짓이야?"

정 총장이 잔뜩 성난 얼굴로 버럭 소리쳤다.

"김재규 부장과의 금전거래 의혹에 대해 해명해주셔야 할 부분이 있습니다."

"이놈들이 보자보자하니까!"

정 총장이 핏발 선 눈동자로 거실 안에 들어온 수사요원들을 노려보았다.

"그래도 절차상 필요하니, 같이 가서서 깔끔하게 해명하시는 게 좋지 않겠습니까? 군법준수를 누구보다도 강조하셨던 분 아니십니까?"

수사요원 중 한 명이 느물거리는 목소리로 정 총장의 노기를 비켜갔다. 정 총장은 군내 일부 장성들과 합수부 요원들이 수상한 움직임을 보이고 있다는 첩보를 한쪽 귀로 흘려보낸 것을 후회했다. 상황에 미리 대처 못한 것이 안타까웠다.

"너희들, 전두환 사령관이 이렇게 하라고 지시했나?"

정 총장이 눈을 부릅뜨고 물었다. 그들의 얼굴에 당황한 표정이 나타났다. 수사팀이 서로를 잠시 쳐다보았다. 그중 하나가 말했다.

"이미 윗선에 보고된 일입니다. 아니면 저희들이 어떻게 총장님께 이렇겠습니까? 총장님께서 협조만 해주시면 금방 끝날 것입니다. 조용히 저희와 가시지요."

"뭐, 윗선이라고? 국방장관? 최규하 대통령?"

정승화 총장은 가소롭다는 표정을 지어 보였다. 자신이 대통령과 국방장관의 의중을 누구보다도 잘 알고 있다고 자부했기 때문이다. 그가 밖을 향해 소리쳤다.

"부관! 부관! 대통령이나 국방장관 전화 대!"

정승화 총장의 저항이 예상 외로 거세지자 수사팀은 당황하기 시작했다. 다들 이 기습연행 시간이 늘어질 경우 일이 어디로 튈지 모른다는 것을 잘 알고 있었다. 일이 잘못되면 자신들 목숨도 담보하기 어려운 상황이었다.

민일용 박사 승용차 안

"금도 못 만드는 원자핵 발견이 무슨 소용이에요."

태준이 볼멘소리로 물었다.

"그렇지 않단다. 원자핵의 높은 밀도 덕에 과학자들도 엄청난 에너지를 얻는 방법을 발견한 거지. 이게 금보다 더 가치 있는 진정한 연금술이지."

"아!"

식어가던 태준의 호기심이 다시 발동했다. 민 박사는 그런 아들의 표정을 재미있다는 듯이 힐끗 쳐다보고는 설명을 이어갔다.

"오랜 연구 끝에 과학자들은 원자핵이 전기적으로 중성인 물질과 양성인 물질로 이뤄졌다는 것을 발견하고, 여기에 각각 중성자와 양성자라는 이름을 붙여주었단다. 게다가 같은 양의 전기를 띤 양성자들이 어떻게 서로 밀쳐내는 힘을 이겨내고 그렇게 단단히 붙어 있을 수 있는지 그 원인을 찾기 위해서도 많은 노력을 했지. 그 결과 엄청난 인력이 양성자들을 서로 끌어당기면서 고밀도 현상을 유지한다는 걸 알아냈지. 그 후 원자핵과 중성자 충돌 실험에서 밀도가 깨질 때 거기서 상상할 수 없는 엄청난 힘이 나온다는 걸 알아냈지. 이 결과를 이용한 게 바로 오늘의 원자력발전소란다. 아빠가 일하는 곳도 이 원자력발전소지."

"우와! 그럼 아빠도 현대판 연금술사다!"

"그렇지. 아빠도 현대의 연금술사라고 할 수 있지."

하지만 민 박사는 연구소 내에서 진행하고 있는 극비 프로젝트에 대해서는 입을 다물었다. 그것은 가족에게도 공개할 수 없는 극비사항이었다. 이렇게 오래 대화를 하는 동안에도 차는 거의 움직이지 않았다.

"교통지옥이 따로 없군."

모처럼 아들과 함께 하는 시간이 예기치 못한 교통지옥 탓에 방해받자 민 박사가 투덜거렸다.

"아빠, 무슨 일이에요?"

태준도 꼼짝 않는 승용차 안에서 답답했는지 물었다.

"저 앞에서 무슨 일이 일어난 모양이다. 차량 사고가 난 것 같은데?"

일찍 어두워진 날씨 탓에 시야는 불과 30분 전에 비해 굉장히 좁아져 있었다.

비로 그때였다. 탕탕 하는 귀청 때리는 소리가 가까이에서 들렸다. 그 소리에 버스와 승용차에 타고 있던 주변 사람들이 고개를 두리번거렸다.

"저 앞에서 총소리가 났어요! 참모총장 공관이 있는 곳인데……."

곁에 서 있던 화물트럭 운전자가 차창 밖으로 고개를 빼들며 말했다. 민 박사도 불길한 생각이 덮쳐오는 것을 느꼈다.

'아무래도 군 내부에서 무슨 일이 터진 것 같군.'

민 박사도 군 내부에 갈등 조짐이 있다는 얘기를 들어서 알고 있었다. 그는 아이가 걱정스러워 백미러를 통해 아들을 힐끗 쳐다보았다. 태준은 놀란 토끼눈으로 어느새 뒷좌석에 몸을 깊게 파묻은 채 고사리 같은 두 손을 꼭 쥐고 있었다. 민 박사는 아들의 그런 모습을 보자 갑작스레 불안감이 몰려 오는 것을 느꼈다.

수사관들은 이 연행 작전이 만에 하나 틀어질 경우 자신들의 안전도 보장받을 수 없다는 것을 알고 있었다. 뿐만 아니라 그 후폭풍이 자칫 군 내부 유혈사태는 물론 줄 숙청으로 이어질 것이란 점도 알고 있었다. 속전속결이 중요했다. 그들이 서로 약속이나 한 듯이 갑자기 정 총장의 양팔을 거칠게 붙잡고 강제로 데려가려 했다.

"자, 가시죠!"

"이놈들 봐라? 당장 이거 못 놔? 야! 경호대장! 어딨어? 당장 이 못된 놈들 잡아!"

좀처럼 흥분하지 않는 정 총장이 다급한 목소리로 경호대장을 불렀다. 이때 근처에 대치중이던 합조단 수사관과 경호대가 정 총장의 고함소리를 듣고 동시에 권총을 잡았다. 눈앞에 있는 자가 적군으로 돌변하는 순간이었다.

"이 새끼들이!"

"안 돼! 참아!"

한쪽이 주춤하는 사이 나머지 한쪽이 총을 뽑으면서 총격전이 벌어졌다. 이미 최악의 상황을 예상하고 들어온 합수부 수사반의 총은 빠르고 매서웠다. 고막을 때리는 굉음이 총장 공관에 진동했다.

"탕탕탕, 탕탕탕!"

매캐한 화약 냄새가 소음과 뒤섞였다. 합수부 총알이 정면에 있던 총장 부관과 경호대장, 공관 경호요원 쪽을 향해 가차없이 파고들었다. 정 총장 부관과 경호대장이 복부에 총알을 맞고 쓰러졌고, 총상에서는 선지 같은 피가 흘렀다. 공격한 자나 당한 자나 피를 보자 모두들 눈이 뒤집혔다.

뒤 이은 총소리가 숨막힐 듯하던 공관 내 진공 상태를 순식간에 허물어버렸다. 임계상황에 돌입하자 양측의 총구에서 연속으로 불이 뿜어져 나왔다.

"탕탕탕, 따다당, 따다당, 피융, 피융!"

총알의 금속성 소리로 공관은 순식간에 공포의 도가니로 변했다. 총소리를 들은 인근의 민간인들도 겁먹은 표정으로 숨거나 뒤로 물러났다. 공관 인근의 교통상황은 이제 지옥 그 자체로 변했다. 그때 어디서 날아왔는지 모를 총알이 정 총장을 체포하기 위해 거실에 들어와 있던 합수단 수사팀 한 명의 허리를 관통했다.

"으악!"

"김 수사관, 김 수사관, 정신 차려!"

혼수상태에 빠진 동료를 깨우기 위해 함께 온 수사관이 그를 흔들었지만 다친 수사관은 서서히 의식을 잃어갔다. 계속해서 거실 안으로 총알이 날아들었다. 찻잔과 서재 유리창이 깨졌고, 총알을 맞은 수사관의 허리에서 흘러나온 피가 응접실 바닥을 적시며 번져갔다.

"사격 중지! 사격 중지!"

누군가 소리쳤지만 그 목소리는 총소리에 묻혔다. 그때 밖에서 대기 중이던 다른 합수부 수사관 한 명이 M16A1 소총 개머리판으로 응접실 창문을 깨고 뛰어 들어왔다. 깨진 유리창 파편이 응접실 바닥에 어지럽게 흩어졌다. 거실 내에 있던 모두가 소리나는 쪽을 향해 고개를 돌렸다. 살풍경스런 유리파편 위에 독기 서린 눈동자가 정승화 총장의 가슴을 향해 총구를 정조준하고 있었다.

"정 총장! 당신의 비협조 때문에 병사들이 죽어가고 있어요, 얼마나 더 죽어야 수사에 협조할 거요! 최고 책임자답게 수사에 당당히 협조하시오!"

그가 총구로 정 총장을 압박했다. 가무잡잡한 얼굴의 까만 눈동자에서 살기가 뿜어져 나오고 있었다. 정 총장이 눈을 부릅뜨고 그를 향해 소리쳤다.

"감히 계엄사령관에게 총부리를 겨눠! 네 놈이 지금 제 정신이야!"

그러나 총부리는 요지부동이었다. 그의 M16A1 총구에서는 금방이라도 총알이 발사될 듯 연기가 모락모락 피어났다. 정 총장은 자신에게 당당히 총을 겨누며 선 부하의 무모한 신념을 보며 살기를 느꼈다.

'저 놈은 권력이란 게 총구에서 나온다고 믿는 놈이 틀림없어!'

상황은 비이성적으로 흘러가고 있었다. 정 총장은 더 이상 저항하며 시간을 끌면 더 위험한 상황이 초래될 수 있다는 것을 직감했다. 이윽고 정 총장이 결심한 듯 큰 소리로 말했다.

" 좋다, 가자. 이 버르장머리 없는 자식들, 오늘의 이 하극상에 대해선 처벌 받을 날이 반드시 올 것이다."

"정승화 총장이 나간다! 사격 중지, 사격 중지!"

그들은 몸을 숙이고 손을 흔들며 사격중지를 외쳤다. 정 총장이 거실 밖으로 끌려 나오자 총격전은 중지되고 공관 내 상황도 급변했다.

양팔을 거칠게 붙잡힌 채 밖으로 끌려 나온 정 총장은 노기 띤 얼굴로 보안사 서빙고 조사실로 향하는 차에 올라탔다. 서빙고로 향하는 차량이 인근 제3 초소를 지날 때 아무 일도 없었다는 듯 헌병 경비대원이 거수경례를 하며 차량을 통과시켰다. 정 총장은 세상이 급격히 바뀌고 있다는 생각에 불안감을 떨칠 수 없었다.

그때가 저녁 7시 30분. 합수부 수사관이 정 총장 연행 작전에 들어간 지 30분만이었다.

용산기지 내 주한미군 사령관 관저

요란하게 울려대는 전화벨 소리가 한밤의 사령관 공관의 정적을 깨뜨렸다.

"네, 사령관 관저입니다."

주방에 있던 사령관 부인이 전화를 받았다. 수화기에서 숨이 턱 밑까지 차오른 목소리가 튀어 나왔다.

"용산 상황실 당직 사령 아모슨 대령입니다, 사령관님께 급히 보고 드릴 내용이 있습니다."

"잠시 기다리세요."

상황이 급하다는 것을 눈치 챈 부인이 2층으로 전화를 돌리자 위컴 사령관이 곧바로 받았다.

"무슨 일인가?"

"상황실 당직사령 아모슨 대령입니다. 한국군 내부에 비상상황이 발생했습니다. 방금 전 합수사의 지휘를 받는 특전사 병력과 국방부 헌병대 간에 총격전이 있었습니다. 총격전 끝에 특전사 병력이 국방부 건물과 육군본부를 장악한 상태입니다."

"뭐야? 합수부가 국방부와 육군본부를 장악해?"

사령관은 저녁에 501 정보여단장, CIA 지부장 등과 마신 20년 된 칠레산 와인의 여흥이 순식간에 깨지는 것을 느꼈다.

"아니, 박 대통령 시해사건을 수사하는 놈들이 갑자기 국방부와 육군본부는 왜 장악한 거야!"

아무래도 불길한 예감이 들었다. 10.26 당시 김재규의 악몽이 어지럽게 떠올랐다. 그는 10.26 사태 당시 방조 혐의로 대한민국 국회 청문회로부터 수차례 소환 요구를 받았지만, 끝내 출석하지 않고 서면 답변서 제출로 간신히 위기를 모면한 차였다. 그러나 그 일로 좋은 관계를 유지해온 한국의 지인들과 불편한 관계에 놓이게 되었다.

'제길, 다시 이런 일이 벌어지다니 불신의 골이 더 깊어지겠군!'

"사령관님, 보고드릴 내용이 하나 더 있습니다."

"……."

"용산 상황실에서 한국 국방부와 육군본부 감청 결과 몇 시간 전에 정승화 육군참모총장이 한남동 공관에서 합수부 병력에 의해 강제 연행된 것으로 확인됐습니다."

그는 이어지는 당직사령의 보고에 당혹감을 느끼며 자신의 귀를 의심했다.

"지금 뭐라고 했어? 정승화 총장이 연행돼?"

위컴 사령관 얼굴이 잿빛으로 변했다. 한국군 내부의 혼란 상황이 생각보다 심각한 것 같았다. 순간 불안감이 그의 머리를 스쳤다.

"쿠데타인가?"

"아직 확실치 않습니다. 최규하 권한대행이 아직 총리 공관에 머물러 있는 것으로 파악됐습니다. 아직까지 신변에 큰 변화는 없는 것으로 보입니다. 다만······."

"다만, 뭔가?"

사령관이 다급한 음성으로 보고를 재촉했다.

"한 가지 수상한 움직임이 포착됐습니다. 경복궁 수경사 30경 비단 내에 지금 전두환 보안사령관을 비롯해 전후방 군 장성 여러 명이 집결해 있는 것으로 파악됐습니다."

"뭐야? 군 장성들이 수경사에? 아니 이 작자들이 대체 무슨 꿍꿍이지?"

10.26 이후 한국군 전방 지역은 계속해서 비상 상황이었다. 위컴은 며칠 전 만난 한국군 소장파 장성이 했던 말이 갑자기 생각났다.

"위컴 장군, 걱정하지 마시오, 전두환 장군이 조만간 모든 어려운 문제를 깔끔히 해결할 것이오! 두고 보시오!"

위컴 사령관은 그때 그 말에 큰 의미를 두지 않았다. 그저 시해사건 수사 얘기려니 했다. 그런데 한국군의 상황은 그의 생각과는 차원이 다르게 진행되고 있었다.

'모든 것이 철저히 계획된 일이었나?'

"우리 정보상황실에서는 왜 그들의 움직임을 사전에 눈치 채지 못했나?"

위컴 사령관의 질책성 질문이 이어졌다.

"그건······ 저들이 최근 주파수를 비밀리에 바꾼 것 같습니다. 감청이 안 되는 별도 주파수를 이용하면서 은밀히 행동하는 바람에······ 더욱이 군내 사조직을 동원해서 저희도 전혀 눈치 챌 수가 없었습니다."

"뭐야? 군내 사조직······?"

위컴의 신음소리가 전화기 선을 타고 흘렀다. 그때 그의 머리를 갑자기 스치는 것이 있었다.

"지금 즉시 리처드를 찾아 연결하도록 해!"

리처드는 한국에 있는 CIA 비밀공작팀 팀장이었는데, 그의 최근 행적이 수상했다.

"그렇지 않아도 연락을 취해 봤는데 도무지 연락이 닿지 않고 있습니다."

'연락이 닿지 않는다고?, 이 새끼들이…… 도대체 무슨 짓을 한 거야! 아무래도 수상해!'

그는 한국 신군부와 리처드가 최근 자주 어울린다는 군 정보기관의 보고를 소홀히 한 것을 후회했다.

"북한군 특이 동향은 있나?"

"아직까지 발견되지 않고 있습니다. 다만 한국군 일부 전방부대에 다소 이상한 움직임이 포착됐습니다."

"무슨 소린가, 그게?"

그가 화들짝 놀라서 되물었다.

"9사단 30연대 병력이 예정에 없던 비상대기 상태에 있습니다. 그리고 30사단 90연대 병력도 역시 예정에 없던 비상대기 중입니다."

가슴이 철렁 내려앉더니 머리칼이 쭈뼛 서고 입술이 바짝바짝 타들어갔다.

'전방부대 움직임이 수상하다니, 이 비상 시국에 대체 무슨 짓들을 하려는 거야?'

위컴이 자신의 목을 가볍게 쓰다듬었다.

'이번엔 아무래도 내 목이 그대로 붙어있기 어렵겠군!'

무언가 큰 일이 터지고야 말 것이란 불길한 느낌이 그를 압박했다. 그는 곧바로 오산 제 7공군 사령부로 전화해 데프콘 3 비상명령을 하달한 후 미 국방부로 긴급 비밀 전문을 보냈다. 글라이스틴 대사에게도 한국군 내부에서 벌어지고 있는 비상상황에 대해 비문을 날렸다.

캠프 자이언트 인근에 소재한 성당 사제관

"고 신부님, 기지 주변 상황이 악화되고 있습니다. 동두천 캠프케이지 인근 업소에서 미군병사에게 성폭행 당한 한국여성 사건 말입니다. 한국 경찰이 수사 기미조차 보이지 않고 있어요. 요즘 이런 일이 많이 발생하네요. 아무래도 경찰당국이 고의로 손을 놓고 있는 것 같습니다."

고 마르꼬 신부는 미군기지 주변 업소 여성들을 위한 인권보호 운동과 미군기지 내 환경감시 운동을 펼치고 있었다. 그는 시민단체 사무국장의 보고에 얼굴에 근심이 어렸다.

"네, 저도 듣고 있었습니다. 최근 외출 나온 미군들에 대한 당국의 단속이 많이 느슨해졌다는 얘기가 들려서 연유를 알아보고 있습니다. 한국 여성들이 입을 피해를 걱정하고 있습니다."

"한국 경찰당국과 군 당국의 협조 없이는 이런 일이 발생하기 힘듭니다. 아무래도 최근 한국군 지휘부의 혼란을 틈타서 그런 일이 더 부쩍 많아지지 않았나 싶습니다. 신부님께서도 조심하셔야 하겠습니다. 저 치들이 신부님께도 혹시 무슨 나쁜 짓을 할까봐 걱정됩니다."

"허허허, 나한테까지야 그러기야 하겠습니까? 설령 그럴 가능성이 있다 해도 그게 무서워서 움츠러들면 저 불쌍한 여인들의 꺼져가는 인권은 누가 지켜주겠습니까? 나는 이 길을 끝까지 갈 생각입니다.

이게 내가 수도회사제로서의 부름 받은 소명이니까요."

기지 인근에는 업소 여성뿐만 아니라 어려운 상황에서 주한미군만 바라보고 사는 여성들이 적지 않았다. 고 신부는 이들을 위해 무료 법률상담과 쉼터를 제공하는 일을 하고 있었다.

"언론에 제보해봐야 들은 척도 하지 않으니 답답합니다. 세상이 어떻게 되려는지."

"언론도 온통 비상계엄 상황에만 초점을 맞추고 있는 것 같습니다. 이럴수록 우리가 좀 더 발로 뜁시다. 몸으로라도 막아야 하지 않겠소."

"앞으로 들어서는 정부가 좋은 대책을 세웠으면 좋겠는데, 과연 어떤 정부가 들어설지 걱정됩니다."

12.12 자정 무렵

"1중대는 왼편으로, 2중대는 오른편으로, 3중대는 나와 함께 정문으로 간다!"

군화발들이 이동하는 소리가 인적 끊어진 한밤중 파도에 쓸리는 백사장 모래 소리처럼 연병장 밤공기를 가르며 퍼져나갔다. 전두환 사령관의 지시를 받은 특전사 제 3공수 박 중령의 병력들이 어둠 속에서 시커먼 눈알을 굴리며 사령부 연병장 어둠 속을 기민하게 움직이고 있었다. 그들은 정병주 특전사령관을 연행을 위해 사령관 집무실로 접근하는 중이었다. 박 중령은 부하들을 이끌고 M-16 등 화기로 무장한 상태였다.

사방이 고요한 가운데 부엉이 우는 소리가 들렸다.

'밤중에 부엉이 우는 소리 들으면 재수가 없다는데…'

병사 중 한 명이 낮은 목소리로 중얼거렸다. 밤안개처럼 적막감이 내려앉은 시각, 드디어 체포조의 움직임 소리가 사령관 측 사람들의 귀에도 들려왔다.

"사령관님! 놈들이 오고 있는 것 같습니다!"

사령관 집무실 안에는 정병주 특전사령관과 그의 비서실장인 김오랑 소령 둘뿐이었다. 두 사람은 사령관 집무실 문을 걸어 잠그고 책상과 집기류, 책들을 문 앞에 쌓아 놓은 채 권총 두 자루로 맞설 준비를 하고 있었다. 권총을 쥔 손에 땀이 배어 나왔다.

"문이 잠겼습니다."

문 앞에까지 접근한 체포조가 박 중령에게 보고했다.

"김 소령, 나 박 중령이다! 이러지 말고 수사에 협조해!"

그러나 안에선 아무 응답도 없었다. 연병장 한켠의 소나무들이 바람에 살랑살랑 흔들리고 있었다.

"어떻게 할까요?"

'더러운 운명이다!'

얄궂은 상황을 떨쳐버리듯이 그가 목에 걸린 가래를 탁 뱉었다.

"어떻게 할까요, 대대장님!"

부하가 거듭 명령을 재촉했다. 고민하던 그는 부하들에게 문을 부술 것을 지시했다.

"부셔!"

그러나 그 후 일어날 비극적 상황에 대해서는 누구도 예상치 못했다.

"탕탕탕!"

문을 열기 위해 문고리를 향해 쏜 총알이 임시 바리케이트를 뚫고 사령관 집무실 안에까지 날아들자, 안에서도 반사적으로 응사가 터져나왔다. 문고리를 향한 총알이 총격전의 신호탄이 돼버린 것이다.

"이 반란군 새끼들!"

부하에 대한 극도의 배신감을 느낀 정병주 사령관과 김오랑 소령의 분노한 총알이 허물어진 임시 바리케이트 쪽을 향해 발사됐다. 총격전이 치열해졌지만, 처음부터 권총과 M-16의 화력은 비교가 될 수 없었다. 먼저 김오랑 소령이 바닥에 쓰러졌다. 정병주 사령관도 팔에 관통상을 입었다. 체포조 일부도 부상을 당했다. 팔에 총을 맞은 정병주 사령관이 난사당해 쓰러진 김오랑 소령을 흔들었다.

"김 소령, 김 소령, 정신 차려!"

김 소령은 들릴 듯 말 듯 신음소리만 흘렸다. 복부와 가슴 그리고 허벅지에서 흘러나온 붉은 피가 홍건하게 바닥을 적셨다.

"이 나쁜 자식들!"

안에서 총성이 멈춘 사이 부서진 문을 발로 박차고 체포조가 쳐들어왔다. 체포조 총구에서 사신의 그림자가 연기처럼 어른거렸다. 팔에 총상을 입은 정병주 사령관이 저만치 떨어진 총을 향해 몸을 막 움직이자 누군가 외쳤다.

"움직이지 마시오!"

체포조가 정 사령관의 손등을 군화로 짓이겼다.

"으윽~,박 중령, 어찌 반란군에 가담해 내게 총을 겨누나……."

"이제 옷을 벗을 때가 되신 것 같습니다."

권총 한 자루로 12.12 반란군에 맞선 김오랑은 그렇게 현장에서 무참히 죽음을 맞이했다.

"멧돼지 체포 끝났다. 오버!"

서빙고 분실로 연행된 정 사령관은 자신보다 한참어린 후배들로부터 오랜 군 생활을 통틀어 가장 치욕적인 수모를 당해야 했다.

12. 12 밤 10시

한 여인이 상기된 표정으로 성북동 북악산 자락에 위치한 삼청각의 미로처럼 얽힌 별실들 중에 가장 은밀한 3호실 방문을 열고 들어왔다. 이곳에서 일하는 미화였다. 방 안에는 외국인 한 명이 혼자 술을 마시고 있었다.

"리처드, 집 분위기가 갑자기 어수선해졌어요."

사내의 빈 잔에 술을 따라주며 미화가 말을 건넸다. 이목구비가 또렷한 어려 보이는 얼굴에 진하지 않은 향수 냄새가 사내의 코 끝에 와 닿았다. 사내는 별로 놀라지도 않는 표정으로 여인이 따라주는 술을 묵묵히 받아 마셨다.

"2호실에 있던 정치인들, 6호실에 있던 기업에서 나온 사람들이 갑자기 무슨 연락을 받았는지 하나둘씩 급하게 자리를 뜨고 있어요. 왕언니 표정도 굳어지고 있고요."

그건 매상 감소를 걱정한다는 뜻일 것이다. 리처드는 말없이 고개만 끄덕였다. 10.26 이후 계엄령이 지속되자 기업체와 정부 관료들의 요정 출입이 급감했다. 다른 변화도 있었다. 10.26 이전엔 정보부 요원들이 많이 찾아왔다면, 이제는 사복 입은 군인들이 많이 찾고 있었다. 그런데 오늘은 사복 군인들마저도 눈에 띄지 않았다. 사내는 여전히 눈만 끔뻑일 뿐 미화의 말에 무덤덤한 반응을 보였다.

"오늘 한국 군인들은 안 나왔소?"

그가 주위를 의식한 듯이 가라앉은 목소리로 물었다. 그가 묻는 한국 군인이란 보안사를 말하는 것이었다.

"신기하게도 오늘은 보안사 분이 한 분도 없네요. 그분들이 가끔씩 손님을 몰고 와서 매상을 올려주었는데. 아, 그리고 별실 5호실에 장성 몇 분이 있었는데 그분들도 군에서 무슨 연락이 왔는지 방금 전에 허둥지둥 자리를 떴습니다."

"군에서?"

"이것은 오전에 어떤 분이 오셔서 당신에게 전해달라고 한 거예요."

그가 건네 받은 백달러 지폐에 양주를 붓자 숨겨져 있던 글씨가 나타났다. 알코올에 녹는 성분에 염료를 더해 비문을 가리는 수법이었다.

「glyh xqwlo qhz rughu 」

사내의 눈에서 예리한 빛이 감돌았다. 무슨 의미인지 알았다는 듯 이내 그 입가에도 흐릿한 미소가 나타났다.

「dive until new order! (다음 지시가 있을 때까지 잠수해 있으라!) 」

건네 받은 내용은 C(찰리)를 키(key)로 한, 3 글자 건너띄기 식의 일종의 로마식 암호문이었다.

"그리고 부탁하신 내용, 그 쪽에 잘 아는 언니를 통해서 알아봤어요. 방금 전에 모임이 끝나고 다들 떠났다고 합니다. 예상보다 빨리 끝났다고 하던데요."

이 연희동 모임은 신군부가 12.12 실행에 앞서 방해가 될 장성들을 연희동의 한 요정에 모아놓기 위해 주최한 모임이었다. 사내는 은근한 미소를 띤 채 미화를 쳐다보고 있었다.

미화 역시 속을 읽기 어려운 사내의 얼굴을 물끄러미 쳐다보았다. 한국군 내부 상황을 꿰뚫고 있는 이 남자의 정체가 뭘까 궁금했다. 하지만 그가 가끔씩 부탁하는 일들에 왠지 모를 불안감을 느끼면서도, 미화는 자신을 요정 종업원이 아닌 한 여자로서 살갑게 대해주는 이 사내에게 점점 끌리고 있었다.

"한 잔 더 받으세요."

그가 말없이 잔을 내밀어 술을 받았다. 미화가 따라준 잔을 한 입에 털어 넣은 그는, 서툰 젓가락질로 소 간을 집어 소금장 묻혀 입안에 넣고는 두 눈을 굴리며 오물거렸다. 미화가 그의 그런 표정을 바라보며 고개를 살짝 숙였다.

"하하, 나도 이제 한국 사람 입맛이 다 된 것 같소."

밖의 상황을 전해들은 리처드가 옅은 미소를 띠며 미화의 얼굴을 유심히 들여다보았다.

"얼굴이 오늘 따라 달처럼 곱군."

리처드의 서툰 칭찬에 미화의 얼굴이 붉어졌다. 리처드가 그윽한 눈길로 그녀를 쳐다보았다.

"농담도 잘 하시네요, 그런데 오늘은 왜 혼자 쓸쓸이 계시죠? 늘 오시던 분이랑 함께 안 오시고?"

"오늘은 미화랑 둘이서 한잔 하고 싶은데, 그러면 안 되나?"

그가 한쪽 눈 꼬리를 살짝 들어올린 채 그녀를 쳐다보았다. 그러자 얼굴이 더 붉어진 미화가 대답했다.

"사실 지금까지도 당신이 뭐하시는 분인지 모르잖아요, 전에 군 장성들하고 함께 몇 번 오셨다는 것 외에는……."

"왜 미화는 정체를 아는 사람과만 마시나?"

"그런 뜻은 아니지만……."

그러자 그가 품속에서 뭔가를 꺼냈다. 두툼한 봉투였다. 미화는 즉각 그게 뭔지 알아차렸다. 전에도 몇 번 받아본 적이 있었다. 그가 봉투를 미화 앞에 가볍게 던졌다. 팁이라고 하기에는 큰 액수였지만 미화는 거부하지 않았다. 그리고 리처드 옆으로 다가가 말했다.

"자, 이건 내가 당신한테 주는 팁이요."

미화가 그의 어깨에 살며시 기대더니 그의 빈 잔을 채워주었다.

"미화! 내가 집을 마련해줄 테니 앞으로 잠은 거기서 자는 것이 좋지 않을까?"

무심한 달이 먹구름 사이로 숨바꼭질 하듯 흘러 다니고 있었다.

12.13 새벽 3시, 필동 수경사령부 장태완 사령관 집무실

"1조는 수경사 경비 병력을 해체하고 2조는 나와 함께 불곰 체포 작전에 들어간다! 경비병력들을 회유해서 가능하면 무력충돌을 피하도록!"

달빛마저 잠든 수경사령부 역내에서는 체포조의 시커먼 그림자가 띄엄띄엄 심어놓은 나무 뒤에서 어른거리며 사령관실로 접근해 왔다. 사령부 집무실 1층 출입문과 복도와 계단을 차례차례로 장악하는데 성공한 헌병 부단장과 병력들은 권총과 M16으로 무장한 채 2층 사령관 집무실을 향해 소리없이 다가오고 있었다. 그들의 군화에 묻은 흙먼지가 2층 사령관 집무실로 오르는 계단 바닥에 미세한 먼지를 일으켰다. 별다른 저항없이 사령관 집무실 앞까지 접근한 그들은 부대장의 눈짓 신호에 문을 발로 박차고 들어갔다.

"뭐야, 너희들은 누구야!"
"어, 전두환이 보낸 애들인 것 같은데, 야! 이 자식들 전부 체포해! 어? 우리 병력들 다 어디 갔어?"

장성 몇 몇이 우왕좌왕하며 권총을 빼들었으나 늦었다. 체포조의 총구에서 불이 뿜어져 나왔다. 참모급 장성들은 은폐물 뒤에서 반격했고, 체포조의 총알이 사령관실 내부를 빨랫줄처럼 날아다녔다. 국민의 생명을 살린다는 사명감도 영토를 수호한다는 사명감도 없다. 내가 살기 위해 상대를 쓰러뜨려야 한다. 내 편에 섰으면 아군이고, 다른 편에 섰으면 적군이다. 총알의 일부는 벽에 박히고 일부는 부대의 전통을 상징하는 각종 물품들을 사정없이 깨부쉈다. 부대 깃발과 표창장들은 죽은 시체들처럼 바닥에 나뒹굴었다.

작전참모부장, 비서실장, 영관급 장교들이 하나 둘씩 총상을 당해 쓰러졌다. 외부와 차단된 채 마지막으로 저항하던 장태완 수경사령관은 자신의 집무실에서 합수부에 체포돼 지프에 올라탔다.

"이 버르장머리 없는 놈들, 절대 용서하지 않겠다!"
그의 분노한 목소리가 허공을 맴돌았다.
이 때가 새벽4시 30분. 뒷좌석에 머리를 기댄 채 멀리 눈을 들어 하늘을 보니 설익은 태양이 동쪽 하늘에서 조금씩 고개를 내밀고 있었다. 매일 아침 설레임으로 바라보던 태양이었지만 오늘은 더 없는 참담함을 그에게 안겨주고 있었다.

12.13일 아침

햇살이 이순신 장군 동상 위로 쏟아져 내리고 있었다. 세종로에는 어제와 똑같은 태양이 떴지만, 광화문 해태상 옆 탱크에 올라탄 무장 군인의 모습이 간밤에 세상이 바뀌었다는 것을 선포하고 있었다.

"한 박사, 간밤에 일어난 일들, 얘기 들었소?"

국방과학연구소의 민일용 박사가 아침 일찍 한창혁 박사에게 전화를 걸어왔다.

"오늘 아침 방송 뉴스로 들었소."

전날 저녁까지 실험에 몰두하느라 피곤한 목소리로 한 박사가 대답했다. 민 박사가 말을 이었다.

"어제 마침 정 총장 공관 인근을 지나가다가 현장 부근에서 요란한 총소리를 직접 들었소. 세상이 어떻게 돌아가려는 건지 걱정이오."

"그렇게 말이오. 합수부 병력이 정승화 총장을 연행해 가는 과정에서 적지 않은 사상자가 나왔다는 것 같소. 10.26 비극이 일어난 지 얼마나 됐다고 또 이런 일이……."

민 박사와 한 박사는 충격이 가시지 않은 목소리로 간밤의 소식을 전하며 앞으로 전개될 상황을 우려했다.

"정승화 총장, 정병주 사령관, 장태완 사령관이 보안사로 줄줄이 연행됐으니 이제 하나회 무리들의 천하가 되지 않겠습니까?"

"하나회 무리들이요?"

"그렇소, 한국 군부 내 태자당 같은 존재가 바로 하나회요. 전두환 보안 사령관이 하나회 수괴라고 하오, 그래서 이번 일 배후에 전두환 보안사령관이 있다는 소문이 파다하다고 합니다. 하극상이 벌어진 듯합니다. 정승화 총장이 전두환 세력을 너무 만만히 보고 느긋하게 대응하다가 뒤통수를 맞은 것 같소."

"하극상이라……음……."

한 박사가 신음소리를 냈다.

"문제는 그들 뒤에 또 누가 있는 것 아니겠소? 혹시 미국이 개입하지 않았을까 우려됩니다."

그 얘기를 듣자 한 박사의 얼굴에 어두운 그림자가 유령처럼 스쳤다. 박 대통령의 비극이 떠올랐다.

"미국의 개입이라니요?"

"네, 저는 충분히 가능성 있다고 생각합니다. 그래서 현재 진행 중인 우리 특수사업에 지장이 초래되지 않을까 우려됩니다. 제발 삼별초 항쟁을 겪은 친몽 정권의 등장이 아니길 바라는 수밖에요."

"우리의 핵개발 재개에 대해 신군부나 미국이 아직 모르고 있을 것이오! 이 사업은 극소수만 아는 사업이니까요."

"하지만 이제 실권을 잡은 신군부가 우리의 프로젝트 재개에 대해 알게 되는 것도 시간 문제요."

"인도와 파키스탄에선 가능한 일이 왜 한국에선 이리 어려운지 모르겠소!"

한 박사가 한숨을 내쉬며 말했다.

"이러다가 한국에서 이란 사태가 재연되는 것은 아닌지 모르겠어요!"

두 사람은 침통한 목소리로 말을 주고 받았다. 미국의 도움으로 정권을 잡았던 이란 팔레비는 어땠는가. 미 CIA가 정보를 들이대자 비밀리에 핵개발을 추진하던 핵과학자들 처형하고 핵개발을 중단시키지 않았는가. 그 후 팔레비는 미국의 꼭두각시 노릇을 하다가 호메이니에게 축출됐다.

"다시 연락하기로 합시다!"

두 사람은 힘없는 목소리로 인사를 나누고 전화를 끊었다.

마타도어

1979년 12월 15일

12.12 광풍이 휩쓸고 지나간 지 사흘째 되는 날 오전, 신군부의 핵심장성 한 명이 통역요원 한 명만 데리고 글라이스틴 미국 대사관저를 비밀리에 방문했다.

미 대사관 입구에는 흑곰처럼 생긴 덩치 큰 검정색 셰퍼트 한 마리가 날카로운 이빨을 드러낸 채 그들을 노려보고 있었다.

'그놈, 험상궂게 생겼군!'

그는 무장한 경호요원을 따라 거실로 안내된 후 허리를 곧추 세우고 소파에 앉아 글라이스틴 대사를 기다렸다. 벗겨진 이마가 불빛을 받아 번들거렸다. 약 10분을 기다리니 글라이스틴이 나타났다. 그는 글라이스틴의 눈에서 불편한 심기를 읽었다. 자신들과 한 마디 상의도 없이 병력을 이동시키고 계엄사령관과 수도권 주요 사령관들을 일거에 체포한 것에 대한 강한 불쾌감이었다.

"장군, 많이 기다렸소!"

2층 계단을 천천히 걸어 내려오던 글라이스틴이 소파에서 일어나 자신을 쳐다보는 그를 쏘아보며 퉁명스럽게 말을 던졌다.

"대사, 오랜만입니다. 일전에 청와대에서 주한대사 송년회 때 한 번 뵌 적이 있는데 기억하실지 모르겠습니다."

글리이스틴이 거실 테이블로 다가오자 그가 가볍게 목례하며 화답했다. 두 사람은 몇 몇 모임에서 스치듯 가볍게 인사를 나눈 것이 전부였다.

"장군 얘기는 많이 들었소, 앉으시오!"

그를 대하는 글라이스틴의 태도에서 차가운 바람이 느껴졌다. 냉랭한 기운이 한 동안 거실에 무겁게 자리 잡았다.

"나에게 직접 설명할 것이 있다고요?"

"네, 12월 12일 밤에 벌어진 일에 대해 미 정부의 오해가 있는 것 같아서 직접 설명을 드리고자 왔습니다."

'12.12 사태에 대한 오해?'

순간 글라이스틴의 얼굴이 얼음장처럼 차가워졌다. 글라이스틴은 그를 향해 가소롭다는 표정을 지어 보였다. 12.12가 발발한 다음날 이미 미 국무부와 국방부는 12.12 주도세력을 강력히 비판하는 규탄 성명을 발표했다. 글라이스틴은 이러한 미 정부의 입장을 오해라고 말하는 한국 장성의 태도가 어이없었다.

"우선 미국 정부와 사전 협의 없이 병력 이동을 한 것을 양해해주시기 바랍니다. 그러나 거기에는 불가피한 사정이 있었습니다. 박정희 대통령 시해사건에 연루 혐의가 있는 정승화 계엄사령관과 그 추종 세력들이 합동수사본부의 정당한 수사 요구를 여러 차례 거부하고 있는 상황이라 수사 진척을 위해 전격적인 연행 작전을 펼 수밖에 없었고, 그 때문에 어쩔 수 없이 일부 병력을 이동시키게 됐습니다. 또한 정 총장 연행 과정에서 일어난 모든 불행한 일들은 저희도 바라지 않았던 우발적 사건들이었음을 양해해주시기 바랍니다."

'우발적 사건?'

글라이스틴의 표정이 더욱 싸늘하게 변했다.

"이보시오, 제너럴, 지난 12일 밤에 일어났던 모든 일들은 누가 봐도 치밀한 사전 계획 아래 벌어진 일들이었소. 경복궁 수경사에 모여 있던 전후방 군장성들 말이오, 그 사람들이 도대체 거기에 왜 모여 있던 거요? 그들이 정승화 총장 수사와 무슨 상관이 있단 말이오?"

"그 점에 대해 오해가 있으시군요. 정 총장은 지금 대한민국 계엄사령관이고 군의 최고 지휘관입니다. 군내에는 정 총장을 따르는 무리가 적지 않습니다. 그런 사람을 연행하는 일은 저희로서도 매우 위험한 일이고 자칫 큰 불상사가 일어날 수 있습니다. 그날 밤 수경사에 모여 있던 장성들은 정 총장에 대한 추가 수사의 필요성을 지지하는 장성들이었습니다. 뒤에서 힘이 되어준 분들입니다. 하나같이 10.26 당일 저녁 정승화 총장의 미심쩍은 행동에 대해 심각한 우려를 표명하더군요."

평소 달변가라는 평가를 군내에서 받아온 자답게 쉽게 물러서지 않는 분위기였다. 그러나 글라이스틴은 이미 12.12 원인과 문제점에 대한 분석을 끝낸 상황이었다.

"이것 보시오, 장군! 긴 얘기는 맙시다. 당신들은 수사 명분 하에 군내 사조직을 이용해 군에서 가장 중요한 상명하복의 위계질서를 무너뜨렸소. 하나회를 동원해서 말이오. 또 하나는 계엄 사령관의 체포에는 최종적으로는 대통령의 재가가 있어야 하는데, 그런 절차도 없이 당신들 마음대로 강제연행을 저질렀소. 법을 집행한다는 사람들이 법을 어기다니 그러고도 무슨 할 말이 있다는 것이오? 이는 어떤 이유로도 있을 수 없는 행동이오."

글라이스틴의 계속되는 문제제기와 날카로운 비판에 그의 얼굴도 차츰 당황한 기색이 나타나기 시작했다.

"대사, 하나회는 동원한 것이 아니라 그들이 정 총장 체포의 정당성을 인정하고 병력이 부족한 합동수사본부에 자발적으로 협조한 것입니다. 또한 이번 정승화 총장에 대한 수사는 일부 언론에서도 그 필요성을 주장했던 부분이기도 합니다. 물론 대통령의 재가 전에 체포가 이뤄진 점은 있지만, 그것은 국방장관이 한동안 종적을 감추었기 때문에 긴급한 수사를 위해 불가피한 일이었습니다."

"당신들이 국방장관을 겁박한 것은 아니고?"

글라이스틴이 노려보며 묻자 그가 약간 움찔하다가 대답했다.

"사소한 절차적 문제로 우리의 순수한 의도를 폄하하지 마십시오, 대사! 우린 이번 일에서 법과 정의의 편에 서서 행동한 것뿐이오. 우리는 이번 일에 어떤 사사로운 계산도 없소. 이번 일이 마무리 되면 군은 다시 정상화될 것이오. 더 깨끗하고 더 강하고 더 충성스러운 군으로 다시 태어날 것이란 말이오."

'법과 정의의 편?'

글라이스틴은 그의 청산유수 같은 해명을 들으면서 자신의 사전 정보가 대체로 정확하다는 것을 확인할 수 있었다.

'소문대로군, 자기 유리한대로 생각하는 이중적 사고를 가진 인물이군.'

과연 그는 듣던 대로 얼굴이 두껍고, 간단한 인물이 아니었다. 글라이스틴은 죽은 박정희 대통령이 어째서 군 장성들을 감시하는 자리에 그를 임명했는지 이해할 수 있었다.

"장군, 하나 물어봅시다! 정승화 총장의 혐의가 뭐요? 또 그 혐의에 물증은 있는 거요? 내가 듣기로는 김재규도 정 총장의 혐의를 강력히 부인했다던데."

"물증 여부를 떠나 정승화 총장은 박 대통령 시해사건 당일 현장에 있던 사람입니다. 그는 총소리를 들었습니다. 그러나 오히려 박 대통령 시해 주범인 김재규와 한동안 행동을 같이 해서 사건 수사를 어렵게 만든 장본인입니다. 그 이유 하나만으로도 그는 옷을 벗어야 합니다."

발끈한 그가 강경한 어투로 반박했다. 그의 그런 모습을 실눈을 뜨고 바라보던 글라이스틴이 다시 물었다.

"정승화 참모총장이 당신을 지방으로 좌천시키려 했다는 소문이 돌던데, 혹시 그 일 때문에 이번 일을 저지른 건 아니오?"

그가 다시 움찔했다.

"무슨 소리요, 대사. 나는 그런 일로 거사를 도모하는 사람이 아니오. 아니, 반대로 내가 정 총장을 연행하려 하니까 그 쪽에서 나를 먼저 인사 조치시키려 했을 수도 있지 않겠소?"

역시 그는 만만히 다뤄선 안 되는 자였다. 글라이스틴은 혼란스러웠다. 정 총장 측의 인사 조치설이 이번 사태의 발단인지, 그의 정 총장 연행 계획설이 발단인지 파악하기가 어려웠다. 어쨌든 이 사건에 두 세력 간의 알력 다툼이 깊숙이 자리하고 있는 건 틀림없었다.

그러나 정리가 안 되는 부분이 있었다. 두 세력 간의 다툼 과정이 뭔가 석연치 않았다. 그게 뭘까 생각했지만 분명한 해답이 떠오르지 않았다. 그때 그가 대사에게 질문처럼 들리는 말을 불쑥 던졌다.

"이번 한국군 장성 인사 문제 논란에 대해서는 미국도 완전 자유롭지는 않은 것 같습니다만?"

"뭐요?"

글라이스틴이 깜짝 놀라 되물었다. 글라이스틴은 그가 뭔가를 더 말해주길 기다렸지만 그는 입을 다물었다.

문제제기는 어느 정도 일리가 있었다. 한국당국은 한국군 장성 주요 보직 인사에 대해 미국과 사전 협의하거나 때론 동의를 얻어야 했다. 글라이스틴으로서는 따로 할 말이 없었다. 글라이스틴은 이번 사태 관련해 자신을 괴롭히는 의문 중 하나가 바로 군 인사 문제일지도 모른다는 생각을 했다. 그러나 명확한 해답은 떠오르지 않았다. 글라이스틴이 다시 본론으로 돌아가 그에게 물었다.

"장군, 그러면 하나 더 물어봅시다. 이번 일로 정승화 총장, 당신들이 연행해 조사하고 있는 전후방 사령관들, 그들과 조금이라도 연관관계에 있는 장성들 옷을 다 벗기고 나면 한국군은 누가 통솔할 거요, 그 점은 생각해보았소?"

글라이스틴이 그의 안색을 살폈다. 글라이스틴은 그의 입에서 나올 답변이 궁금했다. 그가 잠시 곰곰이 생각하더니 입을 열었다.

"인사는 제 소관이 아닙니다. 그러나 이번 기회로 우리 군은 정화될 겁니다. 박 대통령 시해사건에 연루된 장성들, 또 비리에 연루됐거나 무능력한 장성들도 자연스럽게 물갈이가 되겠지요. 그러면 대한민국 군과 우리 안보도 한층 튼튼해질 것입니다. 우리 군에는 썩은 물이 고여 있는 곳이 많습니다."

그가 다시 청산유수로 말했다. 글라이스틴의 표정은 처음보다는 많이 누그러져 있었다.

"장군, 미국 정부가 한국에게 가장 바라는 게 뭔지 아시오? 민주 정치 체제의 조속한 정상화요. 또 다시 군이 정치 전면에 등장해 국민들과 갈등을 빚는 것을 원하지 않소. 그런데 지금 장군 말을 듣자니, 군이 다시금 정치에 전면 등장할 가능성이 커진 것 같군요. 군내 반대파들과 원로들을 전부 정리하면 결국 당신들이 대한민국 실권을 잡겠다는 얘기 아니오. 미국 정부는 신군부가 한국 정치 정상화에 협조해주길 간절히 바라고 있소. 분명히 밝히지만 미국 정부는 어디까지나 한국의 민간 정부와 상대할 것이며, 민간 정부만을 100퍼센트 지지할 것이오."

그는 글라이스틴의 발언을 들으며 미국이 12.12 사태의 성격에 대해, 또 자신에 대해 어떻게 판단하고 있는지를 엿볼 수 있었다.

"대사, 분명히 말하지만 나는 정치적 야심이 없습니다, 합수부도 마찬가지지요, 최규하 임시정부도 전복되지 않았습니다. 우리 진심을 믿고 조금만 기다려주시오. 우리는 이번 일을 잘 마무리하고 나서 군 본연의 위치로 돌아갈 것입니다!"

"장군!"

글라이스틴이 갑자기 정색을 하고 그를 불렀다. 그의 얼굴은 어느새 노련한 외교관의 표정으로 바뀌어 있었다.

"그런 생각을 갖고 있다니 정말 다행이오, 미국 정부는 특히 이번 사태가 북한의 군사적 모험주의를 부추기지 않을까 우려하고 있소. 남북 대치 상태에서 하극상은 안보에 가장 치명적인 독이란 말이오! 내 말 알아듣겠소?"

글라이스틴이 힘을 주어 강조했다. 계속 의심하는 발언에 불쾌해진 그가 받아쳤다.

"거듭 말씀드리지만 우리 군은 박정희 대통령 시해사건에 대한 수사가 종결되면 깨끗이 본래의 위치로 복귀할 것입니다. 우리는 정치에 개입할 생각이 전혀 없습니다."

글라이스틴이 그런 그의 태도를 보고 야릇한 미소를 띠었다. 그가 말했다.

"장군, 그렇다고 오해는 마시오. 우리는 한국의 새로운 정치체제 수립에 누구는 참여하고 누구는 안 된다는 편견 같은 건 갖고 있지 않소. 미국 정부가 한국의 군부 지도자들을 특별히 배척하거나 경원하는 아니란 말이오, 내 말 알겠소?"

(『글라이스틴 회고록』에도 나오는 이 발언은, 미국 정부가 민간 정부를 지지한다는 말도 되지만 쿠데타를 일으킨 군인이라도 민간인 신분으로 대선에 나온다면 반대하지 않는다는 뜻도 포함된 복합적 의미를 가진 말이었다. 실제로 전두환 사령관은 1980년 8월 22일 대장에서 예편해 27일 체육관에서 치러진 통일주체국민회의의 간선에서 민간인 신분으로 출마해 압도적 득표로 제11대 대통령에 선출되었고, 얼마 지나지 않아 미국을 방문해 한미 정상회담을 가졌다.)

'한국의 군부를 배척하지 않는다?'

글라이스틴의 입에서 나온 예상치 못했던 발언이 그를 혼란스럽게 만들었다. 그는 요지부동의 자세로 글라이스틴의 다음 말을 기다렸다. 어느 새 그의 눈빛이 이글거리고 있었다.

"장군, 지난 시절 한미관계를 가장 힘들고 어렵게 했던 사안이 뭔지 아시오? 박 대통령의 핵개발 추진이었소. 그 일로 한미 관계는 파국 일보직전까지 갔었소. 그러다가 몇 년 전 박 대통령이 느닷없이 모든 핵개발 계획을 포기하겠다고 말했소. 그러나 미 정부에서는 그의 말을 신뢰하지 않고 있소. 미 정부는 한국의 다음 정부가 박 대통령의 그 약속을 계속 지켜주길 바라고 있소. 장군! 한미 관계 회복에 장군 같은 군부의 역할이 매우 중요한 시점이오. 내 말 알아듣겠소?”

할 말을 다 한 글라이스틴이 먼저 자리에서 일어나 손을 내밀었다. 처음의 냉랭한 태도와 달리 그 얼굴에는 정겨운 미소마저 떠올라 있었다.

“장군, 내가 한국에 와서 최근 읽은 책 중에 조선 태조 이성계의 아들 이방원에 관한 역사책이 있소. 그걸 읽고 큰 감명을 받았소. 한국도 그런 정치 지도자가 필요하지 않겠소? 오늘 장군과의 대화는 매우 유익했소. 장군도 오늘 내가 설명한 미국 정부의 입장을 귀담아 듣길 바랍니다. 오늘 장군의 설명을 내가 직접 미 백악관에 전달할 것이오. 앞으로 당신의 행보를 주시하겠소!”

조선의 태자 신분이던 이방원은 명나라 황제 주원장을 만나 조선의 국권을 약속받았고, 정도전을 죽인 뒤 임금의 자리에 올라 요동정벌을 포기함으로써 명나라와의 관계를 정상화시켰다. 글라이스틴의 말한 의미는 핵무기 개발 계획을 포기하고 미국과 협조하라는 것이었다. 글라이스틴 대사는 이날 신군부 핵심 장성과 헤어진 후 본국으로 다음과 같은 비밀 전문을 보냈다.

「한국의 12.12사태를 사실상의 쿠데타로 판단한 초기 보고는 신중하지 못했던 것으로 생각됨. 한국 신군부는 남한의 최규하 정부가 전복되지 않았고 쿠데타를 사전모의하지 않았다고 주장하고 있음. 신군부의 이러한 해명에 의문은 있지만 사태의 전말이 밝혀질 때까지 신중하게 대처하는 것이 미국의 이익에 부합된다고 판단됨. 그러나 정승화 계열의 모든 장성들이 구속되거나 힘을 잃게 된 현재 한국군 내부 상황을 보건대 전두환 장군이 조만간 한국군에서 명실상부한 1인자가 될 가능성이 매우 높아 보임.」

역쿠데타

후암동 골목길의 한 이층 단독주택에 건장한 남자들이 그림자처럼 하나둘씩 찾아들었다. 사복 차림이었지만 하나같이 머리를 짧게 깎은 것으로 보아 일반인은 아니었다. 2층 거실에서 연장자로 보이는 한 사내를 중심으로 일곱 명의 사내들이 둘러앉아 있었다. 연장자는 굵고 짙은 눈썹에 부리부리한 눈매였다.

"장군, 다 모였습니다!"

다들 하나같이 긴장된 표정으로 장군이 입을 열기를 기다렸다. 장군은 군 내에서 입 무겁고 의리 좋기로 정평이 나서 부하들로부터 존경을 받고 있었다. 그들이 오늘 모인 것은 장군의 결단을 압박하기 위해서였다. 그러나 장군의 입은 굳게 닫힌 채였다.

"장군! 시간이 없습니다. 명령을 내려주십시오! 저희는 장군과 함께 죽고 장군과 함께 살기로 다짐했습니다."

그들은 장군의 결단을 거듭 촉구했지만, 장군은 신음만 흘렸다. 북한을 주적으로 싸워온 군인으로서 처음으로 아군에게 총을 겨눠야 하는 순간이라 판단이 서지 않았다. 그가 곤혹스런 표정으로 무겁게 입을 열었다.

"꼭 이렇게까지 해야 하나? 다른 길은 없겠나? 자네들이 동의한다면 내가 그들을 만나 설득해보겠네."

"그것은 위험하기도 하거니와 소용없는 일입니다, 장군. 이미 저들은 군 인사를 농단하고 있습니다. 하나회가 아니면 더는 군에서 숨을 쉴 수가 없는 지경에 이르렀습니다. 군의위계 질서가 엉망이 되어가고 있습니다."

또 다른 참석자가 입을 열었다.

"하나회 놈들의 오만방자함이 하늘을 찌르고 있습니다. 더 늦기 전에 용단을 내리셔야 합니다."

그래도 결심이 서지 않는 듯 장군의 표정은 딱딱했다. 한 장교가 입을 열었다.

"신군부 측에서 흘러나온 얘기에 의하면 저들은 12.12에 동참하지 않는 군 장성들과 영관급 장교들을 추려서 옷을 벗기거나 보직 변경시킬 계획이라고 합니다."

표정 없던 장군의 얼굴에 조금씩 변화가 나타났다. 장군은 앞에 앉은 부하들과 한 명 한 명 시선을 맞췄다. 그들은 지금 역쿠데타를 촉구하고 있었다. 목숨을 보장할 수 없는 이번 거사에 과연 이들이 어디까지 충성할 것인가. 이번에는 또 다른 장교가 입을 열었다.

"장군, 최근 보안사에서 흘러나온 얘기에 의하면 12.12 이후 미국 정부가 완전히 신군부 편에 섰다는 얘기가 흘러나오고 있습니다. 이것이 사실이라면 뭘 의미하겠습니까? 미국의 이중성이 드러난 셈입니다. 그들은 언제나 강자 편에 서서 정의와 민주주의를 얘기해왔습니다. 우리도 힘을 보여줘야 합니다."

"어쩌면 신군부가 미국이 요구하는 바를 들어주겠다고 약속을 했을 수도 있습니다."

처음부터 입을 다물고 있던 참석 장교가 입을 열자 그에게 시선이 쏠렸다.

"장군, 신군부와 미국 사이에 모종의 밀약이 맺어졌을 가능성이 큽니다. 정부 산하 연구소 쪽에서는 벌써부터 핵 프로그램과 미사일 프로그램 일체를 미국에 반납하기로 했다는 얘기가 은밀히 나돌고 있어요."

"뭐요?"

장군의 표정이 일그러졌다. 그는 박 대통령이 미국과 싸워가며 이룩해놓은 자주국방의 노력들을 높이 평가하고 있었다. 그 역시 군인으로서 자기 나라는 자기 힘으로 지켜야 한다는 굳은 소신을 갖고 있었다. 그런데 신군부가 박 대통령이 추진했던 자주국방프로그램을 포기하려 들다니. 그의 얼굴에 분노가 떠올랐다. 장군이 결심한 듯 입을 열었다.

"우리의 자주국방 노력은 결코 뒤로 돌릴 수 없네, 이봐, 김 장군. 동원 가능한 병력이 얼마나 되나?"

"네, 수도권 인근에 2개 연대 병력, 그리고 전차와 장갑차가 40여 대, 그리고 헌병대 일부 병력 동원이 가능합니다."

"으음……."

거사 성공을 장담할 수 없는 병력이었다. 특히 서울과 수도권을 경비하고 있는 수경사와 특전사 병력이 문제였다.

"좋다, 며칠 말미를 주게, 우선 내가 위컴 사령관을 만나서 미국의 속내를 알아보겠네. 우리는 지금 정보가 많이 부족해. 떠도는 말만 믿고 행동할 수는 없네. 그들을 만나서 미국 측 상황을 알아보겠네. 과연 미국이 전두환 측과 어느 정도 밀약했는지를 확인하겠단 말이네. 자네들은 그동안 동원 가능한 병력들을 점검해주게!"

"알겠습니다!"

다음날 장군은 위컴 사령관 집무실에서 위컴과 마주보고 있었다. 군에서 둘째가라면 서러울 영어회화 실력을 갖춘 장군은 통역도 물리치고 위컴 사령관과 독대를 요구했다. 만일의 사태에 대비한 보안 유지를 위해서였다. 위컴이 긴장한 표정으로 먼저 입을 열었다.

"비밀리에 단독으로 만나자고 한 이유가 뭡니까?"

"위컴 장군, 장군도 들어서 아시겠지만 지금 한국군 내부에 불만이 팽배합니다. 무엇보다 신군부가 한미연합작전체계를 무시하고 전방 부대까지 동원해 정승화 총장을 무력으로 연행한 것에 대해서 말입니다."

위컴은 장군의 말을 굳은 표정으로 묵묵히 듣고만 있었다.

"또한 신군부의 군 인사 전횡에 대한 우려도 점점 커지고 있습니다. 수십 년간 쌓아올린 군 위계질서가 하루아침에 엉망이 됐습니다. 오래 몸담았던 군을 스스로 떠나는 이들도 늘고 있습니다. 그건 위컴 사령관도 잘 알고 있을 것입니다. 그런데 신군부의 이런 오만방자한 군 인사 배후에 미국의 묵인, 아니 사실상 협조가 크게 작용하고 있다는 의심이 커져가고 있습니다!"

장군이 직격탄을 던졌다. 위컴의 얼굴이 일그러졌다. 그는 장군의 그런 지적이 몹시 불편하고 불쾌했다.

"한국군 장성의 군 인사는 우리와 협의해야 할 사항이기는 하나 반드시 미국의 승인이나 협조를 요하는 사안은 아닙니다. 지금까지 관례상으로도 그래왔습니다. 그것은 장군도 잘 아실 것 아니오?"

위컴은 원칙과 관례를 들어 응수했다. 위컴의 쌀쌀한 응대에도 장군의 문제제기는 끝나지 않았다.

"허허, 저를 바보 취급하는 것입니까? 한국군 장성 인사, 특히 주요 보직 인사에 미국의 입김이 작용해왔다는 건 천하가 다 압니다. 그러나 우리가 걱정하는 건 최근의 12.12 세력 주도의 군 인사가 해도 해도 너무하다는 것입니다. 이러다가 대한민국의 위계질서가 송두리째 무너지지 않을까 싶습니다. 무엇보다 12.12에 비협조적인 인사들에게 돌아가는 불이익이 너무 큽니다. 이건 뭘 말하는 것입니까? 인사를 통해 군을 수중에 넣은 후 사실상 한국 정치에 개입하겠다는 게 아니고 무엇이겠습니까? 저들은 정치 군인입니다. 미국이 정치 군인을 배후에서 지원하는 이유가 무엇입니까?"

장군은 보다 강한 표현으로 위컴 사령관을 압박했다. 그것이 거슬리는 듯 위컴은 양미간을 잔뜩 찌푸린 채 짜증 섞인 목소리로 응답했다.

"장군은 한국군의 인사 문제를 왜 나에게 따지는 겁니까? 혹시 장군도……."

위컴의 질문 의도를 알아챈 장군이 우회적으로 대답했다.

"사령관, 한국 속담에 호미로 막을 걸 가래로도 못 막게 된다는 말이 있습니다. 커지기 전에 처리하면 쉽게 해결될 일을 그냥 방치했다가 훗날 큰 힘을 들여도 못 막는다는 의미입니다. 지금 한국군 내에 미국에 대한 불만도 커져가고 있습니다. 미국이 지금의 상황을 방치한다면 별도의 대응책이 군 내부에서 터져 나올 수도 있습니다."

그 순간 위컴의 얼굴에서 온기가 완전히 사라졌다.

"장군, 지금 하고자 하는 얘기가 뭐요? 내게 경고하는 것이오?"

장군은 대답 없이 위컴을 쏘아보기만 했다.

"장군이 오늘 무슨 목적으로 나를 찾아왔는지는 모르겠으나, 우리는 한국군 내부 상황에 관여할 생각이 없습니다. 다만 한국군 내에서 또다시 유혈 충돌이 발생하는 것은 절대로 반대합니다. 그럴 경우 무엇보다 북한군의 오판을 불러오게 될 겁니다. 지금 북한은 12.12 이후 전군 비상 대기령을 더 강화하고 있습니다. 때문에 우리는 한국이 더 이상 내부 충돌 없이 조속히 민간 정부 체제로 복귀하길 바라며, 그 방향으로 지원할 것입니다. 누구든 지금 상황에서 경거망동해서는 안 됩니다."

위컴의 말은 사실상 장군의 역쿠데타 지원 요청을 완곡히 거절한 것이었다. 더 이상 대화 필요성을 느끼지 못한 장군이 자리에서 일어났다. 위컴은 집무실을 나가는 장군의 등 뒤에 대고 마지막 경고장을 날렸다.

"장군, 한국 속담에 계란으로 바위치기라는 말이 있지요. 우리가 파악하기로는 한국군 내에 많은 장성들이 신군부를 지지하고 있는 것으로 알고 있습니다. 신중하게 행동하길 바랍니다."

한국군 장군이 위컴사령관을 극비 방문하고 돌아가던 바로 그 시각.

"○○○ 장군이 방금 위컴 사령관을 만나고 나왔습니다. 체포할까요?"

"아직 그럴 필요까지는 없고 그 주변 부하들의 움직임을 철저히 감시해!, 조금이라도 수상한 조짐이 보이면 그 때 잡아들여도 늦지 않아!"

역쿠데타 시도의 중심 인물인 한국군 장성이 위컴사령관을 극비리에 만나기 1시간 전, 합동수사본부장 비서실로 한 통의 전화가 걸려왔다.

'따르릉~!'

"네, 합동수사본부입니다……. 지금 계십니다 잠시 기다리십시오!"

"네, 전화바꿨습니다……. 그래요? 감사합니다. 좋은 정보를 주셔서."

역쿠데타를 모의했던 장군의 부하들은 신군부의 협박과 설득으로 대부분 발을 뺐다. 또한 적극적인 동참의지를 보였던 일부 군인들은 보안사에 연행돼 치도곤을 당하고 신군부에 충성 각서를 쓰고 나왔다. 장군은 군내에서 외톨이 신세로 전락했고 얼마 지나지 않아 옷을 벗어야 했다.

미국 미중앙정보국(CIA) 본부

검정 바탕에 초록 줄무늬의 볼보 한 대가 CIA 정문으로 서서히 접근했다. 멈춰선 차에서 자주색 선글라스를 낀 운전자가 창문을 열고 중무장한 경비대원에게 뭔가를 제시했다. 흰 바탕에 녹색의 두 겹 줄무늬 가운데 독수리 문양이 있는 CIA 비밀공작원 신분증이었다.

신분증이 노란색 검색기의 길게 파진 홈을 지나자 상단의 동그란 유리 구멍에 녹색 불빛이 들어오며 경쾌한 신호음이 울렸다. 신분증이 확인되자 경비대원이 금속차단기를 올렸다. 차량은 고감도 위성 안테나가 옥상에 즐비한 건물들 뒤편의 지하 주차장을 향해 미끄러지듯이 사라졌다.

본부 일층 로비에 들어선 리처드는 CIA 로고가 새겨진 대리석을 지나 수많은 별이 새겨진 추모의 벽 앞에서 묘한 기분에 사로잡혔다.

'국가를 위해 희생한 무명의 요원들을 추모한다고? 지금 그런 희생

정신을 가진 요원들이 100명중에 10명이라도 있다면 내 손에 장을 지지겠어!'

추모 벽에 새겨진 별들은 국가안보를 위한 임무를 수행하다가 순직한 CIA 요원을 추모하기 위한 것들이다. 그러나 이 별들 모두가 CIA 정식 요원을 상징하는 것은 아니었다. 별들 가운데 일부는 CIA와 계약한 민간용역업체 요원들을 기리기 위한 것들이었다.

'언젠가는 저 별들 대부분이 우리 같은 민간 공작원들의 별들로 채워지겠지! 내가 장담하지!'

더럽고 힘든 일을 기피하는 CIA의 젊은 책상물림들이 늘어나면서 CIA와 계약을 맺은 사설업체들의 업무도 기하급수적으로 늘었다. 더럽고 추악한 해외공작 대부분을 이들이 수행한 지 이미 오랜 세월이었다. 이 때문에 미국에 대한 좋지 않은 이미지가 증폭되고 있다는 의회의 성토에도 민간요원에 대한 의존도는 커져가기만 했다.

이제는 CIA 정식 요원들이 적성국에서 직접 공작을 펼치다가 붙잡혀 15년, 20년씩 감옥생활을 하는 경우도 사라졌다. 반면 공작을 성사시키거나 그로 인해 희생되는 민간용역 요원들의 수는 점점 늘고 있었다. 리처드는 전용 엘리베이터를 타고 아시아 지역 비밀공작을 맡고 있는 왓슨 부장의 8층 사무실 문을 두드렸다.

"어서 오시오, 리처드!"

미 정부의 해외공작의 문제점을 비판한 뉴욕타임스 기사를 읽고 있던 왓슨 부장이 집무실을 찾아온 중년 신사를 보자 두 팔을 벌려 반갑게 맞이했다.

"자, 앉으시오! 이번에 리처드의 불파이터 프로젝트(bullfighter project)는 정말 대단했소!"

(마타도어 공작을 이르는 스파이 첩보작전 용어. 투우사가 셋인 투우 경기에서 보조 투우사 2명이 소를 지치게 만들면 불파이터(bullfighter)가 마지막으로 정수리를 찔러 죽이는 데서 유래된 용어. 이후 마타도어란 각종 근거 없는 사실을 조작해 상대편을 중상모략하거나 혹은 그 진영 내부를 상호 교란시키거나 이간질하는 '흑색선전(黑色宣傳)'의 의미로 정치권이나 스파이 첩보작전 등에서 널리 쓰이고 있다.)

"왓슨 부장께서 정확한 「인물분석파일」을 지원해 주신 덕분이지요."

"하하, 우리 부서에서 만든 기밀자료이긴 하지만 그 정도로 정확할지는 나도 몰랐소."

리처드는, 10.26이 터진 직후 왓슨 부장을 집무실에서 만났던 기억을 떠올렸다.

"리처드, 한국 정치 상황이 심하게 요동치고 있어서 당신을 호출했소. 한국이 제 2의 이란이 되지 않으려면 특단의 대책이 필요하오."

"제가 알기로 현재 한국은 민간정부로의 권력 이양 절차가 순조롭게 진행되고 있다고 하던데요……."

"한국은 18년간 군사정권이 지배했던 나라요, 그런 나라에서 그렇게 쉽게 민간정부가 출현할 것 같소. 내 경험상으로 만일 그렇게 된다면 군부의 반발이 만만치 않을 것이오. 그렇게 되면 한반도에서 또 다시 위험한 상황이 발발할 수도 있고. 이것은 미국의 국익에 도움이 되지 않소."

"그렇다면 제가 할 일은?"

왓슨 부장이 리처드에게 노란 봉투를 하나 건넸다.

"이건 뭡니까?"

"한국군 장성들의 인물 성격을 분석한 파일이오. 우리 부서에서 만든 기밀자료지. 이 인사파일을 참고해 계획을 세워주시오! 박정희처럼 고집이 세지 않고 미국의 국익에 순순히 협조하는 자가 나서줘야 하지 않겠소?"

〈극비자료- 한국군 장성 인물파일〉
정승화 : 전형적 무장, 비정치적, 월남전 참전, 군내 존경을 한몸에 받고
　　　　있음.
장태완: 다혈질, 전형적인 무장, 정승화와 친분 관계.
전두환: 다혈질이나 현실 타협적, 정치성향적, 하나회 수괴, 박정희 총애.
노태우: 전두환의 가장 친한 친구. 전두환과 행동을 함께 할 가능성이
　　　　높은 인물.

왓슨은 다시 현실로 돌아와 임무를 마치고 돌아온 리처드와 마주했다.

"으하하, 정승화 계엄사령관이 전두환 본부장을 변방으로 인사조치할 것이란 소문, 그게 그렇게 대단한 위력을 발휘할 줄은 몰랐소, 당신의 아이디어가 뛰어났소. 당신 예상대로 한국의 정치군인들, 상당히 조급하더군! 으하하."

왓슨의 괴이하고 큰 웃음소리가 집무실 내부를 떠돌았다.

"왓슨 부장께서 이번에 한국의 일부 언론들을 움직여주신 것도 작전에 큰 힘이 되었습니다. 그들이 아니었으면 신군부가 결행하기도 쉽지 않았을 겁니다."

"흠, 우리와 같은 편에서 움직여주는 언론들이 있어서 세계 어디에

서나 참 든든하지. 미국이 세계적인 영향력을 행사하는 것도 그런 우호 세력을 많이 확보하고 있기 때문 아니겠소, 허허허!"

왓슨 부장의 얼굴에는 흡족함이 떠나지 않았다.

"글라이스틴 대사와 위컴 사령관이 이번 일로 단단히 화가 났다고 들었습니다만……."

"보안 유지상 어쩔 수 없었소, 그들은 한국 내에 친구들이 많아서 이 공작을 공유하기에는 위험부담이 컸소, 적을 속이려면 아군부터 속이라는 말이 있지 않소? 때가 되면 그들도 우리 생각을 이해할 거요, 큰일을 하다보면 종종 이런 일이 벌어지지. 그러니 너무 신경 쓰지 마시오."

리처드는 왓슨이 이번 한국 정치공작 결과에 상당히 만족하고 있으며 모든 후폭풍까지도 치밀하게 염두에 두고 있다는 것을 느낄 수 있었다.

"위컴 사령관을 찾아왔던 그 한국군 장군은 어떻게 됐나요?"

"그 장군에게 불이익을 주지 않는 게 좋겠다는 우리 측 조언을 전달했소! 그 결과 신군부 세력이 지금 한국군 내에서 아주 포용력 있다고 평가받고 있지 않소? 흐흐흐."

"네, 정말 탁월한 판단이셨습니다!"

리처드도 왓슨을 칭찬하며 한껏 그를 고무시켰다.

"당신이 한 일에 비하면 아무 것도 아니지!"

왓슨이 갑자기 표정을 바꾸더니 집무실 책상 위에 놓여 있던 담뱃갑 같은 조그만 상자를 집어 그 안에서 좁쌀만 한 알갱이들을 몇 알 꺼내 입안에 털어 넣었다. 흔히 담배 껌이라고 부르는 것으로 담배를 끊으려는 이들을 위한 흡연 욕구 억제 껌이었다.

"모로코에서 온 흡연억제제인데 몇 알 하겠소?"

"사양하겠습니다."

"누구 아이디어인지 참 머리 잘 썼어, 우리 같은 사람들에게는 안성맞춤 금연보조제지!"

리처드는 그가 담배를 꺼내 물 때는 대개 새로운 공작을 고민할 때라는 것을 잘 알고 있었다. 그러니 담배 껌을 입에 물고 있는 지금도 새로운 임무를 지시하기 위한 전단계일 것이다.

"담배향이 은은하게 느껴지니 나처럼 담배를 끊기 어려운 사람에겐 정말 좋소. 모로코 대사관에서 근무하던 부하 요원이 우리 정보부 배낭 가득 보내줘서 아주 도움을 받고 있지."

리처드는 담배 껌을 씹는 왓슨을 무표정하게 바라보며 그가 언제 본론으로 들어갈지를 기다렸다. 그가 잠시 후 살모사의 미소를 띠고 말했다.

"리처드! 그간 한국에 파견된 우리 공작원들이 그렇게 오랜 시간이 흘렀는데도 해결하지 못한 골치 아픈 문제가 있소."

왓슨은 서서히 본론으로 넘어가고 있다. 그는 심각한 표정으로 천천히 입을 열었고, 리처드는 왓슨의 그런 표정이 울타리 안의 맹수에게 먹이를 던져주는 조련사의 눈과 닮았다는 생각에 어쩐지 기분이 좋지 않았다.

"한국의 박정희는 그동안 미국 정부와 위험한 게임을 해왔소!"

'미국 정부와 위험한 게임을?'

왓슨의 색다른 발언이 그의 귀를 확 끌었다.

"박정희는 핵과 미사일로 무장한 뒤 한국에 완전한 민주주의 제도를 실현하겠다는 허무맹랑한 계획을 꿈꿔왔소!"

'한국의 군사독재자가 완전한 민주주의 실현이라고?'

"이것은 청와대 안의 박정희 핵심 측근들로부터 직접 들은 믿을 만한 정보요!"

리처드는 자신이 왓슨이 한 발언의 의미를 제대로 이해했는지 잠시 짚어보았다. 그러나 친절하게도 왓슨은 금방 구체적인 설명을 이어가기 시작했다.

"박 대통령의 청와대 핵심 측근에 의하면 박정희의 생각은 이랬소, 한국에 자주적인 국방력이 없으면 항상 북한의 침략 위협에 노출될 수밖에 없고, 그런 상황에서는 완전한 민주주의 도입이 불가능하다는 것이었소. 그런데 그는 거기서 한발 더 나아갔소."

"……"

"국방력을 미군에 의존하는 이상, 역시 완전한 민주주의 실현이 불가능한하다는 거요. 즉 미국과 불편한 관계에 놓이더라도 한국에 독자적인 자주 국방력이 필요하며, 그게 구현되기 전까지는 독재가 불가피하다는 거지. 국민과 야당으로부터 독재자라는 비난을 받더라도 핵과 미사일로 자주국방을 이룬 후에 한국에 완전한 민주주의를 실현시키겠다는 일종의 낭만주의자 같은 꿈을 꿨던 거요!"

'낭만주의자? '여우' 라는 표현이 더 정확할 것 같은데…….'

"리처드!"

그가 갑자기 목소리를 낮췄다.

"당신도 잘 알다시피 인권정치를 강조하는 카터 대통령이 요즘 아주 위험한 꿈을 꾸고 있소. 2차 대전 이후 40년 가까이 지속되어온 미국의 전략적 이익을 뿌리째 흔드는 도발을 시도하려 들고 있소!"

그는 CIA 전·현직 고급간부들이 미국 대통령들을 비난하는 걸 들는 데 이골이 나 있었다.

"지금 카터는 개도국에서 민주정부를 수립하는 것이 미국의 이익에 부합한다고 말하고 있소. 그러나 나는 그 생각과 정반대요, 한국과 같은 개발도상국에서 민주화된 정부가 출범한다는 건 너무 위험한 생각이오. 사회적 혼란만 부추길 수 있지. 따라서 이건 미국 이익에는 물론이고 한국 이익에도 부합하지 않아요."

리처드는 왓슨이야말로 미국 대외 공작기관 고위관료의 전형적인 모습을 보여주고 있다고 생각했다.

"리처드, 이건 나 하나만의 생각이 아니오, 우리 CIA 내부의 대체적인 생각이오!"

왓슨은 자기 발언에 못을 박으려는 것처럼 재차 강조했다. 그는 리처드의 얼굴을 한동안 쳐다보며 그의 반응을 살폈다.

"리처드, 이쯤 되면 내가 무슨 말을 하려는지 눈치 챘을 거요! 바로 박정희 정부의 비밀 핵과 미사일 실험의 깨끗한 뒤처리 말이오, 우리는 그 문제가 완전히 해결됐다고 생각지 않아요."

왓슨의 의도가 선명하게 드러났다. 리처드는 이제 끼어들 적당한 기회를 찾아야 했다.

"글라이스틴 대사가 미 국무부로 보낸 비밀 보고서에 의하면 한국의 신군부는 지금 절실하게 미국의 지원을 바라고 있소. 이걸 잘 활용하면 미국과 한국 정부 사이에 껄끄러운 현안인 핵과 미사일 문제를 말끔히 해소할 수 있을 것이오. 이번이 절호의 기회요, 리처드!"

리처드는 어째서 왓슨에게 '해외공작의 귀재'라는 별명이 붙었는지 이해가 갔다. 그는 껄끄러운 정승화를 내치고 전두환을 통해 한미관계 복원을 노렸으며, 일차적으로 성공했다. 이제는 골치 아픈 핵 추진 사업의 완전폐기를 이룸으로써 공작을 마무리할 단계였다.

왓슨은 리처드의 표정을 보며 다시 음흉한 미소를 지었다. 그는 껌을 새로 꺼내 씹으며 말을 계속 이어갔다.

"파키스탄과 인도를 핵보유국으로 만든 실수를 한국에서도 반복할 수는 없소! 중동지부 보고에 의하면 이란 상황도 아주 좋지 않소. 한국에 있는 우리 비밀 협조자들의 조언에 의하면, 한국을 방치할 경우 수년 내에 한국도 핵무기 보유국이 될 거라고 말하더군. 한마디로 한국과 이란이 제 2의 파키스탄, 제 2의 인도가 될 가능성을 전혀 배제할 수 없소!"

미국 정부는 이란의 테헤란 대사관에 인질로 억류된 미 대사관 직원들 구출 문제로 이란과 기싸움을 하는 중이었다. 만일 여기서 패배하면 반미 성향의 호메이니 정권에 의한 이란 핵무장이 가속화될 상황이었다.

"만일 파키스탄, 인도에 이어서 한국과 이란마저 핵무장을 한다면 이것은 미국 정부로서는 끔찍한 시나리오가 될 것이오. 전 세계적인 재앙이 될 것이란 말이오."

리처드는 왓슨의 말을 알아들었다는 듯 고개를 가볍게 끄덕였다. 왓슨은 리처드의 반응에 고무되었는지 심각한 표정으로 말을 이어갔다.

"박정희 정부가 어느 수준까지 핵무기와 미사일 개발을 진행시켰는지 알아내야 하오. 이번 기회에 완전히 재기불능 수준으로 파기시켜야 하오!"

그러면서 그는 리처드에게 또 다른 인물 파일을 건넸다.

"이 자료들을 참고하시오. 이 사람은 한국에서 우리에게 협조할 자요, 이미 얘기가 다 됐소. 그리고 여기 세 사람은 박정희 대통령의 비밀 핵개발에 연루된 것으로 의심되는 과학자들이오."

세 명의 이름은 이강하, 민일용, 한창혁이었다.

"우리는 최규하 과도정부가 아닌 신군부가 이 문제를 해결할 열쇠를 쥐고 있다고 판단하고 있소! 내 말 알아듣겠소? 신군부는 지금 한국에서 가장 강한 존재고, 동시에 한 치도 물러설 수 없는 상황에 놓여 있소."

"호랑이가 먹이를 포착했으니 다른 생각을 품지 못하게 확실히 우리 안으로 집어넣어달라는 얘기 아닙니까?"

"흐흐, 그렇지."

"이번 일에 면책특권은 있습니까?"

그가 잠시 심각한 표정을 지었다.

"포드 전 대통령이 지난 76년에 CIA에게 내린 행정명령이 지나치게 확대되는 바람에 CIA가 해외에서 움직일 때 제약이 커요. 하지만 궁극적으로 미국의 이익을 위하는 일에 눈물 쏟는 미국인은 없을 것이오."

왓슨의 얘기는 공식적인 면허 부여는 없겠지만 비공식적으로 미국 정부가 비밀 공작요원들을 보호할 것이란 의미였다. 그러나 그의 말이 정확하지 않다는 것을 리처드는 잘 알고 있었다. 왓슨은 사실을 충분히 얘기하지 않고 있었다. 미 CIA는 해외 공작에서의 각종 스캔들에 휘말려 있었다. 파키스탄 핵물리학자의 의문의 차량폭발 사건, 인도 정보 요원의 IAEA 빌딩에서의 추락사건, 공공연히 핵무장을 강조하던 남아프리카 정치인의 호텔 내 치정 비관 권총자살 사건, 중남미 각국에서의 쿠데타와 암살 사건 등. 이 모든 사건들의 배후에 미 CIA

가 있다는 의혹을 받고 있었고, 이로 인해 미국은 우방국들로부터 외교관계 단절의 위기를 맞고 있었다.

나아가 이런 방법은 오히려 반발을 낳고 인도와 파키스탄의 핵개발을 막지 못하는 부작용을 야기했다. 이란의 친미정권에 대한 CIA의 지나친 내정 간섭의 역풍으로 반미 강경 이슬람 정권에 의한 핵무장 가능성도 증폭되고 있었다. 뿐만 아니라 그들은 한국의 박정희 암살에 개입했다는 의혹도 받고 있었다. 일련의 이런 불미스런 의혹들이 증가하면서 미 CIA는 미 의회로부터 강한 제재와 감시에 직면해 있었다. 리처드는 이번 공작에서 공식적인 코드A는 없다는 것을 눈치 챘다.

(제럴드 포드 대통령은 1976년, 행정명령 12333호를 통해 미국 정부가 고용하거나 미국 정부를 대신하는 사람이 외국 지도자를 암살하거나 암살 음모를 꾸미는 데 가담하는 것을 금지시켰다. 전문용역 요원들에게 제공된 면책특권은 일종의 살인면허였다. 그러나 이 면허는 9.11 테러 이후 다시금 미 의회에서 논란이 계속되고 있다.)

리처드가 충분히 알아들었다는 표시로 고개를 끄덕였다. CIA 본부 건물을 승용차로 빠져나오면서 리처드는 미화를 떠올렸다. 사실 한국에서의 지난 공작에는 미화의 공이 컸다. 미화는 능숙한 솜씨로 정승화 군과 신군부 사이를 오가며 팽팽한 대치 상태를 만들어내는 데 큰 도움을 주었다. 그녀는 지시를 착실하게 수행해준 1등 공작원이었다. 한국에 돌아가면 그녀에게 어떤 선물을 할지 머릿속에 그려보았다. 삼청각에서 그녀가 했던 말이 떠올랐다.

"저처럼 부모도 일가친척도 없는 여자한테 가장 좋은 선물은 남자의 진정한 관심과 사랑이에요."

그의 입가에 희미한 미소가 번졌다. 이제 미화의 마음까지도 완전히 사로잡았다는 확신이 들었다.

1980년 2월 초순

그 해 겨울 들어 가장 추운 날씨였다. 찬바람이 불면서 오전부터 추위가 맹위를 떨치고 있었다.

원자력연구소 지하에서 실험을 하고 있는 한창혁 박사는 전날 오전에 신문사 친구로부터 받은 전화 내용 때문에 일이 손에 잡히지 않고 있었다.

"한 박사, 나요!"

코리아데일리 황공필 정치부장이었다.

"오랜만이군, 황 부장, 웬일이오?"

"요즘 별일 없습니까?"

그의 예사롭지 않은 첫 인사가 마음 깊은 곳에 숨어있던 불안감을 건드렸다.

"아직 별일은 없지만, 시작부터 갑자기 그게 무슨 소리요?"

"한 박사, 잘 들으시오, 요즘 신군부 내부 동향이 심상치 않아요. 박정희 대통령 시절에 핵과 미사일을 다루던 과학자들에게 무슨 조치를 취하려는 것 같소. 국보위를 취재하는 후배기자의 보고에 의하면 과학자들을 포살해야 한다는 험악한 주장까지 나오고 있답니다. 미친놈들이지! 아마 미국의 강력한 요구가 작용했든지 아니면 벌써 미국 눈치를 보는 것 같소. 한 박사, 부디 몸조심하시오."

황 부장의 진심 어린 걱정이 수화기를 통해 전해졌다. 그로서도 어느 정도 예상했던 상황이지만 막상 정보통인 신문사 주필로부터 그런 얘기를 들으니 가슴이 답답해졌다.

"고맙소, 황 부장!"

"내가 한 박사를 도울 수 있는 길이 이것밖에 없어 안타깝소, 요즘은 기사 하나, 사설 하나까지 다 검열당하고 있어요. 방송도 신문도 다 신군부에 장악된 상태요."

그는 10.26이 터지기 전만 해도 사설 등을 통해서 박 대통령의 독자적인 핵무장론의 당위성을 적극 옹호하는 글을 줄기차게 써온 대표적인 인물이었다.

"황 부장도 조심하시오!"

"또 전화하리다!"

한 박사가 이런 통화 내용을 회상하고 있던 그 시각, 원자력연구소 정문에 검정색 승용차 한 대가 어두운 날씨 탓에 전조등을 환하게 밝히고 정문 초소 앞으로 다가왔다. 차량이 노란색과 검정색 교차 무늬가 새겨진 차단봉 앞에 멈춰 서자 무장한 연구소 경비대원 한 명이 다가갔다. 차단봉 앞으로는 철제 바리케이드가 서 있었고, 77년 이후 내려진 청와대의 특별 지시로 연구소에는 무장경비대원이 배치되어 있었다.

"누구를 만나러 오셨습니까?"

경비대원이 쌀쌀한 날씨에 움츠러든 얼굴로 운전석 가까이 다가가 차량 내부를 눈으로 훑어보았다.

"한창혁 박사를 만나러 왔소!"

창문을 반쯤 연 운전자가 경비대원을 쏘아보며 짧게 답했다. 경비대원의 시선은 운전석에 앉은 자에서 조수석에 앉은 자에게로, 그리고 다시 차량 뒷좌석에 앉은 사람에게로 차례차례 이동했다. 뒷좌석에 앉은 이는 살기어린 눈빛에 몸을 등받이 깊숙이 파묻고 있었다. 경비대원이 의심 가득한 눈빛으로 다시 물었다.

"어디서 오셨습니까?"

경비대원의 거듭된 질문에 운전자는 불만스러운 얼굴이었다. 반쯤 열린 창문 틈으로 사나운 바람이 그의 얼굴을 할퀴고 지나갔다. 그가 짜증 섞인 어투로 퉁명스럽게 답했다.

"보안사에서 나왔소!"

'보안사? 보안사에서 왜 한창혁 박사를……'

경비대원은 불길한 느낌이 들었다. 연구소 특수 근무 5년째인 경비대원은 한창혁 박사가 뭔가 중요한 비밀연구를 하고 있다는 것을 어렴풋이 알고 있었다. 묻는 말에 짧고 퉁명스럽게 대답하는 운전자의 말투도 이상했지만, 한 박사를 만나러 왔다는 보안사 요원의 말은 더 심상치 않은 느낌이었다.

"신분증을 제시해주십시오. 여기 출입하는 모든 분들의 신분증을 규칙상 확인하게 되어 있습니다."

경비대원이 신분증을 다시 요구하자 운전자는 눈에 띄게 미간을 찌푸리더니 그가 뒷좌석의 남자를 백미러로 힐끗 보았다. 어떻게 할 것인지 하명을 기다리는 눈치였다. 그러자 뒷좌석의 남자가 귀찮다는 듯이 턱을 위아래로 까딱거렸다. 결국 운전자도 귀찮다는 표정으로 품에서 신분증을 꺼내 경비대원에게 건넸다.

'보안사 정보처?'

보안사 정보처는 대통령 시해사건 이후 민과 군의 정보를 한손에 거머쥔 보안사 내에서도 핵심인 부서였다. 신분증을 건네받은 경비대원은 뒷좌석에 앉은 사람을 다시 힐끗 쳐다봤다. 짧게 깎은 머리,

벌어진 어깨, 짐승의 눈매, 한눈에도 예사롭지 않았다.

'어디서 많이 본 얼굴인데…….'

그는 그 얼굴을 기억해보려 했지만 좀처럼 기억이 나지 않았다.

"실례지만 한 박사님과는 사전 약속이 되었습니까?"

"……."

"박사님께서는 손님이 오실 경우 보통 저희들에게 미리 연락을 주시는데, 아직까지 따로 연락을 받지 못했습니다. 지금 연구실에 계신지 한 번 확인 전화를 하겠습니다."

한창혁 박사는 원자력연구소 내에서도 1급에 해당하는 경호를 받는 중요 인물이었다. 그러나 경비대원의 뻣뻣한 반응 때문에 한계에 도달한 운전자가 거친 욕설을 내뱉었다.

"야, 이 새끼! 지금 국가 공무 중이란 말이야! 한 시가 바쁘니까, 죽고 싶지 않으면 어서 차단봉이나 올려!"

느닷없는 욕지거리에 경비대원은 흠칫했다. 그도 최근 보안사의 위세가 하늘을 나는 새도 떨어뜨릴 정도라는 것을 잘 알았다. 그럼에도 그는 여전히 경비초소 안에 남아 있는 또 다른 동료대원과 불안한 눈빛을 주고 받을 뿐 차단봉을 올리지 않았다.

"야, 왜 이렇게 꾸물대!"

뒷좌석에 앉아 있던 자가 짜증 섞인 목소리로 툭 던졌다. 그 말에 운전자는 기다렸다는 듯이 차 밖으로 튀어나와 허리춤에서 권총을 꺼내 경비대원 목에 질러놓고 경비 초소 처마 쪽으로 거칠게 밀어붙였다. 순식간에 벌어진 일에 경비대원은 당황한 얼굴로 뒷걸음질 쳤다. 순간 경비 초소 안에서 밖의 상황을 지켜보던 또 다른 경비대원이 돌발 광경에 놀라 총을 들고 용수철처럼 밖으로 튀어나왔다.

"야, 후임병! 저 새끼 막아!"

그러자 조수석에 있던 또 다른 보안사 요원이 한 걸음 먼저 밖으로 튀어나와 경비대원의 얼굴을 자신의 권총으로 가격한 뒤 초소 안으로 그를 도로 밀어 넣었다. 초소 안으로 밀려들어간 경비대원의 코와 입에 피가 흘렀다.

"어서 차단봉 올려! 확 다 부서버리고 가기 전에!"

가는 눈발을 머금은 거센 바람이 경비 초소 창문을 사납게 흔들었다. 목에 박힌 총구에 겁을 먹은 경비대원이 버튼을 누르자 차단봉이 올라갔다. 그는 초소 한쪽 귀퉁이에서 꼼짝 못한 채 순식간에 공포의 현장으로 변한 초소 앞 상황을 겁에 질린 눈으로 바라보았다.

그때 딸깍 소리와 함께 경비대원의 목에 총구를 댄 권총의 가늠쇠가 뒤로 젖혀졌다. 그 소리가 경비대원의 귀에는 천둥처럼 크게 울렸다.

"세상이 바뀐 걸 모르고 까부는구먼, 너희 새끼들 한둘 죽인다고 문제될 것 하나도 없어! 계엄군 지시를 거부하면 총살도 가능하다는 것 모르나!"

경비대원은 목에 닿은 권총에서 금속성의 차가운 살기를 느꼈다. 어느새 그의 얼굴은 새파랗게 질려 있었다.

"한창혁 박사 연구실이 어느 건물이야?"

운전병이 권총으로 그의 목을 쿡쿡 찌르면서 다시 물었다.

"연구단지 내 F동, 일명 백합동 건물 3층에 있소. 하지만 그곳까지 차로는 갈 수가 없소. 저 앞에 보이는 높은 굴뚝 옆이 연구원 체육관 건물인데, 그 앞 주차장에 차를 세워놓고 연구실까지 조금 걸어가야 해요."

사실 백합동 건물까지 바로 갈 수 있는 길도 있었다. 하지만 경비대원은 그 와중에도 일부러 빠른 길을 알려주지 않았다. 일반인 출입이 금지되어 있는 길이기도 했지만 그 길이 외부에 알려지는 것을 한 박사도 원하지 않았다. 그는 한 박사가 조금이라도 시간을 벌도록 해주는 게 자신의 임무라고 생각했다.

차단봉이 올라가자 검정 승용차는 연구소 건물들이 밀집된 연구 단지를 향해 쏜살같이 달려갔다. 차가 시야에서 사라지고 나서야 경비대원은 승용차 뒷좌석에 앉아 있던 자의 얼굴을 기억해냈다. 최근 방송 뉴스에서 몇 차례 본 사람으로, 합동수사본부 요원은 아니었지만 보안사 주요 인물 중에 하나였다. 차가 사라지자 경비대원은 곧바로 한창혁 박사의 사무실로 전화를 걸었다.

"네, 한창혁 박사님 집무실입니다."

신참 연구원이 전화를 받았다.

"중앙 정문 경비대입니다!"

수화기 너머로 경비대원의 다급한 목소리가 들려왔다.

"방금 전에 보안사에서 한 박사님을 만나겠다고 들어갔습니다. 막무가내 태도를 보니 박사님께 위해를 가하지 않을까 걱정됩니다. 빨리 박사님께 전해주세요!"

다급한 경비대원의 음성을 들은 신참 연구원의 얼굴이 잿빛으로 변했다. 신군부가 들어서고 난 이후 원자력연구소가 타깃이 되고 있다는 소문을 그도 들었기 때문이다.

"알았습니다. 제가 박사님께 전해드리겠습니다."

연구원은 곧바로 한 박사 실험실 비상벨을 눌러 밖에서 심상치 않은 일이 벌어지고 있음을 알렸다. 집무실 창문이 겨울 바람으로 요란하게 덜컹거렸다. 바람이 짐승처럼 울부짖고 있었다. 신참 연구원은 초소를 통과한 그들이 언제 집무실에 닥칠까 걱정하며 시선을 문으로 향했다.

정보처 최학수 팀장이 한창혁 박사의 이름이 걸린 3층 집무실 앞에 서서 말했다.

"너희들은 가서 내가 지시한 대로 일들 봐!"

"알겠습니다!"

쾅쾅 거칠게 문 두드리는 소리에 신참 연구원이 문을 열었다.

"어디서 오셨습니까?"

"보안사 최학수라고 하오, 한창혁 박사를 만나러 왔소!"

"들어오시지요, 박사님께서는 연구실에 계신데 곧 들어오실 겁니다."

안으로 안내된 최학수는 쏘는 듯한 눈빛으로 사무실 안을 구석구석 빠르게 훑었다.

'박정희 대통령과 찍은 사진이군!'

그는 박 대통령과 한 박사가 함께 찍은 사진에 눈길을 멈추었다. 두 사람의 표정에서 대통령과 한 박사가 보통 가까운 사이가 아니었음을 한눈에 알 수 있었다. 신참 연구원은 자기 책상에 앉아서는 집무실 내부를 구석구석 훑고 있는 그를 불안한 눈으로 훔쳐보았다.

최학수는 한 박사의 책꽂이에 꽂힌 책들을 손에 잡히는 대로 뽑아 페이지를 빠르게 넘기며 살폈다. 대부분 그로서는 이해하기 어려운 내용들이었다. 잠시 후 문을 열고 들어온 한 박사가 최학수와 눈을 마주쳤다.

"한창혁이라고 합니다. 보안사에서 무슨 일로 나를 찾아오셨는지."

최학수는 한 박사의 얼굴에서 쉽사리 설득당하지 않는 고집스러운 과학자의 인상을 재빨리 읽어냈다.

"보안사 최학수라고 하오!"

두 사람의 눈에서 잠시 불꽃이 일었다.

"아시다시피 이곳 원자력연구소에서 하는 일들에 대해 국내외에서 많은 의심과 걱정들을 하고 있소. 한 박사께서는 이곳 원자력연구소 특수사업 부서에서 일했던 것으로 알고 있소. 그만 우리에게 협조를 해주어야 하겠소."

"그 특수사업부는 이미 해체되고 없습니다! 다 알고 있잖소!"

"그래도 미국에서는 여전히 한국이 비밀 핵개발을 추진하고 있다고 의심하고 있소. 우리는 그렇지 않다고 얘기하고 있지만 믿으려 들지를 않소."

그가 한 박사의 해명에 즉각 반박했다. 최학수가 계속해서 비밀 실험 여부를 떠보는 듯 유도 질문을 하자 한 박사가 눈을 치켜뜨며 답했다.

"그간 이곳 원자력연구소 특수사업부에서 추진했던 모든 일들을 몇 년 전 미국의 요구로 세상에 다 공개했소. 더 이상은 나올 게 없소."

그러자 최학수의 안색이 싸늘해지면서 눈매가 가늘어졌다.

"이것 보시오, 한 박사. 우리 정보팀의 능력을 너무 과소평가하는 것 아니오? 우린 이곳 원자력연구소에서 해마다 우라늄 원석이 3톤씩 행방불명된 걸 다 알고 왔소. 그리고 그게 특수사업부와 연관이 있다고 보고 있소."

최학수는 그간 원자력연구소에서 일어난 일들을 다 알고 있다는 듯이 의미심장한 미소를 지으며 한 박사를 추궁했다. 그러나 모든 걸 예상한 듯이 한 박사의 얼굴에는 아무 동요도, 당황하는 기색도 떠오르지 않았다. 짧은 침묵의 순간이 흐른 후에 한 박사가 담담하게 대답했다.

"내가 전문가 입장에서 해명하리다. 당신이 말한 그 오차는 발전소 운영 과정에서 생기는 어쩔 수 없이 생기는 자연 손실분이오. 그리고 원석 분실량을 문제 삼는다면 우리가 수입하는 모든 게 다 문제가 될 거요!"

한 박사는 최학수의 의혹을 면박주듯이 단호하게 부인하고는 입을 일자로 굳게 다물었다. 그러자 이글거리는 눈빛으로 한 박사를 한참 노려보던 최학수가 입을 열었다.

"한 박사, 우리 정보가 어디에서 나왔는지 아시오? 바로 이 연구소 내부에서 나왔소, 알고 보니 한 박사, 이 연구소 내에 적들이 꽤 많더군."

한 박사는 그 말에는 약간 움츠러들 수밖에 없었다. 한 박사의 얼굴에 착잡한 심경이 묻어 났다. 바로 그때 최학수의 부하들이 집무실 문을 열고 들어왔다.

"비밀실험실을 찾았나?"

최학수가 문을 열고 들어온 부하들에게 다그쳐 물었다.

"네, 찾았습니다. 제보가 비교적 정확했습니다. 실험실 내부를 전부 다 뒤진 결과 원자로 뒤편으로 출입구가 벽면처럼 교묘하게 위장되어 있었습니다."

한 박사는 순간 눈을 감아버렸다. 최학수의 얼굴에 승리의 미소가 떠올랐다.

"좋아! 물증은 찾았나?"

"그런데 실험실 내부가 깨끗이 정리되어 있었습니다. 샅샅이 뒤졌지만 특별히 물증이라 할 만한 건 발견되지 않았습니다."

"뭐라고?"

최학수의 얼굴에 당황한 기색이 나타났다. 한 박사는 묘한 미소를 짓고 있었다.

"이상하군! 틀림없이 실험실 내부 어딘가에 물증이 있을 텐데."

한참 고개를 갸우뚱하던 최학수가 다시금 한 박사를 향해 돌아서서 눈을 부라리며 추궁하듯 말했다.

"우리가 찾는 걸 잘도 숨겨놓았군. 하지만 찾는 건 시간문제요! 지금이라도 그간의 비밀실험에 대해 소상히 밝히는 게 박사 신상에 조금이라도 좋을 것이오!"

"당신들이 알아서 찾아가시오! 나는 더 이상 아무 말도 하지 않겠소!"

한 박사는 입을 꽉 다물었다.

"한 박사, 지금부터 내가 하는 말 명심하시오, 오늘 이 시각 부로 특수사업부의 비밀실험실은 폐쇄될 거고 당신의 실험실 출입도 금지될 거요! 뿐만 아니라 정부는 이번 기회에 원자력연구소 내에서 조금이라도 의심을 살 만한 부분들은 폐쇄하거나 대폭 정리할 생각이오."

그 말에 한 박사는 노기 띤 표정으로 항의했다.

"뭐요? 대폭 정리한다고? 당신들 제정신이오? 국내에 원자력연구소라곤 이곳 하나뿐인데 여기서 더 뭘 축소한다는 말이오? 내 연구를 통제하는 건 좋지만 다른 연구자들 실험까지 막진 마시오! 원자력 분야에서 우리는 이제 겨우 걸음마를 벗어난 단계요!"

"달라진 현실을 직시하시오, 한 박사! 박정희 대통령은 실현될 수 없는 꿈을 꾼 거요. 미국이 우리 핵무기를 용인할 것 같소? 그것은 절대 불가능한 꿈일뿐더러 우리나라를 위기에 빠뜨릴 수도 있는 위험한 계획이었소!"

"실현될 수 없는 꿈이라니? 함부로 말하지 마시오! 당신들은 박 대통령 밑에서 녹을 먹던 사람들 아니오. 어떻게 그런 말을 함부로 할 수가 있소, 당신들, 어느 나라 사람들이오?"

한 박사는 목소리가 높아지고 얼굴빛이 붉으락푸르락해졌다. 그러자 최학수가 싸늘한 안색으로 재차 말했다.

"오늘 내가 한 얘기는 일차 경고라는 점을 명심하시오! 잘 숙고해서 따라주시오. 그렇지 않으면 이 연구소가 완전히 없어질 수도 있으니. 하루아침에 당신들 설 자리가 사라진단 말이오. 이제 당신들을 도와줄 사람은 아무도 없소. 이곳 연구소는 물론이고 청와대 근무했던 사람들도 우리에게 협조하고 있소."

그는 할 말을 다 했다는 듯 자리를 박차고 일어나 문을 쾅 닫고 나가버렸다. 그 소리가 집무실 내에 불안한 진동으로 울려 퍼졌다. 한동안 침묵이 흘렀다. 담배를 꺼내 문 한 박사는 눈을 지그시 감았다.

'드디어 올 것이 온 건가? 일찍 서두르길 잘했군.'

담배를 쥔 그의 손이 가늘게 떨렸다. 한 박사는 전날 밤의 일을 떠올리며 담배 연기를 길게 내뿜었다.

전날 저녁, 월성 원자력연구소 핵폐기물 지하저장소 입구

노란색 승합차 한 대가 한밤의 정적을 깨지 않으려는 듯 핵폐기물 지하 저장소 입구에 소리 없이 다가와 멈춰 섰다. 양털 구름 사이로 달빛이 한가로이 비추는 가운데 방호복을 착용한 세 사람이 뭔가를 차에서 조심스럽게 내려 대형 카트에 옮겨 실었다. 그들은 카트를 끌고 화물용 엘리베이터를 타고는 지하로 향하는 버튼을 눌렀다.

"방호 마스크를 착용하시죠!"

그의 말에 따라 나머지 두 사람도 방사능 방호 마스크를 착용했다. 화물용 엘리베이터가 도착한 곳은 월성 원자력발전소 지하에 있는 중저준위 핵폐기물 저장소였다. 엘리베이터 문이 열리자 지하실 특유의 습기와 냄새가 신경을 자극했다. 저장소 내에는 수많은 핵폐기물 드럼통들이 가지런히 3층 높이로 정리되어 있었고, 그 표면에는 폐기물의 접수 연도와 발생 장소를 표기한 일련번호가 암호처럼 매겨져 있다.

"자네가 수고가 많군!"

방호 마스크 밖으로 한 박사의 탁한 목소리가 새어 나왔다.

"걱정하지 마십시오, 이 일만 벌써 7년째 합니다."

그는 엄지손가락을 치켜세운 뒤 능숙한 솜씨로 한쪽 구석 여유 공간에 싣고 온 원통형 물체를 세우고 표면에 일련번호를 붙인 다음 자신이 갖고 있던 서류에도 그 번호를 옮겨 적었다. 그가 일련번호 복사본을 한 박사에게 건네며 말했다.

"이렇게 번호를 매겨 보관하면 아무도 눈여겨 보는 사람이 없을 것입니다."

"나중에 찾기도 편하겠군. 아무튼 어려운 부탁을 들어줘서 고맙네!"

"그런 말씀 마십시오, 박사님 부탁이라면 지옥 끝에서도 도와드립니다."

한 박사는 방호 마스크 위로 그의 진정 어린 눈빛과 미소를 읽었다. 그는 박 대통령이 미국에게 핵개발 포기 약속을 했던 77년, 연구소에 미국의 대대적인 사찰이 들어왔을 때 한 박사를 도와 주요 장비와 물질들을 숨기는 데 협조했던 인물이다. 그때부터 두 사람은 의기투합해서 오늘까지 관계를 맺어왔다.

"그런데 이건 언제까지 이곳에 보관할 생각이십니까?"

"지금으로선 기약할 수 없네!"

그는 한 박사의 눈빛에서 중요한 의미를 읽어냈다.

"걱정하지 마십시오! 제가 이곳에 있는 한 목숨을 다해 지키겠습니다."

그들은 서로의 손을 힘 있게 맞잡았다.

홍릉 국방 과학 연구소

보안사 최학수가 원자력연구소에서 한 박사를 만나고 있을 무렵, 홍릉 국방연구소 백두동 아리랑 사업부서에 일군의 무장병력이 갑자기 들이닥쳤다.

"1분대는 연구동으로, 2분대는 나를 따라 실험동으로 진입한다. 이상!"

아리랑 사업부서는 전략 미사일 K2 개발을 위한 박 대통령의 또 하나의 비밀부서 별칭이었다. 작업에 열중하던 연구원들은 무장한 채 들이닥친 병력들로 인해 혼비백산했다.

"당신들 누구야? 어디라고 함부로 들어온 거야!"

여기저기서 소란이 일었다.

"저리 비켜, 이 새끼야!"

지휘관으로 보이는 자가 항의하는 연구원 하나를 소총 개머리판으로 거칠게 밀쳐버렸다. 이어서 그들은 연구원들의 항의에도 아랑곳없이 각기 흩어져서 실험실 내부를 이 잡듯이 뒤지기 시작했다.

"구석구석 다 뒤져! 지시서에 올라온 것들은 다 해체해서 밖에 있는 차에다 실어!"

그들의 손에는 작전 지시서가 들려 있었다. 그들은 지시서에 명시된 대로 부품과 원자재 등 눈에 띄는 것들을 닥치는 대로 해체해 밖으로 들고 나갔다. 해체하기 어려운 것은 두 셋이 함께 들어 옮겼다. 연구원 중 하나가 다급히 비상전화기를 집어 들자 무장병력 하나가 달려들어 그 옆구리를 개머리판으로 가격했다.

"이 새끼가 어디다 전화질이야!"

연구원은 신음소리와 함께 바닥 위로 나둥그러졌다. 이를 본 다른 연구원들이 쓰러진 동료를 황급히 부축했고, 일부는 강하게 항의했지만 그 항의는 무시됐다. 실험실이 난장판으로 변했을 무렵 선임병 하나가 지휘관에게 다가와 보고했다.

"실험실 내에 흩어져 있던 제트엔진추진체, 관성항법유도장치 부품, 그 밖에 미사일 실험장비는 전부 해체해서 차에 실었습니다."

"미사일 설계도는 찾았나?"

"아직 못 찾았습니다."

"빨리 찾아, 어디엔가 있을 거야! 실험실 내에 있는 모든 캐비닛을 다 뒤져서라도 반드시 찾아. 조금이라도 의심되는 곳은 전부 열어서 뒤져봐!"

곧 탕탕 하는 권총 소리가 터졌다. 잠겨 있는 철제 캐비닛의 문을 부수기 위해서였다. 하지만 그들이 찾는 서류는 좀처럼 나타나지 않았다

"앗! 여기 연구실과 연결된 비밀금고가 있습니다!"

그가 가리킨 곳은 연구실 한쪽 구석 서재 뒤편이었다. 철제 금고의 손잡이를 향해 권총 세 방을 쏘자 손잡이가 날카로운 소리를 내며 본체에서 떨어져 나갔다. 금고를 뒤져 무엇인가를 찾던 병사 하나가 득의양양한 표정으로 지휘관에게 황급히 달려왔다.

"설계도 찾았습니다."

지휘관은 선임병 손에서 설계도를 빼앗듯이 낚아채 한참 살펴보더니 회심의 미소를 지었다.

"맞군! 틀림없이 이거야!"

곧 그는 어디론가 급히 전화를 걸었다.

"팀장님, K2 소거작업 완료했습니다……. 네, 설계도도 확보했습니다……. 알겠습니다."

"자, 철수한다, 가자!"

그들이 우르르 몰려나가려는 순간, 뒤늦게 소식을 접하고 들어온 한 남자가 지휘관 앞으로 다가와 물었다.

"당신이 지휘관이오?"

지휘관은 불쑥 나타난 한 남자의 당당한 모습에 흠칫했다. 범상치 않은 눈빛이었다.

"그렇소만, 당신은 누구요?"

"나는 이곳 연구 부서를 책임지고 있는 이강하요. 당신들은 어디서

왔고 무슨 권한으로 이런 짓들을 하는 거요?"

그의 노기 띤 음성에서는 함부로 대할 수 없는 권위가 느껴졌다. 지휘관은 국방과학연구소가 박정희 대통령이 생전에 가장 애지중지하던 국책연구소였다는 사실을 들어서 알고 있었다. 그런 연구소를 함부로 난장판을 만들었다는 것에 마음 한 구석이 찜찜하던 차였다. 그러나 그의 뒤에는 막강한 신군부가 버티고 있지 않은가.

"그것은 당신이 알 바 아니지만, 알아도 소용 없을 거요, 어차피 이 부서는 폐쇄될 거니까!"

청천벽력과도 같은 지휘관의 말에 가뜩이나 혼란에 빠져 있던 연구소 안에 서늘한 기운이 덮쳤다. 연구원들은 충격에 빠졌고, 이 박사의 성난 목소리가 다시 이어졌다.

"폐쇄된다니? 그게 무슨 소리요?"

"무기 국산화 사업인 아리랑 사업은 중단될 예정이오. 국방사업 내용이 해외에서 고성능 무기를 좀 더 수입해 오는 쪽으로 향할 거요."

지휘관은 충격에 빠진 연구원들의 모습을 득의양양하게 쳐다보다가 병력을 이끌고 황급히 빠져나갔다. 그들이 빠져 나가자 연구원들이 술렁이기 시작했고, 사태의 심각성을 확인한 이 박사가 어디론가 전화를 걸었다.

"큰일났습니다. 정체불명의 무장군인들이 난입해서 작업 중이던 K2 미사일 부품과 원자재, 설계도까지 탈취해갔습니다."

그러나 더 충격적인 것은 수화기 너머에서 들려오는 목소리였다. 공분은커녕 맥이 빠져 있었다.

"내가 당신들 얼굴을 볼 면목이 없소."

"그게 무슨 말씀입니까?"

이 박사가 의아함을 비쳤다.

"국방부에서 갑자기 지시가 내려왔소, 우리 연구소 인력과 조직을 절반으로 축소하라는 거요. 특히 핵심부서인 미사일 사업부서는 완전히 폐쇄하라는 지시가 내려왔소."

"……."

"나는 그 지시를 받아들일 수 없다고 완강히 버텼소. 그랬더니 곧 책임자를 바꾸겠다고 하더군, 나 말고도 일할 사람은 많다면서 말이요, 허허!"

이 박사는 그의 허탈한 음성을 들으며 마음속 밑바닥부터 치밀어 오르는 분노를 간신히 눌렀다.

"정말 미안하오, 이 박사. 아무래도 이 박사가 맡고 있는 부서가 제1차 감축 대상이 될 것 같소. 그뿐만이 아니오. 주한미군 철수 협박에 박 대통령이 할 수 없이 써준 미사일 개발 포기 양해 각서를 이참에 정식 외교문서로 제출할 것이란 소문이 파다하오. 이제 우리 할 일이 많이 줄어들 것 같소."

이 박사는 끓어오르는 분노를 억지로 참으며 수화기를 내려놓았다. 어느 정도 예상은 했지만 이렇게까지 빨리 상황이 악화될 줄은 몰랐다. 그의 얼굴에 착잡함과 분노가 교차했다. 하지만 그의 분노는 어느 틈엔가 희미한 미소로 변하고 있었다.

'설계도를 따로 보관하기를 잘했군. 아무도 찾을 수 없는 곳에 말이야!'

며칠 뒤 국방과학연구원들의 우려가 현실로 나타났다. 두 차례에 걸친 숙청으로 약 1000명에 달하는 국방과학연구소(ADD)인력이 길거리로 쫓겨나고 조직은 대폭 축소됐다. 개중에는 미사일 개발 공로로 각종 서훈과 포상을 받았던 연구원들도 있었다. 미사일 부서는 간신히 명목만 남았다. 한국 자주국방 사업사상 최악의 날이었다.

"주님, 기지 주변의 여성들과 그들로부터 낙태되는 아이들, 버려지는 아이들을 위해 기도드립니다."

고 신부가 한밤중의 성당에서 무릎을 꿇고 제대를 향해 기도를 올리고 있었다. 불 꺼진 성당은 십자가가 걸린 제대 주변만 희미하게 불이 들어오고 있어 더욱 경건한 느낌이었다.

고 신부는 오늘 낮 미군기지 앞에서 여성 인권 유린과 미군기지 내 토양오염 규탄시위를 나갔다가 친미 보수단체로 구성된 맞불 시위대를 만나 곤욕을 치렀다. 친미 보수단체 회원들의 야유가 떠올랐다.

"당신은 왜 사사건건 정치에 개입하려 드는 것이오, 사제가 뭘 안다고?"

그들 가운데는 무종교주의자들도 있었다.

"이천 년전 이 땅에 온 예수는 당신처럼 정치에 개입하고 체제 전복 세력과 손을 잡고 나라 안보를 위태롭게 하진 않았소."

"종교는 이 땅에 남은 마지막 권력이야!"

모두가 고 신부로서는 받아들이기 힘든 비난이었다.

"언제 주일에 우리 성당에 오십시오, 그러면 남편과 아버지로부터 버림받은 많은 미군기지 여성들과 그들의 어린아이들을 만나실 수 있을 것입니다. 미군기지는, 언젠가 미군이 이 땅을 떠나면 바로 여러분들에게 돌아올 땅인데 환경 문제에 관심을 갖는 게 무엇이 그리 잘못됐습니까?"

고 신부는 그들을 설득하려고 노력했지만 그들과 마주칠 때마다 마음이 무겁고 답답했다. 그들은 고 신부의 말꼬투리를 잡으면서 반대만 하고 있었다.

고 신부는 기도 중에 그들의 말이 자꾸 떠올라 괴로웠다. "종교가 이 땅에 남은 마지막 권력"이라는 말이 머릿속에 남아 있었다. 고 신부는 세속화와 권력화에 찌든 교회의 모습이 싫어서 수도회에 입회했고 신부가 되었다. 그런데 한국 땅에 와서 그런 말을 다시 듣고 있었다.

"주여, 저들의 사막처럼 황폐해진 마음을 은총의 샘으로 다스려 주소서."

「충정- 코드 원」

"개새끼들! 아침부터 왜 귀찮게 사람을 오라 가라 해."

최학수는 오전 10시 서울 중구 정동 미 대사관저 인근에 위치한 한미문화교류협회 빌딩 정문을 열고 들어가며 중얼댔다. 한국군 무기 현대화 계획 건으로 아침부터 호출돼서 짜증이 난 것이다. 이건 말이 한국군 무기 현대화 계획이지, 모든 자주국방 관련 사업을 폐기하고 미국의 무기 도입을 논의하는 계획이었다.

한미문화교류협회 빌딩은 겉으로는 주변의 여느 빌딩과 다를 것이 없었지만 사실은 한국에 와 있는 CIA의 특수별관이었다. 외부와 달리 건물 내부는 초현대식으로 꾸며져 있었는데, 일층 로비는 샹들리에가 화려한 분위기를 연출하고 있는 반면 곳곳에 감시카메라가 설치되어 있었다. 물론 사복 입은 요원들도 무장을 하고 군데군데 배치되어 있다.

'신분증을 또 교환해야겠군.'

그는 1층 안내데스크에서 신분증을 출입증과 교환하면서 어느 때처럼 신원확인절차를 밟았다. 곧 이어 그는 5층에 있는 미국 측 파트너 부르투스의 사무실로 안내되었다. 최학수는 부르투스가 그의 진짜 이름이 아님을 눈치 챘지만 이유는 묻지 않았다. 가무잡잡한 피부에 짙은 눈썹, 코발트색 눈동자를 한 부르투스가 최학수를 보자 반갑게 맞이했다.

"어서 오시오! 최 팀장!"

부르투스는 최학수를 최 팀장이라고 불렀다. 최학수는 준비해온 서류를 내밀었다.

"요구한 자료가 이 안에 다 들어 있소. 한국 정부가 프랑스로부터 입수한 플루토늄 재처리기술 현황과 그간의 핵무기 추진 현황, 미사일 설계도, 그리고 우리가 지금까지 폐기처분한 자주국방 관련 사업들 목록이오."

그는 최학수가 가져온 봉투에서 서류를 꺼내서 빠르게 훑어보았다. 그러나 예상과 달리 부르투스의 표정이 편치 않은 듯해 느낀 최학수는 그를 유심히 쳐다보았다.

"수고했소, 최 팀장. 그런데 시급히 해결해야 할 새로운 현안이 생겼소!"

그 말에 깜짝 놀란 최학수가 다소 불쾌한 표정으로 실눈을 뜨고 물었다.

"이것보다 시급한 게 있다는 얘기요?"

최학수로서는 한국군 무기 현대화 계획을 위해 지난 한 달간 최선을 다해온 차였다. 그런데도 상대가 불만족스런 반응을 보이자 불쾌했다.

"이미 원자력연구소와 국방과학연구소의 주요 부서는 폐쇄됐고 연구 인력도 절반으로 줄였소. 무엇이 더 문제라는 얘기요?"

"내 얘기는 그게 아니오!"

부르투스가 잘라 말했다. 그 고압적인 태도에 최 팀장은 은근히 부아가 치밀었다. 그때 부르투스가 빛바랜 사진 한 장을 그에게 내밀었다. 사진을 받아든 최학수가 물었다.

"이게 뭡니까?"

"최 팀장도 들어봤을 거요. 옐로케이크라는 거 말이오. 핵무기 제조에 필요한 기초 물질이지, 그런데 이것이 청와대 지하벙커 특수 저장실에서 발견됐소."

'청와대 지하벙커에서?

최학수는 청와대 지하벙커에까지 핵물질이 숨겨져 있었다는 그의 주장이 얼른 믿기지 않았다.

"믿을 수 있는 정보요?"

최학수가 터무니없다는 식으로 물었다.

"사실이오. 이건 우리가 찾은 게 아니라 한국 고위직으로부터 건네받은 것이오."

그때 최학수가 갑자기 웃음을 터뜨렸다.

"으하하하!"

부르투스가 목젖을 드러낸채 웃어젖히는 그를 말없이 내려다보았다.

"그래, 고작 옐로케이크 나온 걸로 걱정하는 거요? 한국은 옐로케이크를 매년 수천 톤씩 수입합니다. 그 일부가 청와대에서 발견됐다고 무슨 대수요? 설마하니 청와대에서 실험을 하겠소?"

최학수가 실소를 금치 못하겠다는 표정을 지어보였다.

"최 팀장 말도 맞소. 그런데 이건 이미 몇 년 전에 입수한 사진이오. 박 대통령이 서거하기 전에 말이오."

'몇 년 전에?'

최학수는 뭔가 이상하다는 생각이 들었다.

"이건 핵실험에 참여했던 과학자들이 박 대통령에게 보낸 상징적인 의미 이상도 이하도 아닐 거요. 그러나 이 사진 한 장으로 박정희 정부의 비밀 핵실험에 대한 우리의 조사가 더욱 본격화되었소."

최학수의 표정이 갑자기 무겁게 바뀌었다.

"그러면 오늘 말하려는 본론이 뭐요?"

그러자 부르투스가 다시 사진 세 장을 최학수 앞에 꺼내 보였다. 한 장의 사진 속 인물은 그도 최근에 만나본 한창혁 박사였고, 나머지 두 장의 사진에 등장하는 인물들은 직접 접촉한 적 없는 얼굴들이었다. 최학수는 사진 속의 배경이 궁금했다. 어디서 본 듯한 곳인데 정확히 기억할 수가 없었다.

"여기 이 두 사람은 원자력연구소의 한창혁 박사와 민일용 박사요, 그리고 이 사람은 국방과학연구소 이강하 박사요."

"그런데 이 세 사람 사진을 보여주는 이유가 뭐요?"

"사진 속 배경을 잘 보시오. 청와대요. 우리는 1년 동안 위성사진 판독을 통해 이들의 청와대 비밀 방문 사실을 확인했소. 이들은 박 대통령 서거 불과 3개월 전까지도 청와대와 대통령 관저를 수시로 방문했소."

'청와대 동향을 위성으로 확인했다고?'

최학수는 미국의 위성정탐 능력에 대해 알고는 있었지만, 청와대를 1년 365일 위성으로 관찰해왔다는 말에 불쾌감이 먼저 들었다.

"그런데 이들에게 무슨 의심을 품고 있다는 거요?"

"민감한 분야에서 연구하는 과학자들의 청와대 비밀 방문은 당연히 의심스러운 정황이오. 우리 조사에 의하면 이들은 따로 따로 청와대를 방문했소. 그만큼 보안에 신경 쓴 거요. 우리는 이들이 박정희 정부의 신 자주국방사업의 핵심 3인방이라고 확신하고 있소."

"신 자주국방사업? 하지만 지금 와서 그게 무슨 의미가 있소? 이제 다 소용없는 것이오. 모든 시설이 폐쇄됐지 않소. 이들을 잡아들이는 것도 전혀 어렵지 않아요."

"이강하 박사는 지금 행방불명 상태요!"

"그게 무슨 소리요?"

최학수가 되물었다.

"그가 최근 국방과학연구소 관사를 벗어나 행방불명됐소. 다행인 건 아직 해외로 도피한 흔적은 발견하지 못했소."

"……."

"한 가지 물어봅시다. 일전에 한창혁 박사 비밀 실험실을 급습했을 때 뭘 발견했소?"

최학수는 부르투스의 지적에 대꾸할 말이 없었다. 시설은 폐쇄시켰지만 딱히 발견한 건 없었기 때문이다.

"우리가 특히 이강하 박사의 행적을 주시하는 데는 이유가 있소. 알아본 바에 의하면 박정희 대통령이 추진했던 탄도미사일 개발 계획은 우리 예상을 훨씬 뛰어넘는 수준이었소. 그리고 그 연구 책임자가 바로 이강하 박사요."

"탄도미사일? 무슨 귀신 씨나락 까먹는 소리요?"

최학수는 그의 말에 다시 코웃음을 쳤다. 탄도미사일이라니, 부르투스가 한국 국방 실정을 몰라도 너무 모른다는 생각이 들었다.

"박정희 대통령이 대륙 간 탄도미사일 개발을 꿈꿨다는 정황이 파악됐소."

"하하하!"

그 말에 최학수가 다시 웃음을 터뜨렸다.

"이것 보시오, 내가 한국군에서 15년째 근무하고 있소. 한국의 능력을 너무 과대평가하는 것 아니오? 대륙 간 탄도 미사일이라니? 한국의 미사일 능력은 당신들이 더 잘 알지 않소? 한국이 조잡한 형태의 백곰 미사일을 만든 게 불과 수 년 전인데 탄도미사일이라니 현실성이 있다고 생각하시오?"

최학수의 얼굴에 부르투스를 조롱하는 듯한 냉소가 희미하게 번졌다. 그러자 부르투스는 책상 위에 있던 무엇인가를 그의 앞에 던져주었다.

"이걸 읽어보시오!"

'K1,K2, K3, K4 유도탄 개발 계획 보고서'

보고서 겉표지는 흰 바탕에 글씨는 굵은 검정색이었고, 총 14매 분량이었다. 보고서에는 미사일 각 부문에 대한 상세한 설명과 사거리 제원 그리고 월별, 연도별, 단계별 추진계획이 적혀 있었다.

"이게 한국의 국방과학연구소 미사일 과학자들이 박정희 대통령에게 극비리에 보고한 미사일 개발 계획 보고서로 추정되는 문건이오! 그 책임자가 이강하 박사였소."

보고서 내용 중에 일명 백곰 유도탄이라 불리는 K1과 최근 국방과학연구소 미사일 부서 급습을 통해 부품과 설계도를 회수한 K2 현무 유도탄까지는 최학수도 알았다. 그러나 K3, K4는 그도 처음 접하는 내용이었다.

"K3, K4 유도탄 계획은 당신도 처음 들어볼 거요. 미국으로서도 마찬가지니까. 그래서 문제가 되는 거요. 이 계획서는 사거리가 3천 킬로미터부터 5천 킬로미터까지요. 사실상 대륙 간 탄도미사일 개발 직전 단계라고 볼 수 있다는 거요."

내용이 사실이라면 놀랄 만했다. 하지만 최학수는 여전히 회의적인 표정이었다.

"그렇지만 이건 단순 계획서일 가능성이 높소. 계획이야 뭔들 못하겠소?"

"그렇지 않소! 보고서를 잘 읽어보시오, K2 사거리가 얼마로 되어 있나 보시오."

최학수는 보고서를 자세히 읽고 나서 깜짝 놀랐다. 현무 미사일 K2 사거리가 그가 알고 있던 내용과 달랐던 것이다. 부르투스가 다시 입을 열었다.

"현무 미사일도 사정거리 180키로가 아니라 300킬로미터였소. 우리는 박정희 대통령에게도 완성된 미사일 설계도 진본이 넘어갔으리라 추정하고 있소."

최학수의 얼굴에 마지막으로 남아 있던 희미한 자신감이 완전히 사라졌다.

"그렇다면 지난 번 우리가 국방과학연구소 아리랑 사업부서를 급습해 얻은 설계도는?"

"그곳은 위장 부서요. 회수한 설계도도 당연히 가짜고, 그곳은 단순 나이키 허큐리스 미사일을 해체하는 곳이었고, 그 설계도도 복사본에 불과해요. 사거리가 더 길고 보다 정교하게 만든 K2가 따로 있을 거요."

최학수는 지난번 원자력연구소를 급습하고도 결정적인 물증을 찾지 못했던 일을 떠올렸다. 둔기로 머리를 얻어맞은 느낌이었다. 부르투스가 다시 입을 열었다.

"최 팀장, 포탄에 사거리 못지않게 중요한 게 또 있는데 뭔지 아시오?"

최학수에게 그 갑작스런 질문은 마치 조롱하는 것 같은 느낌이었다. 그가 대답을 않자 부르투스가 대답했다.

"바로 정확도요. 그런데 유도탄은 사거리가 늘어날수록 정확도가 크게 떨어집니다. 다시 말해 사거리가 늘어날수록 목표 지점과의 거리 오차가 심해진다는 의미요."

부르투스는 오늘따라 군사기술 설명을 길게 이어갔다. 최학수는 거기에 별로 거부감을 느끼진 않았지만 피부에 와 닿지는 않았다.

"탄도미사일은 말이오, 대략 사거리가 100킬로미터를 넘으면 목표 지점과의 거리 오차가 최하 500미터에서 최대 1킬로미터까지도 발생할 수 있소. 그럴 경우 사실상 적에게 치명적인 피해를 주긴 어렵지. 오히려 엉뚱한 표적을 향할 수도 있고 말이오."

최학수도 자신도 모르게 차츰 그의 설명에 빠져들었다.

"상황이 그럼에도 박정희 대통령이 장거리 미사일을 개발하려 했던 저의가 무엇이었겠소? 한번 생각해보시오!"

뭔가가 최학수의 머릿속을 강타하고 지나갔다.

"……핵탄두 미사일?"

그가 불안한 눈빛으로 말했다.

"그렇소. 핵탄두가 아니면 장거리 미사일 자체는 별 소용이 없으니까. 고작 100킬로미터 날아가는데 오차가 1킬로미터나 되는 미사일을 어디에다 쓰겠소? 그건 눈 감고 소총 난사하는 것과 다름없는 행동이오."

"믿기 어렵군요!"

최학수는 고개를 좌우로 가볍게 흔들었지만 처음처럼 강하게 부인하진 않았다.

"그래서 그 경위를 추적해봤고, 그 결과 박정희 대통령이 한미군사협정을 어기고 나이키 허큘리스 미사일을 몰래 빼냈다는 결론을 내렸소. 그리고 그걸 분해해 자신들만의 미사일을 개발한 것도 대륙 간 탄도미사일 개발을 위한 계획이란 결론을 얻었소."

"도대체 어떻게 그런 결론을?"

"왜냐하면 나이키 미사일은 핵탄두를 장착할 수 있는 주한미군의 전략 미사일이었으니까."

최학수는 환상과 현실 사이에서 줄타기를 하는 듯한 느낌이었다.

"박정희 대통령은 교활하게도 그걸 이용했던 거요. 나이키는 일반 포탄과 핵탄두의 상호호환이 가능하도록 설계된 미사일이었단 말이오. 그리고 한창혁, 민일용, 이강하 이 세 사람은 박정희 대통령의 목표 추진을 위해 이 실험을 진행한 핵심 3인방이었소."

최학수는 이들의 이름을 머릿속에 입력시켰다.

"좋소. 그렇다면 이들과 이들이 추진해온 계획들에 대해 다시 한번 철저한 조사를 벌이겠소."

최학수가 다짐하듯이 말했다. 그러나 부르투스의 반응은 예상 밖이었다.

"아니오, 지금부터 한국은 이번 일에서 손을 떼시오!"

최학수가 어리둥절한 표정으로 되물었다.

"그게 무슨 말이오?"

"지금부터 한국 정부는 손을 떼라고 했소."

"그렇다면 누가 조사하겠다는 거요? 당신들이 직접 하겠다는 거요? 당신도 잘 알다시피 그럴 시 한미 간의 외교적 마찰을 불러올 거요."

"미국 정부가 직접 개입하는 게 아니오."

"무슨 소리요?"

최학수가 영문을 모르겠다는 표정으로 되물었다.

"나도 더 이상은 얘기해줄 수 없고, 사실은 나도 자세한 내용을 모르오. 분명한 건 이미 그들이 한국에서 활동하기 시작했다는 정도요."

최학수는 부르투스의 말에 왠지 모를 불안감이 들었다.

"핵과 미사일 문제는 한미관계를 악화시키는 최대 요인이오. 한 번 핵무장을 시도했던 정권이나 과학자들은 기회만 주어지면 다시 그걸 시도하려는 일종의 마약중독자들이지. 이번 문제 해결에 한국 정부도 충분히 협조하리라 믿소. 당신들 상부에도 전해주시오."

최학수는 부르투스가 한국 과학자들에게 경멸적인 단어를 사용하는 게 언짢았지만 그걸 내색할 위치가 아니었다. 한국군 무기 현대화 사업에서 한국 정부는 손을 떼고 대신 자신들에게 협조하라니! 최학수는 자신도 모르게 이를 악물고 있었다.

코드 원

리처드는 사무실로 향하는 차 안에서 얼음같이 차가운 모략꾼 왓슨이 그에게 내린 지시를 떠올렸다.

왓슨은 이번 공작을 위해 가장 강력한 해외공작 면허인 면책특권 코드 원을 자신의 팀에게 부여했다.

"겁쟁이 포드 대통령의 행정명령이 아직 살아 있긴 하지만, 이번 공작과는 연관이 없다는 유권해석을 방금 상부로부터 받았네. 자네 팀은 운이 좋은 편이야. 핵문제 해결을 위한 공작에는 예외라는 유권해석이 내려진 걸세. 그러니까 자네 팀이 한국 공작 때문에 미국 법으로 처벌되는 일은 없을 거야."

이것은 한국에서의 공작 수행 중에 발생할 수 있는 불상사에 대해 면책특권을 주겠다는 의미였다. 왓슨이 말한 '상부'가 어느 선인지 리처드는 감을 잡을 수가 없었다.

'현직 대통령인 카터 대통령일까? 하지만 인권외교를 내세우는 카터가 암살작전을 허가했을 리 없어! 그렇다면……?'

리처드는 왓슨의 지령이 백악관 아닌 곳에서 나왔을 가능성이 크다고 판단했다. 그러나 더는 여기에 대해 생각지 않기로 했다. 공작원은 윗선의 지시만 충실히 따르면 됐다. 외부용역은 더 말할 필요가 없었다. 물론 코드 원이 부여됐다는 왓슨의 말이 거짓일 수도 있었다. 그러나 그건 그때 가서 생각하면 된다.

"지난 5월 9일 전두환과 글라이스틴 대사가 또 한 번 비밀리에 만났네. 전두환이 광주 병력 이동에 대한 승인을 요청했고, 미국 정부는 글라이스틴 대사를 통해 한국민들에 대한 무력 사용은 최후의 조건이라는 단서로 그 요청을 승인했네."

최후의 조건이란 표현이 리처드에게는 모호하게 느껴졌다. 그는 생각했다.

'그렇다면 면책특권 사용 조건도 모호해질 수밖에 없겠군.'

왓슨 부장은 이렇게도 말했다.

"한국군 작전명은 충정 작전, 5월 17일 자정이 디데이야, 자네 팀은 신군부의 충정 작전 기간 내에 공작을 마무리해주게. 그 기간이면 언론의 관심도 계엄군 움직임 쪽에 쏠릴 거니까……. 필요한 자금은 비밀 계좌에 넣어놨네."

5월 18일 청계산 지하 CP탱고 상황실

열심히 상황실 보조 모니터를 들여다보고 있던 저스틴 상병이 갑자기 다급한 표정으로 상황실 대대장 직통 번호를 눌렀다. 북한 군사동향을 찍어 보내오는 주 모니터와 달리, 이 보조 모니터는 한국군 상황을 미 첩보위성과 U-2 정찰기를 통해 보내오고 있었다.

"저스틴 상병입니다, 긴급 상황이 발생했습니다. 광주 시내에 한국 계엄군과 시민들이 대치하고 있습니다. 아무래도 심상치 않습니다. 다른 계엄군들도 광주 외곽에서 광주 시내로 속속 집결하고 있습니다. 이들 병력 이동에 대해 따로 전달받은 바가 없습니다. 한국군 병력 이동에 대한 연합사령부 승인 여부를 확인해주시기 바랍니다."

"그래? 그들의 소속이 어디지?"

대대장도 한국군 공수특전단 병력의 광주 이동에 대해 모르는 눈치였다. 상병은 군용 트럭에 꽂힌 깃발과 행군 부대원 사이에 드러난 깃발을 보고 소속을 금방 식별했다.

"한국군 7공수여단과 11공수여단 병력입니다."

"뭐야? 한국군 공수병력이라고? 잠시 대기하라!"

그러나 대대장의 답변은 이상하리만큼 늦었다.

"적외선 카메라가 왜 저들을 진작 못 잡았지? 위장하고 새벽에 은밀히 움직인 모양이군."

무려 15분 정도 흐른 후에야 대대장의 답변이 돌아왔다.

"계엄군의 광주 이동에 대한 한미연합사의 포괄적 승인이 있었다."

저스틴 상병은 오늘따라 대대장의 답변 태도가 이상하다고 느꼈다. 평소 정확하고 분명한 것을 좋아하던 그였다.

"하지만 대대장님, 이들은 일반 계엄군 병력이 아니라 중무장한 공수여단입니다. 자칫 군과 시위대 사이에 충돌이 일어날 경우 엄청난 불상사가 발생할 겁니다."

"다시 말한다. 한미연합사에서 포괄적으로 이동이 허가된 사항이다. 소요 진압 문제는 한국계엄군 내부의 일이니 우리가 관여할 사안이 아니다."

그가 일방적으로 통신을 끊었다.

'제기랄! 문제가 발생하면 어떻게 하려고? 미 백악관이 신군부의 쿠데타를 지지한다는 소문이 있더니 사실인 모양이군.'

그도 최근 언론보도를 통해 한미 간 외교 흐름을 조금은 알고 있었지만, 대대장의 무책임한 설명에 분통이 터졌다. 무엇보다 앞으로 벌어질 상황이 두려웠다. 그는 특수 군 작전에나 투입되어야 할 공수부대가 민간인 시위 현장에 나타난다는 게 얼마나 위험천만한 일인지 잘 알고 있었다. 그런데 이걸 모를 리 없는 지휘관이 이해하기 어려운 답변을 하고 있었다.

그는 제대를 앞두고 혹시 안 좋은 일이 터질까 불안했고, 윗선의 이상한 태도에 화가 나기도 했다. 모니터 화면을 주시하고 있던 저스틴 상병이 또 한 번 작은 비명소리를 냈다.

"저럴 수가!"

놀랍게도 공수부대가 시위대에 발포를 하고 있었다. 앞줄에 서 있던 시위대가 피를 흘리며 도로 위에 쓰러지고, 연이어 뒷줄의 사람들도 쓰러졌다. 공포에 질린 사람들이 뿔뿔이 흩어지기 시작했다. 공수부대원들이 도망가는 시위대원들을 체포하기 시작했다. 붙잡힌 시위대들은 벌거벗겨진 채 군인들에게 발과 몽둥이로 얻어맞으며 모욕을 당하고 있었다. 저스틴 상병은 급히 대대장에게 다시 전화를 걸었다.

그 시각 종로2가 거리

민일용 박사는 정동에서 열린 세미나에 참석하고 숙소로 향하는 중이었다. 승용차 안 라디오에서 오후 뉴스가 흘러나왔다. 붉은 해가 서쪽으로 떨어지면서 막바지 화려함을 자랑하고 있었다.

"오후 4시 뉴스입니다. 계엄본부는 어제 오후 김대중, 김영삼, 김종필 씨 등 3김 씨를 부정부패와 시위배후 조정, 내란음모 등의 혐의로 체포해 현재 합동수사본부에서 조사 중이라고 밝혔습니다. 전국적으로 비상 계엄령이 확대된 가운데 일부 대학가에서는 양 김 씨의 석방과 계엄철폐를 요구하는 시위가 이 시각까지도 산발적으로 벌어지고 있습니다. 해고자 복직과 임금인상을 요구하는 산업계 현장 노동자들의 시위도 간헐적으로 이어지고 있습니다."

라디오를 통해 흘러나오는 뉴스를 듣던 민 박사는 불현듯 오늘 아침 부인이 당부했던 말이 떠올랐다.

"여보, 몸조심하세요! 시국이 너무 어수선해서 걱정돼요."

부인은 민 박사가 비밀 핵개발 프로젝트에 참여하고 있다는 걸 어렴풋이 알고 있었다.

"너무 걱정하지 마시오. 내 다녀오리다."

민 박사는 잠시 가족을 떠올리며 시국에 대한 불안감을 떨쳤다. 그러나 시간이 지나자 차츰 가슴 한켠에 정체불명의 불안감이 스멀스멀 자라났다. 바로 그때 이상한 느낌이 들어 백미러를 통해 뒤를 보니 검정색 승용차 한 대가 눈에 들어왔다. 세미나장 밖에서 보았던 차량이었다. 그 차량이 계속 자신을 따라왔다는 사실을 깨닫자 갑자기 섬뜩한 느낌이 들었다. 심장이 요동치기 시작했다.

'어떻게든 따돌려야 한다!'

그는 굳게 마음을 먹고 차 방향을 이리저리 바꿨다. 하지만 차량은 여전히 일정한 거리를 두고 뒤를 따라오고 있었다. 민 박사는 남대문 방향을 향하려던 차선을 바꾸어 인사동 방향으로 틀었다. 미행하던 차량도 차선을 우측으로 틀었다. 민 박사 차량은 경복궁을 지나 안국동 사거리 방향으로 직진했다.

민 박사가 잠시 후 우회전해 조계사를 지나 롯데백화점 방향으로 향하며 살펴보니 미행 차량과의 거리가 아까보다는 멀어져 있었다. 그러나 그들은 여전히 민 박사의 뒤를 쫓고 있었다. 민 박사는 롯데백화점에서 우회전해 소공동 골목으로 들어가 차를 세워놓고는 인근의 웨스틴 조선호텔로 뛰어들었다.

"타깃 1이 어디로 사라졌지?"

"조금 전에 롯데백화점에서 우회전한 것이 포착됐습니다."

"놓치지 말고 쫓아!"

그러나 그들이 소공동 골목에 들어섰을 때 민 박사의 흔적은 없었다. 그때 먼저 진입한 차량에서 무전이 날아왔다.

"이곳에 타깃 1의 차가 세워져 있습니다."

롯데백화점 뒤편의 소공동 골목가에 여러 차들과 섞여 있던 민 박사의 차를 발견한 것이다.

"놈은 웨스틴 조선호텔로 들어갔을 것이다. 1조와 2조는 호텔 안으로 들어가 흩어져 민 박사를 찾아라. 나머지는 호텔 주변을 샅샅이 뒤져봐!"

사람들로 북적이는 조선호텔 지하에는 모차르트의 선율이 잔잔하게 흐르고 있었다. 호텔 1층으로 뛰어든 민 박사는 누가 미행하는지 살펴보려고 주변을 살폈다. 하지만 어떤 의심스러운 움직임도 없었다.

'내가 과민한 건가?'

민 박사는 지하로 내려가는 1층 비상계단이 눈에 들어오자 그리로 뛰었다. 사람들이 그런 그를 이상하다는 듯이 쳐다보았다. 지하 1층을 이용해 호텔 뒷문으로 빠져나온 민일용 박사는 자기 차가 세워진 건너편 골목을 이리저리 살폈다. 특별히 수상한 점은 눈에 띄지 않았다. 그가 빠른 걸음으로 차를 향해 다가가 문을 열고 운전석에 앉아 곧바로 시동을 걸 때까지만 해도 아무 일도 일어나지 않았다.

'역시 공연한 불안감이었어.'

민 박사는 고개를 돌려 소공동 골목을 다시 살피고는 묵고 있는 후암동 숙소를 향해 다시 남산 방향으로 차를 몰았다. 호텔을 벗어나 오른쪽으로 한국은행을 끼고 움직일 때였다. 백미러에 다시 미행 차량이 모습을 드러냈다. 민 박사의 가슴이 다시 방망이질치기 시작했다. 그가 속도를 내서 케이블카 방향 고개를 중간쯤 올랐을 때, 옆에 나란히 가던 차가 갑자기 그의 앞으로 끼어들어 급정지를 했다.

"끼이익~쾅!"

놀란 민 박사가 급브레이크를 밟았지만 앞차와 충돌을 피할 수 없었다. 앞차는 후미등을 켠 채 도로 갓길로 이동하고 있었다. 언뜻 따라오라는 수신호가 보여 결국 민 박사도 차를 도로 갓길에 세웠다. 앞차에서 내린 사내가 얼떨떨해진 민 박사를 향해 다가왔다.

"민일용 박사 맞지요?"

탁하고 무미건조한 말투였다. 민 박사는 처음 보는 사내가 자기 이름을 말하자 등에 소름이 돋았다.

"내 이름을 어떻게 아시오?"

그때 백미러에 다시 미행 차량이 나타나 그의 뒤에서 멈춰 섰다. 공포감이 온몸을 덮쳤다. 그때 어깨에서 으스러지는 통증이 느껴졌다. 남자의 억센 손이 그의 어깨뼈를 짓누른 것이다.

"으악!"

민 박사가 단말마의 비명을 질렀지만 남산 고개를 오르는 차량들은 힐끗 쳐다볼 뿐 그대로 스쳐 지나갔다.

"민 박사, 살고 싶으면 플루토늄 물질이 있는 곳을 대시오."

"당신들 누군데 처음 보는 사람에게 이렇게 무례한 짓을 하는 것이오?"

"우리는 당신이 비밀리에 핵물질을 추출해왔다는 걸 알고 있소. 숨겨놓은 장소를 말하시오. 그러면 살 수 있소."

"핵물질이라니? 당신들 뭔가 잘못 알고 있는 거요, 나는 거기에 대해서는 아는 바가 없소."

"당신을 도와줄 사람은 아무도 없소. 묻는 말에 순순히 대답하시오!"

민 박사는 그들이 단순 납치범이 아니라는 것을 직감했다.

"한국에서 핵물질 실험이 중단된 지 오래요. 나는 전혀 모르는 얘기요."

민 박사는 끝까지 입을 열지 않았다.

"우리의 인내심을 시험하지 마시오. 다시 한 번 묻지! 핵 재처리 시설은 어디에 있소?"

민일용 박사는 역시 입을 굳게 다물었다.

"흠, 생각했던 대로 입이 무겁군. 그렇다면 한 박사에게 알아보는 수밖에. 민 박사! 그럼 우리를 원망하지 마시오!"

한창혁 박사와 그는 핵물질 비밀실험의 공동 책임자였다. 순간 그들이 다시 그의 뒷목을 잡고 강하게 누르더니 무엇인가 날카로운 것을 그의 혈관 깊숙이 찔러넣었다.

"으악! 안 돼!"

순식간에 민 박사는 이유를 알 수 없는 환각 증세에 빠져들었다. 정신이 혼미해지고 몸에서 힘이 빠져나갔다. 남자들의 얼굴이 둘로 보이더니 말소리도 점차 환청처럼 들리기 시작했다. 사내들은 차를 타고 유턴해 온 길로 유유히 사라졌다.

그리고 후암동 방향으로 향하는 민 박사의 눈앞에 갑자기 집채만 한 차들이 덮쳐왔다. 그때마다 민일용 박사는 죽을 힘을 다해 핸들을 꺾었다. 몇 번이나 천둥처럼 다가온 크랙션 소리가 모기 소리처럼 여운을 남기고 사라졌다.

민 박사는 미로에 빠진 기분이었다. 의식은 더 희미해져가고 핸들을 잡은 손은 맥이 빠지고 있었다. 그는 내리막길로 접어들면서 브레이크에 얹은 발에 힘을 주려고 애썼다. 순간 자동차와 나무가 시야가 들어오더니 나무가 왼쪽에서 오른쪽으로 위치를 바꿔가며 어지럽게 돌진해왔다.

그는 마지막 의식을 총동원해 나무를 향해 돌진했다. 차가 나무에 부딪히는 순간 얼굴에 무언가가 바위처럼 덮쳐왔다. 가물가물해지는 의식 위로 하얀 눈이 내리기 시작했다. 어디선가 음악 벨소리가 들렸다. 차량 대시보드 위에 세워두었던 장식용 음악 벨소리가 영롱한 소리를 내고 있었다.

아내의 얼굴, 그리고 태준의 얼굴이 떠올랐다.

"여보, 태준아……!"

다시 청계산 지하 CP탱고 상황실

저스틴 상황병은 계속해서 상부의 지시를 기다렸다. 위성화면은 비참한 상황을 연달아 보여주고 있었지만, 기다리는 답변은 오지 않았다. 화면에 총검에 찔려 피를 흘리는 시위대의 모습이 떠올랐다. 그가 급한 마음에 다시 비화기를 들자 보안 전화기의 벨소리가 길게 이어졌다. 잠시 후 상대방에서 수화기를 들었다. 하지만 들려온 목소리는 대대장의 것이 아니었다.

"저스틴 상병인가?"

저스틴은 갑작스레 나타난 처음 듣는 목소리에 당황했다.

"누구십니까?"

"자세한 건 알 필요 없네. 다만 미국의 안보를 위해 일하는 사람이라는 정도만 밝혀두지. 지금부터 내 말 잘 듣게. 더 이상 광주에서 벌어지는 일로 비화기로 상부와 전화통화를 하지 말게! 내 말 알겠나?"

저스틴 상병은 전화 회선이 잘못 연결됐다고 생각해서 이렇게 외쳤다.

"당신 누군지 모르겠지만 지금 큰 실수하는 거요! 이 전화가 지금 어디로 연결되는 건지 알기나 해! 당신은 지금 주한미군 사령부 상황실 전화를 가로챈 거요! 내 말 알겠소? 빨리 그 전화기를 내려놓는 게 신상에 좋을 거요!"

저스틴은 주한미군 최고위 지휘부 전략상황실 전화에 끼어들다니 상대는 억세게 운이 나쁘거나 미친놈이거나 둘 중에 하나일 것이라고 생각했다. 그러나 상대방은 오히려 더 차가운 목소리로 말을 이어 갔다.

"저스틴 상병! 내 말을 못 알아듣는군, 상병은 올 9월에 제대하지. 제대하면 마이애미에 있는 여자친구가 제일 반가워하겠지. 무사히 제대하려면 내말 명심하도록! 자칫 군 형무소로 보내지거나 군 정신병원으로 보내지는 수가 있으니까. 광주 상황에 대한 상병의 무차별 상부 보고 내용이 북한군 특수부대에게 감청 당할 위험이 매우 높아! 북한이 자칫 오판해서 도발을 감행할 경우 자네가 책임질 텐가?"

저스틴은 오싹했다. 그는 자기와 연결된 자가 미친놈도 억세게 운 나쁜 놈도 아니라는 사실을 금방 깨달았다.

'이럴 수가, 최고의 주한미군 전략상황실의 보안전화내용을 북한이 도청하고 있다니……'

"저스틴 상병, 지금까지의 행위에 대해서는 책임을 묻지 않겠다. 다만 지금부터 저스틴 상병의 상황 모니터 화면은 잠정 중단될 거다. 정찰기와 정찰위성의 오작동으로 인해 발생한 일이었던 만큼 지금까지 상병이 접한 모든 일들은 기억에서 완전히 지워버리도록! 꿈이었다고 생각해! 광수에 대한 상황 보고는 상병이 신경 쓸 일이 아니다,

이상!"

그의 말이 끝나자마자 실제로 앞의 모니터에서 지금까지 멀쩡하던 화면이 사라졌다. 저스틴 상황병은 혼이 나간 표정으로 화면이 사라진 모니터를 뚫어져라 쳐다보았다.

그날 밤 9시, 두 개의 그림자가 이강하 박사가 은거하고 있는 아파트 단지로 접근했다. 두 사람은 이 박사가 있는 301동 정문에서 경비대원 하나가 1층 경비실을 지키고 있는 것을 확인했다.

"타깃 2가 방금 전 아파트 안으로 들어갔다."

"곧바로 작업을 실행하라."

그들은 이미 최악의 경우 경비대원을 제거해도 좋다는 지시를 받았다. 하지만 경비대원은 TV 화면에 정신이 빠져 입구 쪽을 바라볼 생각도 하지 않고 있다. 그들이 기회를 노리던 중에 갑자기 관사 앞에서 쿵 하고 지축을 흔드는 굉음이 들렸다. 그 소리를 들은 경비대원이 황급히 밖으로 뛰쳐나왔지만, 관사 밖에서는 아무 이상 징후도 발견할 수 없었다. 경비대원이 경비실을 비운 그 순간 두 개의 그림자가 301동 관사 안으로 소리 없이 스며들었다.

'소음폭탄이 위력을 발휘하는군.'

소음폭탄이란 상대방의 신경을 다른 곳으로 유인하기 위해 사용하는 일종의 기만폭탄으로 소도시 게릴라전이나 공작원들의 특수작전 수행 과정에서 종종 사용되곤 했다. 그들은 경비대원이 밖으로 나간 틈을 이용해 계단을 통해 빠른 발걸음으로 이강하 박사가 기거하는 302호실로 접근했다. 그들 중 하나가 능숙한 솜씨로 302호실의 문을 소리 없이 땄다. 입구를 살짝 열어보니 불빛이 새어나오고 있었다. 혼자 사는 이 박사가 귀가한 것이 틀림없었다. 하지만 막상 소음 권총을 들고 거실과 방 안을 덮쳤을 때 아파트는 비어 있었다.

"이 박사가 안에 없습니다!"

거실에는 아직 포장지도 뜯지 않은 가전제품 상자만 놓여 있었다. 방 안에 들어온 두 사람의 얼굴에 당황한 기색이 역력했다.

"아까 분명히 안에 들어온 걸 확인했다고 하지 않았나?"

"네, 분명히 조금 전에 방에 불이 들어온 걸 확인했습니다."

"한심한 새끼들! 방 안에 있는 자료 전부 회수해서 빨리 빠져나와!"

302동 경비대원은 모자를 깊게 눌러쓰고 관사를 빠져나가는 두 사람을 보고도 별다른 제지를 하지 않았다. 그리고 두 사람이 빠져나간 지 30분쯤 지났을 무렵 관사 경비실 앞에 이강하 박사가 나타났다. 경비가 이 박사를 보자 일어나서 인사를 했다.

"이 박사님, 어서 오십시오, 부탁하신 가전제품 상자는 가져다 놓았습니다. 그런데 제가 깜빡하고 방에 불을 켜놓고 나온 것 같습니다."

"괜찮습니다. 수고하셨습니다."

이 박사가 감사의 뜻을 표시한 후 302호로 가서 방문을 열었을 때였다. 전등이 켜진 방 안을 보는 순간 그의 눈이 휘둥그레졌다. 완전히 난장판이었다. 서랍과 옷장, 서재 책들도 성한 것이 없었다. 경비대원에게 거실로 옮겨달라고 부탁한 가전제품 상자도 방구석에 어지러이 놓여 있었다.

'차량 접촉 사고로 늦게 들어온 게 내 목숨을 살렸군!'

아파트에 침입했던 자들이 자신의 목숨을 노렸을 수도 있다는 생각이 들자 공포심이 스멀스멀 목덜미로 기어올랐다. 얼마 전 소속 불명의 무장군인들이 국방과학연구소에 난입한 사건에 이어 이제 아파트마저 무차별 침탈당했다. 우려했던 일들이 본격적으로 벌어지기 시작했다는 직감이 들었다.

청계산 지하 CP탱고 내 스키프(SCIP)실

스키프(SCIP)는 한국군 고위 관계자도 함부로 들어갈 수 없을 정도로 보안이 철저한 주한미군의 최첨단 정보 시설이었다. 스키프 건물 안 대형 탁자 주위로 주한미군 고위 관계자들이 둘러앉아 있었고, 전방 두 대의 대형 스크린에 각각 아시아 태평양 담당 사령관과 CIA 국장이 위성통신으로 본토에서 연결되어 있었다.

"북한군 특이동향이 포착됐습니다."

전략 화상회의는 이 같은 주한미군 사령관의 보고로 시작됐다.

"북한의 인민무력부장 오진우가 자신이 지휘관으로 있는 특수부대 15만 명에게 전투준비태세 명령을 내린 것이 감청 팀에게 파악됐습니다."

"……."

"다들 현재 김일성의 명령만 떨어지면 곧바로 남한으로 진군할 수 있도록 대기 중입니다."

한순간에 회의 분위기가 팽팽한 긴장감으로 휩싸였다.

"저들이 저렇게 적극적인 태도를 보이는 이유가 뭐지요?"

아시아 태평양 담당 사령관의 질문이 이어졌다. 잠시 침묵이 흘렀다.

"광주 유혈사태 이야기가 저들의 귀에 들어간 것 같습니다. 저들로서는 10.26에 이은 12.12, 5.18까지의 일련의 사태를 절호의 기회로 판단했을 수 있습니다. 북한군 특수부대 15만 명은 한국군 정규부대 50만 명과 맞먹는 전력입니다."

주한미군 사령관의 답변이 이어졌다. 얼음장처럼 차가운 분석에 상황실의 긴장감이 더욱 고조됐다.

"뿐만 아니라 북한 공군이 최근 일주일 사이 150여 대의 전투기와 폭격기 등을 격납고에서 빼내 전·후방기지로 재배치 완료한 것으로 파악됐습니다."

주한미군 사령관이 보고를 마치자 곁에 있던 오산 미 공군기지 사령관이 현재는 일촉즉발의 전쟁위기 상황이며, 북한군 특수부대가 12.12 이후 해주와 개성 부근에 집결해 고강도 훈련을 계속해왔다는 보고를 덧붙였다. 또한 충정 작전 이후 광주 상황에 대한 북한군의 감청이 증가한 것도 우려할 만한 상황이며, 결론적으로 북한 군 수뇌부의 모험 가능성이 어느 때보다 높다고 판단할 수밖에 없다고 덧붙였다.

아시아 태평양 담당 사령관의 표정이 굳어졌다. 그는 뭔가에 골몰하는 듯했다. 잠시 침묵이 흐른 후 그가 입을 열었다.

"우리는 10.26 이후 한국에서 벌어지고 있는 일련의 사태에 CIA가 관여했다는 정보를 갖고 있소! 더 이상 한국 내 사태를 악화시키기 전에 즉각 공작을 중지하시오, 그렇지 않으면 한반도에서 다시 전쟁이 일어날 수도 있소."

아시아 태평양 사령관이 의심 가득한 눈빛으로 CIA 국장을 다그쳤다. 그러나 심증은 있지만 물증은 없는 상황이었다.

"충정 작전은 질서 유지 차원에서 시작된 한국 계엄군의 활동입니다. CIA와는 관계가 없습니다."

태평양 사령관의 얼굴이 일그러졌다. 그는 신군부가 최규하 내각의 권력 무력화를 노린 전국적인 비상계엄 확대 플랜을 주도했으며, 그 배후에 미 CIA 정치공작팀이 개입했다는 첩보를 가지고 있었다. 또한 광주에서의 충정 작전 실행은 최규하 대통령을 하야시킨 후 신군부가 집권하기 위한 정교한 시나리오의 일환이며, 이 작전 역시 CIA 베테랑 정치공작팀과 논의됐다는 첩보 역시 듣고 있었다.

그러나 CIA 국장은 철저히 모르쇠로 일관했고, 「충정-코드 원」 공작에 대해서는 더 굳게 입을 다물었으므로 그것이 사실인지 아닌지 확인할 길이 없었다.

"충정 작전 실시 이후 최규하 대통령이 행방불명이란 얘기도 있소. 또 사실상 연금 상태에 놓여 있다는 말도 있는데, 지금 한국을 실질적으로 통치하고 있는 자는 누구요?"

아시아 태평양 담당 사령관이 다시 CIA 국장에게 다그쳤다. 정치공작 전문가인 국장의 입가에 교활한 미소가 번졌다.

"지금은 그 부분을 논의할 때가 아니라고 생각합니다. 북한의 남침 위협 아래 놓인 한국을 어떻게 도울지를 먼저 의논해야 합니다."

미 본토 사령관의 얼굴이 더 험하게 일그러졌다. 이제 모든 상황이 한 발 더 깊숙이 들여놓지 않으면 안 되는 양상으로 변해가고 있었다. 그는 진흙 수렁에 빠진 느낌이 들었다. 국장이 한 발 더 나아간 정보를 흘렸다.

"이미 한 달 전인 지난 4월, 김일성과 브레즈네프가 모스크바에서 비밀리에 회담한 사실이 우리의 현지요원에게 포착됐습니다. 이것은 6.25 직전 스탈린과 김일성의 만남을 연상시킵니다. 만일 광주 유혈 사태가 확대될 경우 북한군 특수부대의 남침 가능성을 배제할 수 없게 됩니다. 따라서 그 기간 동안 한국에 군사지원을 강화해야 합니다.

"좋소. 지금은 위기상황이니 당신들 생각을 따르겠소. 단 기간은 앞으로 열흘이오! 명심하시오!"

"그 정도 기간이면 충분합니다. 감사합니다, 사령관!"

곧바로 미 국방부의 지시사항이 미 본토와 주 일본 미군기지에 극비리에 전달됐다.

「미 7함대는 요코스카 기지에 정박한 핵 항공모함 두 척을 지금 즉시 한국으로 출동시킨다. 중국에 대한 자극을 피해 동해까지는 올라가지 않고 부산항에 입항시킨다. 본토에서는 B-1 폭격기와 공중조기 경보기를 한국으로 급파한다.」

청와대 대통령 집무실

"각하, 광주 상황이 심각합니다. 민간인 사상자가 속출하고 있습니다. 광주 현지에 내려간 보좌관들도 하나같이 상황이 위험하다고 보고하고 있습니다."

하얗게 질린 얼굴로 대통령 집무실로 급히 뛰어 들어온 비서실장의 말이었다. 그 얼굴에서는 안타까움과 두려움이 묻어났다. 외교관 생활로 잔뼈가 굵은 최규하 대통령도 미국과 독일 등 해외언론이 전하는 보도를 통해 광주 상황에 대해 어느 정도 알고 있었지만 마땅한 해결책이 보이지 않았다. 아니 사실상 그는 해결책을 제시할 만한 위치가 아니었다. 그의 지시가 제대로 먹혀들지 않은 지 오래였다. 하루가 다르게 허수아비가 되어가고 있다는 느낌이었다. 그가 침통한 표정으로 중얼거렸다.

"민간인 피해를 최소화하겠다고 약속해놓고 왜 상황을 이 지경으로 만든 거지."

침통하고 답답했다. 안보는 안보대로 정치 상황은 정치 상황대로 모든 게 꼬여 있었다. 도대체 어디서부터 잘못된 것인지 원인을 찾기조차 힘들었다. 그는 군이 자신을 따르고 있다고 판단했다. 그러나 그것이 오판이었음을 최근 느끼고 있었다. 손 대기에는 사태가 너무 악화됐고, 언젠가부터 청와대 안의 공기조차 답답했다. 어찌된 일인지 미국도 항공모함 이동 조치 외에는 아무 움직임도 문의도 없었다. 한발 물러서서 관망하고 있는 게 분명했고 뭔가 석연치 않다는 보고까지 올라오고 있었다. 생각이 거기에 미치자 대통령은 광주 상황에 대한 미국의 속내가 궁금해졌다.

"이봐, 글라이스틴 대사를 연결하게."

잠시 후 주미 대사가 전화를 받았다.

"대통령 각하! 글라이스틴 대사입니다. 무슨 일이십니까?"

"지금 광주 상황이 대단히 심각합니다. 계엄군의 발포로 민간인 사상자가 속출하고 있어요. 이것이 지금 같은 남북 대치 상황에서 우리 안보에도 부정적 영향을 줄 수 있습니다. 그런데 해외 언론에서는 미국이 사실상 신군부를 지원함으로써 이 같은 참상이 발생했다는 보도를 내놓고 있어요. 그러니 더 이상의 참상을 막기 위해서라도 미국이 적극 나서주시오."

수화기에서 잠시 침묵이 흘렀다.

"각하, 광주 상황에 대해서는 저희도 안타깝게 생각합니다. 다만 그 문제는 제가 대답할 사안이 아닌 것 같습니다. 계엄령 확대는 한국 정부의 결정이었고 각하께서 선포하신 내용입니다. 아시다시피 공수부대 이동 상황은 협의는 가능하나 미국이 이래라 저래라 할 수 있는 사항이 아닙니다. 하지만 대한민국 안보 위기 상황에 대해서는 저희가 철저히 대비하고 있으니 너무 걱정하지 마십시오."

"미국이 신군부를 지지하고 있다는 해외 시각에 대한 견해는 있소?"

"각하, 저희는 대한민국 안보에만 관심이 있습니다. 대한민국 국내 정치 상황은 저희 관심 밖의 일입니다. 그 문제는 각하와 대한민국 국민들이 해결할 문제입니다. "

"군 병력의 광주 이동에 미국도 동의하지 않았소?"

대통령이 날카롭게 쏘아붙였다.

"아, 그 문제를 말씀하시는 거군요, 신군부가 그 문제를 문의했기에 동의한 건 맞습니다. 다만 저희는 무력사용은 최후의 수단이어야 한다는 점을 강조했습니다. 그 조건이 제대로 지켜지지 않아 매우 유감입니다."

수화기를 내려놓은 대통령의 얼굴이 침통하게 변했다.

"저들을 믿은 내가 어리석었어요, 속았어요."

대통령은 이제야 눈앞에 펼쳐지고 있는 모든 상황을 이해할 수 있었다. 미국 정부와 신군부 간에 보이지 않는 커넥션이 형성됐다는 측근의 보고가 옳았던 것이다.

대통령은 무엇보다 박 대통령의 유지인 자주국방 관련 사업이 하루가 다르게 축소되고 있는 것이 안타까웠다. 박 대통령의 구상에 공감했던 그는 이런 상황을 막기 위해 나름의 노력을 펼쳤지만 역부족이었다. 국방 분야에서 그가 할 수 있는 일은 아무것도 없었다.

한창혁 박사 대학교 연구실

원자력연구소 비밀실험실 폐쇄에 이어 자신의 연구실마저 폐쇄당한 한 박사는 지인의 도움으로 한 대학에서 작은 연구실을 얻어 지내고 있었다.

아침 일찍 출근해서 커피 한 잔에 조간신문을 넘기며 하루를 시작한 그는 5.18 관련 기사들을 읽으며 분개를 금치 못했다. 그러다가 사회면에 이르러 너무 놀라 자기도 모르게 비명을 질렀다. 책상 위에 있던 자료 위로 커피가 조금 쏟아졌지만 그는 정신 나간 사람처럼 신문기사를 마저 읽어 내려갔다.

'민일용 박사, 차 안에서 심장마비로 사망! 경찰, 국립과학수사연구소에 부검 의뢰……. 한국 원자력연구소 민일용 박사가 15일 저녁 8시경 자신의 승용차 안에서 숨진 채로 발견됐다. 경찰은 자살이나 타살의 흔적이 전혀 없는 것으로 미루어 급성 심장마비로 추정하고 있으나 정확한 사인 규명을 위해 가족의 동의하에 국립과학수사연구소에 부검을 의뢰했다. 민 박사는 서울공대 화학과를 졸업하고 미 캘리포니아 공대에서 「상온에서의 원자핵 분열의 새로운 모델들에 관한 연구」로 박사과정을 마친 후 미 로스앨러모스 연구소에서 재직하다가 지난 75년 귀국해 원자력연구소에서 근무해왔다. 유족으로는 부인과 아들이 있다.'

한창혁 박사는 민 박사의 갑작스런 사망기사에 정신이 혼미해졌다. 이어 마음 속 깊은 곳에서 분노와 슬픔이 동시에 밀려왔다. 시간이 흐를수록 그의 생각은 한 가지로 압축됐다.

'이건 분명히 타살이야!'

민 박사는 심장마비와는 거리가 멀었다. 바쁜 실험 일정에도 규칙적인 생활습관과 운동이 몸에 밴 건강한 사람이었다. 광주의 비극이 발생하기 며칠 전 그가 불쑥 전화를 걸어와서 했던 말이 떠올랐다.

"한 박사, 큰일났소! 신군부 놈들이 앞으로 무슨 짓을 할지 걱정이오. 그놈들, 여우인 줄 알았는데 알고 보니 여우꼬리만도 못한 놈들이었소."

민 박사의 음성에는 신군부에 대한 극도의 분노감과 배신감이 서려 있었다.

"미국의 요구를 들어주는 정도가 아니라, 알아서 우리 자주국방 사업을 내주고 있소. 세상에 이렇게 정신 나간 군인들이 또 있겠소?"

낮에 민 박사의 유족을 만나 위로하고 돌아온 한 박사는 이강하 박사에게 수차례 전화를 했지만 연락이 닿지 않았다. 그는 그날 평소보다 늦게 퇴근했다. 교수 전용 주차장까지 가는 길에 띄엄띄엄 서 있는 전등이 그의 슬픈 마음을 위로하려는 듯 희미한 불빛을 뿜고 있었다. 오늘따라 주차장에 이르는 길이 도시 뒷골목처럼 어둡고 쓸쓸하게 느껴졌다.

밤 9시, 찬 공기가 바람 속에 실려 왔다. 고개를 들어 하늘을 보니 보통 때처럼 푸르렀다. 별들이 인간의 협량함을 비웃는 듯 고고한 빛을 내리 뿜고 있었다. 늦은 시각이어서인지 주차장은 한산했다. 널찍한 주차장 가운데 자신의 차가 쓸쓸히 세워져 있고, 인근에는 차량 두 대가 세워져 있었다.

'누구 차지? 처음 보는 차인데?'

가까이 가서 보니 낯선 번호의 차량이었다. 순간 그는 차 안에 사람이 타고 있다는 것을 알고 흠칫 놀랐다. 불안한 기분에 주머니에서 키를 꺼내 자신의 차로 빨리 걸었다. 키를 열쇠 구멍에 넣고 차문을 막 여는 순간 등 뒤가 서늘해졌다. 자동차 유리창에 비친 희미한 그림자를 느끼고 뒤를 돌아보자마자 그의 입과 눈이 막혔다. 억센 손이 입을 막는 바람에 아무 소리도 낼 수 없었다. 뒷좌석으로 떠밀려 들어간 그는 곧바로 뒤통수를 세게 얻어맞고 정신을 잃었다.

"출발해!"

정문의 경비대원들은 한 박사를 태운 차와 그를 뒤따르는 차를 별다른 의심 없이 통과시켰다.

시간이 흘러 정신이 든 한 박사는 손과 발이 묶인 채 입에는 테이프가 봉해져 있음을 깨달았다. 한 박사 옆에 앉아 있던 모자를 깊게 눌러쓴 사내가 한 박사의 입에서 테이프를 떼어냈다.

"당신들 누구요?"

한 박사가 가쁜 숨을 거칠게 몰아쉬며 물었다. 그들은 대답 대신 눈빛만 힐끗 던지더니 다시 앞을 주시했다. 그가 고개를 좌우로 돌리며 위치를 살폈다. 사방이 어두워 어디가 어딘지 분간할 수 없었지만 야산을 오르고 있는 건 확실했다. 차는 점점 산 속 깊숙이 접어들었다. 빽빽이 들어찬 나무숲 그림자가 모든 것을 시커멓게 덮고 있었다. 전조등 불빛만 좁은 시야를 비춰줄 뿐 나머지는 암흑 속에 파묻혀 있었다. 무심한 풀벌레 소리, 산짐승 소리, 바람에 이리저리 흔들리는 나뭇잎들의 괴이한 소리가 음산한 풍경을 연출했다. 30분쯤 달린 후 야산 중턱쯤 되어 보이는 곳에 차 두 대가 멈춰 섰다. 중턱에 올라서니 산등성이 너머로 희미한 달빛이 안개처럼 눈에 들어왔다. 그가 멈춰

선 곳은 방치된 지 오래된 허름한 공사현장 앞이었다.

'산 속에 이런 폐건물이 있다니……'

달빛을 받은 한밤의 공사장은 폐가처럼 으스스했다. 그들은 박사의 발을 묶었던 끈을 풀고 그를 공사장 안으로 끌고 들어갔다. 안으로 들어가자 주위가 다시 어두워졌다. 손전등에서 나오는 몇 개의 불빛만 눈앞에서 어지럽게 춤췄다. 눈을 자극하는 흔들리는 불빛들, 알아들을 수 없는 나지막한 음성들이 그에게 공포감을 불어넣었다. 그들은 한 박사를 바닥에 꿇어 앉혔다.

"당신들 도대체 누구요?"

한 박사가 따지듯이 물었다. 처음으로 한국어를 사용하는 목소리가 들렸다. 그 목소리는 거칠고 포악스러운 느낌을 주었다.

"한 박사, 지금부터 우리가 묻는 말에 사실대로 대답하면 살 것이오. 당신이 민일용 박사와 한 팀으로 핵관련 비밀실험을 해온 걸 알고 있소. 그 실험에 대해 자세히 말해보시오!"

한 박사는 입을 굳게 다문 채 그들을 노려보았다. 그 눈에서는 어떤 대답도 타협도 하지 않겠다는 강한 의지가 묻어났다.

"쓸데없는 고집 부리다가 당신도 민 박사 꼴이 날 거요."

'민 박사 꼴?'

순간 잠재되어 있던 격한 분노감이 표출됐다.

"당신들이 민 박사를 죽였소?"

한 박사가 벌떡 일어났다. 그러자 한 사람이 뭐가 둔탁한 것으로 그의 얼굴을 세게 후려쳤다. 그는 입가에 피를 흘리며 공사장 바닥 위에 나동그라졌다. 심한 충격으로 머릿속의 모든 신경선이 한꺼번에 일그러지는 듯했다. 한 박사의 입에서 간간히 신음소리가 새어

나왔다.

그들이 다시 한 박사를 일으켜 무릎을 꿇렸다. 한 박사는 이제는 죽기를 각오할 수밖에 없다고 생각했다. 1976년 박 대통령의 특명을 받고 캐나다를 극비 방문했을 때 차량사고를 겪고 가까스로 살아났던 기억이 되살아났다. 그것은 분명 사고로 위장한 살인미수였다. 둔기에 맞은 오른쪽 볼이 불에 덴 것처럼 욱신거렸지만 그것은 큰 문제가 아니었다. 그가 어느 정도 정신을 되찾아갈 무렵 어둠 속에서 또 다른 목소리가 들렸다.

"지금 이 순간에도 세계 도처에서 많은 핵물리학자들이 실종, 납치, 죽음을 당하고 있소. 그 사건들 대부분은 아직도 배후가 밝혀지지 않았지. 한 박사, 당신도 그 신세가 되느냐 마느냐가 지금 당신의 대답에 달렸소! 비밀리에 실시했던 실험에 대해 자세히 털어놓으시오!"

"나는 아는 바가 없어요. 알아도 당신 같은 사람들한테는 말해줄 게 없소. 당신들은 도대체 누구고 무슨 권한으로 이 땅에 와서 이런 짓들을 하는 거요, CIA요?"

"흐흐, CIA? 우리는 그런 인간들과는 속한 세계가 다르지, 당신 상식으로 우리를 판단하려는 헛수고 마시오!"

그때 한 박사는 그들 뒤에서 자신을 쏘아보는 또 다른 시선을 발견했다. 어둠 속에서도 느껴지는 날카롭고 섬뜩한 눈빛이었다. 그가 이 납치의 주범일 것이라는 생각이 들었다. 한 박사를 심문하던 자가 뒤쪽 어둠 속에 있던 그 사내를 힐끗 쳐다보았다. 사내가 지시했다.

"Take him out!"

두 사람이 한 박사를 일으켜 밖으로 끌고 나갔다. 그리고 순간 한 박사는 자신의 차가 벼랑 끝에 세워져 있는 것을 보고 몸을 떨었다. 발버둥을 쳤지만 양팔을 붙잡혀 꼼짝할 수 없었다. 그때 그들이 한 박사의 입과 얼굴에 술을 들이부었고, 납치범 중에 하나가 손에 주사기를 들고 다가왔다.

"이건 일명 '자백유도제'로 불리는 펜토탈나트륨이지."

한 박사는 펜토탈나트륨이라는 사형집행 약물이 있다는 얘기를 들은 기억이 났다.

"하지만 일정량 이상 사용하면 마취 효과와 치사 효과가 있어서 사형수들이 행복하게 죽는 데도 종종 사용되고, 흐흐."

그제야 완전히 생각이 났다. 일부 독재국가에서 비합법적으로 정적을 제거하는 데 이 독성물질을 이용하고 있었다.

"아, 참. 미처 얘기 못한 게 하나 있는데 전 세계에서 벌어지는 핵물리학자들의 죽음 가운데는 원인조차 밝혀지지 않은 게 꽤 많아. 민일용 박사의 죽음도 바로 그 경우에 해당되고."

그가 주사기를 그의 팔 가까이 가져갔다. 한 박사는 발버둥을 쳤지만 꼼짝할 수 없었다.

"이 주사기 약물은 특수물질이 첨가돼서 몸속에 들어가면 백퍼센트 용해되지. 아무 흔적도 남지 않고 결국 알코올만 남거든. 물론 주사바늘 흔적도 찾기 힘들 거야."

"안 돼! 이 나쁜 놈들!"

한 박사가 소리치며 거칠게 저항하자 다시 한 사람이 뒷머리를 가격했다. 퍽 소리가 나며 한 박사의 머리가 뒤로 힘없이 축 늘어지자 묶여진 왼팔에 주사바늘을 깊이 찔러 넣었다.

"이제 당신과 이별할 시간이군!"

남자가 음흉한 미소를 띠며 다시 주사기 바늘을 한 박사의 팔로 가져갔다.

"한 방 더 맞으면 30분 후면 세상과 작별하게 될 거야. 지금이라도 비밀실험에 대해 자세히 밝히면 살 수 있어, 어때?"

한 박사는 몸에 힘이 빠져나가고 정신이 몽롱해지는 것을 느꼈다. 하지만 한 박사는 죽음의 위기에서도 입을 열지 않았다.

'이제 차를 벼랑 아래로 밀겠지. 그렇게 세상을 하직하는 건가?'

결국 한 박사의 한쪽 팔에 주사기 한 방이 더 찔러지는 순간이었다. 갑자기 폭죽 터지는 듯한 소리와 함께 공사장 인근이 갑자기 대낮같이 밝아졌다. 조명탄이 발사된 것이다. 이어서 권총 소리가 울렸다.

"What the hell is that?"

놀란 사내들이 총을 빼들고 저항하기 시작했지만 기습공격에 납치범들은 우왕좌왕했고, 곧이어 양측의 소음 권총 소리가 깊은 산의 정적을 일순간에 깨웠다. 시간이 흐르면서 수적으로 열세인 납치범들이 밀리면서 모두 공사장 뒤편 산 중턱을 향해 허둥지둥 도망치기 시작했다.

"1조는 저 놈들을 쫓아! 사살해도 좋아!"

지휘관이 급히 차 안에서 한 박사를 끄집어냈다. 한 박사는 술과 약에 취해 완전히 늘어져 있었다.

"한 박사님, 정신 차리십시오!"

그 지휘관이한 박사의 뺨을 가볍게 두들겼지만, 한 박사는 아무 반응도 없었다.

"안 되겠군, 빨리 박사를 병원으로 옮겨!"

다음 날 아침 ○○○병원

"이제, 정신이 좀 드십니까?"

"누구…… 누구요?"

"기억 안 나십니까? 한 박사께서 청와대 오실 때 차로 모시고 갔던 사람입니다."

기억을 더듬던 한 박사는 청와대에서 만났던 대통령 경호요원을 떠올렸다.

"조금만 늦어도 큰일 날 뻔했습니다. 다행히 박사님께 투여된 약물 양이 많지 않았고 혈관세척으로 상당량 빼냈습니다."

"고맙소……. 그런데 내가 납치된 건 어떻게 알았소?"

"평소 박정희 각하께서 박사님들의 경호를 유난히 당부하셨습니다. 국가의 보물 같은 분들이라 하셨지요. 10.26과 12.12를 겪으면서 저희도 뿔뿔이 흩어져 있다가 최근 민일용 박사님 죽음을 접하고 도저히 두고 볼 수 없어서 뜻 맞는 몇몇이 한 박사님 경호에 나서게 됐습니다. 한 박사님 차 밑에 달아놓은 위치 추적기가 이번에 박사님을 살렸습니다."

"고맙소, 그런데 그들은 잡았습니까?"

그가 고개를 좌우로 흔들었다.

"놓쳤습니다. 잡았다 해도 소용 없었을 겁니다. 그들의 배후를 잡아야 하는데 그건 불가능하니까요. 지금은 박사님을 보호하는 게 급선무입니다."

한 박사는 그의 말이 얼른 이해가 되지 않았다.

"그들은 도대체 누굽니까?"

"……CIA가 고용한 자들입니다. 살인청부업자들이지요. CIA보다도 물불 가리지 않는 아주 위험한 자들입니다."

그 말에 한 박사는 신음소리를 흘리며 다시 눈을 감았다.

일주일 후 김포공항 국제선

찌는 무더위 속에 반팔 와이셔츠에 짙은 선글라스를 쓴 한 남자가 공항택시 정류장에서 내리자마자 출국수속장으로 향했다. 출국수속을 마친 남자는 탑승대기장의 구석진 곳에 자리를 잡고 시계를 보았다. 오후 3시였다. 3시 반 오스트리아 행 비행기 탑승시각까지 아직 30분가량이 남아 있었다.

'아직 여유가 있군!'

탑승대기장 안에는 여행복부터 비즈니스 정장을 차려 입은 사람, 한국에 왔다가 오스트리아로 되돌아가는 외국인 여행객들이 다양한 표정으로 탑승시각을 기다리고 있었다. 3시 30분이 되자 탑승시작을 알리는 안내방송이 흘러나왔다. 사내는 사람들 줄에 섞여 서서 가끔씩 누군가를 기다리는 듯 주위를 둘러보았다. 그의 좌석은 창문 쪽이었다. 모든 것이 정상적으로 진행되고 있었다. 그는 탑승 때 가지고 들어온 석간신문을 펼쳐들었다. 1면 하단 기사가 그의 눈에 크게 들어왔다.

'최규하 대통령 곧 하야할 듯. 후임 대통령에 전두환 합수본부장 유력.'

'원자력연구소와 국방연구소 조직과 인력 절반 감축, 한국 핵연료공단과 한국원자력연구소 통폐합.'

세상이 빠르게 변하고 있었다. 신군부 집권 이후 국방과학시설들이 축소되고 아예 폐지되는 경우도 있었다. 시계를 들여다보니 오후 4시

20분이었다. 10분 후면 비행기가 이륙할 예정이었다. 그러면 모든 게 정리되는 셈이었다. 이륙을 알리는 기장의 안내방송이 스피커를 통해 흘러나왔다. 기내에 긴장과 들뜬 기운이 함께 느껴졌다.

'이제 비행기가 곧 움직일 텐데……. 어찌된 일이지.'

비행기가 서서히 움직이기 시작하자 그는 다소 불안한 눈빛으로 창 밖을 바라보았다.

'일이 잘못된 건 아닐까?'

그때였다. 갑자기 활주로를 향해 접근하던 비행기가 멈춰 섰다. 사내는 눈을 감았다. 비행기는 이륙 시간이 지났는데도 움직일 줄을 몰랐다. 승객들은 영문을 몰라 어리둥절해 했고, 승무원들도 자세한 이유를 모르는 듯했다. 그때 다시 기장의 안내방송이 흘러나왔다.

"승객 여러분 , 대단히 죄송합니다. 잠시 기내 검색이 있겠습니다. 오래 걸리지 않을 것입니다. 잠시만 기다려주십시오."

탑승객들이 술렁이기 시작했다. 잠시 후 건장한 체격의 남자 셋이 기내로 올라와서는 날카로운 눈빛으로 승객들을 훑어보았다. 그리고 곧바로 남자에게로 다가와 신분증을 제시했다.

"저희와 동행하셔야 하겠습니다. 내리시죠!"

그는 예상했다는 듯이 그들의 요구에 순순히 따랐다. 수사요원 중에 한 명이 그가 들고 있던 가방을 낚아채듯 빼앗았다. 가방 안에는 여러 서류들이 있었다. 설계도로 보이는 서류도 보였다.

"당신을 국가기밀문서 해외 유출 혐의로 체포하겠소!"

그들은 남자의 양팔을 붙잡고 비행기에서 내려 정보부 공항분실인 101호실로 향했다. 그들이 101호실로 가는 도중에 TV에서 뉴스가 흘러나왔다.

"광주 사태에서 사망한 군과 시민들은 북한이 파견한 특수부대 요원들에게 피살된 것으로 알려졌습니다. 계엄당국은 북한 특수부대 요원들이 서울 시내로 잠입해 또 다른 암살을 시도할 것으로 보고 시내 주요 도로와 대학가 주변의 시위 사태를 철저히 억제키로 했습니다. 다음 소식입니다. 당초 예정됐던 주한미군 철수 시기를 한국의 특수한 상황을 고려해 무기한 연장키로 한미 양국이 합의했다고 오늘 계엄사령부가 밝혔습니다. 이로써……"

101호실에 도착하자 본격적인 심문이 시작됐다.

"한창혁 박사 되시죠?"

"사람을 잘못 보셨습니다. 저는 이두형이라는 사람입니다."

순간 그들의 얼굴에 크게 당황하는 빛이 떠올랐다.

"뭐요? 한창혁 박사가 아니라고?"

그들 중에 하나가 손에 쥐고 있던 사진과 사내의 얼굴을 대조했다. 비슷한 것 같기도 하고 다른 것 같기도 했다. 그들은 체포한 남자가 한 박사가 아닐 수도 있다는 가능성에 당황했다.

"당신은 누구야?"

"어떤 분의 요청으로 이 일을 하게 됐습니다. 저는 시키는 대로 했을 뿐 자세한 내용은 모릅니다."

수사대가 가방 속 서류를 꺼내 자세히 살펴보기 시작했다. 서류나 설계도는 민감한 내용과는 아무 상관이 없는 평범한 것들이었다. 요원들은 서류와 가방을 바닥으로 집어던졌다.

"당신에게 이런 부탁을 한 사람이 누구지?"

그들 중 하나가 테이블을 손바닥으로 내리치며 그를 닦달했다. 끓어오르는 분노를 억지로 참느라 얼굴이 벌게져 있었다.

"그분에 대해서는 아무것도 모릅니다. 그저 이런 복장에 이런 헤어스타일로 가방을 들고 오스트리아 행 비행기에 탑승해달라는 부탁을 받았습니다."

"만일 우리가 기내 단속 안 했으면 어떻게 하려고 했어?"

"만일 단속을 피하면 오스트리아에 당분간 있다가 들어오면 된다고 했습니다. 임시로 머물 거처까지 마련해 주었습니다."

수사대는 자신들이 완전히 당했다는 것을 깨닫고 어쩔 줄 몰라 했다. 그들 중 한 사내가 어디론가 급히 전화를 걸어 상황을 보고했다.

같은 시각, 한 박사는 부산항 국제여객터미널 대합실에서 경호요원을 만나고 있었다. 찬바람이 선착장을 쓸어갈 듯 매섭게 휘몰아치고 있었다.

"한 박사님, 오사카에 도착하시면 앞으로 몇 년을 머물러야 할지 모릅니다. 마음 편하게 가지시고 건강 잘 관리하십시오!"

"고맙소, 이 은혜는 잊지 않으리다. 도착하면 전화하겠소!"

"아닙니다, 전화는 필요하면 저희가 하겠습니다!"

한 박사의 얼굴에 쓸쓸한 미소가 스쳐 지나갔다. 한국 땅에 남아 숨어 다닐 것이냐, 잠시 한국을 떠나 있을 것이냐를 놓고 며칠을 고민하다가 가명으로 일본 밀항을 택했다. 경호요원의 얼굴에도 박사에 대한 미안하고 안쓰러운 표정이 묻어났다.

10년 만의 귀향

1980년 8월 16일 오전

최규하 대통령은 침통한 표정으로 청와대 영빈관에 모습을 드러냈다. 그는 TV 카메라 앞에서 무겁게 입을 뗐다. 입술이 가늘게 떨리고 있었다.

"오늘 저는 제10대 대통령직에서 물러나겠습니다."

최규하 대통령은 임기를 만 8개월도 못 채운 대한민국 최단명 대통령이 됐다. 그리고 그 뒤를 전두환이 이어받았다. 전두환은 1980년 8월 22일 육군대장에서 예편한 지 불과 5일 만인 8월 27일, 체육관에서 치러진 통일주체국민회의의 간선에 민간인 신분으로 출마해 제11대 대통령에 선출되었다.

이후 그는 1988년 2월까지 약 9년 가까이 대통령직에 있었다. 그가 재임하는 동안 한미 관계는 그 어느 때보다 돈독했고, 핵과 미사일을 둘러싼 마찰도 더는 없었다. 뒤이어 1993년까지 제 13대 대통령을 역임한 노태우 정부도 1991년 비핵화 선언을 대내외로 선포함으로써 자주국방을 위한 핵무장을 포기했다. 이제 핵과 관련한 국내의 모든 연구와 실험은 완전히 설 자리를 잃었다. 그 이후로 다시 9년의 시간이 흘렀다.

2000년 2월

일본 나리타 공항을 출발한 비행기가 태평양 상공을 지나고 있었다. 한국에 도착하기까지 남은 시간은 30분 남짓이었다.

한국이 가까워지고 있다는 안내방송을 듣자 미국에서 보낸 10년 세월이 주마등처럼 뇌리를 스쳐 지나갔다. 석사와 박사 과정을 5년 만에 해치운 그에게 사람들은 '아시아에서 온 천재', '아시아의 아인슈타인'이라는 별명을 붙여주었다. 창밖을 보니 끝없이 펼쳐진 흰 구름 바다에 투명한 햇살이 반사되어 아름답게 빛나고 있었다.

"음료수 드릴까요?"

지나가던 스튜어디스가 깨어 있는 그를 보고 다가와 물었다.

"아니오, 그냥 물 주세요."

천천히 들이킨 물이 장시간 여행으로 지친 몸에 활력을 불어넣어주었다. 트랩에 올라탈 때 집었던 「코리아데일리」를 다시 펼쳐들었다. 「코리아데일리」는 그가 미국에서도 종종 접했던 한국 신문이었다.

'미 매파, 북한의 영변 핵시설 비밀 재가동 의혹 제기! 북핵 시설 정밀폭격 주장!'

'햇볕정책에도 불구하고 한반도 상황은 여전히 일촉즉발의 냉기류 상태군.'

그는 신문 1면 헤드라인에 씁쓸한 미소를 지었다. 남북 관계와 북미 관계는 여전히 시침과 분침이 따로 놀듯 엇박자였다. 남북 관계가 급속도로 해빙되고 있는 시점에 북미 관계는 더 심각하게 냉각되면서 햇볕정책도 불안한 걸음마를 하고 있었다. 그리고 북한이 NPT 탈퇴 이후 영변 핵시설을 비밀리에 재가동해왔다는 미 강경파의 주장이 제기되면서 워싱턴 정가에서도 영변 폭격설이 현실화될 수 있다는 전망이 나돌고 있었다.

'한반도는 미 매파와 비둘기파 사이의 힘겨루기 게임에서 언제나 벗어날 수 있을까.'

이어서 '레이저를 이용한 의료기술 분야, 다양하고 빠르게 발전 중'이라는 기사제목이 눈에 들어왔다. 기사의 부제가 더욱 그의 눈길을 끌었다.

'얼굴의 기미, 색조 제거는 물론 박피를 통한 얼굴 성형, 심지어 가슴 성형에까지 광범위하게 적용돼.'

그는 호기심 가득한 눈빛으로 기사를 계속 읽어 내렸다.

'레이저 혁명이 의료 분야에까지 빠르고 폭넓게 도입되고 있다. 기존의 간단한 성형수술은 물론 고난도의 성형수술에까지 레이저 시술이 놀라운 효과를 발휘하고 있다. 백내장, 녹내장 등 안질환 수술에도 레이저 시술이 적용되고 있고, 이제 시력교정을 위해 레이저 시술을 찾는 일도 보편화된 상황이다.

이 밖에도 정맥류 수술에도 최근 레이저 시술법이 적용되는 등 앞으로도 레이저를 이용한 의료시술 분야는 더욱 늘어날 전망이다. 한강대학교 의학부 문일식 교수는 레이저 시술이 이 같이 널리 호응을 받는 이유에 대해 "칼을 대지 않고 수술해 출혈이 거의 없을 뿐만 아니라 시술 부위를 나노미리까지 좁혀서 정밀시술이 가능하기 때문에

시술 후 상처가 거의 남지 않고 또 회복이 매우 빠르다는 특징이 있다."고 설명했다.'

'바야흐로 레이저 시술의 르네상스 시대군!'

그의 얼굴에 재미있다는 표정이 떠올랐다. 그가 특히 레이저 기사에 관심을 가지는 이유는 미국에서의 그의 연구 분야가 고출력 레이저 특성의 산업적 응용에 관한 것이었기 때문이다. '고출력 레이저를 이용한 특수금속의 동위원소 분리. 집적에 관한 연구'가 바로 그의 박사 논문 제목이었다. 돌이켜보면 그가 레이저 분야 연구에 뛰어들 때만 해도 레이저의 산업분야 응용은 이제 막 걸음마 단계에 불과했다. 그러던 것이 불과 10여 년 사이에 비약적 발전을 이룬 것이다.

창밖으로 보이는 거대한 구름바다가 마치 비행기가 멈춘 듯한 착각을 불러 일으켰다. 요란한 엔진 소리와 이따금씩 제트기류를 만나 위아래로 흔들리는 일만 없으면 비행기가 시간당 수백 킬로미터로 날고 있다는 것이 믿겨지지 않을 정도였다.

미국에서 있었던 일들이 머릿속에 떠올랐다. 그의 연구논문이 미국 저명 학술지에 게재되고 불과 한 달이 지났을 때의 일이었다. 미 국방부 산하 방위고등연구계획국(DARPA)으로부터 파격적인 스카우트 제의가 들어왔다. 당시 그의 연구논문은 너무 새로운 분야라 심사할 교수가 없어서 관련 분야를 연구한 다섯 명의 박사가 공동으로 심사를 해야 할 정도였다.

"민 박사를 우리 신설부서 책임자로 스카우트하고 싶소!"

당시 그를 직접 찾아온 스카우트 실무 책임자의 제안은 가히 파격적이었다. 시민권 보장은 물론 연구에 필요한 모든 지원과 조건들을 충족시켜주겠다는 내용이었다. 방위고등연구계획국은 무기체계개발을 전담하는 미국의 국책연구소로서, 미항공우주국(NASA)도 여기서 갈라져 나온 것이다.

그는 뿌리치기 힘든 유혹에 일주일을 고민했다. 미국 정부가 직접 나서서 스카우트를 하다니 레이저 분야에 관심이 대단하다는 것이 피부로 느껴졌다.

그러나 결국 그는 거절했다. 파격적인 제의 뒤에 숨은 족쇄와 다름 없는 조건 때문이었다. '향후 15년간 이직 불허, 연구소 재직 시 알게 된 사항에 대해 30년간 기밀 엄수, 이를 위반 시 미국 법에 의거해 처벌받겠음' 등의 내용이었다.

그렇게 방위고등연구계획국의 제의를 뿌리친 뒤 그는 미국 최대의 복합기업인 제너럴일렉트릭사의 연구소에서 어렵지 않게 일자리를 찾았지만, 이후 약 3년간 사실상 미 정보당국의 감시 대상자로 지냈다. 게다가 한국 기업들의 집요함도 그를 힘들게 했다. 그의 소재를 어떻게 알았는지 한국의 유명 대기업들로부터도 지속적으로 스카우트 제의가 들어왔다.

'지독한 사람들이었지!'

그런데 그가 미국 정부와 대기업, 심지어 유럽 대기업들의 지속적이고 파격적인 제의를 모조리 거절하고 싶어지는 진짜 이유가 그 이후 발생했다. 어느 날 받은 한 통의 전화였다.

민간연구소에 몸담은 지 3년이 지났을까, 그의 연구논문이 세계적 과학저널 「네이처(Nature)」지에 특별 게재된 지 열흘쯤 지났을 무렵 전화가 한 통 왔다.

"민태준 박사시죠?"

탁하고 굵직한 목소리였다.

"네, 제가 민태준입니다만, 누구십니까?"

"민 박사 앞으로 소포를 하나 보냈습니다."

"소포요? 누구십니까?"

"일기장을 주인에게 돌려주려는 것뿐입니다."

그는 자신의 신원을 밝히기를 거부했다.

"일기장이요?"

"민 박사님 부친 분의 일기장입니다."

그는 순간 귀를 의심했다.

"지금 뭐라고 했습니까? 아버님 일기장이라고 했습니까?"

"네, 민 박사 부친께서 쓰신 일기장을 소포로 보냈습니다. 수일 내로 도착할 겁니다."

아주 어렸을 때 기억이 떠올랐다. 아버지의 승용차를 타고 시내 나들이를 갔다가 예상치 못한 총소리를 듣고 놀랐던 기억, 아버지가 비명에 돌아가시고 어머니가 슬프게 우시던 모습, 그리고 아버지가 아끼시던 일기장이 없어졌다며 어머니가 근심하시던 모습도 생각났다. 그는 성장하면서 아버지의 갑작스런 죽음에 의문을 품게 됐다. 그러다보니 아버지의 일기장에는 어떤 내용들이 담겨 있을까 하는 궁금증도 커져갔다.

"당신은 누굽니까?"

"그간 민 박사 부친의 일기장을 보관했던 사람이라고만 말씀드리지요. 이제 당신이 주인이니 돌려드리는 겁니다."

"그간 아버지의 일기장을 보관하고 있었다고요? 당신이 왜 내 아버지의 일기장을 갖고 있었던 거죠?"

"일기장 보관 시간이 이렇게까지 길어지리라고는 예상하지 못했습니다. 보다 자세한 이유는 나중에 말씀드릴 기회가 있을 겁니다. 노란색 봉투에 종로구 수송동 1005에서 발신한 소포가 도착하면 꼭 열어보십시오. 그럼 이만."

"여보세요! 여보세요!"

소리쳐 불렀지만 상대방은 이미 전화를 끊은 뒤였다. 일주일 후 정말로 소포가 하나 도착했다. 조심스럽게 뜯자 노란 봉투 하나가 들어 있었고, 그 안에 낡은 대학노트가 두 권이 들어 있었다. 각각에는 P1, P2라고만 쓰여 있었다.

겉표지를 넘겨 노트에 쓰여 있는 글씨체를 보는 순간, 그는 분명 이것이 아버지의 글씨체임을 확신했다. 순간 눈가에 자신도 모르게 이슬이 맺혔다. 그는 흘러내리는 눈물을 닦으며 떨리는 손끝으로 노트를 조심스럽게 넘겨갔다.

노트는 정확히 표현하면 일기장과 실험 일지를 겸하고 있었다. 그는 낡은 일기장을 다음날 새벽까지 읽어 내려가면서 깊은 그리움에 빠졌다. 일기장은 아버지가 의문의 죽음을 당하기 하루 전에 멈춰 있었다. 그리고 일주일이 지났을 무렵 다시 전화 한 통을 받았다.

"민 박사, 소포는 잘 도착했습니까?"

"네, 하지만 소포에 적힌 당신 이름과 주소는 모두 가짜더군요. 대체 누구시지요?"

"민 박사의 연구에 선의를 가진 사람이라고만 알아주시오. 지금 중요한 건 당신이 찾던 부친의 일기장을 되돌려 받은 게 아니겠소. 민박사, 당신이 미국 정부의 파격적인 제의를 거절했다니 한국인으로서 자랑스럽소."

그는 민 박사가 미국 정부의 제의를 거절한 사실도 알고 있었다. 아버지의 일기장을 받은 지 한 달 후쯤부터, 그는 서서히 미국 생활을 정리하기 시작했다. 그렇게 짐 정리가 끝나갈 무렵 한국으로부터 또 하나의 소포를 받았다. 겉에 쓰인 주소는 역시 같았다. 그 안에는 이 필용, 고한석이라는 이름의 여권 두 개와 비행기 티켓 두 장이 들어 있었다.

여권과 비행기 표를 받은 이틀 뒤 그는 뉴욕에서 일본 나리타를 거쳐 한국으로 가는 다소 복잡한 귀국길에 올랐다. 나리타 공항에 내려서 또 다른 여권으로 신분을 바꾼 뒤 한국행 비행기에 오르는 여정이었다. 그는 사전에 전달받은 코스대로 행동했고, 아무도 그를 의심하지 않았다.

비행기 창밖을 내다보니 눈이 시리도록 푸른 쪽빛바다가 펼쳐져 있었다.

'아름답군!'

바다에서 반사된 햇살이 창문에서 산산이 부서졌다. 민태준! 이제 그 이름을 다시 당당하게 사용할 수 있는 시간이 다가오고 있었다. 그는 긴장에서 벗어나려고 크게 숨을 들이마셨다. 어느 새 비행기는 서해 상공을 낮게 날고 있었다. 기내를 서성대던 사람들도 제자리로 돌아오기 시작했다. 승객들의 표정에서는 이웃 마실 다녀오는 표정이 묻어났다. 그만큼 한국과 일본은 가까운 거리였다.

' 다시는 가명으로 살고 싶지 않군. 결코 유쾌하지 않은 경험이었어.'

민 박사는 속으로 푸념했다.

한국으로 비밀리에 입국하기 위해 어쩔 수 없는 선택이긴 했으나 그 시간은 결코 유쾌하지 않았다.

비행기가 활주로 위에 경쾌하게 착지하면서 20시간을 날아온 비행기가 지친 날개를 접었다. 그 소리를 듣는 순간 민태준은 긴 시간에 걸쳐 난제를 해결하고 무사히 고향땅을 밟는 느낌이었다. 비행기가 완전히 멈추자 그도 사람들을 따라 입국 코스를 마쳤다.

입국장 문을 나서니 목을 길게 빼고 입국자를 기다리는 사람들이 눈에 들어왔다. 부모, 동료, 친구 같은 이들이었다. 손에 피켓을 들고 기다리는 사람, 무덤덤하거나 누군가를 애타게 기다리는 사람, 슬퍼 보이는 사람도 있었다. 그는 사람들을 바라보면서 잠시 그 앞에서 서성였다. 그때 정장 차림의 사내 둘이 그에게 다가왔다.

"민태준 박사 되십니까?

"그렇습니다만, 누구시죠?"

"일기장을 보낸 분으로부터 모시고 오라는 지시를 받았습니다. 장거리 여행으로 피로하실 테지만 그분께서 애타게 기다리고 계십니다."

그는 그들의 말에 순순히 따랐다. 대기하고 있던 검정색 세단에 올라탔지만 어디로 가는지조차 묻지 않았다. 그들이 먼저 말을 꺼냈다.

"한국원자력연구소로 모시겠습니다."

10년 만에 한국으로 돌아온 그의 첫눈에 잘 포장된 넓고 긴 도로가 시원하게 들어왔다.

"입국장을 거치지 않고 바로 모셨어야 하는데 보는 눈이 있어서 번거롭게 해드렸습니다."

그는 그 말이 무슨 의미인지 얼른 알아차릴 수 없었다. 그러나 잠시 후 운전석의 사내가 보충설명을 했다.

"VIP 입국장은 우리 정보기관뿐만 아니라 미국 정보기관의 특별 관리 지역이기도 합니다. 그쪽으로 드나드는 모든 사람과 화물은 특별 감시 대상이고요. 그래서 일부러 일반 통로를 이용하시게 했습니다."

민 박사가 창문을 열기 위해 손을 손잡이 근처에서 움직였다.

"창문을 조금 열어드릴까요?"

"그렇게 해주시면 고맙겠습니다."

창문이 열리자 신선한 바람에 실려 온 향기가 코끝에 와 닿았다. 멀리 쳐다보니 야트막한 산맥이 보였고 그 앞의 논과 밭이 눈에 들어왔다. 오랜만에 맡아보는 한국의 냄새였다. 흙 위에서 일하는 농부들을 보자 한국에 다시 돌아왔다는 느낌이 확연히 들었다. 이곳에는 분명 때묻지 않은 아름다움이 있었다.

'저 논과 밭에서 날아온 냄새일까?'

각 나라마다 고유의 냄새가 있다고 하던 미국 친구의 말이 생각났다. 이태리를 가면 피자와 스파게티 냄새가 나고, 프랑스 가면 푸아그라 냄새가 나고, 미국이나 영국에 가면 피쉬 앤 칩스 냄새가 난다고 했던가. 그는 그때 한국에는 흙냄새가 난다고 대답하지 못한 것이 아쉬웠다.

두 시간가량 달리자 차는 중부고속도로로 접어들었다.

"가는 길이니 이곳에 잠시 들러주세요. 부모님 산소가 있는 곳입니나."

그가 조수석에 앉아 있던 사내에게 약도를 건넸다. 그는 약도를 받아들고 잠시 고민했다. 민 박사가 공항에 도착하면 잠시도 지체하지 말고 안전하게 모셔오라는 지시를 받은 터였다. 그러나 오랜만에 한국에 돌아와 부모의 묘를 뵙겠다는 요구를 거절하기 어려웠다. 그가 운전자에게 말했다.

"이봐 잠깐 들렀다 가지."

민태준 박사 부모의 묘는 비교적 잘 관리되고 있었다. 그는 미국에서도 종종 묘지 관리인에게 전화를 걸어 특별히 부탁하곤 했다. 민일용. 장연화. 묘비명에 새겨진 정겨운 이름이 선명히 눈에 들어왔다. 차가운 땅 속에 나란히 묻혀 있을 두 분을 생각하니 눈물이 흘러 내렸다. 가슴 깊은 곳에서 슬픔이 밀려왔다.

그런데 가만 보니 묘비 위에 노란색 프리지아 한 다발이 놓여 있었다. 어찌된 영문일까. 프리지아는 젊은 시절 아버지가 어머니에게 프러포즈할 때 건넸던 꽃이었다.

'누가 이 꽃을 올려놓았지?'

프리지아를 갖다놓을 정도면 부모님과도 가까운 사이가 틀림없다. 그러나 도무지 누군지 감이 오지 않았다. 그는 묘 앞에 예를 올리며 말했다.

"아버님, 어머님, 저 태준이가 돌아왔습니다. 이제부터 자주 찾아 뵙겠습니다."

잠시 후 그는 자리를 떴고, 그들이 탄 차량은 다시 1시간가량을 더 달려 원자력연구소 정문 앞에 도착했다. 경비원은 기다리고 있었던 듯 차량을 보더니 곧바로 금속 차단봉을 올렸다. 차량은 정문 초소를 가볍게 통과해 지하 주차장으로 빨려 들어갔다.

"다 왔습니다. 내리시죠."

그들을 태운 지하 엘리베이터는 8층에서 멈췄고, 남자들은 민 박사를 소장 집무실 바로 옆의 컨퍼런스 룸으로 안내하고 돌아갔다.

컨퍼런스 룸은 넓었다. 안에는 여러 사람이 앉을 수 있는 길고 네모난 검정색 테이블이 한가운데 놓여 있었다. 거기에 초조한 얼굴의 두 사람이 나란히 앉아 있다가 민 박사가 들어오자 반갑게 맞이했다.

"어서 오시오. 민 박사! 먼 길 오느라 피곤할 텐데 바로 모셔오라고 해서 미안하오. 나는 원자력연구소의 차용탁 소장이오."

차 소장이 민 박사에게 먼저 반갑게 손을 내밀었다. 은테 안경을 쓴 소장은 한눈에도 과학자 풍이었다. 즉 연구하는 사람들끼리 알아볼 수 있는 친밀한 인상이었다.

"그리고 이 옆에 있는 분은 국정원에서 나온 분이요, 박사를 한국으로 안전하게 모셔오는 데 이분의 역할이 컸소."

차 소장이 옆에 있던 한 남자를 소개했다.

"반갑습니다. 민 박사, 나는 국정원 특수부의 문현수 차장이라고 합니다."

박사도 손을 내밀어 그와 악수했다. 곱슬머리를 뒤로 빗어 넘긴 날카로운 인상의 사내였다. 민 박사는 한국에 오면 분명 자신에게 접근한 국정원 관계자를 만날 수 있으리라 예상했다. 그리고 앞에 서 있는 이 사람이 바로 그일지도 모른다는 생각이 들었다. 세 사람은 분홍색, 하얀색 백합이 한데 담긴 목 넓은 꽃병을 책상 가운데 두고 마주 앉았다.

"장거리 여행에 피곤하시겠지만 한시라도 빨리 박사를 만나고 싶어서 소장의 양해를 얻어 모셔오게 했소. 내가 있는 내곡동 사무실은 이목이 많아서 적절하지가 않았소."

잠시 후 그들 앞에 커피잔이 놓여졌다. 민 박사는 두 사람이 먼저 본론을 꺼낼 때까지 기다리기로 했다. 차 소장이 먼저 말문을 열었다.

"민 박사, 한국으로 다시 돌아온 것을 진심으로 환영합니다. 박사가 한국으로 돌아오고 싶어 한다는 얘기를 들었을 때 무척 기뻤소."

민태준은 차 소장이 진심으로 자신을 환영하고 있다는 느낌을 받았다.

"나는 고출력 특수 레이저 분야에 대해서는 별로 아는 게 없지만, 민 박사의 박사논문, 또 그 후 발표한 수많은 연구논문들이 세계 학계에서 주목 받는 걸 보고 자랑스러웠소. 심지어 미국 정부에서도 큰 관심을 보였다는 얘기도 들었고, 그러한 상황을 관심을 갖고 유심히 지켜보았소. 한 사람의 한국인 과학자로서 민 박사의 해외 업적에 큰 자부심을 느끼면서 말이오."

박사는 소장의 계속된 칭찬이 약간 불편했다. 하지만 내색 않고 가벼운 목례로 반응을 대신했다.

"박사의 연구 실적이 발표될 때마다 역시 그 박사에 그 아들이라는 생각을 했소."

그 말에 굳어 있던 민 박사의 얼굴에 미세한 변화가 나타났다. 그 말을 듣자 그가 아버지에 대해 뭔가 알고 있다는 생각이 들었다.

"자네 아버님은 원자력 계에서 나보다 3~4년 선배셨지."

소장의 말투가 어느새 하대로 바뀌었지만 민태준은 개의치 않았다. 소장은 나이로 보나 과학계 연구 경력으로 보나 분명 선배였다. 더욱이 아버지에 대해 알고 있는 사람이었다.

"괜찮다면 말을 놓고 싶군."

소장이 민태준의 반응을 살폈다. 민태준은 고개를 끄덕였다.

"사실 자네 아버님과 내가 같이 근무한 기간은 매우 짧았네. 내가 해외에서 돌아왔을 때는 막 5공 정권이 들어섰을 무렵이니까. 그런 점에서 나는 항상 자네 아버님, 그리고 함께 연구했던 분들에게 마음의 빚을 느끼고 있어."

아버지와 잠깐이라도 함께 근무했다는 말이 그로 하여금 많은 생각을 하게 했다. 아버지의 갑작스러운 죽음에 가까이 다가가려면 지푸라기라도 잡아야 했다.

"자네 아버님이 했던 말이 생각나는군. 과학에는 국경이 없지만 과학자에겐 조국이 있다고. 미국에 있을 때보다는 연구 환경이 열악하겠지만 부디 조국의 따뜻한 품을 느낄 수 있길 바라네. 나도 힘닿는 데 까지 자네를 도울 거야."

묵묵히 듣고만 있던 민 박사가 무겁게 다물고 있던 입을 열었다.

"한 가지 궁금한 점을 여쭤도 되겠습니까?"

차용탁 소장이 반가운 낯빛으로 말했다.

"물론이네, 궁금한 게 많을 텐데 무엇이든 물어보게."

반면 문현수 차장의 얼굴에는 다소 긴장한 표정이 묻어났다.

"아버님 일기장은 그간 누가 무엇 때문에 보관하고 있던 거지요? 그동안 많이 찾았습니다."

그는 한국으로 오는 내내 이 궁금증을 품고 있었다. 문 차장과 차 소장은 서로의 얼굴을 잠시 쳐다보았다. 국정원의 문 차장이 대답했다.

"역시 그걸 궁금해 할 줄 알았소. 박사에게 아버님 일기장을 보낸 사람은 바로 나요."

냉정함을 잃지 않고 있던 민태준의 얼굴이 약간 흔들렸다. 한국에 오면 제일 먼저 만나고 싶었던 사람이 바로 앞에 있었다. 과거의 기억이 한꺼번에 몰려들었다. 그는 미국에서의 10년간 한 번도 아버지의 죽음을 잊어본 적이 없었다. 슬프게 우시던 어머니의 모습, 아버지 없이 지내야 했던 어린 시절……. 어머니는 몇 번이고 아버지가 억울하게 돌아가셨다고 말씀하셨다. 그리고 그가 유학을 떠나기 불과 한 달 전 아버지 곁으로 떠나셨다.

이제 궁금증을 풀어줄 사람이 눈앞에 있었다. 문현수 차장은 민 박사의 표정에서 그가 무슨 생각을 하고 있는지 짐작할 수 있었다. 그로서는 이미 예상했던 반응이었다.

"자세한 설명을 하면 길어지니, 짧게 설명하겠소. 20년 전, 민 박사 사망 후 그의 집에서 몰래 그걸 빼내 개인적으로 보관하고 있던 한 전직 중정요원으로부터 입수한 것이오."

'중정요원? 신군부의 짓인 줄 알았는데 중정요원이라니?'

민 박사는 이해가 가지 않는다는 표정을 지었다.

"물론 그 요원은 당시 신군부에 속해 있었소. 그러다가 5공화국이 정식으로 출범하자 중정요원으로 신분 변경했지요. 그때 그런 케이스가 많았소."

박사는 한 마디도 빼놓지 않으려는 듯 미동도 없이 문 차장의 눈을 뚫어져라 응시했다.

"그가 한번은 비위 사실이 적발돼 국정원 내부 감사를 받았소. 그리고 그때 부친의 일기장을 발견해 압수한 뒤 보관한 거요. 그의 말에 의하면 호기심으로 갖고 나왔다가 미처 말 못한 채 시간이 많이 흘러버렸다고 했소. 좀 더 일찍 돌려드리지 못한 건 내가 대신 사과드리리다."

민 박사는 문 차장의 설명에 크게 실망했다. 궁금증을 풀기에는 너무 부족한 설명이었다. 또한 전직 중정요원의 해명도 이해가 되지 않았다. 민태준이 입을 열었다.

"제가 한국으로 온 목적은 두 가지입니다. 하나는 미국에서의 연구 결과를 한국 땅에서 펼쳐 보이기 위해서이고, 두 번째는 20년 전에 돌아가신 제 아버님의 죽음 뒤에 감춰진 비밀을 상세히 알고 싶어서입니다. 그동안 대한민국에서 정권이 여러 차례 바뀌었는데도 제 아버님 죽음의 원인을 속시원히 알 수 없다니 실망스럽습니다. 국정원에 계신 분이라면 보다 자세한 이유를 말씀해주실 수 있으리라 기대했습니다. 그리고 전직 중정요원의 해명도 납득이 가지 않습니다. 그는 틀림없이 무슨 목적 때문에 그렇게 오래 제 아버님 일기장을 보유하고 있었던 게 틀림없습니다."

순간 문현수의 얼굴에 난처한 표정이 떠올랐다. 커피를 한 모금 마시며 뭔가를 고민하던 그가 다시 입을 열었다.

"민 박사, 우리도 한때 아버님의 죽음에 의심을 품고 다각도로 조사했소. 물론 일기장을 보관하고 있던 전직 요원도 조사했고 말이오. 하지만 특별한 타살의 혐의를 찾을 수 없었소. 무엇보다 20년이나 지난 사건이고 당시 국과수에서도 심장마비사로 발표한 사건이어서 지금으로서는 뭘 어찌해볼 수 있는 여지가 없소. 아무튼 민 박사에게는 대단히 미안하게 생각합니다."

아버지의 죽음에 대해 민태준 박사가 품고 있는 깊은 의혹은 당연한 것이었다. 문현수는 곤혹스럽고 안타까운 표정으로 민 박사의 얼굴을 살폈다. 그때 민 박사가 문 차장의 해명을 일축하려는 듯이 성난 목소리로 말했다.

"제 아버님은 단순 심장마비사가 아닙니다. 그것은 두 분께서도 충분히 짐작하시리라 믿습니다. 아버님은 박정희 대통령의 밀명을 받고 후기 비밀 핵개발 프로젝트를 담당하셨던 과학자셨습니다. 그것은 당신의 일기장 내용만으로도 명백합니다. 즉 아버님은 혼란스러웠던 정국 상황에서 누군가의 사주를 받은 전문 킬러에게 교묘하게 살해당하신 게 틀림없습니다."

문현수와 차용탁 소장은 그의 눈에서 이글거리는 분노를 보았다. 문현수가 또 한 개비의 담배를 꺼내 물었다. 이번엔 소장이 온화한 미소를 띠며 나지막한 음성으로 말했다.

"아버님을 잃은 박사의 슬픔과 분노는 충분히 이해하네. 자네 아버님의 죽음에 대해선 나 역시 안타깝게 생각하고 의문을 완전히 떨치지 못하고 있네. 이제 마침 자네도 돌아왔으니 그 문제는 차분히 시간을 갖고 알아보는 것이 좋겠네."

그때 허공을 응시하던 민 박사의 눈시울이 붉어지더니 이윽고 눈가에 눈물이 맺혔다. 두 사람은 그의 그런 모습을 안타깝게 쳐다봤다. 문현수 차장이 차용탁 소장을 보며 말했다.

"차 소장, 오늘 상견례는 이 정도로 하고 내일 다시 만나는 것이 좋겠소, 민 박사도 많이 피곤할 테니."

"그게 좋겠습니다. 민 박사, 숙소를 마련해두었네. 당분간 우리가 마련한 숙소에서 편히 쉬게. 오늘은 여기서 마치고 내일 다시 만나는 게 좋겠네."

그날 밤, 숙소 호텔 창밖을 바라보던 민 박사는 뭔가에 흠칫 놀라 뒷걸음질 쳤다. 웬 남자가 유리창 밖에서 웃고 있었다. 정신을 수습하고 남자의 얼굴을 자세히 보니 다름 아닌 아버지였다. 아버지가 기억 속의 온화한 얼굴로 그를 향해 미소 짓고 있었다.

"아버지!"

"태준아!"

그는 반가운 나머지 환하게 웃고 선 아버지를 향해 어린아이처럼 달려들었다. 그때 문득 아버지의 일그러진 모습이 눈에 들어왔다. 온몸이 고통으로 불타는 듯한 모습이었다. 민 박사는 흠칫 놀랐다. 하지만, 다시 보니 아버지는 어느덧 온화한 얼굴로 돌아와 있었다. 그리고 그가 다시 다가가자 아버지는 미소 띤 채로 물러서더니 따라잡을 수 없는 속도로 시야에서 사라졌다.

"어디 가세요, 아버지!"

그는 허공에서 손을 내젓다가 잠에서 깼다. 꿈이었다. 등에서 식은 땀이 흘렀다. 도저히 꿈이라고 믿기지 않는 생생한 모습이었다. 침대에서 일어나 잠시 넋 나간 표정으로 앉아 있던 그는 침대 머리맡에 놓아둔 담배갑에서 담배를 꺼내물고 아버지가 사라진 호텔 창가 쪽으로 다가갔다.

아버지가 왜 꿈에 나타났을까? 창밖 풍경은 한밤중에도 불야성이었다. 지방도시가 이 정도라면 서울은 어느 정도일지 짐작할 수 있다. 빌딩과 아파트 숲의 불빛이 지방도시의 밤을 환히 밝히고 있었고, 끝없이 이어지는 자동차 불빛이 야심한 시각에도 줄지어 어디론가 바쁘게 이동하고 있다.

10년 만에 돌아온 한국은 너무 달라져 있었다. 공항에서 내려 차를 타고 연구소까지 오는 동안 목격한 서울 도심의 빌딩숲은 그로 하여금 여전히 미국에 있다는 착각에 빠지게 했다. 거리에서 스치며 만난 사람들 얼굴에는 자신감이 배어 있었다. 10년 만에 돌아온 한국에서 그가 받은 첫인상은 한 마디로 역동성이었다.

그는 자신을 한국으로 부른 사람이 다름 아닌 아버지라는 것을 깨달았다. 그러자 이내 눈가에 눈물이 맺혔다. 마음 한 구석에 떠오르는 일그러진 아버지의 모습이 못내 안타까웠다.

다음날 오전, 그들은 컨퍼런스 룸에서 다시 만났다. 박사의 표정은 전날에 비해 한결 밝아져 있었다.

"고국에서의 첫날밤을 잘 지냈습니까?"

문현수가 물었다.

"네, 배려해주신 덕에 편안히 잘 잤습니다. 10년 전과 비할 때 비약적으로 발전한 이곳의 모습이 감동적이었습니다. "

그들은 박사의 미국 생활과 한국의 발전상을 화제로 가볍게 대화를 시작했다. 잠시후 박사가 뭔가를 결심한 듯 본론을 꺼냈다.

"제가 할 일이 뭔지 설명해주시겠습니까?"

그의 목소리에는 전날과 달리 활력마저 느껴졌다. 두 사람은 박사가 적극적으로 돌아선 것이 기뻤다. 민태준은 간밤에 아버지 꿈을 꾼 이후 앞으로 할 일에 대해 더 강한 의욕을 느끼고 있었다.

"아버님 일기장까지 동원해 저에게 은밀히 접근했을 때는 뭔가 특별한 이유가 있었을 것 아닙니까?"

민 박사가 약간 웃음기 머금은 얼굴로 두 사람을 향해 물었다. 문 차장은 그런 박사의 표정에서 이야기를 들어보겠다는 마음 자세를 읽었다.

"민 박사, 먼저 이야기 하겠소. 어제 내 소개가 부족했던 것 같소. 나는 국정원에서 제 4차장을 맡고 있소. 특임차장이라고도 하지요. 이 직책은 공식적으로는 없는 자리요. Non- official post 말이오."

민 박사는 별 반응이 없었다. 문 차장이 다시 말을 이었다.

"그러니까 내 직책은 일종의 그림자요. 국정원의 임무 특성상 정권 변동에 관계없이 일을 지속적으로 수행해야 하는 경우가 있소, 이를테면 국가적 과제들이지요. 나는 그런 일을 책임지고 있소. 언론과 국회뿐만 아니라 해외 정보기관도 내 신분을 모릅니다. 어느 나라든 비밀을 유지하며 자유롭게 일을 추진해야 하는 나 같은 직책이 다 있다고 보면 될 거요."

말하는 동안 그의 눈매가 점점 날카로워지기 시작했다. 민태준은 그의 변화를 놓치지 않고 지켜보았다.

"민 박사! 지금부터 내가 말하는 내용들은 외부에 전혀 알려지지 않은 내용들이란 점을 먼저 밝혀두는 바요. 그러니 박사도 비밀을 지켜주시오."

그가 책상 위에 놓여 있던 컨트롤을 작동하자 문 바로 옆벽에서 흰 대형 스크린이 아래로 서서히 펼쳐지며 내려왔다.

"저 앞 스크린을 주목해주시오."

잠시 후 스크린에는 밀실처럼 보이는 작은 방 안에서 몇몇이 가운데 사람을 둘러싸고 있는 모습이 나타났다.

"화면 가운데 의자에 앉은 사람은 지난 1월 중순, 제3국을 통해 우리 측으로 망명한 북한 노동당 고위간부요. 그의 망명 사실은 국내 언론에 전혀 보도되지 않았소. 그는 북한 평양시 룡성 구역에 자리 잡은 노동당 군수공업부 소속의 고위 당 간부였는데, 내부 권력다툼에서 밀려나 최근 망명했소. 그가 북한에서 맡았던 일은 북한 내 국가과학원을 감시하고 당과의 연락을 담당하는 것이었소. 그런데 그가 우리 요원들에게 털어놓은 얘기에 의하면 북한이 이미 파키스탄으로부터 원심분리기 설계도 관련 부품을 도입하는 데 성공했다는 군요."

원심분리기라는 말에 민 박사의 눈이 커졌다. 원심분리기는 핵무기 개발에 필수적인 장비였다.

"박사도 짐작하겠지만 북한의 원심분리기 도입 목적은 단 한가지요. 바로 우라늄 핵무기 제조 시도지요."

'우라늄 핵무기라, 가능성이 있는 얘기군.'

민 박사는 문현수의 지적에 동의를 표하듯 고개를 끄덕였다. 원심분리기 도입은 핵 발전과는 거리가 먼 군사 목적을 위한 단계다. 또한 북한의 영변 발전소도 사실은 핵무기 제조가 목적이었다. 사실상 그곳은 발전소가 아닌 연구소이기 때문이다.

나아가 원심분리기란 특정 성분의 분리와 농축을 목적으로 하는 기기였다. 즉 핵무기의 원료인 농축우라늄 235를 238로부터 분리해내려면 우라늄 분리 농축용 원심분리기가 반드시 필요했다. 다시 말해 북한이 파키스탄으로부터 비밀리에 원심분리기를 도입했다면, 우라늄 핵무기 연료 제조를 위한 것이 틀림없었다.

"그런데 우리로서는 참으로 공교로운 상황이 발생했소."

그가 다시 커피잔에 손을 뻗어 한 모금을 입에 댄 후 무거운 표정으로 입을 열었다.

"하필이면 이 북한 노동당 고급 간부의 망명 시기가 남북정상회담을 위한 지난 3차 마카오 비밀모임 시기와 맞물렸다는 거요. 나는 고민했소. 역사적인 남북정상회담 준비모임이 순조롭게 진행되는 시기에 노동당 망명 간부의 증언을 과연 대통령께 보고해야 할지 말이오. 대통령께서는 북한과의 관계 못지않게 미국을 포함한 국제관계도 대단히 중시하는 현실적인 분이시오. 그런 분에게 이 사실을 알린다면 정상회담을 앞두고 엄청난 고민을 떠안기는 일이었소. 더 큰 고민은

이 사실이 외부에 알려졌을 때 예상되는 미국의 태도였소. 만일 미국이 이 간부의 망명 사실과 그로부터 나온 내용을 알게 될 경우 우리 대통령의 역사적 방북을 말릴 게 틀림없었소. 그런 상황에서 방북을 강행한다면 그들은 남북을 모두 의심할 거고 말이오."

그는 목이 타는지 이번에는 유리컵에 물을 따라 목을 적셨다. 민태준은 날카롭게 빛나는 그의 눈을 차분하게 바라보았다.

"결국 나는 미국과 대통령 모두에게 이 일을 비밀로 하겠다는 어려운 결정을 내려야만 했소. 다만 대통령께는 최근 북한의 일련의 핵 활동에 대한 정보사항들을 간추려서 보고 드리는 것으로 대신했소."

설명 내내 그 옆의 차 소장은 미동 없이 경청하고 있었다. 회의실 내부는 공기마저 흐름을 멈춘 듯 고요했다. 문현수가 다시 말을 이었다.

"한편 우리는 이 망명자의 말을 확인하기 위해 다양한 방법을 동원했고, 그의 말이 사실에 가깝다는 것을 알게 됐소. 다시 화면을 봐주시오!"

스크린에 좀 전과 다른 화면이 떠올랐다. 레이저 포인트에서 나온 붉은 빛이 스크린 중앙에 작고 동그란 원을 그리며 가볍게 떨리고 있었다.

"이건 이란 화물 공항 사진이오. 우리 요원이 이란 정보 관계자에게 돈을 주고 사들인 근접 촬영 사진이지요. 화면 속 저 인물은 북한에서 핵 문제를 담당하는 국가보위부요원이오. 그 옆에 있는 사람은 중절모자를 깊게 눌러쓰고 있어서 신원 파악에 실패했소만, 아마 핵 관련 과학자일 것으로 추정되오. 저 화물 항공기는 파키스탄을 통해 이란을 경유해 북한으로 들어간 것으로 파악됐소. 시점과 장소 등 모든 게 망명자의 말과 정확히 일치했소. 우리는 화면에 나오는 저 국가 보위부 요원이 파키스탄을 은밀히 방문했으리라 짐작하고 있소."

스크린에 화면이 사라지고 다시 회의실에 불이 들어왔다. 아까보다 공기가 훨씬 무거워져 있었다. 스크린 화면은 딱 맞아 떨어지는 물증은 아니었지만, 분명히 북한과 파키스탄의 수상한 거래를 보여주고 있었다. 짧은 정적을 깨고 문 차장이 다시 입을 열었다.

"우리는 정상회담을 예정대로 추진하기로 했소. 그렇다고 북의 핵 개발 시도를 파악한 이상 보고만 있을 수도 없소. 하지만 미국에 도움을 요청할 수는 없었소. 그래서 나름의 방법을 찾아 미국에 있는 당신에게 접근한 거요. 민 박사도 들어서 알고 있겠지만 한국은 비핵화 선언 후 어떤 핵무기도 없는 상태요. 민 박사, 조국을 도와주시오. 우리가 박사에게 원하는 건 북한보다 한 발짝만 더 나가달라는 거요."

침묵을 지키던 민 박사가 진지한 표정으로 물었다.

"레이저를 연구하는 저를 부른 이유가 우라늄 분리 농축 때문이라고 생각되는군요."

문 차장이 호소하는 눈빛으로 민 박사를 응시하며 천천히 고개를 끄덕였다. 민 박사가 신중한 표정으로 천천히 입을 열었다.

"아시겠지만 우라늄 분리 농축은 대단히 민감한 문제입니다. 더욱이 무기급 우라늄 분리 농축의 경우 세계적인 감시 대상이 되고 있지요. 우리가 여기서 이런 얘기를 하는 것 자체도 미국에겐 대단히 도전적인 행위에 속합니다. 미국처럼 연구가 자유로운 국가에서도 일반 실험과 무기급 분리 실험이 엄격히 구분되어 각종 정보기관들의 감시 하에 놓여 있지요."

문 차장은 그 말에서 부정적인 반응을 감지하고는 가슴이 철렁 내려앉았다.

"물론 박사가 하는 모든 실험은 철저히 비밀에 부쳐질 거요. 그리고 이런 말을 하면 민 박사가 어떻게 생각할지 모르겠으나 지금은 신군부가 등장하던 시기와는 정치 상황이 많이 다르오, 그리고……."

"제 얘기는 그런 뜻이 아닙니다!"

민 박사가 그의 말을 잘랐다.

"대통령께도 북한 핵 동향을 제대로 보고하지 않았다고 하셨는데, 그렇다면 제게 요구하고 계신 실험도 대통령께 보고하지 않으실 생각입니까?"

예상치 못한 예리한 질문에 문 차장의 동공이 조금 흔들렸다. 곁에 있던 차 소장의 표정도 일순간 어두워졌다. 문 차장이 답했다.

"사실대로 말하자면 그렇소. 민 박사도 알다시피 우리나라는 핵무기 보유에 의견이 일치하지 않고 있소. 잘못 공론화했다가는 정치적으로 매우 민감한 문제를 낳을 거요. 그래서 본격적인 단계에 이를 때까지는 대통령께도 비밀에 붙이는 게 좋겠다고 생각하고 있소."

넓은 룸 안에 다시 침묵이 흘렀다. 두 사람의 대화를 무거운 표정으로 듣고 있던 소장은 좀처럼 끼어들 기회를 찾지 못했다.

"박사에게 큰 짐을 지우는 것이 몹시 미안하오. 하지만 강요하는 것은 아닙니다. 선택은 어디까지나 박사 몫이오."

"문 차장께 한 가지 더 여쭤도 되겠습니까?"

민 박사의 계속되는 질문에 문현수는 신경이 곤두섰다. 민 박사는 예상했던 이상으로 예리했다.

"북한처럼 원심분리기가 아닌 레이저 기술을 이용하려는 이유는 뭐지요?"

문 차장은 그 질문에 대답을 해야 할지 말아야 할지 망설였다.

"이미 원심분리기 실험에 성공한 것입니까? 아니면 실패한 것입니까?"

이건 국가 1급 기밀에 대한 질문과 다름없었다. 적당히 둘러댈 수도 있었지만 민 박사에겐 통하지 않을 것 같았다. 그는 사실대로 대답하기로 마음 먹었다.

"역시 이 분야 전문가다우시군요. 사실대로 말씀드리겠소. 하지만 모든 걸 말씀드리지는 못한다는 점을 이해해주시오. 사실 몇 년 전 원심분리기 보유 문제를 심각하게 고민했소. 물론 연구 목적이었지요. 그러다 이 계획이 마지막 단계에 서 어떤 돌발상황으로 실패하고 말았소. 그래서 남의 눈에 덜 띄는 방안을 찾다가 우라늄 레이저 방식에 관심을 갖게 됐고, 그 와중에 박사의 놀라운 연구 소식을 접하게 된 거요."

민 박사는 그가 기밀사항에 대해 비교적 상세하게 설명하고 있다고 생각했지만, 아직 의문점이 너무 많았다.

"원심분리기 보유를 위해 해외에서 접촉한 나라가 있었습니까?"

민 박사의 질문에 문 차장의 얼굴이 벌겋게 달아올랐다. 질문이 너무 민감한 부분까지 파고들었기 때문이다.

"그건 답변 드리기 어렵소. 적어도 불량국가와는 거래하지 않는다는 점만 말씀드리지요."

그가 쫓기듯이 대답했다. 여전히 궁금증이 남는 답변이었다. 접촉한 나라가 있는지, 그렇다면 어느 나라였고 실패 이유는 무엇이었는지에 대해서는 설명이 없었다. 하지만 국가 1급 기밀사항이니 어쩔 수 없었다. 그는 대략 상황을 유추해보았다. 타국에 무기급 우라늄 원심분리기를 지원할 만한 나라는 손에 꼽을 정도였고, 그중에 다시 한국이 접촉할 수 있을 만한 나라는 대략 세 나라였다. 프랑스와 네덜란드와 파키스탄. 이 중에 한 나라 어쩌면 두 나라와 접촉했다가 어떤 이유로 협상이 결렬됐을 것이다. 그러나 그가 걱정하는 부분은 따로 있었다.

"만일 협상이 결렬됐다면 한국이 원심분리기 도입을 추진했다는 사실이 외부에 알려졌을 가능성이 있지 않겠습니까?"

민 박사의 상황 추리력은 그야말로 뛰어났다. 문 차장이 불에 덴 듯한 얼굴로 그를 쳐다보며 말했다.

"사실 그 점도 현재로서는 답변드리기 어렵소. 다만 우리도 다양한 가능성을 우려하고 있소. 민 박사, 나는 오늘 극도로 민감한 사안을 나름대로 전해드렸소. 지금 조국은 박사의 애국심을 간절히 필요로 하고 있습니다. 물론 한국 같은 척박한 환경에서 일하려면 여러 어려움이 많겠지만, 부디 조국이 처한 어려움 극복을 위해 힘써주시오."

스펀지에 물이 스미는 것처럼 민 박사의 뇌리를 파고들었다. 사실 그는 이미 한국행을 택하기 전부터 국가를 위해 봉사해야 겠다는 마음의 결심을 굳힌 상태였다. 하지만 구체적인 요구사항을 듣고 나니 마음이 동요하고 있었다. 소장은 민감한 대화가 오가는 동안 눈을 감은 채 듣고만 있었다. 민 박사가 고개를 들어 허공을 잠시 응시했다.

'레이저를 이용한 무기급 우라늄 농축이라?'

그로서는 중요하고 위험한 선택의 순간이었다. 민 박사가 레이저 분야 연구에 뛰어든 이유 중에 하나는 새로운 분리농축 기술에 대한 열망 때문이었다. 한국처럼 기술적인 면에서 뒤쳐져 시간적 여유가 없는 나라에서 연료를 확보하려면 레이저 분야 기술을 이용하는 수밖에 없다고 판단한 것이다. 그러나 그가 고심했던 것은 어디까지나 산업적 이용일 뿐 무기급 우라늄 농축에 대한 건 아니었다.

내내 듣고만 있던 차 소장이 드디어 입을 열었다.

"민 박사, 내 생각을 밝히지. 사실 처음에는 나도 국정원에서 일기장을 들고와 자네를 설득한다기에 반대했네. 자네 아버님의 죽음을 생각하면 너무 잔인한 짓이라 생각했지. 하지만 결국 이 계획에 찬성했네. 왜인지 아나? 박사의 실험에 내가 기대를 거는 건 이게 다목적을 충족시키기 때문이네."

'다목적?'

"북한의 우라늄 농축 움직임에 대비할 필요도 물론 있지만, 그보다 더 시급한 게 있네. 핵연료의 국산화 말이네."

'핵연료의 국산화?'

소장의 말이 그의 귀를 끌었다.

"자네는 한국의 원자력계 내부 상황을 잘 모르겠지만, 지금 우리 원자력계는 참담한 상황이네. 표면적으로는 원자력 발전소가 21 기나 운영되니 자네 아버님이 활동하던 시대에 비하면 놀라울 정도로 발전한 셈이지. 하지만 그 내부를 들여다보면 후퇴한 점도 많네."

민 박사는 소장의 설명에 집중했다.

"자네 아버님이 활동하던 때는 전국에 발전소 몇 기가 전부였던 가난한 시절이었지만 핵연료 국산화에 대한 의지와 열정만큼은 대단했네. 미국의 반대와 견제가 심했는데도 정부와 연구자들이 혼연일체가 되어 목숨을 걸고 핵사업의 국산화를 위해 뛰었지. 그것은 이중적인 목적 때문이었네. 하지만 지금은 그 노력들은 물론, 핵연료의 국산화를 위한 어떤 노력도 중단된 지 오래네."

차를 입에 가져가는 소장의 손이 가늘게 떨렸다. 소장은 자기 말에 흥분하고 있었다.

"결정적인 장애는 노태우 정부의 비핵화 선언일세. 노태우 정부 때 우리는 북한과 합의한 내용을 전 세계에 공표했네. 첫째, 남북은 핵무기 시험, 제조, 생산, 보유, 저장, 접수, 배비(配備) 사용을 금지하고, 둘째, 핵에너지는 오직 평화적 목적으로만 이용하며, 셋째, 핵재처리 및 우라늄 농축시설을 보유하지 않는다는 것이 골자였지. 이 때문에 우리는 북한의 핵보유 움직임이 가시화되고 있는 지금도 미군의 전술 핵무기조차 국내에 들여올 수 없는 상황이네. 뿐만 아니라 핵발전소를 21기나 운영하고 있으면서도 발전에 필요한 일체의 핵연료를 전량 외국에 의존할 수밖에 없네. 우라늄 원광석은 물론 생산에 필요한 5퍼센트의 발전용 농축까지도 말이야. 이 비용이 얼마나 되는 줄 아나? 일 년에 무려 7억 불이지. 문제는 이 비용이 앞으로 늘면 늘었지 줄어들 가능성은 없다는 것이네."

민 박사는 문득 어처구니없는 조국의 현실에 화가 났다. 차 소장은 착잡한 표정으로 말을 이었다.

"당시 노태우 정부 관계자들은 미국의 압력 때문에 어쩔 수 없었다고 말하지. 약소국인 우리가 어떻게 미국의 요구를 거절할 수 있겠냐는 거야. 하지만 당시 정부는 겉옷만 벗어주면 될 것을 속옷까지 벗어준 꼴일세. 그게 지금까지도 우리 발목을 잡고 있네."

소장의 얼굴 가득 참담함이 묻어났다. 민 박사는 문득 가슴이 답답했다.

"민 박사, 나는 자네 실험에 큰 기대를 걸고 있네. 무엇보다 핵연료의 국산화를 위한다는 생각으로 나서주게. 그러면 마음이 좀 편해질 걸세."

소장의 말이 끝나자 민 박사는 다시 허공을 응시했지만, 길지 않은 침묵 끝에 다시 입을 열었다. 두 사람은 민 박사의 눈에 흐르는 전에 없던 광채를 보았다.

"제 전문 분야는 레이저를 이용한 분리 농축이지만, 단지 우라늄 분리 농축을 위해 레이저를 연구한 것은 아닙니다. 그보다는 산업적 이용 효율화가 제 연구의 주목적이지요. 하지만 어젯밤 깨달은 게 있습니다. 오늘 저를 이 자리에 부른 사람은 다름 아닌 아버님이셨습니다. 아버지께서 이 자리에 계셨다면 분명히 나라가 있어야 과학자도 있다고 말씀하셨을 겁니다."

굳어 있던 얼굴들이 부드럽게 풀어졌다. 차 소장이 민 박사의 손을 굳게 잡았고, 문 차장도 그 위에 자기 손을 얹었다. 실험에 필요한 장비와 부품, 연료를 구입하는 일 모두가 난관이었다. 하지만 민 박사는 눈앞에 던져진 새로운 모험의 길에 기꺼이 자신을 던지기로 했다.

"박사, 고맙소, 박사가 최대의 희망이오! 우리는 그간 모든 일련의 비밀 시도에서 실패했소. 박사가 우리 제안을 거절했다면 북의 핵개발을 눈뜨고 지켜볼 도리밖에 없었을 거요! 필요한 게 있을 때 언제든지 차 소장을 통해 말해주면 최선을 다해 돕겠소."

민 박사는 고개를 끄덕였다.

"그 전에 민 박사에게 한 가지 양해를 구해야 할 게 있소. 앞으로도 연구소 내 공식적인 서류에서는 당분간 가명을 써주시오. 시간이 그리 길지는 않을 거요. 미국의 감시망이 느슨해질 때까지면 됩니다. 우리 정부 내에 아직도 미국에 맹목적인 협조자들이 꽤 있소. 흔히 말하는 컨텍트(contact)들이오. 이들은 본인들만 모르고 있지 사실상 자발적 스파이들이오. 국정원에도 연구원에도 미국 스파이가 있을 거요. 자, 그러면 저는 두 분 박사를 믿고 이만 물러나겠소. 구체적인 얘기는 두 분이 나눠주시오."

문현수가 먼저 자리를 뜨자 차 소장이 박사를 바라보았다. 그 얼굴에 긴장된 분위기는 사라지고 온화한 표정이 자리 잡고 있었다.

"자네에게 짐을 지우는 것 같아 마음이 무겁군. 실험에 필요한 핵연료는 충분치는 않겠지만 내가 어떻게든 조달해 보겠네. 하지만 레이저 장비는 마련이 쉽지 않네. 혹시 방안이 있나?"

"필요한 장비 부품을 해외에서 조달해서 조립하는 방법 밖에 없다고 봅니다."

"음, 그게 현실적이긴 하지만 장비 부품 수입에도 감시의 눈초리가 따를 텐데……. 우라늄이나 레이저 장비 모두 민감한 품목들이라."

"부품 전량 수입이 어렵다면 필요한 것만 수입하고 나머지는 국내부품을 활용하거나 독자적으로 제조하는 방안도 고려하겠습니다."

박사의 자신감 있는 답변에 소장은 어두웠던 표정이 밝아졌다.

"오호, 독자적인 제조라……. 거기까진 미처 생각지 못했군. 그런데 그게 가능하겠나?"

그때 민 박사가 대답 대신 차 소장을 유심히 바라보며 물었다.

"그런데…… 한 가지 여쭙겠습니다. 소장님은 아버님과 어떤 관계셨습니까?"

차 소장은 민태준의 얼굴에서 간절함을 읽었다. 그럴수록 차 소장의 마음은 답답하고 우울했다.

"민 박사, 아까도 얘기했지만 나는 자네 아버님과 같이 근무한 기간이 길지 않네. 내가 외국에서 돌아왔을 때는 박정희 정부가 막을 내리고 사실상 신군부의 막이 올랐을 때니까. 그런 점에서 자네 아버님과 그 동료들에게 마음의 빚을 느끼고 있네. 자네가 이렇게 자발적으로 돌아와 협조해줄 줄은 정말 몰랐네. 사실 나도 자네 아버님의 죽음의 원인과 관련해 문민정부 때부터 국민의 정부 때까지 수차례 재조사를 요청했고 실제로 재조사도 했네. 그러나 방금도 말했듯이 특별한 타살의 혐의를 찾을 수 없었네. 물론 정황상 의심스런 부분은 많지만…… 솔직히 무엇을 어찌해볼 수 있는 가능성은 점점 줄고 있네."

민 박사의 얼굴에 실망의 그림자가 드리워졌다. 차 소장은 그런 박사를 안타깝게 쳐다보았다.

며칠 후 원자력연구소 내에 특수사업부가 신설됐다. 민 박사에게는 이 비공개 특수사업부의 책임자 지위가 주어졌다. 이 부서의 비공식 명칭은 에너지국산화사업부였다.

황금의 초승달 지역

며칠 뒤 부산항

강렬한 조명 불빛 때문에 늦은 밤 부산항은 대낮처럼 밝았다. 낮과 마찬가지로 크레인과 지게차, 화물차들도 분주히 오가고 있었다. 미국 샌프란시스코 항을 출발한 엘리자베스 호의 하역 작업이 한창이었다. 하역 장소 인근에 멈춘 승용차에서 몇몇이 엘리자베스 호 하역 작업을 유심히 지켜보고 있었다.

"무슨 일인지는 모르겠지만 나라 위하는 일인데 이름 하나 못 빌려 드리겠습니까? 뒤탈 없게만 해주십시오."

"문일석 박사, 협조 고맙소. 개인적인 세금 문제가 안 생기도록 이미 관계 기관에 협조 요청해놓았습니다."

문일석은 민 박사가 비행기 안에서 읽은 신문기사에 언급됐던 레이저 분야의 과학자였다. 그때 민 박사의 휴대폰 벨소리가 울렸다.

"화물이 방금 도착했습니다."

배에서 내린 화물이 부두의 세관검색대에 방금 도착했다는 전갈이었다.

"아! 알겠습니다. 함께 가시죠, 문 박사!"

엘리자베스 호에서 내린 화물 하나가 지게차에 실려 세관 검색대를 통과하기 직전이었다. 오늘 화물은 문일석을 화주로 들어온 것으로 정상적으로 검색대를 통과해 곧바로 인근에 대기 중이던 화물 밴에 실렸다. 그들은 출발하기 전에 화물 내용을 살폈다.

"박스를 뜯어보게!"

박스 안에는 또다시 작은 박스가 여러 개 들어 있었고 표면에는 미국산 라식수술용 의료장비 표시가 되어 있었다. 두 박사는 박스를 하나하나 다 뜯어보고 이상 유무를 꼼꼼히 살폈다. 또 다른 박스 안에는 내과 수술용 의료장비가 들어 있었다.

"이상 없군요, 문 박사. 다시 한 번 협조해주셔서 감사하다는 말씀을 드립니다."

"무슨 용도인지는 모르겠으나 국가 일이니 오히려 제가 영광입니다. 앞으로도 도움이 될 만한 일이 있으면 언제든지 연락주십시오."

두 사람은 거기서 헤어졌다. 민태준이 자신의 승용차로 앞서고 화물을 실은 밴이 그 뒤를 따랐다. 그렇게 부산항에서 세 시간 걸려 그들이 도착한 곳은 대로에서 멀고 주위가 논밭과 하천으로 둘러싸인 한적한 장소였다.

그들은 그 한쪽에 허름하게 세워진 창고의 문을 열었다. 주위에는 집도 없고 도로도 폭이 좁아 차량 접근이 쉽지 않았다. 이곳은 인근 농장주의 비어 있던 개인 창고를 빌린 것으로 비밀 조립실로 이용될 예정이었다. 그들은 포장지를 뜯어 내용물들을 하나하나 조립대 위에 올려놓고, 수 일 전에 도착한 다른 박스 안의 물품들도 꺼내 함께 올려놓았다. 여러 차례에 걸쳐 부품들을 은밀히 들여오는 데 성공한 것이다.

1년 전 파키스탄과 아프가니스탄 국경지대

이곳의 험준한 산악 지역은 5월에도 한낮에 40도를 오르내리는 무더위가 주변 풍경을 더 황량하게 만들고 있었다. 가파른 산 중턱을 가로질러 난 군사용 비포장 도로에 갑자기 흙먼지가 일었다. 멀리서 소련제 군용 지프 한 대가 달려오더니 초소가 올려다 보이는 곳에서 멈췄다. 차 안에서 AK-47 자동소총으로 무장한 병사 한 명과 평상복 차림의 동양 남자 한 명이 가볍게 뛰어내렸다.

"여기서부터 산악 초소까지는 걸어서 올라가야 합니다!"

차에서 내린 남자가 산 정상을 올려다보며 외쳤다. 보기만 해도 숨이 턱 막히는 가파른 비탈길이었다. 동양인 남자는 병사를 따라 산 정상 초소까지 가쁜 숨을 몰아쉬며 쉬지 않고 올라갔다. 드디어 정상에 다다르자 병사가 초소에 있던 또 다른 병사에게 다가가 뭐라고 속삭였다. 그러자 잠시 후 초소 밖으로 전통 파키스탄 민간인 복장을 한 사내가 모습을 드러냈다.

"앞에 보이는 저 봉우리 너머가 바로 파키스탄 국경 마을 지역입니다. 여기서부터는 도중에 탈레반 잔당들을 만날 수도 있으니 이 사람의 길 안내를 받으시오. 이 사람도 한때는 탈레반에 속해 있었소. 도움을 줄 수 있을 거요."

그는 국경 지대를 오가며 탈레반들에게 생필품을 조달하는 소규모 무역 중개상으로, 탈레반에게도 파키스탄 군인에게도, 그리고 아프가니스탄 군인에게도 필요한 인물이었다.

"자, 그럼 내 역할은 여기까지요. 행운을 빌겠소."

사내는 병사와 헤어지기 전에 품에서 돈을 꺼내 건네며 말했다.

"수고했소."

"고맙소, 이 권총을 가지고 가시오, 소련제 토카레브(tokarev)요, 유용하게 쓰일 거요."

병사가 품에서 소련제 권총 한 자루를 꺼내 사내에게 건네주었다.

"총은 필요 없소."

사내는 호신용마저 거절한 뒤 맞은편 산봉우리까지 안내인의 뒤를 따라 길을 헤쳐 나갔다. 1차 목적지인 산봉우리에 올라가 아래쪽을 내려다보니 흰색, 붉은색, 자주색의 꽃들이 눈부신 자태를 뽐내며 끝없이 펼쳐져 있었다. 말로만 듣던 세계 최대의 양귀비 밭이었다. 한때 파키스탄 정부의 강력한 단속으로 급감했던 재배 면적이 최근 다시 정부의 방치로 급속도로 늘어났다는 뉴스를 접했던 기억이 났다. 그러나 안내인의 설명은 달랐다.

"이 지역 양귀비 밭 면적이 늘어나는 진짜 이유는 따로 있소. 사실상 이 지역은 서남아시아를 담당하는 미 CIA 지부가 보호하고 있기 때문이오."

사내는 안내인의 서툰 영어 설명을 듣고 깜짝 놀랐다.

"미 CIA는 이 지역에서 나는 아편으로 음성적인 공작 자금을 조달하고 있지요. 이 지역에선 공공연한 비밀이오."

"개새끼들!"

사내가 강한 억양으로 욕을 했다. 그는 끝없이 펼쳐진 양귀비 밭을 보며 미국의 이중성을 실감했다. 그들은 지금 전 세계 아편 공급의 90

퍼센트를 담당하는 황금의 초승달 지역에 들어와 있는 것이다. 바람이 불자 진한 꽃향기가 코를 자극했고, 불꽃을 연상케 하는 붉은 꽃물결이 삭막한 서남아시아의 작렬하는 태양 아래 출렁였다.

'함경북도 무산시 아편재배 농장은 여기에 비교하면 어린애 장난이군!'

북한에서 온 그는 이렇게 속으로 중얼거렸다. 두 사람이 국경 마을 가까이 다가가자 어디선가 총을 든 사내들이 불쑥 나타나 살기 가득한 눈빛으로 그들을 위협했다. 마치 농민군을 연상시키는 복장을 보는 순간, 그는 이들이 탈레반 잔당이라는 것을 짐작할 수 있었다.

"이곳의 책임자를 만나러 온 사람이오!"

안내인이 통역하자 탈레반 병사들이 사내의 위아래를 날카로운 눈으로 훑어보았다.

"어디서 온 놈인데 우리 책임자를 만나겠다는 거야!"

"자세한 사정은 나도 잘 모르오. 사령관을 만나서 얘기하겠다고 하니까."

사내는 순간 입안 깊숙이 감춰둔 독극물 캡슐을 혀로 찾았다. 여차하면 스스로 죽기를 결심하고 온 차였다. 고문을 견디지 못하거나 신분이 노출될 경우 말이다.

병사들 중 하나가 무전기로 통화를 하더니 상관의 허락을 받은 듯 사내를 자신들의 지프에 태워 어디론가 데려갔다.

"내가 바로 이곳 책임을 맡고 있는 지역 사령관 파르하산이오. 무슨 일이오?"

"나는 북조선에서 온 이일범이라는 사람이요. 파키스탄의 ISI 책임자를 만나러 왔소. 만나게 해주면 사례는 충분히 하리다."

ISI란 파키스탄 정보부를 뜻했다. 지역 사령관은 사례를 하겠다는 말도 그랬지만, ISI 정보 책임자를 만나러 왔다는 말에 흠칫 놀랐다. 이 무렵 파키스탄 정보 당국은 미 CIA와 접경 지역 탈레반들과 양다리를 걸치고 있는 중이었다.

한 시간 쯤 후 그를 태운 지프가 접경 마을을 벗어나 조용하고 아름다운 시골 지역으로 들어섰다. 전통 복장을 한 사람들, 천진난만한 눈동자의 아이들이 판자로 대충 덮은 허름한 흙벽돌집 사이에서 놀이를 즐기고 있었다. 사내를 태운 지프는 어느 허름한 시골식당 앞에서 멈춰 섰다.

"라바니호세 식당이오, 라바니호세는 지금 파키스탄에서 가장 인기 있는 배우 이름이지. 안으로 들어가시오, 당신이 찾는 사람이 기다리고 있을 거요!"

지역 사령관이 이미 ISI 책임자와 약속을 잡아놓은 터라, 그는 주위를 잠시 두리번거리고는 이내 빠른 걸음으로 식당 안으로 들어섰다. 사내도 그 뒤를 따랐다. 그들이 들어오자 식당 안에 앉아 있던 사복 차림 사내들이 허리춤의 권총집으로 손을 향했다. 식당 안에는 그들 외에 다른 손님은 보이지 않았다. 그중에 유난히 덩치 좋고 눈매가 날카로운 자가 이일범을 보고 자리에서 일어났다.

"먼 길 오느라 고생이 많았겠소, 내가 북동부 지역 ISI 책임자요. 내가 영어를 좀 할 줄 압니다."

두 사람은 사람들을 물리치고 마주 앉아 영어로 대화를 나누기 시작했다.

"나는 김정일 동지의 명령을 받고 파키스탄과의 거래를 위해 온 북조선 인민보위부 소속 이일범이란 사람이오. ISI가 칸 박사를 보호하고 있는 것으로 알고 있소. 칸 박사를 만나게 해주시오!"

순간 ISI 북동부 책임자의 안색이 싸늘하게 변했다. 파키스탄의 국보급 인물인 칸 박사를 만나게 해달라는 이방인의 의도가 의심스러웠던 것이다. 그의 소재는 파키스탄에서도 국가 1급 기밀사항이었으니 그럴 만했다. 이일범이 얼음장처럼 차갑게 돌변한 그의 얼굴빛에 다소 당황하며 입을 열었다.

"나는 험준한 북동부 산악 지역을 넘어 온 사람이오. 목숨을 걸고 국경을 넘은 사람이 거짓을 말하겠소, 나를 믿어주시오!"

그러나 그는 여전히 경계의 눈빛을 풀지 않았다.

"좋소, 오늘은 여기서 하루 묵으면서 기다리시오. 상부에 당신 뜻을 전하겠소."

다음 날 아침이 되자, ISI 북동부 책임자가 전날에 비해 밝은 표정으로 나타났다.

"험준한 산악 국경을 넘어온 당신의 모험 정신을 상부에서 높이 평가하더군. 당신의 진심이 받아들여졌소!"

그는 이일범의 얼굴과 몸을 말없이 한참 쳐다보았다. 이일범은 그 눈길에서 뭔가 이상한 점을 느꼈지만 내색하지 않았다.

"혹시 당신, 신의주 열차 총격 사건 때 김정일 위원장을 몸으로 덮쳐 보호한 그 이일범이 맞소?"

순간 이일범은 그들이 자신의 뒷조사를 했음을 깨달았다.

"허허, 기분 나빠할 것 없소. 그 덕에 경계가 빨리 풀렸으니까. 칸 박사를 만나기 전에 먼저 만나야 할 사람이 있소."

그들은 이내 승용차를 타고 남쪽으로 이동했다. 파키스탄의 수도 이슬라마바드 외곽의 카후타 산악 지역에서 비포장도로를 다시 한 시간가량 달려 그들이 멈춰 선 곳은 어느 호텔 앞이었다. 호텔은 규모가 컸고 내부 시설도 비교적 현대식인 것으로 보아 외국인 관광객들을 위한 호텔인 것 같았다. 이일범은 호텔의 최상층인 10층 1007호실로 안내되었다.

"여기서 잠시 기다리시오."

잠시 후 그가 묵고 있는 호텔방 문을 누군가가 두드렸다. 이내 대답도 기다리지 않고 방문이 열렸다. 이일범은 느낌상 방금 들어온 그가 ISI 최고책임자일 것이라 직감했다. 그 직감은 맞아 떨어졌다.

"내가 ISI 총책임을 맡고 있는 마무드 아마드 부장이요."

"북조선 인민보위부 이일범입니다."

"반갑소. 당신의 영웅적인 충성심에 대해서는 익히 들었소. 목숨을 걸고 산맥을 넘은 당신의 용기에 우리 정보부 사람들도 놀랐소. 그 국경 지역은 이곳 사람들도 잘 넘지 않거든."

이일범은 아마드의 발언이 어딘가 계산적이란 느낌을 지울 수 없었으므로 칭찬에도 긴장을 풀 수 없었다.

"이곳에 온 용건이 뭐요?"

그가 독수리눈으로 탐색하듯이 대화를 시작했다.

"단도직입적으로 말하겠습니다. 파키스탄 정부로부터 핵개발에 관한 도움을 받기 위해 왔습니다."

이일범이 금방이라도 불꽃을 쏘아댈 듯한 눈빛으로 말했다.

"역시 그 문제로군. 하지만 그 요구라면 우리가 도와주기 어렵겠소. 당신 정부에서 얼마나 지불할지 모르지만, 이건 금액 문제가 아니오. 24시간 계속되는 미국의 감시를 뚫고 당신들을 돕는 건 거의 불가능하오. 여기까지 오느라 고생한 사람에게 이런 말을 해서 안

됐지만 포기하고 돌아가시오. 당신의 영웅적인 용기는 기억하겠소."

이일범은 물러서지 않았다.

"파키스탄의 핵개발에는 ISI의 도움이 절대적입니다. 비록 핵개발을 주도한 건 칸 박사지만, 그에 필요한 장비와 정보는 ISI 요원들의 목숨을 건 해외공작 덕이라고 들었습니다. 장군께서 결심만 하시면 못 도와줄 것도 없다고 생각합니다."

이일범은 북을 떠나오기 전에 이미, 칸 박사를 만나기 전에 마무드 아마드 장군을 먼저 만나게 되리라는 것을 예상하고 있었다. 칸 박사는 파키스탄 정보부의 호위 아래 지내고 있었으므로 칸 박사를 만나려면 마무드 장군은 당연히 거쳐야 할 관문이었다. 때문에 그는 마무드 장군의 인물 성격을 철저히 분석하고 온 차였다. 이일범이 기분을 띄우는 발언을 하자 그의 표정에도 변화가 생겼다.

"하하, 그건 그렇소만. 외부에는 칸 박사가 모든 걸 주도했다고 알려져 있지만 비밀 핵개발에 필요한 실제적인 해외 지원은 우리 ISI 요원들의 땀과 희생이 일궈낸 결과지."

그는 이일범의 말에 다소 고무된 듯한 얼굴이었다. 이일범이 때를 놓치지 않고 준비해온 말을 이었다.

"북조선에서도 정보부인 보위부가 핵개발에 앞장서고 있습니다. 저는 북조선 보위부 소속으로서 오늘 이 자리에 김정일 위원장의 특명을 받고 왔습니다. 파키스탄 정부에서 핵개발에 필요한 도움을 준다면, 우리는 거기에 상응하는 금액은 물론 파키스탄 정부가 절실히 필요로 하는 군사적 도움까지 제공할 의향이 있습니다."

"군사적 도움이라고?"

장군이 호기심 어린 표정으로 물었다. 이일범이 빠르게 대답했다.

"……, 장거리 미사일을 전폭 지원하겠습니다. 우리의 대포동미사일이라면 인도의 주요 도시가 사정거리 안으로 들어오게 될 것입니다."

장군은 귀가 솔깃했다. 파키스탄의 군사적 고민을 정확하게 짚어냈기 때문이다. 파키스탄은 핵을 개발하긴 했지만 그 핵을 주적국인 인도까지 실어 나를 수 있는 투발 수단이 없었다. 게다가 미국이 소련의 남하를 막는다는 명분으로 인도에 장거리 미사일을 판매하고 기술지원까지 하고 있는 상황이었다.

"북조선의 대포동 미사일은 사정거리가 2천킬로미터입니다. 이 미사일을 인도 접경지역 인근에 배치하면 인도의 주요 군사시설은 물론, 뉴델리 등 주요도시가 모두 사정거리 안에 들어오게 됩니다."

장군도 이미 북한의 대포동 미사일의 위력을 잘 알고 있었다. 그의 얼굴에 환한 빛이 떠오르는 것을 이일범은 놓치지 않았다. 아마드가 달라진 표정으로 입을 열었다.

"음……, 당신의 제안에 흥미를 느꼈소. 내일 다시 만나서 얘기합시다."

이슬람의 천사인가 악마인가

다음날 새벽, ISI 요원들이 이일범의 방문을 두드렸다. 이어서 그들은 호텔에서 서쪽으로 약 한 시간 정도를 달려 국립 공학연구실험소(ERL)라는 대형 초생달 모양의 간판이 달린 곳에 도달했다. 그곳은 미국의 감시를 피하기 위한 비밀 장소로 위장명칭을 사용하고 있었다.

그들은 이일범을 공학연구실험실 내 정보부 분실로 안내했다. 마무드 아마드 부장은 먼저 와서 기다리고 있었다. 그는 한결 밝은 표정이었다.

"오늘 두 가지 기쁜 소식과 한 가지 슬픈 소식을 전하겠소. 하나는 무샤라프 참모총장이 김정일 위원장의 제안을 긍정적으로 생각한다는 것, 또 하나는 칸 박사가 당신을 만나보고 싶어 한다는 것이오."

1999년, 무혈 군사쿠데타에 성공한 무샤라프는 참모총장 계급으로 자신이 행정수반인 군사정부를 출범시킨 상태였다. 이일범은 칸 박사를 직접 만날 수 있게 됐다는 얘기에 뛸 듯이 기뻤다.

"한 가지 나쁜 소식은 칸 박사를 만나러 가려면 당신의 눈을 가려야 한다는 거요. 우리 연구시설의 보안규칙이니 협조해주시오."

"개의치 않습니다."

아마드 부장이 곁에 있는 요원에게 눈짓을 하자 그가 이일범의 눈을 가렸다.

"자, 내려가 봅시다!"

'내려간다고? 여긴 2층이니 설마 1층일 리는 없고, 그렇다면 지하에 있다는 얘기군.'

이일범은 ISI 요원 한 사람에게 오른팔을 붙잡힌 채 그들을 따랐다. 통로는 왼쪽과 오른쪽으로 방향을 수시로 바꾸고, 때때로 위아래로 오르내리기를 반복했다. 가히 복잡한 미로였다. 한참을 걷던 그들이 걸음을 멈추자 이일범도 따라서 멈췄다. 곧이어 어디로인가 또다시 이동했다.

'엘리베이터로 옮겨 타는군!'

그가 받은 특수훈련 중에는 눈을 가리고 지나온 장소와 길을 후각과 청각, 지면의 울림과 충격 등으로 숙지하는 훈련도 포함되어 있었다. 해외공작을 담당하고 있는 그에게 이런 훈련은 체포되어 탈출을 시도하거나 정보를 빼낸 뒤 탈출할 때 생명줄과 같은 것이었다.

"우라늄 농축 시설은 외부인 출입이 절대 금지된 국가 1급 보안시설이오. 당신은 이제 그걸 보게 되는 거요. 당신은 알라신의 축복을 받았군."

아마드 부장이 선심 쓰듯 말했다. 하지만 그는 공작이 성공하고 북으로 돌아가면 알라신이 아닌 김정일의 축복을 받을 것이다. 실로 김정일은 그를 개인적으로 불러 이번 공작의 중요성을 입이 닳도록 강조한 뒤, 성공적으로 수행하고 돌아왔을 때 무엇을 포상할지를 약속했다. 그러나 지금은 이역만리 떨어진 파키스탄 산악 지역이었다. 그로서는 공작이 순조롭게 진행될 수만 있다면 알라신에게라도 빌고 싶은 심정이었다.

잠시 후 발판이 아래로 미끄러져 내려가고 엘리베이터가 하강을 멈추자 모두가 내렸다.

"눈 가리개를 풀어드려라!"

눈 가리개가 거두어지는 순간, 쏟아지는 강렬한 불빛 때문에 그는 한동안 눈을 제대로 뜰 수 없었다. 그는 엘리베이터 앞쪽의 평평하고 넓은 바닥을 향해 조심스럽게 걸어갔다. 단은 미끄럽지 않게 거칠하고 쿠션감이 있었다. 단은 실험실 바닥에서 약 3미터가량 높이로 세워져 있었으며, 좌우와 앞으로 약 1미터 20센티미터 높이의 철제 난간이 둘러쳐져 있었다.

잠시 후 동공이 정상으로 돌아와 단 아래쪽으로 펼쳐진 광경을 보는 순간, 이일범은 자신의 눈을 의심했다. 마치 로봇 병정처럼 정렬된 수많은 원심분리기가 나직하고 괴이한 소리를 내며 돌아가고 있었다. 원심분리기들은 홀쭉한 산소 탱크 모양으로 철제 받침대 위에 가지런히 선 채로 작동 중이었다. 그것은 호리병처럼 목이 가늘고 사람 키보다 약간 컸으며, 황금색을 띠고 있었고, 뚜껑 부위에 보이는 얇은 선들이 어딘가로 연결되어 있었다.

"어서 오시오, 아마드 장군!"

실험실 책임자로 보이는 남자가 아마드를 반갑게 맞이했다. 그는 아마드 부장을 장군이라 불렀는데, 실제로 아마드 부장은 육군 중장 출신이었고, 그 호칭을 사용하는 것으로 보아 둘 사이에 친밀감이 상당한 것 같았다. 모두가 아마드를 따라 단 옆으로 난 철제 계단을 타고 내려갔다.

"칸 박사, 모시고 왔습니다. 이쪽이 북조선에서 온 이일범이란 사람이오."

칸 박사는 고개를 끄덕이며 손을 내밀었다.

"어서 오시오, 내가 이곳 책임자 칸 박사요. 이곳까지 직접 내려와 본 외국인은 흔치 않으니, 당신은 행운아요. CIA도 IAEA 사찰단도 아직 여기는 와보지 못했으니까. 으흐흣!"

그가 기이한 웃음소리를 냈다. 사진에서 본 모습 그대로였지만 세계 최강국인 미국을 상대로 핵 숨바꼭질을 벌이고 있는 사람이라고는 도저히 믿어지지 않는 학자풍의 인상이었다.

"북조선 인민보위부 이일범이라고 합니다. 위대한 지도자 김정일 위원장의 특별지시에 따라 이곳에 오게 됐습니다. 박사님의 명성은 북조선에서도 자자합니다. 파키스탄 국민의 자존심이신 박사님께 북조선 인민들을 대신해 경의를 표합니다."

칸 박사가 자존심이 세다는 것을 아는 이일범은 처음부터 칸 박사를 잔뜩 추켜세웠다. 그러나 칸 박사는 그런 아부성 발언에는 관심이 없다는 듯 다소 퉁명스런 질문을 던졌다.

"북조선은 이미 핵개발을 시작한 것으로 알고 있는데 나를 찾아온 이유가 뭐요?"

이미 예상했던 질문이었다. 그는 조금도 당황한 기색 없이 침착하게 이유를 설명했다.

"그렇습니다. 알려져 있다시피 우리 공화국의 플루토늄 탄 개발도 적지 않은 성과가 있었습니다. 하지만 지금은 미제와 IAEA의 감시와 간섭이 너무나 심해 개발을 잠정 중단한 상황입니다. 그래서 이제는 해외 감시에서 다소 자유로운 우라늄탄 개발로 진입하려고 노력 중이고, 때문에 원심분리기 제작에 필요한 지원을 요청하러 왔습니다."

칸 박사의 동공이 가늘어지더니 우울한 회색빛으로 변했다. 이일범은 불길한 예감이 들었다.

"국제사회의 감시에 갇혀 있는 건 파키스탄도 마찬가지요. 요즘은 더 최악이지. 미국뿐만 아니라 IAEA 사찰단, 인도까지 우리를 상시 감시하고 있소. 북한이나 파키스탄이나 상황이 좋지 않은 것 같소. 더욱이 요즘 들어 나에 대한 악의적인 눈길까지 집중되고 있고……."

처음부터 호의적인 반응을 기대했던 건 아니었지만 그 소극적인 답변은 이일범을 실망시켰다. 하지만 여기서 물러설 수는 없었다.

"말씀하신대로 북조선이나 파키스탄이나 미제의 감시와 압박 아래 놓여 있기는 마찬가지입니다. 그래서 그런 상황을 잘 알고 계신 김정일 위원장께서, 이번에 아주 파격적인 제안을 내놓으셨습니다. 파키스탄이 우리의 원심분리기 사업을 지원해주면 우리는 북조선이 자랑하는 대포동 미사일 기술을 전폭적으로 파키스탄에 지원하겠다고 하셨습니다. 그러면 파키스탄의 핵무기의 위력도 배가 될 수 있을 것입니다."

"대포동 1호 미사일 정도의 위력은 우리에게도 있소. 우리에겐 샤하브 미사일이 있으니까."

칸 박사가 퉁명스럽게 반박했다. 하지만 이일범은 이란의 샤하브 미사일도 북한의 군사기술 지원으로 만들어졌다는 사실은 밝히지 않았다.

"잘 알고 있습니다. 하지만 우리는 이제 성능이 대폭 개량된 2호, 3

호 미사일도 실험 발사할 계획입니다. 그리고 파키스탄에 대포동 2호와 3호 미사일 기술까지도 제공할 용의가 있습니다. 더욱이 대포동 2호부터는 골치 아픈 액체 연료가 아닌 고체 연료가 사용될 예정입니다. 아시다시피 고체 연료는 시급을 다투는 전쟁에서 매우 효과적이지요."

칸 박사와 아마드 장군의 눈빛이 달라졌다. 실로 고체 연료는 짧은 시간이면 연료 주입이 가능해서 분초를 다투는 실제 전시상황에서 폭발적인 힘을 발휘할 수 있었다.

"어제 아마드 장군에게 대략 설명은 들었소. 북조선에서 우리의 아픈 곳을 제대로 짚었더군. 사실 핵개발 사업과 장거리 미사일 확보는 활과 화살의 관계요, 그만큼 우리에게도 숙원사업이고 말이오. 그러나 방금 전에도 말했지만 미국 놈들 감시가 워낙 심해서 말이오. 당신이 찾아온 시점이 좋지 않아요."

칸 박사는 여전히 신중한 태도를 유지했다. 북조선의 최대 자존심을 제공하겠다는 파격적인 제안에도 협상은 좀처럼 진전되지 않고 있었다. 칸 박사가 지나치게 소극적인 건지, 아니면 거래 액수를 높이려는 협상 전술인지 혼란스러웠다. 이일범은 초조해졌다. 그때 문득 칸 박사를 만나러 오기 전 ISI 부장이 귀띔해준 말이 생각났다.

"내 말 명심하시오. 요즘은 칸 박사도 미국과 서방 세계의 집요한 추적에 다소 위축되어 있소만, 그의 핵에 대한 신념은 조금도 변한 게 없소. 그러니 도중에 포기하지 마시오. 무엇보다 칸 박사는 자신을 지하 세계의 대부쯤으로 보는 걸 가장 싫어하지. 그는 세계 평화를 위해서는 약소국들도 핵무장이 필요하다는 주장을 펴고 있는 사람이오. 이 점을 명심하면 협상에 도움이 될 거요."

이일범은 문득 교착 상태를 풀 실마리가 떠올랐다.

"저희 북조선 인민들은 칸 박사의 핵 평화 주장에 전적으로 동의합니다. 서방이 내세우는 평화 주장은 기존의 핵보유국들만 좋자는 기만 논리지요. 저희는 진정한 평화는 핵의 위협을 받는 모든 나라가 핵을 보유할 때 가능하다는 박사님의 주장에 전적으로 공감합니다. 우리 북조선이 핵을 보유하려는 것도 전적으로 미제에 대한 방어 목적입니다. 결코 공격 목적이 아니라는 것을 분명히 말씀드립니다."

이일범의 얘기를 들은 칸 박사의 굳은 표정이 다소 풀렸다. 역시 그는 명분을 중시하는 인물이었다.

"옳게 보았소. 내가 처음에 핵을 만들기 시작한 건 기독교자본주의로부터 억압을 받는 이슬람 동포들을 위해서였지. 그런데 점차 생각이 바뀌었소. 이슬람 민족뿐만 아니라 제3세계 약소국들 모두가 핵으로부터 위협 받고 있다는 사실을 깨달았소. 그리고 그 뿌리에 핵을 가진 서구 열강이 있다는 것도 깨달았소. 그래서 나는 이란, 이집트, 시리아, 리비아 등 이슬람 동포 국가들뿐만 아니라 서구 열강에게 고통받는 제3세계 모든 약소국들을 지원하기로 마음 먹었소. 그 바람에 내가 서방 선진국들의 암살 대상자 1호가 됐지만 말이오. 하하하, 선진국들이 모인 서유럽이 어째서 평화를 유지하는지 아시오? 다들 핵을 보유하고 있거나 언제라도 핵을 보유할 수 있는 기술과 장비를 갖췄기 때문이오, 내가 하는 이 사업은 이슬람국과 전 세계의 평화를 위한 성전聖戰이오."

이일범은 칸 박사의 논리를 귀 기울여 들으며, 그야말로 반 서방 신념으로 가득 찬 인물임을 느꼈다. 그의 이글이글 타오르는 눈에서 지독한 반서방 감정이 느껴졌다. 그는 핵을 폐기해야 전 세계에 평화가 온다는 서방의 논리와 정반대로 약소국들도 핵을 보유해야 세계평화가 이루어진다는 주장을 신념처럼 주장하고 있었으며, 그 논리는 북조선의 핵무장 당위성과도 상당히 유사했다.

"미국이나 서방언론에서는 나를 돈벌레로 묘사하지. 돈 때문에 전세계 암시장에 핵을 내다 파는 비열한 인간으로 말이오. 그러나 이것은 서방의 모략이오. 내가 받는 액수는 그들이 독자적으로 핵을 만들기 위해 들이는 비용에 비하면 발끝도 안 되는 금액이오, 아니 강대국들이 핵으로부터 지켜주겠다는 명목으로 강매하는 무기 비용의 백분의 일도 안 될 것이오."

이일범은 문득 칸 박사가 천사일까, 악마일까 생각했다. 하지만 지금은 그런 것을 생각할 때가 아니었다. 협상을 성공적으로 마무리 짓고 영웅이 되어 돌아가는 것이 중요했다.

이일범은 칸 박사의 말에 고개를 끄덕이며 공감을 표시했다. 사실 칸 박사의 주장은 미국을 상대로 국방비 증액을 할 수 없는 상황에서 핵무기 보유에 열을 올리고 있는 북조선 경제 상황에도 잘 들어맞았다.

"박사님의 말씀을 들으니, 우리 북조선이 처한 현실에도 잘 맞는 것 같습니다."

칸 박사는 별 표정 변화 없이 다시 말을 이었다.

"북조선에서 온 양반, 나한테는 한 가지 원칙이 있소, 나는 핵 관련 설계도와 필요한 정보가 담긴 CD를 전달할 때, 그 나라의 최고 지도자를 직접 만나 전달합니다. 당신을 못 믿어서가 아니라 그만큼 민감하고 중요한 사항이기 때문이오. 또 한 가지 이유는 자칫 내 네트워크의 인적 정보가 함부로 새어나가는 것을 방지하기 위해서요. 이미 여러 협조자들이 서방 암살자들에 의해 목숨을 잃었소. 나에 대한 갖가지 악의적인 모략들도 사실은 다 내 네트워크를 깨려는 음모지요. 내가 지금까지 이 사업을 유지해올 수 있었던 것은 그들에 대한 비밀을 철저히 지켰기 때문이오. 당신이 비록 특사라고는 하지만, 내 원칙을 깰 수는 없소. 나를 이해해주시오."

"아닙니다. 그러시다면 분명히 김정일 위원장께서 박사님을 빠른 시일 내로 초대할 것입니다."

이일범은 칸 박사의 원칙을 이미 들어서 알고 있었으므로 순순히 답했다.

"그러면 우리 협상은 성사된 것으로 합시다."

칸 박사가 고개를 끄덕이며 말했다.

"박사님, 만나 뵙게 돼서 정말 영광이었습니다."

두 사람은 서로의 손을 잡고 힘차게 흔들었다. 이일범은 조국을 위해 큰일을 해냈다는 자부심에 날아갈 듯이 기뻤다. 칸 박사와 헤어진 그는 곧 ISI 마무드 아마드 부장의 차를 타고 공학연구실험소를 빠져나왔다.

"하하하, 오늘 협상이 성공적으로 잘 끝나서 기분이 좋소."

아마드 부장이 유쾌한 듯이 크게 웃었다.

"다 장군님 덕분입니다."

"칸 박사는 우리 파키스탄의 국민 영웅이오. 파키스탄에서는 아무도 그를 건드릴 수 없소. 그것은 지도자 무샤라프도 마찬가지지. 성격이 아주 칼 같아서 접근하기 어려운 점도 있지만 말이오. 서방 언론들은 칸 박사를 악마의 상인으로 매도하고 있지만 칸 박사는 철저하게 이슬람 율법대로 사는 사람이오. 칸 박사가 핵 정보를 넘겨주고 받는 돈은 대부분 그의 해외 인적 네트워크 관리에 소요되고 있소. 그의 전세계 인적 네트워크는 상상을 초월하는 수준이고 말이오. 그런 노력 때문에 CIA나 이스라엘의 모사드, 인도의 정보기관도 파헤치지 못할 정도로 비밀이 잘 유지되고 있는 것이오. 놀라운 건 칸 박사의 협조자들 가운데는 서방 사람들도 많다는 거요. 그중에는 칸 박사의 돈을 받은 CIA 요원도 적지 않게 포함되어 있소. 흐흐."

그가 괴이한 웃음을 흘렸다. 그때 아마드 부장의 차를 운전하던 요원이 두 사람의 대화에 갑자기 끼어들었다.

"부장님, 따라 붙었습니다!"

아마드가 물었다.

"어디서부터?"

"실험소를 벗어나 일반 도로에 접어들면서부터입니다."

아마드의 얼굴에 가소롭다는 듯한 미소가 스쳤다.

"CIA 놈들, 냄새 하나는 귀신같이 맡는구먼. 북조선 양반, 아무래도 불청객이 따라 붙은 것 같소. 하지만 걱정 마시오. 멋지게 따돌릴 테니까……."

그가 이일범에게 자신감을 보였다. 이일범은 협상이 성사된 마당에 미국의 추격을 받게 되자 당황스러웠다. 그러나 지금으로서는 아마드 부장을 믿는 수밖에 없었다. 이일범을 태운 차량은 이슬라마바드의 외곽 도로를 달리고 있었다. 도로에는 사람과 자동차, 말, 당나귀가 끄는 수레가 함께 뒤섞여 있어서, 어디가 차도이고 인도인지 명확히 구분되지 않았다.

"꽉 잡으시오!"

아마드 부장이 소리쳤다. 차가 갑자기 우측 골목으로 방향을 틀었다. 그 바람에 그의 몸도 한쪽으로 쏠렸다. 골목으로 접어들자 차 두 대가 간신히 오고갈 만한 비좁은 비포장도로가 나타났다. 사람들, 경운기와 오토바이, 전통 마차와 자전거가 한데 뒤섞여 비좁은 도로를 가득 메우며 흙먼지를 일으켰다. 이일범이 탄 차량이 크랙션을 울리며 앞으로 빠르게 달려 나갔다. 그 바람에 맞은편에서 오던 차와 사람들, 우마차들이 황급히 피하느라 우왕좌왕했다.

'사람이 안 다치는 게 신기하군!'

이일범 일행을 미행하던 차량도 그들이 사라진 골목으로 급하게 차를 꺾어 들어왔지만 사람들과 우마차에 가려 시야를 잃고 말았다.

"앞차가 안 보입니다!"

운전자가 당황한 목소리로 소리쳤다.

"멀리 못 갔을 거야! 속력을 내!"

"불가능합니다. 사람들과 마차가 너무 많습니다!"

"그래도 밟아!"

뒷좌석에 앉은 상급자가 소리를 질렀다. 할 수 없다는 듯 운전자는 전조등을 번쩍이며 차의 속도를 올렸다. 좁은 골목길에 다시 한 번 대혼잡이 빚어졌다. 좁은 골목이 4차선 도로와 만나는 끝 지점까지 달려갔지만, 역시 쫓던 차량은 보이지 않았다. 감쪽같이 시야에서 사라진 것이다.

"젠장! 어디로 사라진 거야?"

상급자가 짜증 섞인 목소리로 뱉어냈다. 바로 그때 골목 중간 지점에서 숨어 있던 차가 빠져나오는 것이 백미러에 잡혔다.

"아! 저기 뒤에 있습니다."

뒤늦게 차를 발견한 운전자가 소리치자 뒷좌석에 앉아 있던 상급자가 고개를 돌려 빠져나가는 차를 바라보았다. 차량은 들어온 길로 조롱하듯 여유 있게 빠져나가고 있었다.

"뒤로 빠져나가잖아! 빨리 뒤쫓아!"

차가 급하게 유턴하면서 바퀴가 지면과 마찰하는 끼이익 소리가 골목 안에 요란하게 울려 퍼졌다. 바퀴가 지면을 할퀴며 날린 흙먼지가 폭탄이 터진 듯 일어났다. 그러나 그들이 오던 길로 완전히 방향을 틀었을 때 미행하던 차량은 시야에서 사라진 뒤였다.

"제기랄!"

"하하, 보기 좋게 따돌렸군, 당신과 내가 함께 있는 걸 그들이 봤다면 아마 우리를 잡아먹으려고 들었을 거요."

"완전히 따돌렸습니까?"

"아직 안심하긴 이릅니다. 저놈들은 틀림없이 위성으로 우리를 찾고 있을 거요. 우리 실험실 인근 상공에 정찰위성 키홀인가 뭔가를 띄워놓고 꼬투리를 잡으려고 24시간 감시하고 있소. 얼마 전에는 웬 사진 한 장을 불쑥 내밀면서 그곳이 핵물질 저장소가 아니냐고 묻더군. 거긴 내가 사복을 입고 출입했던 술집이었소. 오늘 놈들은 아마 정찰위성을 풀로 가동해서라도 당신을 끝까지 추적하려 할 거요."

그 말에 이일범의 얼굴이 잿빛으로 변했다. 그는 파키스탄과 미국과의 복잡한 관계를 이해하기가 어려웠다. 파키스탄은 미국이 그토록 반대하는 비밀 핵무기 제조를 강행하면서도, 소련을 상대로 미국과 군사적 협력관계를 맺고 있었다. 이일범은 문득 자신이 미국과 파키스탄 사이에 낀 신세라는 생각을 했다. 이일범의 곤혹스런 얼굴을 아마드가 재미있다는 듯 쳐다보더니 부하에게 물었다.

"비상 차량 준비됐나?"

"네, 대기 중입니다."

그들이 탄 차량은 얼마 후 터널로 들어섰다.

"선생, 저 앞에 택시가 보이지요? 터널 안에서 멈추면 그리로 빨리 옮겨 타시오."

이일범이 고개를 끄덕였다.

"자, 그럼 행운을 빌겠소, 나중에 다시 봅시다!"

이일범은 터널 중간에 내려 빠른 동작으로 택시를 갈아탔고, 아마드의 차량은 아무 일 없었다는 듯이 사라졌다. 터널 밖에는 봄비 치고는 제법 굵은 비가 내리고 있었다. 이일범은 평양에 무사히 도착했고, 약속대로 영웅 대접을 받았다.

그로부터 다시 한 달 후

비가 그친 카라치 항구의 밤은 요염한 여인의 얼굴처럼 보였다. 후텁지근한 밤의 열기가 항구의 밤을 분홍빛으로 물들이고 있었다. 이곳은 중동과 아시아 지역 사이에 놓인 파키스탄 남부 최대 교역 항구로서 중동의 원유를 싣고 호르무즈 해협을 거쳐 전 세계로 나가는 세계 각국의 화물선들이 수시로 드나드는 곳이었다.

칠흑같이 캄캄한 아라비아 해로 호주 국적 대형 화물선 한 척이 어지러운 항구 불빛들을 조명삼아 조용히 미끄러져 나갔다. 일렁임 없는 바다는 호수처럼 잔잔했다. 카라치 항구를 담당하고 있는 CIA 요원 맥카치는 아까부터 아틀란티스 호의 움직임을 주시하고 있었다.

'틀림없이 뭔가 있는데, 그게 뭔지 알 수 없단 말이야.'

맥카치가 아틀란티스 호를 의심하는 데는 이유가 있었다. 카라치 항구에 도착한 아틀란티스 호는 박격포와 기관총 등 각종 북한제 무기들을 컨테이너 안에 가득 싣고 있었다. 물론 이건 불법이 아니었다. 그런데 이상하게도 무기가 도착한 지 일주일이 지난 지금까지도 파키스탄 정부의 무기 대금 지불이 이뤄지지 않고 있었다. 이것은 국제 무기거래 관례상 있을 수 없는 일이었다. 때문에 카라치 항구를 떠나려는 아틀란티스 호에 실린 북한 컨테이너에 강제수색을 시도했지만 파키스탄의 완강한 반대로 좌절되었다.

"절대 불가요, 화주의 허락 없이는 절대 컨테이너 개봉을 허용할 수 없소!"

물론 그 안에 든 내용물도 확인해줄 수 없다는 대답이 돌아왔다. 그래서 맥카치는 다른 방법을 이용하기로 했다. 아틀란티스 호가 중국 상해 항구에 도착하기 전 싱가포르 항구에 중간 기착할 때 내용물을 강제 조사하는 방법이었다. 북한과 친밀한 중국이 관할하는 상해 항에서 북한 화물을 조사한다는 건 거의 불가능했기 때문이다.

카라치 항구를 떠난 아틀란티스 호는 예상대로 중간 기착지인 싱가포르 항구에 도착했고, 인부들이 막 화물을 하역하려는 순간 제복을 입은 싱가포르 마약단속반이 들이닥쳤다.

"마약단속반이요, 이 화물선의 화물 중 북한으로 가는 컨테이너에 마약 원료가 담겼다는 제보가 들어왔소. 검색에 협조해주시오!"

"그게 무슨 소리요, 화주의 허락 없이는 절대 안 됩니다."

호주 선장은 역시 완강히 거부했다.

"마약단속에 협조하는 것은 국제적 관례요, 협조를 거부할 경우 앞으로 이 항구를 이용하기 어려워질 겁니다."

단속반이 그를 은근히 협박했다. 화물선 운항 경력 20년째인 호주인 선장은 갑작스러운 마약단속반의 검색 요구가 수상하다는 느낌이 들었지만 끝까지 거부하기 힘들었다. 재수 없으면 자신도 마약 운반 협조자라는 의심을 받을 수 있었다.

"좋소, 최대한 빨리 끝내주시오."

"나라별 컨테이너 위치가 표시된 도면을 주시오."

그들은 선장으로부터 도면을 받아들더니 신속하게 북한 컨테이너를 찾아 개봉했다. 그러나 첫 번째 컨테이너를 열었을 때 그들은 당혹감에 빠졌다. 컨테이너는 텅텅 비어 있었다. 하나 남은 두 번째 컨테이너를 개봉했다. 그 안에는 파키스탄의 최대 수출품목 중에 하나인 목화 제품들이 가득했다. 혹시나 해서 목화 제품 속을 이리저리 찔러 봤지만 아무것도 없었다. 결국 단속반원들은 선장에게 머리를 숙여 사과하고는 풀어헤친 화물들을 원래대로 돌려놓은 다음에야 도망치듯이 빠져 나올 수 있었다.

"별 것 없었습니다. 한 개는 비어 있었고, 나머지 한 개에는 목화 제품만 가득했습니다."

싱가포르 현지 요원의 전화를 받은 맥카치는 기운이 빠지는 것을 느꼈다. 직감은 수상하다고 말하고 있는데, 증거를 잡는 데는 실패한 것이다. 그때 파키스탄과 북한과의 금융거래 내역을 살피던 금융팀 부하로부터 전화가 걸려왔다.

"방금 파키스탄 정부로부터 북한 계좌로 무기대금이 송금된 것이 확인됐습니다."

이제 모든 의심이 다 풀린 셈이었다. 단속반의 전화를 받느라 자리에서 일어났던 맥카치는 기운이 빠져 도로 의자에 털썩 주저앉았다.

두 나라 사이 정상적인 거래가 확인된 이상 의심을 거두어야 했다. 그간 그는 파키스탄과 북한 사이의 원심분리기 불법매매 첩보를 입수한 뒤 결정적 증거를 찾는 중이었다. 바로 그때, 위성 모니터실 부하 요원에게 전화가 걸려왔다.

"팀장님, 수상한 움직임이 포착됐습니다."

"뭔가?"

맥카치가 반쯤 정신 나간 목소리로 되물었다.

"사우디로 향하던 노르웨이 선박 한 척이 갑자기 항로를 바꿔 이란 남부항에 정착했습니다."

"노르웨이 선박? 갑자기 항로를 바꾼 이유는 파악됐나?"

팀장은 거의 건성으로 물었다.

"네, 파악한 바에 의하면 연료 보충 때문이라고 합니다만 어딘가 이상합니다."

사실 해상 운송에서 갑작스런 연료 부족이나 보충을 위해 예정에 없던 항구로 피난하는 일은 종종 있는 일이었다.

"연료 탱크에 금이 가서 연료가 새는 바람에 급히 수리를 하러 들어왔다고 합니다."

'그게 뭐가 이상하다는 거지?'

맥카치는 부하의 긴급 보고 내용을 이해할 수 없었다.

"……이란 남부항 근처에 화물공항이 하나 있지 않습니까? 그 점이 마음에 걸립니다."

"뭐? 화물공항?"

맥카치는 자기도 모르게 비명이 튀어 나왔다. 뒤통수를 망치로 강하게 얻어맞은 느낌이었다.

"그 공항은 지난해부터 이란과 북한 간 직항로가 개설된 곳입니다. 확인해보니 북한 화물기 한 대가 며칠 전부터 공항에 대기하고 있다가 노르웨이 선적 배가 들어온 몇 시간 뒤에 이란을 떠났다고 합니다."

보고하는 목소리가 여름밤 모기소리처럼 그의 귓전에서 윙윙댔다.

"그 비행기 지금 어디에 있나?"

"늦었습니다. 아마 지금쯤 중국 영공을 날고 있을 겁니다."

맥카치는 거의 수화기를 놓칠 뻔했다. 1년 넘게 추적해온 파키스탄과 북한과의 비밀 핵 거래를 눈앞에서 놓쳤다는 생각에 심한 허탈감과 굴욕감이 밀려들었다. 부하의 이어지는 설명이 수화기 너머에서 계속 윙윙거렸다.

다시 2000년 2월

"따르릉! 따르릉!"

원자력연구소장의 직통 전화벨이 요란하게 울려댔다.

"소장님, 긴급히 보고드릴 것이 있습니다. 국정원에서 불시 조사를 나왔습니다."

민태준 박사의 비밀부서가 실험을 시작한 지 불과 한 달도 지나지 않은 시점이었다. 서류를 결재하고 있던 차 소장이 비서의 보고에 의아한 표정을 지었다.

"뭐야, 국정원에서? 어느 부서에서 나왔나?"

"국정원 과학팀에서 나왔답니다."

"국정원 과학팀에서?"

소장은 약간 당황한 목소리였다. 과학팀과는 평소 밀접한 관계를 유지하고 있었으므로, 이렇게 예고 없이 급작스럽게 들이닥친 건 근래 처음이었다. 수화기를 들고 있던 그의 손이 가볍게 떨렸다.

"그들은 지금 어디에 있나?"

"정문에 도착해서는 곧바로 특수사업팀이 있는 지하 실험실로 향했습니다."

소장의 얼굴이 노랗게 변했다. 그들이 들이닥친 이유를 알 것 같았다. 사전에 아무 통보도 없이 불시에 들이닥쳤을 뿐만 아니라 곧바로 지하 실험실로 향했다는 건 뭔가 정보를 갖고 왔다는 걸 의미했다.

'특수사업팀이 지하 실험실 내에 있다는 걸 어떻게 알았지?'

소장의 얼굴에 불쾌감과 함께 당혹감이 어렸다. 며칠 전 국정원 문 차장이 했던 말이 생각났다.

"특수사업팀의 존재는 국정원 내부와 과기부에도 비밀이오. 가능하면 소장도 깊게 관여하지 않는 것이 좋겠소."

소장은 정보가 어떻게 새어나갔는지 감을 잡기 어려웠다.

"국정원과 과기부에도 자발적인 미국 협조자들이 많소. 아니, 말이 협조자이지 스파이나 다름없소."

보안을 신신당부했던 그의 말이 거듭 뇌리를 맴돌았다.

"일단 최대한 협조하게!"

그렇게 지시하고 전화를 끊었다.

국정원에서 나온 조사원들은 지하 실험실 현장에 도착하자마자 곧바로 현장조사에 들어갔다.

"여기서 하는 실험은 어떤 실험입니까?"

"금속물질 동위원소 분리 실험입니다만."

민 박사의 설명에 그들 중 하나가 의심 가득한 얼굴로 그를 뚫어져라 쳐다보았다.

"당신이 이곳 책임자입니까?"

"그렇습니다."

그러자 그들은 민 박사에게 집중적으로 묻기 시작했다.

"여기 실험 내용에 대해 더 설명해주시죠. 어떤 실험이지요?"

"원자력 발전 과정에서 생길 수 있는 과열 현상 억제에 필요한 물질을 자체 생산하기 위한 분리 실험입니다."

"과열 현상 억제제? 구체적으로 어떤 물질들입니까?"

"발전 속도를 조절하지 않을 경우 원자로가 과열돼서 최악의 경우 폭발하는 사태가 발생할 수 있습니다. 따라서 속도 조절 등 과열 억제를 위해 사마리움, 탈륨, 가도리움 등을 사용하는데, 현재 이 물질들은 전량 수입에 의존하고 있습니다. 이것들을 국산으로 대체하려는 실험입니다."

그는 조사원들에게 언급한 제재들을 보여주었다. 하나는 원석이 든 통, 하나는 분리된 물질이었다.

"황색을 띤 회색 물질이 사마리움, 녹빛이 나는 물질이 탈륨, 그리고 붉고 푸른빛이 나는 것이 가도리늄입니다. 이것들을 분리하는 실험이 성공할 경우 수입 대체 효과가 생깁니다."

"수입 대체 효과요? 우리가 알기론 값싸게 수입해서 쓸 수 있는 물질들이라고 하던데요? 분리하는 게 오히려 비경제적 아닙니까?"

그가 느물거리는 표정으로 민 박사를 바라보며 물었다.

'안보를 수입할 수 있겠습니까?'

속에서 이 한 마디가 치밀어올랐지만 그는 공연히 일이 커지는 것을 막기 위해 참았다.

"이들은 희토류의 일종입니다. 때문에 언젠가는 전략 물질로 지정되어 수출국의 규제 대상이 될 가능성이 높습니다. 다시 말해 수입 중단 조치가 이뤄질 가능성이 있다는 얘기입니다. 그때가 되면 돈을 주고도 살 수가 없습니다. 그때를 대비해서라도 원석을 이용한 분리 실험이 필요합니다."

그들은 민 박사의 차분한 설명에 표정을 어느 정도 누그러뜨렸다. 이해가 된다는 표정이었다.

"측정을 좀 하겠습니다."

조사팀 중 하나가 퉁명스럽게 끼어들었다.

"그렇게 하시지요."

그들은 이미 필요한 장비까지 갖추고 온 상태로 알파 · 감마 분광기 등 방사성 측정 장비로 실험실 구석구석을 측정했다. 하지만 의미 있는 수치가 나타나지 않자 얼굴에 실망감이 어렸다. 이윽고 그들의 시선이 뒤편의 테이블 위에 놓인 물체로 향했다.

"이게 실험 장비입니까?"

그들이 장비를 가리키며 물었다.

"네, 이것은 저희가 의료용 장비를 개조해 임시로 만든 희토류 물질 동위원소 분리를 위한 레이저 장비입니다."

그 장비는 척 보기에도 조잡해 보였다.

"의료용 장비를 개조했다고요?"

한 명이 의아하다는 표정을 지어 보였다.

"그렇습니다. 이것은 현재 전략적으로 수입이 금지된 품목입니다.

그래서 할 수 없이 이런 방식으로 실험을 하고 있습니다."

그들은 믿기지 않는다는 표정을 지어 보였다. 한 마디로 딱하다는 표정이었다. 조사팀 하나가 장비를 한참을 뚫어져라 쳐다보더니 김이 좀 빠진 목소리로 말했다.

"이런 장비가 제대로 작동되다니 신기하군요, 여기서 다른 실험은 안 합니까?"

"저희는 원자력 발전소 보조연료의 국산화 차원에서 이 실험을 하는 겁니다. 현재 다른 실험 계획은 없습니다."

다들 서로의 얼굴을 쳐다보았다. 별 것 아니라는 표정이었다.

"협조해줘서 고맙습니다! 열악한 조건에서 훌륭한 일을 하시는군요."

그들의 말 속에는 쓸데없는 고생을 한다는 비웃음이 섞여 있는 듯했다. 실험실을 나가려는 그들에게 민 박사가 물었다.

"한 가지 묻겠습니다. 어디서 무슨 제보를 받고 오신 겁니까?"

"제보자 신원에 대해서는 밝히지 않는 게 우리 기본 수칙이요."

그들은 짧게 대답하고는 뒤도 안 돌아보고 나갔다. 박사는 속으로 중얼거렸다.

'의료용 장비를 개조한 것이 꽤나 불쌍해 보였겠군. 실험 장비가 완성되면 어떤 표정을 보일지 궁금한데?'

하지만 예상치 못한 불시 사찰은 거기서 끝나지 않았다. 국정원의 특별사찰이 있은 지 일주일 후에는 원자력연구소가 속한 상급 부처인 과기부에서 특별 감사단이 내려왔다. 그들도 장비를 가져와 철저히 조사했지만 특별한 이상 조짐을 발견하지 못했다.

"소장의 말뜻은 충분히 알겠소. 그러나 '핵연료 국산화', '특수사업부서', 이런 단어만 나와도 미국이 의심의 눈초리로 본단 말이오. 그들이 뭔가 통신감청을 한 것이 아닌가 싶소. 벌써 미국이 여기서 벌이는 일에 관심을 갖기 시작했소."

우려가 담긴 목소리로 과기부 감사단장이 말했다

"우리는 핵무기 제조용 연료가 아닌 발전용 보조연료를 국산화하려는 겁니다. 이게 대체 무슨 문제가 된다는 겁니까?"

소장이 적극 반박했다.

"수입을 하면 훨씬 싸게 구입할 수 있는데 군이 국산화를 시도하니 불필요한 의심을 사는 것 아니오? 그럴 필요가 있소? 가까운 시간 내에 이들 물질이 국제 규제 대상이 될 가능성도 적지 않소?"

감사단장의 추궁은 집요했다.

"지금 정부는 미국 눈치를 보던 과거 정부와는 다르지 않습니까?"

"핵문제에 대해서만큼은 과거나 지금이나 상황이 달라진 게 없소!"

그의 말은 단호했다.

"아무튼 국산화 사업만큼은 포기할 수 없습니다. 문제될 게 없으니까요. 이것은 또 우리 과학계의 자존심이기도 합니다."

"만일 문제가 생기면 소장이 책임지겠소?"

감사단장이 험악한 표정으로 물었다.

"물론입니다."

그들은 결국 소장을 설득하는 것을 포기하고 돌아갔다. 그들이 나간 뒤에 소장이 혼잣말로 중얼거렸다.

"과기부 고위관료라는 놈들이 저런 사고를 갖고 있으니, 이 나라 미래가 장차 큰일이군. 과학을 모르는 놈들이 전부 고위직을 차지해서 정치권과 미국 눈치나 살피고 있으니……."

그러나 소장의 안타까운 넋두리도 잠시, 그의 얼굴에 그림자가 드리워졌다. 특수사업 초기부터 외부 감시와 개입이 시작되다니 불길한 조짐이었다.

50년 만의 만남

2OOO년 6월 13일

"앗! 저럴 수가!"

첨단첩보위성 KH-12 모니터로 남북정상의 만남을 지켜보던 미국 제7공군기지 지하사령부 상황실장 밴 커크 소장이 날카로운 비명을 질렀다. 상황실 내에 있던 다른 요원들 모두 비명소리를 듣고는 중앙 화면으로 시선을 돌렸다.

"아니, 저게 뭐지?"

다들 똑같이 비명을 질렀다. 평양 순안공항에 내려 북측 의장대 사열을 마친 김대중 대통령의 링컨컨티넨탈 리무진 차량에 김정일이 막 동승하려는 순간이었다. 그걸 본 모두가 경악했다.

"김정일이 왜 김대중 대통령의 차에 탑승하는 거지? 좀 더 가까이 비춰봐!"

KH-12 위성의 모니터 화면이 125° 40′ 36″ E , 위도 39° 12′ 0″ N

으로 좁혀 들어가자 차에 타려는 두 사람의 모습이 화면 가득히 나타났다. 김대중 대통령은 차에 탑승하기 직전 만면에 미소를 띤 채 환영객들에게 손을 흔들고 있었다. 곧이어 두 사람 모습이 리무진 속으로 사라졌다.

"리무진 안을 비춰봐!"

밴 커크 소장이 신경질적으로 지시했다. 몇 배로 증폭된 전파와 특수 적외선이 차량 안을 좀 더 자세히 비추자 옅은 선글라스를 낀 채 반쯤 웃고 있는 김정일 위원장과 하얀 이를 드러내고 환하게 웃고 있는 김대중 대통령의 옆모습이 화면 가득 들어왔다. 두 사람은 손을 맞잡고 반갑게 인사하고 있었지만, 무슨 얘기를 나누는지는 알 수 없었다.

"답답하구먼. 순안공항에 가장 가까운 감청위성 전부 연결해!"

한반도 상공에 떠 있는 위성 중에 모두 7개의 감청위성이 연결됐다. 이윽고 두 지도자가 탄 차량의 움직임 쪽으로 감청전파가 발사됐다.

"아! 전파가 전혀 닿지 않고 부서집니다. 차에 방해전파가 작동하고 있습니다."

밴 커크의 얼굴에 당황과 화가 겹쳤다.

"당했군!"

"네? 무슨 말씀입니까?"

"DJ가 어떻게 우리에게 이럴 수 있나?"

"김정일의 돌발행동일 수도 있지 않을까요?"

"돌발행동인지 남북이 짜고 친 행동인지는 곧 알게 되겠지. 먼저 백악관에 이 사실을 빨리 알려!"

상황실 안에 있던 요원들은 하나같이 허둥대기 시작했다. 외국의 정상들이 동승하는 경우가 전혀 없는 건 아니었지만, 의전 관례상 우방국가들 사이에서도 흔치 않은 일이었다. 뿐만 아니라 김대중, 김정일 두 사람이 한 차에 동승할 것이라는 사전 정보가 전혀 없었고, 더군다나 강한 적대감을 품어온 사이에 이런 일이 벌어진다는 자체가 상상하기 어려운 일이었다.

"차 안에서 나누는 대화 내용은 누구도 들을 수 없습니다. 걱정하지 마시고 말씀하세요."

김대중 대통령은 김정일 위원장의 갑작스런 유화적인 제스처에 잠시 무슨 말을 할지 생각했다.

"저 열광하는 인민들의 표정을 보십시오. 모두들 대통령의 방북을 열렬히 환영하고 있습니다. 오늘 대통령을 환영하기 위해 나온 인민들이 백만 명가량입니다."

김대중 대통령은 거리의 환영 인파들을 향해 고개를 돌렸다. 수많은 사람들이 인도를 메우고 있었다. 모두들 꽃다발과 손수건을 흔들며 남한에서 온 대통령의 방북을 열렬히 환영하고 있었다. 김대중 대통령은 생각했다.

'고맙기는 한데 어쩐지 권위주의 시대의 우리 모습을 보는 것 같군.'

그 속내를 읽었는지 김정일 국방위원장이 말을 이었다.

"어쩌면 저들이 강제로 동원돼서 박수치고 손 흔들고 있다고 생각하실지 모르겠습니다. 인민들이 당의 지시로 나와 있는 건 사실입니다. 하지만 지금 손 흔드는 저 순간만큼은 진정으로 김 대통령의 방북을 열렬히 환영하고 있는 겁니다. 50년이나 막혀 있던 통일에 대한 염원을 표출하고 있는 겁니다. 남조선 인민들은 우리 북조선 인민들의 저 염원을 결코 이해하지 못할 겁니다."

김대중 대통령은 북한 인민들의 표정을 자세히 살펴보았다. 꽃을 들고 환영하는 이들, 박수를 치는 이들, 심지어 발을 구르며 열광하는 표정 모두가 그간 남쪽에서 TV를 통해 본 모습 그대로였다. 그런 모습에 때로는 거부감을 느꼈던 그였지만, 직접 그 뜨거운 환영의 열기 한가운데 있게 되니 그 거부감도 완전히 사라져버렸다. 사람들의 함성이 그가 탄 차량을 뒤집을 정도로 지축을 흔들어댔다. 심지어 울부짖기까지 하는 모습을 보자 김대중 대통령은 순간 울컥하는 마음에 손수건을 꺼내 눈가를 닦았다.

김정일도 그의 이런 모습을 희미한 미소로 바라보았다. 김정일이 다시 입을 열었다.

"바깥세상에서는 북한에 뿔 달린 도깨비들이 살고 있다고 선전하던데 이 무서운 곳에 오신 용기를 높이 평가해드리지요. 대통령도 아시다시피 요즘 미국이 하루가 멀다 하고 우리 공화국에 폭격 위협을 가하고 있습니다. 그 때문에 요즘 우리는 밤마다 불을 끄고 지냅니다. 이런 엄중한 상황에 이곳을 방문해주신 대통령의 높은 통일 열망과 용기에 전 인민들을 대표해 다시 한 번 뜨겁게 경의를 표합니다."

김정일 국방위원장은 시종일관 흥분과 감격에 젖은 목소리로 대통령을 치켜세웠다. 그는 자신감에 가득 차 자신의 감정을 거침없이 드러냈다.

"그런데 아무래도 미국이 우리를 잘못 본 듯싶습니다. 그래서 말씀 드리는 건데 만일 미국이 우리를 잘못 건드렸다가는 어떻게 될지 멀지 않은 시점에 분명히 보여줄 생각입니다. 본때를 보여주겠다는 뜻입니다. 참모들도 이구동성으로 그걸 원하고 있습니다. 때가 되면 김 대통령도 아시게 될 겁니다. 우리 체제와 백성들의 안전을 위해 우리도 특단의 대책을 마련할 수밖에 없는 겁니다."

'특단의 대책?'

순간 김대중 대통령의 얼굴에서 미소가 사라졌다. 그가 굳어진 표정으로 말을 이었다.

"김 위원장, 나도 미국이 북한을 공격하는 것에는 절대 반대합니다. 하지만 북한이 핵무기를 개발하는 것도 역시 반대합니다. 이제 우리는 개방을 통해 전 세계와 선의의 경쟁체제를 통해 나라를 발전시켜야 합니다."

김대중 대통령은 단호했다. 김정일 국방위원장은 그런 김 대통령을 이해할 수 없다는 표정으로 쳐다보았다. 그들이 대화를 나누는 와중에도 열린 창문 틈 사이로 환호하는 군중들의 목소리가 끊임없이 흘러 들어왔다. 백화원 초대소로 가는 길은 환호와 열광의 연속이었다. 그 환호는 창문을 닫았을 때는 가마솥에 물이 끓는 소리처럼 들렸다.

남북의 정상이 동승한 차를 수많은 차량들과 오토바이들이 사방에서 호위하며 따랐다. 그 가운데 또 한 대의 차에서도 남북의 관계자들이 삼삼오오 극비리에 동승한 채 밀담을 나누고 있었다.

그중에 미국제 중형 세단 안에는 김인혁과 최인규도 타고 있었다.

"김인혁 선생, 이번에 큰일 하셨소, 나는 막판에 정상회담이 틀어지는 줄 알고 얼마나 조마조마했는지······."

최인규가 말을 건넸다. 두 사람은 남북 정상의 만남을 위해 막후에서 활동했던 남북 양측의 고위급 정보 요원들이었다.

"우리는 한 번 약속한 건 반드시 지킵니다. 그나저나 최 선생이야 말로 막판에 연락이 잘 안 되던데 어디 가 있었소? 숙청이라도 당한 줄 알았소."

"물론 조국과 당에 죄과가 있으면 당연히 숙청을 당해야지요. 하지만 우리 같은 사람들은 숙청당해도 외부에 전혀 알려지지 않으니 그게 슬픈 일 아니겠소?"

두 사람은 김인혁이 준비한 30년 된 칠레산 포도주를 잔에 담아 부딪쳤다. 경쾌한 소리가 차 안에 울려 퍼졌다.

"최 선생, 남북에 부는 이 순풍이 지속돼서 남북이 다시 하나가 되려면 앞으로도 당신과 내 협력이 아주 중요합니다. 앞으로도 서로 잘 협조합시다!"

"아주 좋은 얘기요, 우리 사이에는 가식과 거짓이 없도록 합시다. 우리끼리 쓸데없이 총질하는 일이 없도록 하자 이 말이오. 다만 미국의 방해가 걱정이긴 합니다."

그가 김인혁을 슬쩍 바라보았다.

"미국의 방해요?"

"최 선생도 지금 북조선이 미국의 침략 위협 앞에 놓여 있다는 걸 알고 있지 않소? 우리는 밤마다 등화관제 훈련을 하고 있소. 그러니 남북 화해가 얼마나 오래갈지 걱정이오."

"그것은 북이 핵무기를 생산하려 들기 때문이 아니오?"

김인혁이 그의 말을 끊고 끼어들었다. 그러자 최인규의 얼굴에 싸늘한 미소가 번졌다.

"쥐도 궁지에 몰리면 고양이를 문다는 속담이 있지요. 까놓고 솔직히 말하는데 지금 우리는 조만간 미국의 콧대를 납작하게 만들 중대한 계획을 추진하고 있소."

그는 흥분해서 속에 있는 얘기를 꺼내기 시작했다. 발언의 수위를 갑자기 높인 그를 보고 김인혁이 한 마디 했다.

"보시오, 이 좋은 분위기 망치는 얘기라면 하지 맙시다. 솔직한 충고 하나 하겠는데, 고양이를 용감하게 문 그 쥐는 결국 고양이에게 잡아먹히게 되어 있소. 공연히 잠자는 사자를 건드리는 무모한 행위는 마시오. 이로울 게 없소, 자칫 불똥이 남쪽으로 튈 수도 있고……."

그 말에 언짢았는지 최인규가 차 가운데 있는 콘솔 박스 위에 잔을 내려놓고 막 입을 열려는 찰나, 김인혁이 손사래를 치며 막았다.

"자, 오늘은 좋은 날인데 오래된 논쟁은 마칩시다. 술 맛 떨어지겠소. 건배나 합시다!"

그는 콘솔 박스 위에 내려놓았던 와인 잔을 들어 건배하며 말했다.

"한반도의 통일과 번영을 위하여!"

그 시간 김대중 대통령은 미국에게 본때를 보여주겠다는 김정일의 말에 당혹스러운 느낌을 지울 수 없었다. 그때 희미해져 가던 환성 소리가 다시 크게 들려오며 저 멀리 백화원 영빈관이 눈에 들어왔다. 백화원 초대소까지 이어진 수많은 환영 인파 소리가 귀청을 뚫을 듯이 크게 들렸다.

"이제 다 왔습니다. 칙칙한 얘기는 그만두고 민족과 조국의 미래에 집중하십시다. 주어진 시간이 많지 않습니다. 얼마 만에 다시 한 자리에 만난 겁니까? 제가 대통령을 위해 특별히 샤또 라투르(Chateau Latour) 1993년 산을 준비했습니다. 와인은 역시 프랑스 보르도 산이 최고지요. 같이 온 남쪽 분들에게도 내가 이번에 다 대접할 겁니다. 기대하십시오."

워싱턴 D.C에 소재한 백악관 2층

클린턴 대통령 부부의 침실에 전화벨이 요란하게 울렸다.

"각하, 칼 파우치 안보전략 보좌관입니다. 긴급사항이 발생해 전화를 드렸습니다."

잠이 깬 클린턴이 손을 옆으로 뻗었다. 힐러리는 여전히 없었다. 르윈스키와의 섹스 스캔들 이후 침실을 따로 쓴 지가 벌써 두 달이었다. 이혼을 요구하지 않는 것만 해도 감지덕지해야 할 상황이었다. 잠결에 전화를 받은 그는 긴급사항이라는 말에 정신을 차리려고 애썼다.

"무슨 내용이지요?"

반쯤 잠긴 목소리로 클린턴이 물었다.

"한반도의 남북정상회담과 관련한 분석이 완료되었습니다. 김정일 위원장이 수 시간 전에 예고도 없이 평양 순안공항에 직접 나타나 김대중 대통령을 영접한 후 리무진에 함께 타고 백화원 영빈관까지 동승했습니다."

"그 얘기는 이미 들었소. 김정일이란 자가 워낙 돌발적인 인물 아니오? 지켜봅시다."

클린턴의 말에 짜증이 묻어났다. 그는 두 정상의 동승에 큰 비중을 두지 않는 눈치였다. 그러나 클린턴의 반응에도 파우치 보좌관은 냉정함을 잃지 않고 계속 보고했다.

"각하, 그게 아닙니다. 두 사람의 차 안에서의 행적을 자세히 살펴보니, 백화원에 도착할 때까지 50분간이나 손을 꼭 잡고 한시도 놓지 않더군요."

"뭐요? 50분간이나?"

순간 클린턴은 뭔가 조짐이 나쁘다는 생각이 들었다. 선거가 임박

50년 만의 만남   211

해서인지 왠지 모를 불안감이 엄습했다. 게다가 남북한 정상회담 개최 시기도 임박해서 알게 되어 기분이 좋지 않은 터였다. 그때 한국 정부는 상황을 늦게 알린 것에 대해 북한 측의 보안 요청을 핑계로 삼았다. 그런데 김정일이 예고도 없이 공항까지 직접 마중 나왔다고? 게다가 관행을 깨고 차량에 동승해 50분간이나 손을 잡고 있었다고?

파우치 보좌관의 보고는 거기서 끝이 아니었다.

"각하, 더 심각한 문제가 있습니다."

클린턴은 이어지는 보고에 마지막까지 남아 있던 잠 기운이 모조리 달아나는 것을 느꼈다.

"두 사람이 탄 차량에 감청 방지 특수기기가 부착되어 있었습니다. 우리 감청전파가 뚫고 들어갈 수 없을 정도의 강력한 방해전파 말입니다. 때문에 두 사람의 대화 내용은 감청할 수가 없었습니다."

클린턴은 생각에 잠겼다. 미국 정부는 시속 200킬로미터로 달리는 차량도 위치만 확보되면 100퍼센트 감청할 수 있는 최신 특수 장비가 있었다. 게다가 두 정상의 만남은 장소도 시각도 공개적인 상태였다. 그런데 북한이 그 특수장비를 무용지물로 만드는 모종의 조치를 사전에 취한 것이다.

"치밀하게 준비된 게 틀림없습니다. 그래서 특수감청팀의 베테랑 요원들이 두 사람의 입술 움직임을 면밀히 조사했습니다. 그 결과 두 사람의 대화에서 민감한 단어가 여러 차례 오간 것을 파악했습니다."

"민감한 단어라는게 뭐요?"

"핵과 미사일 등의 단어가 여러 차례 등장했습니다. 두 사람 입술 모양을 전문요원 두 사람이 크로스 체킹해서 얻어낸 결론이므로 95

퍼센트 이상 정확하다고 볼 수 있습니다."

클린턴은 신음했다. 눈앞에 다가온 차기 대선이 더 걱정되는 순간
이었다. 이 사실이 공화당 부시 캠프에 알려지면 그렇지 않아도 클린
턴의 섹스 스캔들로 코너에 몰린 민주당의 선거가 더 어려워질 것이
뻔했다. 공화당은 클린턴 행정부의 대북 유화 정책이 북핵 문제를 키
웠다고 비판해온 차였다. 그러니 좋은 먹잇감을 물었다며 더 집요하
게 공격해올 것이다.

"파우치 보좌관, 당신은 이 모든 것이 남북 간에 사전 기획된 것으
로 보시오? 아니면 우발적으로 발생한 것으로 보시오?"

잠시 침묵이 흘렀다. 이윽고 수화기 너머 보좌관의 예의 카랑카랑
한 목소리가 흘러나왔다.

"처음에는 미국과 한국의 관계를 감안할 때 한국 정부가 고의로 그
랬으리라고는 보지 않았습니다. 북한 측 특유의 돌발행동으로 인식
했지요. 그게 독재자들의 일반적인 패턴이니까요."

"그런데……?"

"하지만 최근 북한과 파키스탄이 수차례 비밀 접촉을 했다는 첩보
가 입수되어 확인하던 중 이를 뒷받침하는 상당한 정황증거가 수집
되었습니다. 현재는 그것이 카후타 칸 박사 연구소 내에서 진행 중인
모종의 움직임과 관련되어 있다는 정황 하에 추적 중입니다."

이것은 클린턴도 보고 받은 내용이었다. 현재 미국은 파키스탄의
무샤라프가 정보 제공에 협조하지 않아 자세한 내용에는 접근하지
못하고 있었다. 믿는 도끼에 발등을 찍힌 셈이었다. 그러나 서남아시
아의 전략적 요충지인 아프가니스탄에서 주도권 확보를 노리고 있는
미국 정부로서는 달리 선택의 카드가 없었다. 파우치의 보고가 이어

졌다.

"그리고 한 가지 예상치 못했던 점이 남측에서도 나타났습니다. 최근 남측 원자력연구소에서 5, 6공 군사정부 시절 축출됐던 박정희 대통령 시절의 핵 과학자들을 다시 불러들여 극비리에 모종의 실험을 하고 있다는 첩보가 입수됐습니다."

"그게 사실이오?"

클린턴의 목소리 톤이 높아졌다.

"불행히도 그렇습니다. 한반도 남북 모두에서 다시 비상상황이 벌어지고 있습니다. 때문에 이번에 입수한 정황증거들과의 연계성을 조사할 필요가 있다고 생각됩니다."

꼭 20년 만이었다. 20년 만에 생각지도 않았던 움직임이 남한에서도 포착된 것이다. 파우치 보좌관은 수화기 너머에서 들리는 클린턴의 가느다란 숨소리를 들었다. 이윽고 클린턴이 말했다.

"국무장관을 불러주시오!"

그리고 다음 날 아침 10시, 백악관 안보전략 소회의실에 여러 주요 인사들이 모였다. 국무장관을 중심으로 안보특별보좌관, 국방장관, CIA 국장, 국가안전보장국장(NSA), 그리고 FRB의 상임 전문위원이 반원형 테이블에 둘러앉았고, 정면에는 스크린이 떠 있었다. 스크린 앞에는 금융결제원에서 나온 전문가가 레이저 포인터를 들고 브리핑을 시작하려는 중이었다.

이날 회의는 클린턴 대통령의 지시로 열린, 남북정상회담과 북한 - 파키스탄 접촉 관련 긴급 관련 전문가 회의였다.

"우선 이 도표를 주목해주십시오. 보시는 내용은 파키스탄과 북한

간에 오간 국제금융거래 추적 도표입니다."

레이저 포인터가 도표를 가리켰다. 도표에는 세계 지도가 그려져 있었고, 맨 위에는 「1999년 1월~2000년 6월」이라고 표기되어 있었다. 즉 1999년 1월부터 2000년 6월 사이의 금융거래 내역이라는 의미였다. 나아가 지도 위에는 북한 계좌가 개설된 나라들과 이 계좌들로 거래한 흔적이 있는 다른 나라 계좌 간의 돈의 흐름이 화살표와 수치로 상세히 그려져 있었다. 이런 흐름 파악이 가능한 건 전 세계의 금융거래의 대부분을 차지하고 있는 미 달러화의 결제가 미국의 금융결제원을 거치기 때문이었다. 한 마디로 미국은 전 세계 미 달러화의 흐름을 현미경처럼 들여다보고 있는 셈이었다.

"결제원에서 파키스탄이 지난 2000년 초 무기수입 대금으로 북한에 건넨 돈의 출처를 추적한 결과, 그 돈이 하루 전 북한의 해외무역을 담당하는 한 기업에서 나온 것임을 밝혀냈습니다."

"자기가 건넨 돈을 하루 만에 다시 돌려받았단 건가?"

설명을 듣고 있던 FRB 상임전문위원이 재미있다는 듯 말했다. 그러나 결제원에서 나온 전문가는 반응 없이 설명을 이어갔다.

"그래서 이번엔 북한기업에서 나온 돈의 출처를 추적해보았습니다. 전 세계에 개설된 북한 관련 계좌 중 이번 거래와 연관성이 의심되는 30여 개 계좌를 집중추적한 겁니다. 그 결과 북한이 파키스탄에 건넨 돈의 흐름을 추적할 수 있었는데, 놀랍게도 그 돈이 남한의 기업 계좌에서 북한 기업 계좌로 흘러들어왔다는 정황을 잡았습니다."

그의 자신감 넘치는 설명에 회의실 참석자들 모두 놀라는 표정이었다. 회의실 내에 작은 소란이 일었다.

"남한 기업에서 북한 국영기업으로 돈이 흘러들어갔단 얘기요?"

"그렇습니다. 이 돈은 남한 기업의 싱가포르와 런던, 두바이 등 해외 계좌로부터 페이퍼 컴퍼니 계좌를 거쳐 홍콩으로 이체됐고, 여기서 다시 마카오의 북한 해외무역 계좌로 이체된 겁니다."

그의 레이저 포인터가 쉼 없이 세계지도에 그려진 화살표 등을 가리키며 참석자들의 이해를 도왔다.

"그런데 이 기묘한 돈의 흐름을 이해하려면 먼저 파키스탄과 북한과의 비밀 거래부터 설명 드려야 합니다."

바로 그때 CIA 국장이 끼어들었다.

"CIA에서는 그간 북한과 파키스탄 간에 수차례 비밀 접촉이 있었다는 첩보를 바탕으로 그 만남이 칸 박사의 연구소와 연계되어 있다는 정황을 붙잡았고, 추적 결과 이것이 칸 박사가 지난해 개발 완료한 것으로 보이는 P2 원심분리기 수입과 연계된 비밀 접촉이었다는 확신을 갖게 됐습니다."

P2 원심분리기는 1세대 원심분리기인 P1형의 성능을 2배 이상 증강시킨 신형 기기로 칸 박사에 의해 세계 최초로 개발되었다. 다시 금융전문가가 CIA 국장의 말을 이어받았다.

"남한 기업에서 북한 기업에 자금이 흘러들어간 시기와 북이 파키스탄으로부터 원심분리기를 비밀리에 도입한 시기가 비슷합니다. 즉 CIA 국장의 설명대로라면 남한이 북에 건넨 돈이 원심분리기 도입을 위한 자금으로 쓰였을 가능성도 충분히 의심할 수 있습니다. 뿐만 아니라……"

그는 잠시 설명을 멈추고 테이블 위에 놓인 컵을 들어 물을 한 모금 마셨다. 모두가 그의 다음 설명을 긴장하며 지켜보고 있었다. 특히 근심스러운 표정을 짓고 있는 이가 한 사람 있었다. 바로 오늘 모임의

사회를 맡은 올브라이트 국무장관이었다.

"충격적인 것은 이 돈의 흐름이 공교롭게도 남북정상회담 시기와도 맞물려 있다는 겁니다. 우연의 일치라고 보기에는 돈의 흐름상 의심해볼 여지가 충분합니다."

"남북정상회담과 맞물리다니 너무 지나친 추측이 아닌가요?"

잠자코 듣고 있던 올브라이트가 제동을 걸고 나섰다.

"남북한 기업 간 경협 차원에서 이뤄진 돈거래일 수도 있는데 이것을 남북 정부 간 음모로 섣불리 확대해석하는 건 큰 문제를 야기할 수 있어요."

매들린 올브라이트 국무장관은 클린턴 행정부 내 대표적인 친한 인사로 알려진 인물로서, CIA 등 강경파의 음모론적 시각을 항상 경계해왔다.

"하지만 5억 달러 대북송금 규모는 남한의 현행 실정법이 허용하는 한도를 크게 넘어선 것입니다. 아무래도 의심이 됩니다."

CIA 국장이 반박했다. 올브라이트는 침묵했다. 금융결제원 관계자의 말이 다시 이어졌다.

"그래서 그 점을 이상히 여겨 북한으로 건너간 남한 기업 돈의 성격을 추적했습니다. 그러던 중 한 가지 이상한 점을 발견했습니다. 바로 한국 정부가 남한 기업의 자금 일부에 대해 편의를 제공한 흔적입니다."

"편의 제공?"

올브라이트가 눈썹을 치켜 올렸다.

"그렇습니다. 남한의 대기업이 북한 기업에 지불하는 형식이었지만, 그 일부 편의를 정부가 제공했습니다. 국책은행은 대출에, 국정원은 송금에 편의를 제공했지요."

올브라이트 국무장관은 시선을 떼지 않고 설명을 듣고 있었다. 이때 스크린 화면이 바뀌었다. 비행기에서 내리는 한 노신사의 모습이었다. 다시 CIA 국장이 설명을 이어받았다.

"저 노신사를 잘 주목해주십시오."

세로 줄무늬 회색 양복을 차려 입은 노신사는 중절모자와 짙은 색 선글라스를 착용하고 있었다. 또한 한손에는 지팡이를, 또 다른 손에는 007 가방을 들고 있었다.

"지난 2000년 초 우리 정찰위성이 촬영한 평양 순안공항 사진입니다. 저 사진 속 인물과 칸 박사의 신체 조건을 정밀하게 비교 분석한 결과, 저 노신사가 파키스탄의 칸 박사일 확률이 95퍼센트 이상 되는 것으로 나타났습니다. 즉 이 사진은 칸 박사가 2000년 초순 평양을 극비 방문한 사진으로 보입니다. 일반적으로 칸 박사는 직접 국가원수를 만나 핵 거래 협상의 마무리를 하는 것으로 알려져 있습니다. 그리고 이후 얼마 지나지 않아 원심분리기 관련 부품과 장비가 파키스탄에서 이란의 항구를 거쳐 평양으로 극비공수된 것으로 추정하고 있습니다."

회의실은 찬물을 끼얹은 듯 조용했다. 누구도 이의를 제기하려 들지 않았다.

"말하려는 요점이 뭐지요? 남한이 북한의 원심분리기 구입을 도왔다는 거요? 아니면 북한에 이용당했다는 거요?"

이번에는 백악관 안보보좌관이 불편한 심기를 드러냈다.

"후자 쪽으로 보고 있습니다."

"북한 편을 드는 건 아니지만, 돈의 흐름이 시기상 비슷하다는 이유로 남한이 북한의 원심분리기 구매를 결과적으로 도왔다는 식의 추론은 무리하지 않습니까? 하루에도 엄청난 결제가 빈발하는 곳이 국제금융시장이오."

"그 말씀은 맞습니다. 그런데 의심스런 정황이 또 하나 포착됐습니다."

모두들 CIA 국장 쪽으로 얼굴을 돌렸다. 그는 주먹을 입에 가까이 가져가 헛기침을 몇 번 하더니 입을 열었다.

"최근 남한 원자력연구소에서 과거의 핵 전문가들을 불러들이고 있다는 첩보가 입수됐습니다. 그들은 과거 카터 행정부 시절과 레이건 행정부 시절 밀려났던 한국 원자력연구소의 매파 학자들, 즉 독자적 핵무장 이론을 주장하는 일군의 핵과학자들입니다. 이건 CIA뿐만 아니라 국무부 쪽 정보 라인에도 포함된 것으로 알고 있습니다만."

그가 올브라이트 쪽을 바라보았지만, 올브라이트는 침묵을 지켰다. 물론 외교 라인을 통해 같은 정보를 받은 적이 있었다. 한참의 침묵 끝에 올브라이트가 입을 열었다.

"지금 남북은 냉전 중입니다. 최근 접촉이 늘고 있긴 하지만 기본적으로 군사적 적대관계는 변한 게 없습니다. 동서독은 어땠습니까. 이들도 군사적 대치상태를 해소하기 위해 초기 교류 과정에 뒷돈 거래가 있었습니다. 하지만 언론과 야당은 동독의 자존심과 동서독 관계의 발전을 위해 이를 문제 삼지 않았습니다. 그 결과 오늘날 독일은 통일을 이뤘습니다. 이는 현재로서는 미국의 이익에도 부합합니다. 소련의 영향력이 완전히 사라졌으니까요. 한반도 문제도 장기적 안목에서 바라보기를 바랍니다."

국방장관과 CIA 국장이 얼굴을 찡그렸다. 그러나 올브라이트는 굽히지 않았다.

"하루에도 수백 개씩 쏟아져 들어오는 게 첩보입니다. 확실한 물증이 잡힐 때까지는 판단에 신중을 기해주시기 바랍니다. 그리고 코앞에 다가온 대선도 염두에 두시기 바랍니다. 오늘 회의에서 나온 얘기는 제가 대통령께 직접 보고하지요."

클린턴 대통령이 올브라이트를 긴급회의 사회자로 지정한 것도 이런 온건한 합리주의적인 성향 때문이었다.

특수사업의 위기

"실험 1단계가 성공한 겁니까?"

약간 흥분한 목소리로 문 차장이 거듭 물었다. 민 박사가 고개를 끄덕였다. 그러나 그 얼굴 어딘가에 그늘이 드리워져 있었다.

두 사람은 연구소 회의실에서 오랜만에 만난 차였다. 방음벽이 3중으로 설치된 회의실에서 둔탁하게 퍼져나간 목소리가 건조하게 고막에 부딪쳤다. 문 차장은 박사의 어두워 보이는 표정이 펀치 않았다. 하지만 잘못 봤을지도 모른다는 생각에 이유는 물어보지 않았다. 그보다 관심이 가는 것은 우선 실험이 성공했다는 사실이었다. 그는 구체적인 결과가 궁금했다. 그의 궁금증을 눈치 챈 민 박사의 추가 설명이 이어졌다.

"실험이 성공했다는 건, 특수 금속물질의 동위원소에 대한 분리 농축 실험이 성공적으로 마무리되고 있다는 의미입니다."

문 차장이 고개를 조금 갸웃했다.

"특수 금속물질이 뭔지 물어봐도 되겠습니까?"

"가도리늄, 사마리움, 탈륨을 뜻합니다. 지금 이것을 이용한 동위원소 분리 실험이 비교적 잘 마무리되고 있다는 뜻입니다. 한국인들의 손재주와 집중력, 응용력은 세계 최고 수준이지요."

문 차장은 그래도 이해가 안 가는 듯 다시 고개를 갸웃거렸다.

"가도리늄, 사마리움, 탈륨이라면 지난번 불시 감사 때 조사팀에게 설명했던 물질들 아닙니까? 핵 발전 속도 조절을 위한 물질을 자체 생산하는 실험이라고 들은 기억이 납니다만."

그가 기억을 더듬어 가며 얘기하자 민 박사가 고개를 천천히 위 아래로 끄덕였다.

"그 물질들이 이번 사업과 어떤 관계가 있지요?"

"아무 관계도 없습니다."

그 말에 문 차장의 얼굴에 당황의 기색이 떠올랐다. 뭐가 뭔지 이해가 안 간다는 의미였다. 민 박사는 여전히 어두운 얼굴로 문 차장을 바라보고 있었다.

"저는 이 분야에 문외한이라 그런지 설명이 잘 이해되지 않는군요. 단도직입적으로 묻겠습니다. 그것이 우리 비밀 프로젝트와 어떤 연관이 있습니까?"

"직접적으로는 아무 관계없습니다. 일종의 '모자 씌우기'의 한 과정이라고 생각하시면 됩니다."

"모자 씌우기라니요?"

"미국이 세계 최초로 핵무기 실험에 성공한 뒤로, 소련과 영국, 프랑스, 중국 등이 연달아 핵무기 실험에 성공했습니다. 그런 뒤 핵무기가 확산되는 것을 막기 위해 핵클럽을 만들어 다른 나라의 핵실험을 철저히 감시하자는 데 뜻을 모았습니다. 그래서 이후 다른 나라들은 기존 핵보유국들의 눈을 속이면서 핵실험에 성공했습니다. 인도, 파키스탄, 이스라엘도 마찬가지입니다. 게다가 한국은 이 나라들보다 주변 환경이 더 안 좋은 경우에 속합니다."

그제야 문 차장의 얼굴에 화색이 떠올랐다.

('모자 씌우기'란 표현에는 다양한 뜻이 담겨있다. ①예의를 차리거나 멋을 내기 위해 혹은 추위 · 더위 · 먼지 따위를 막기 머리에 쓰는 물건. ②부당하게 책임이나 누명을 뒤집어 씌우는 야비한 행위. ③어떤 사물의 내용이나 본질을 가리기 위하여 겉으로 내건 명목을 비겨 이르는 말. ④잘못된 행위에 대해 평가하는 말, 곧 죄명이나 악평. ⑤ 입맛대로 자기 주장이나 이념을 합리화하거나 돋보이게 하기 위해 편리하게 갖다 붙이는 행위. 이 책에서 사용된 의미는 ③번이다.)

"과연 그렇군요. 민 박사의 신중한 접근에 탄복했습니다."

"현재 우리는 당장 핵무기를 보유하자는 게 아니라, 언제라도 핵무기를 제조할 기술을 확보하자는 게 목적 아닙니까? 단지 기술이 아니라 실제 상황에서도 적용 가능한 기술 말입니다."

문 차장은 민 박사가 젊은 나이에도 신중함을 갖췄다고 느꼈다. 하지만 문 차장이 원하는 것은 기술 차원을 넘어 손에 쥘 수 있는 핵물질이었다. 계속해서 민 박사의 얼굴에 드리워져 있는 그림자를 보고 문 차장이 물었다.

"민 박사, 혹시 무슨 고민이 있습니까?"

문 차장이 조심스럽게 물었다. 그러자 민 박사가 천천히 입을 열었다.

"이제 본격적인 실험에 들어가야 하는데, 정작 본 실험에 필요한 원료를 구하기가 어렵습니다."

그 원료란 우라늄을 의미하는 것이었다. 민 박사 팀은 미립자의 질량과 파장의 함수관계라는 기본 원리에 주목한 지금까지의 실험에서 유의미한 데이터를 얻었다. 하지만 이 모두는 사실상 우라늄의 성질과는 큰 차이가 있었다. 하지만 본 실험에 충분한 우라늄을 구하려 해도 국내 유입과 그 사용량에 대해 국제적으로 철저하게 감시당하고 있어서 소장의 비공식적 지원에는 한계가 있었다. 곧 문 차장의 표정도 어두워졌다. 역시 실험에 필요한 재료가 문제였다. 결국 우려하던 상황이 닥친 것이다.

"우라늄 농축 레이저 장비 제조에는 문제가 없습니까?"

문 차장이 근심 어린 표정으로 물었다.

"아직 된다 안 된다 장담할 수 있는 단계가 아닙니다. 가능성은 50대 50입니다. 그나마 될 가능성이 50이 남아 있다는 것이 큰 희망이지요. 하지만 최악의 경우도 생각해야 할 겁니다."

문 차장은 그 최악의 경우가 무엇을 의미하는지 궁금했지만 참았다. 어쨌든 산 넘어 산이었다. 민 박사 팀은 기본 설계도나 샘플도 없이 장비 제조에 돌입한 상황이었다.

문 차장이 주저하다가 어렵게 말을 꺼냈다.

"민 박사, 혹시 필요한 연료 확보에 도움이 될지도 모른다는 생각이 드는데, 내가 조언을 하나 해도 되겠소?"

민 박사가 고개를 끄덕였다.

"이 땅 어딘가에 금속 우라늄이 비밀리에 보관되어 있다는 얘기를 얼핏 들은 바가 있소."

그 말을 들은 민 박사가 충격받은 표정으로 눈을 크게 뜨고 고개를 들었다.

"일전에 민 박사 아버님의 일기장을 보관하고 있던 전직 정보부 요원 최학수를 조사하다가 그 얘기를 얼핏 들은 바가 있소."

그 말에 민 박사의 얼굴이 곧 차가워졌다.

"지금 저더러 그 사람한테 도움을 청하라는 말씀이십니까?"

민 박사는 치미는 화를 억지로 참았다.

"그런 뜻이 아니오. 다만 20년 전의 혼란스러웠던 상황에 대해 가장 잘 알고 있는 사람이니 혹시 정보를 갖고 있지 않을까 해서 한 말이오. 만나도 손해볼 건 없지 않소."

잠시 후 문 차장이 낡은 사진 한 장을 품에서 꺼내 박사에게 건넸다.

"이건 옐로케이크 사진 아닙니까?"

박사는 사진 속 물질을 한눈에 알아봤다. 척 봐도 양질의 상태임을 알 수 있었다.

"그렇소. 옐로케이크 사진이오. 그간 내가 따로 보관하고 있었소."

순간적으로 기대감에 젖었던 박사의 표정이 다시 차갑게 식었다.

"이 사진을 내게 보여주시는 이유가 뭡니까?"

그가 퉁명스럽게 물었다.

"민 박사, 이건 지금부터 20여 년 전에 수입했던 옐로케이크요."

"20여 년 전이요?"

그제야 민 박사의 목소리에 호기심이 묻어났다.

"그렇소. 사진 속 옐로케이크는 박 대통령 시대 초창기 비밀 핵개발팀이 남아프리카와 캐나다에서 수입해 그중 일부를 박 대통령에게 비밀리에 선물한 거요. 훗날 미군이 청와대 지하벙커에서 이 사진을 찍어 보관하고 있던 걸 내가 다시 입수한 겁니다."

"이건 어떻게 입수하셨지요?"

민 박사가 눈을 크게 뜨고 물었다.

"최학수한테 일기장을 압수할 때 같이 압수했던 거요. 그는 행방불명된 이 옐로케이크가 어딘가 비밀 보관된 금속 우라늄과 연관이 있을 거라고 주장하고 있소. 어떻소, 그를 한번 만나보시겠소?"

다음 날, 회의실에 네 사람이 둘러 앉았다. 차 소장, 문 차장, 민 박사, 그리고 50대 중반의 사내 최학수였다. 그는 왕년의 정보부 요원이었다는 사실이 믿기지 않을 만큼 초췌한 모습이었다. 회의는 시작부터 팽팽한 긴장감으로 가득 찼다.

"당신이 가지고 있던 이 옐로케이크 사진에 대해 알고 있는 내용들을 이 자리에서 다시 한 번 설명해주시겠소?"

문 차장이 말하자 최학수가 답했다.

"이 사진 한 장 때문에 당시 신군부 특수수사팀이 미군의 특수수사팀에 끌려 다녔지요."

"무슨 뜻이오?"

"청와대에서 발견된 옐로케이크 상당 부분이 비밀리에 빼돌려졌다는 사실이 드러났기 때문이오. 당시 우리 원자력 시설과 핵연료 수입 기록을 샅샅이 뒤졌던 미군 첩보관계자의 설명에 의하면, 2톤 정도의 옐로케이크가 비밀리에 빼돌려졌다고 합니다. 물론 흔적은 전혀 찾지 못했소. 우리는 어딘가에 묻혀 있을 엄청난 옐로케이크를 찾기 시작했고, 당시 나는 미군 측과 함께 의심되는 전국 주요 장소들을 샅샅이 뒤졌소. 원자력연구소 내 비밀실험실, 국방과학연구소 비밀연구실까지 뒤졌지만 결국 찾아내지 못했소."

민 박사와 문 차장은 말없이 그의 설명을 듣고 있었다. 최학수는 목이 타는 듯 자기 앞에 놓인 물 한 컵을 단숨에 비웠다.

"그러다가 민일용 박사가 자동차 사고로 사망하고 나서 얼마 뒤, 한창혁 박사와 일했던 부하연구원을 어렵게 체포했소. 그는 민 박사가 죽었다는 소식을 듣고 자신도 죽을지 모른다는 생각에 도망 다니다가 체포됐소. 최용하라는 연구원이었는데, 일주일간의 수사 끝에 그가 알고 있는 내용들을 털어놓았소. 그 내용에 의하면 한창혁 박사가 비밀리에 들여온 옐로케이크를 이용해 금속우라늄 약 500킬로그램을 비밀리에 제조해 모처에 보관해두었다는 거요."

차 소장의 눈이 휘둥그레졌다. 실로 믿기 어려운 내용이었다. 금속우라늄은 우라늄 분리 농축 작업의 전 단계 물질로서 장기보관에 매우 용이했다. 더욱이 500킬로그램이라면 엄청난 양이 아닐 수 없었다. 민 박사 역시 놀라기는 마찬가지였다. 다만 그 말을 무조건 믿기가 꺼림칙했다.

"내 말이 믿기지 않는다면 최용하 연구원을 직접 찾아가보시오. 아직도 부산에 살고 있을 게요."

"그럼 그 금속우라늄이 보관된 곳은 어디지요?"

민 박사가 다그치듯이 물었다.

"먼저 담배 한 대 태워도 되겠소?"

그가 담배에 불을 붙여 천천히 연기를 내뿜더니 자기 말에 도취한 듯 설명을 이어갔다.

"그 자백 때문에 당시 우리는 다시 한 번 전국의 원자력연구소를 이 잡듯이 뒤졌소. 하지만 결국 찾지 못했소. 아마도 수색 직전에 빼돌려 따로 보관한 것 같소. 최용하 연구원도 구체적인 장소까지는 모르고 있었소. 민일용, 한창혁 두 사람이 닥쳐올 일을 예상하고 현명하게 대처한 게 틀림없소. 그런데 이후 우라늄 소재의 열쇠를 쥐고 있던 한 박사마저 80년 당시의 대대적인 숙청에서 빠져나가 행방불명된 상태요. 당시 누군가 그를 극적으로 도왔을 거요."

"그러면 보관 장소는 결국 찾지 못했다는 얘깁니까?"

"불행히도 그렇소. 지금 생각하면 다행이지. 만일 그때 찾았다면 미국이 회수해 갔거나 다른 방법으로 처리했을 테니까."

그는 마치 자신도 금속우라늄의 행방을 진심으로 걱정하고 있다는 듯이 말했다.

"지난번에 문 차장에게도 밝혔지만, 나는 그 금속우라늄이 이 땅 어딘가에 보관되어 있을 것이라고 확신하고 있소. 흐지부지 시간이 지난다고 그냥 없어질 물질들이 아니니까. 내 얘기는 여기까지요. 괜찮다면 이만 자리를 뜨겠소."

그는 거기까지 얘기하고선 슬금슬금 자리에서 일어나 회의실을 나가려고 했다. 그때 민 박사가 그를 불러 세웠다.

"잠깐, 질문이 하나 더 있습니다. 당신이 이 일기장을 민일용 박사 집에서 가져나왔습니까?"

민 박사가 일기장을 꺼내 보였다.

"그렇소만."

"나는 당시 국과수가 발표한 민일용 박사의 사인에 의문을 가진 사람입니다."

회의실에 잠시 침묵이 흘렀다.

"민 박사는 누가 죽인 겁니까?"

"또 그 얘기요? 도대체 몇 번을 얘기해야 믿겠소? 민일용 박사의 죽음은 정말 유감이오, 내가 어떤 말을 해도 믿지 않겠지만, 이건 나하고는 아무 관련 없는 일이오!"

그가 자신의 결백을 강하게 주장했다. 최학수는 지금 질문을 던진 사람이 민 박사의 아들이라는 사실을 모르고 있었다. 민 박사가 그를 무섭게 노려보며 말했다.

"당신은 나는 새도 떨어뜨린다는 보안사의 중요 보직자였습니다. 그리고 박정희 대통령 시절의 자주국방사업 해체 일을 직접 맡았습니다. 그런 당신이 어떻게 그의 죽음에 아무 책임도 없다고 말할 수 있겠습니까. 민 박사는 박 대통령 시절의 비밀 핵과학자였습니다."

최학수의 얼굴에 순간 움찔하는 표정이 스쳐갔다.

"그 죽음에 대해서는 도의적 책임을 느끼고 있소. 하지만 분명히 말하지만 당시 한국 정보기관에선 그런 일에 관여한 바가 없습니다."

그의 얼굴에서 비굴한 웃음이 스쳐 지나갔다. 그러나 민 박사는 물러서지 않았다.

"범인이냐 아니냐는 중요하지 않습니다. 당시 뭔가 상황을 알 수 있는 위치에 있었지 않았냐 그 말입니다! 이 옐로케이크 사진을 갖고 있었다는 건 미국 측 고위정보 관계자와도 통했다는 얘기일 텐데, 민 박사의 이해할 수 없는 죽음의 원인을 어찌 모른다고 할 수 있겠습니까?"

민 박사의 지적은 날카로웠다. 최학수는 발뺌할 수조차 없었다.

"거듭 말하지만 그 일에 대해서 내가 아는 바는 한계가 있었소. 부디 이해해주시오. 그 얘기라면 더 이상 할 얘기가 없소."

최학수는 더는 대답하려 하지 않았다. 민 박사는 그가 거짓말을 하고 있다고 생각했다. 그러나 현재로서는 심증일 뿐이었다. 그가 어떻게 해볼 수 있는 더 이상의 방법이 없었다 . 민 박사는 질문을 멈추었다.

최학수가 나가자 잠시 침묵이 흘렀다. 모든 게 제자리였다. 금속우라늄이 비밀리에 제조되어 국내 어딘가에 묻혀 있다는 사실은 밝혀졌지만, 그곳이 어디인지는 여전히 오리무중이었다. 이 사건과 관련해 모든 열쇠를 쥔 한창혁 박사도 살았는지 죽었는지 생사조차 확인할 길이 없었다.

'한창혁 박사는 살아 있을까? 살아 있다면 국내에 있을까?'

여전히 모든 것이 안개 속에 묻혀 있었다. 민 박사가 정신을 가다듬고 말했다.

"일단 부산에 있는 최용하 연구원을 직접 만나봐야겠습니다."

"그렇게 하시지요. 저희 요원들에게 최 연구원의 현재 거주지를 확인하도록 지시하겠습니다."

다음날 부산으로 간 민 박사는 국정원의 도움으로 최용하 연구원의 주소지를 쉽게 찾았다. 그는 부산의 한 대학에서 시간강사로 일하면서 부인이 하는 작은 음식점 일을 틈틈이 돕고 있었다. 민 박사와 최 연구원은 식당에서 그리 멀지 않은, 울창한 소나무 사이로 바다가 보이는 용두산 공원 벤치에 앉아 대화를 나누었다. 최 연구원의 얘기는 전직 정보부요원 최학수가 한 말과 대동소이했다. 그 역시 금속우라늄이 보관되어 있는 구체적인 장소는 모른다고 말했다.

"그 얘기라면 이미 보안사 안가에 끌려갔을 때 다 털어놨습니다. 금속우라늄의 존재에 대해서는 본대로 밝혔지만 보관 장소는 나도 알지 못하니 모른다고 말했지요. 어쨌든 그때 그 말 때문에 원자력 발전소 연구실들이 한바탕 난리를 겪었소. 지금도 그 일만 생각하면 쥐구멍에라도 들어가고 싶은 심정입니다."

그가 회한 가득한 시선으로 먼 바다를 응시했다. 철지난 바닷가 백사장까지 밀려온 파도가 부서져 하얀 포말을 남기고 사라지고 있었다. 민태준이 초조한 낯빛으로 물었다.

"혹시 민일용 박사에 대해 개인적으로 알고 계신 내용이 있습니까?"

"민 박사에 대해서는 왜 묻는 거지요?"

그가 이상하다는 눈빛으로 민태준을 쳐다보았다.

"한창혁 박사와 극비 프로젝트를 시행했던 과학자라고 들어서입니다."

민 박사는 최용하를 만나서도 자신이 그의 아들임을 밝히지 않았다.

"나는 민일용 박사와는 일해본 적이 없습니다. 그래서 그가 어떤 일을 하는지 몰랐지요. 심지어 나조차도 보안사에 끌려가서야 한 박사가 박 대통령의 지시를 받았다는 사실을 알았을 정도로 비밀 준수가 엄격했으니까. 다만 민 박사가 몇 번인가 한창혁 박사의 실험실에 들른 적이 있었습니다. 강직하고 신념이 투철해 보이는 인상이었소. 내게도 친절히 대해주셨지만 긴 얘기는 없었소. 다만 두 분이 매우 중요한 국가 과제를 수행하고 있다는 건 느낌으로 알 수 있었습니다."

"한창혁 박사와는 언제부터 연락이 끊어진 겁니까?"

"한 박사께서는 12.12가 터지면서 방위사업 관련 국책기관들이 축소되고 인력들이 내쫓기면서 사실상 책임을 안고 스스로 연구소를 그만두었지요. 그런데 어느 날, 한 박사께서 민일용 박사가 귀가 길에 심장마비로 돌아가셨다는 뉴스를 듣고 깜짝 놀라 나에게 전화를 걸어왔소. 그때 한 박사께서는 민 박사가 타살 당했다고 말씀하셨소. 그리고는 지금까지 연락이 안 닿고 있습니다. 그때 한 박사님의 심하게 떨리던 음성을 지금도 잊을 수가 없소."

민 박사는 답답했다. 한창혁 박사를 찾는 일도 금속우라늄 소재를 찾는 일도 다시 난관에 봉착했다.

부산에 다녀온 그날 밤, 민 박사는 숙소 책상 앞에서 생각을 정리해 보았다. 한 박사가 보관해둔 금속우라늄만 찾으면 실험에 다시 가속도가 붙을 것이다. 안타까웠다. 우라늄 농축 장비 제조 문제가 남았지만 거기에는 문 차장에게도 털어놓지 않은 비밀이 있었다. 그는 1차 모자씌우기 실험을 통해서 장비 제조의 성공 가능성을 점점 확신하고 있었다.

시간은 흐르고 있었다. 이제 금속우라늄을 찾는 것만이 외부의 눈을 피해 실험을 계속할 수 있는 가장 바람직한 방법이었다. 그것이 여의치 않을 경우 국내외 이목을 피해서 비밀리에 핵연료를 조달해 금속우라늄 제조 과정부터 다시 밟아야 했다. 이것은 핵물질 실험 못지않게 어려운 작업이었고, 위험부담도 만만치 않았다.

그때 머리를 번뜩 스치고 지나가는 생각이 있었다. 부모님의 묘소에 놓여 있던 프리지아 꽃, 그것을 가져다놓은 사람은 누구일까? 혹시 한창혁 박사가 아닐까?

그가 누구건 이번 일을 풀어낼 열쇠를 쥐고 있는 사람일 수 있었다. 부모님이 좋아하는 꽃을 알 정도라면 부모님들과 가까운 사이였음이 틀림없었다.

다음 날 아침 민 박사는 묘지 관리인에게 전화를 걸어 꽃을 갖다놓은 사람의 연락처를 부탁했다. 다행히 묘지 관리인은 기록이 있다며 잠시 기다리라고 했다. 잠시 후 답변이 돌아왔다.

"오래 기다리셨습니다. 그 분은 코리아 데일리 신문사 황공필 논설위원이란 분입니다."

'코리아 데일리 황공필 논설위원?'

기억에 없는 이름이었다. 민 박사는 황공필 논설위원을 인터넷에서 찾아보았다. 검색창에 '코리아 데일리, 황공필'을 치고 엔터키를 누르자, 화면 가득 그가 쓴 신문 사설과 칼럼 제목들이 떠올랐다. 제목을 일별하자마자 그는 황공필이 방위 목적의 핵무기 보유 필요성을 주장해왔다는 걸 알 수 있었다. 민 박사는 사설 중에 「시장상인과 조폭의 한미관계」라는 특이한 제목의 사설을 클릭했다.

「형제가 있었다. 한 부모 밑에서 태어났음에도 형제는 성격이 전혀 달랐다. 성질이 난폭한 형은 어릴 때부터 부모의 눈 밖에 나는 행동을 자주했고, 동생을 자주 괴롭혔다. 부모가 죽자 형은 부모의 재산을 독차지하기 위해 극단의 행동을 벌였다. 어느 날 형은 동생을 죽이고 재산을 독차지하기로 마음먹고 동생에게 무자비한 폭력을 행사했다. 못된 형 때문에 동생이 죽음 일보직전까지 갔을 무렵, 때마침 인근을 지나다가 비명소리를 들은 마을 청년이 동생을 살렸다. 그 후 마을 청년과 동생은 친형제 못잖은 관계로 지내왔다.

세월이 흘렀다. 어릴 적 포악했던 형은 커서도 학업을 게을리 하고 밖으로만 나돌며 부모의 재산을 탕진해 비루한 삶을 자초했다. 반면 동생은 학업을 게을리 하지 않고 성실한 생활로 안정된 삶을 누리게 되었다. 그러나 커서도 못된 성질을 버리지 못한 형이 다시 동생을 괴롭히기 시작했다. 동생은 돈과 식량을 쥐가며 형을 달랬지만 형의 못된 짓은 점점 더 심해졌다. 마을 경찰은 이따금씩 찾아와 얼굴만 내밀었다.

신변의 위협을 느낀 동생은 할 수 없이 자구책을 마련하기 시작했다. 자신의 신변을 보호하기 위해 호신용 무기 제작을 시도했다. 그런데 이 소식을 들은 마을 청년이 달려와, 자신의 수족들을 보내 지켜주겠다며 만류했다. 못된 형은 동생의 재산을 빼앗기 위해 종종 위협을 가했다. 그럴 때마다 동생의 집에 들어온 마을 청년의 수족들이 신변보호비 명목의 대가를 요구하기 시작했다. 시장상인에 대한 조폭의 보호비 형태로 변질된 것이다.

지금 미국의 행태도 이와 비슷하다. 북한은 재래식 무기 경쟁을 포기한 지 오래다. 그들은 핵탄두와 장거리 미사일로 우리를 위협하고 있다. 그러나 우리는 이에 대한 자위조치조차 차단당하고 있다. 스스로를 보호할 권리를 박탈당하고 있는 것이다. 오로지 우리가 할 수 있는 것은 비대칭 무기인 재래식 무기를 증강하는 길 뿐이다. 핵을 가진 국가를 머리에 이고 언제까지 재래식 무기로만 안보를 지킬 수 있을 것인가?

더 답답한 것은 한국의 비대칭 무기 보유를 반대하는 미국으로부터 한국이 엄청난 액수의 재래식 무기 구매를 사실상 강요당하고 있다는 점이다. 한국은 전 세계에서 무기 구입액 규모 3~4위를 차지하는 국가다. 또한 그 해외구입 대부분은 바로 미국으로부터다. 그것도 그들이 현재 사용하는 것보다 10년 정도 뒤진 무기들이며, 이것이 벌써

50년 가까이 이어지고 있다. 언제까지 이런 불평등한 관계를 지속할 것인가?

대한민국은 이제 어엿한 성인이다. 한미관계가 더 이상 시장상인과 조폭의 보호 관계로 전락한 채 머물러 있어서는 안 될 것이다. 한미 양국 정부는 이제는 결단해야 한다. 전술 핵을 한반도에 재배치하든지, 아니면 미국이 우리의 독자적 핵무장을 허용하든지, 둘 중 하나를 선택해야 한다.」

이 글을 다 읽은 민 박사는 그에게 따라다니는 '대한민국 최고의 보수논객'이라는 명칭이 결코 과장되지 않았다는 느낌을 받았다. 그의 주장은 간결하고 힘이 있었다. 그의 나머지 사설과 칼럼들 역시 제목만 읽어봐도 성향을 알 수 있었다. 그는 눈에 띄는 제목의 사설과 기사 몇 건을 프린트해 가방에 챙겨 넣었다.

'황공필 논설위원을 직접 만나봐야겠군!'

안국동에 소재한 코리아데일리 신문사 5층

마감 시간을 앞둔 오후 3시의 편집국은 전쟁터를 방불케 했다. 속보 처리에 정신없는 사회부서, 기사 삭제를 요구하는 독자의 요청에 응대하는 목소리들, 원고 마감이 임박했는데도 도착하지 않은 원고를 닦달하는 데스크의 목소리 등 소란스럽기는 했지만 생명력이 숨 쉬고 있었다.

"논설위원님, 손님이 오셨습니다!"

수석 논설 위원실에 여비서가 와서 보고했다.

"이리로 들어오시라고 해요!"

잠시 후 민 박사가 황공필의 방으로 안내됐다. 황 논설위원은 얼굴을 들어 그를 한번 슬쩍 보더니 손으로 가운데 테이블 쪽 의자를 가리키며 말했다.

"마감 때문에 한창 바쁠 때 오셨습니다. 잠깐만 기다려주십시오."

그는 다시 원고로 눈길을 돌렸다. 원고에 눈도 제대로 떼지 않은 채 손님을 맞이하는 모습이 무척 바빠 보였다. 책상 위에는 여러 종류의 원고와 서류, 신문들이 어지러이 널려 있었다. 정성스레 기름을 발라 뒤로 빗어 넘긴 반백의 머리에 가늘고 흰 머리카락 일부가 양쪽 귀 아래에서 웨이브를 그리고 있는 그의 모습에서 깐깐한 면모가 느껴졌다. 드디어 원고를 편집국으로 넘긴 그가 민 박사 쪽으로 다가와 맞은편 자리에 앉았다.

"마감 시간에 쫓겨서 그만 실례를 범했습니다. 뒤늦은 나이에 다시 주필을 맡게 되어서 요즘 보통 바쁜 것이 아닙니다. 혹시 누구신지……."

"사전에 연락도 않고 불쑥 뵙게 된 점 양해바랍니다."

민태준이 명함을 건네자 황 주필은 명함과 그의 얼굴을 번갈아 쳐다보았다. 주필의 얼굴에 호기심 어린 표정이 떠올랐다.

"원자력연구소에 계시는군요?"

그가 박사의 얼굴을 찬찬히 뜯어보면서 말했다.

"주필님의 사설과 칼럼을 잘 읽고 있습니다."

"허허, 제 글을 관심 있게 읽어주신다니 감사드립니다. 아마 원자력에 대한 글이겠지요. 저는 원자력에 대해서는 얇고 넓게만 아는 편입니다. 그 바람에 한쪽에선 저를 무책임한 핵 선동론자라고 비난하고 있지요, 허허허."

그의 사람 좋은 웃음에서는 언론인의 날카로움보다는 오히려 농부의 소탈함이 느껴졌다.

"그래, 저를 찾아오신 용건이 무엇인가요?"

그렇게 묻는 그의 눈빛에서 감춰진 칼날 같은 날카로움이 번득였다.

"주필께서 오래전 쓰신 기사들에서 과거 원자력 박사들 이름을 언급하신 적이 있더군요. 원자력 분야에 관심이 많으시다는 것을 느낄 수 있었습니다."

순간 황 주필의 날카로운 시선이 그에게 꽂혔다.

"말씀하시는 것을 보니 수사기관에서 나온 분 같군요. 사실은 제가 과학부 출입을 오래했습니다. 그러다보니 원자력 분야에 개인적으로 친한 과학자 분들이 더러 계시지요."

민 박사가 그런 주필의 눈을 부드럽게 응시하며 가방에서 봉투를 꺼내 그 안에 든 기사와 사설 프린트를 꺼내 보였다.

"주필께서는 한창혁 박사님, 민일용 박사님과 특별히 가까운 사이셨다고 들었습니다."

주필의 얼굴에 약간의 경계심이 떠올랐다.

"그분들을 잘 아십니까?"

황 주필이 반문했다.

"저는 돌아가신 민일용 박사의 아들 민태준이라고 합니다."

"민일용 박사의 아들?"

동공이 갑자기 커지고 목소리가 갈라지더니 황 주필은 한동안 멍하니 민태준을 쳐다보았다. 충격과 회환이 어린 표정이었다. 그가 고개를 조금씩 끄덕이면서 말했다.

"그러고 보니 민 박사와 많이 닮았다는 느낌이 드는군요. 민 박사는 12.12 사태 터지고 나서 몇 차례 통화도 하고 만난 적도 있지요."

그가 그윽한 눈길로 민 박사를 쳐다보았다. 민 박사는 그 눈빛에서 주필이 자신을 통해서 과거를 회상하고 있음을 느낄 수 있었다.

"논설위원님, 이제 말씀을 낮추시지요, 위원님은 제게는 아버님과 다름없는 분이십니다."

"그래도 되겠나?"

민 박사가 고개를 끄덕였다.

"지금 보니 아버지 얼굴을 참 많이 닮았군. 민 박사가 불의의 사고를 당하고 나서 자네 어머니까지 몇 해 안 가 하늘나라로 갔지. 아들이 유학 갔다는 얘기는 들었는데 이렇게 장성한 모습을 보게 되다니……."

그가 감격스럽고 대견하다는 표정으로 민 박사를 쳐다보았다. 민 박사는 무엇보다 아버지의 죽음을 불의의 사고라고 표현한 그의 말이 귀에 들어왔다. 그도 민 박사와 같은 생각을 하고 있는 게 틀림없었다.

"논설위원님께서도 제 아버님 죽음이 타살이라고 보십니까?"

"두말할 필요 없지. 자네 아버님은 국가기밀 프로젝트를 수행하다 암살당하신 것이 틀림없네. 나와 자네 아버지는 기자와 취재원 사이로 몇 번 만났지. 자세한 내막은 밝히지 않았지만 자네 아버지가 국가의 중요한 기밀 프로젝트를 수행하고 있다는 걸 어렴풋이 눈치 챘네. 자네 아버님은 국가를 위해 훌륭한 일을 하신 분이지만, 개인적으로도 훌륭한 분이셨네, 죽음이 임박한 순간에서도 다른 사람의 고귀한 생명을 생각했던 분이야."

"무슨 말씀이십니까?"

그의 말이 민태준의 귀를 강하게 잡아 끌었다.

"나는 젊은 시절, 사건사고 현장 취재를 오래했네. 사회부에 오래 있었단 말일세. 그 경험으로 볼 때 민 박사는 당시 누군가에 의해 쫓기다가 내리막길에서 길가의 나무를 일부러 들이받고 차를 멈춰 세웠네. 그건 다른 사람의 생명을 보호하기 위해서가 분명하네. 죽음이 임박한 순간 아마 운동신경이 거의 마비되었을 걸세. 그래서 혼신의 힘을 다해 나무를 들이받고 멈춰선 거네. 내가 이런 판단을 하는 이유는 당시 국과수 발표에도 자동차 브레이크 고장에 대한 얘기가 없었기 때문이야. 자네 아버님은 자신도 어찌할 수 없는 불가항력적인 상황에서 고의로 나무에 차를 들이받은 것이 틀림없네."

민 박사는 그 말에 아버지의 죽음이 타살이라는 심증을 더욱 굳히게 되었다.

"위원님께서 부모님 산소에 꽃을 갖다놓으라고 부탁하셨다고 들었습니다."

그가 고개를 끄덕였다.

"관리인에게 들은 모양이군. 내가 그에게 부탁했지. 자네 부모님들의 애틋한 연애 사연을 아는 사람이 나 말고 누가 또 있겠나?"

황 주필의 얼굴에 잠시나마 미소가 번졌다. 민 박사는 다시 황 주필 앞에 봉투 하나를 꺼내 올려놓았다. 황 주필이 그 안에서 사진 한 장을 꺼냈다.

"이것은 핵 원료인 옐로케이크 아닌가?"

그는 금방 사진의 정체를 알아보았다. 황 주필은 안경을 고쳐 써가며 사진을 자세히 들여다보더니 눈을 가늘게 뜨고 물었다.

특수사업의 위기

"나를 찾아온 이유가 이것 때문인가?"

그가 사진을 천천히 테이블 위로 내려놓으며 물었다.

"당시 한창혁 박사께서는 이 옐로케이크로 금속우라늄을 만드셨습니다."

"한창혁 박사가? 그게 무슨 얘기인가?"

황 주필의 눈에 핏발이 섰다.

"한 박사님 밑에서 작업을 도와드렸던 사람의 증언입니다. 그 금속우라늄이 이 땅 어딘가에 보관되어 있습니다. 한 박사님께서 아무도 모르게 금속우라늄을 별도의 장소로 옮겨 놓으신 것 같습니다."

"음……. 해외로 빠져나가지 않았다면 틀림없이 국내 어딘가에 보관되어 있겠군. 이 물질은 쉽게 자연산화되는 물질이 아니니까. 그런데 이 금속우라늄을 지금 와서 찾는 이유를 물어봐도 되겠나?"

금방 민 박사의 얼굴에 난처한 표정이 떠올랐다. 그러자 황 주필은 두 손을 저었다.

"곤란하면 말하지 않아도 괜찮네, 나도 충분히 이해하니까."

"지금은 자세한 말씀을 드릴 수 없어 죄송합니다. 하지만, 이 사라진 금속우라늄을 반드시 찾아야 합니다. 그 소재를 알고 계신 한 박사님을 찾지 못해 애태우고 있습니다. 도와주십시오."

"그거라면 번지 수를 잘못 찾아온 것 같군…… 나도 한 박사와 연락이 끊긴지 오래라네. 물론 한때 그의 소재를 백방으로 찾아보긴 했네만, 20년이나 소식이 끊긴 사람일세. 죽었는지 살았는지 나도 알 수 없단 말일세."

그러나 민 박사는 그런 답변을 예상한 듯 실망하지 않았다. 그가 차분히 말을 시작했다.

"좋습니다. 우리가 한 박사님을 찾기 어렵다면, 한 박사님이 우리를 찾게 만들어야 합니다."

"한 박사가 우리를 찾게 만든다?"

민 박사가 자기가 생각한 방법을 황 주필에게 자세히 설명하기 시작했다. 황 주필은 고개를 끄덕이면서 메모를 하다가, 설명이 끝나자 입을 열었다.

"기적을 바라는 신세가 된 기분이군. 그런데, 자네한테 한 가지 물어봐도 되겠나?"

그가 다소 근심스런 얼굴로 민 박사에게 물었다.

"지금 국민의 정부는 북한과의 햇볕정책을 추진하고 있네. 자네가 하려는 실험 내용을 구체적으로는 알 수 없지만 짐작 가는 바가 있어서 물어보네. 어떻게 자네의 실험이 이 정부에서 용인되었는지 얼른 이해가 가지 않는군."

민 박사는 딱히 할 말이 없어 주춤거렸다. 우리나라는 국내적으로 핵무기 보유에 논란이 있는 만큼 잘못 공론화했다가는 정치적으로 민감한 문제를 낳을 수 있으니 본격적인 단계에 이를 때까지 비밀에 주쳐야 한다는 문 차장의 말이 할 수 있는 얘기의 전부였다.

민 박사가 침묵을 지키자 주필이 걱정스런 표정으로 말했다.

"앞으로 어떤 일이 있어도 정치인들 때문에 과학자가 희생되는 일은 없어야 하네. 그건 자네 아버지 세대로 족해."

민 박사는 황 주필의 걱정 어린 조언을 듣고만 있을 뿐 아무 말도 하지 않았다.

"알았네, 더 이상 그 얘긴 거론하지 않겠네. 하지만 이 말은 명심하게. 국가를 위해 봉사하는 것은 좋지만 내가 살아야 봉사도 할 것 아닌가? 내가 있어야 하느님도 있는 것이지. 정치인들에게는 문제가 생기면 책임을 실무자에게 떠넘기는 못된 버릇이 있네. 항상 몸조심하게."

"감사합니다. 염려해주셔서."

"한쪽에서는 나를 무책임한 핵무장 선동론자라고 손가락질하고, 또 다른 쪽에선 나를 보수논객이라고 부르지. 내가 자네 일에 얼마나 도움이 될지는 모르겠지만, 한번 도와보겠네. 자세한 내막은 모르겠지만, 자네가 민 박사 아들이라니 무조건 돕고 싶은 심정이네."

민일용 박사의 의문의 죽음

황 주필은 마음이 급했다. 한 박사가 살아 있다면 민일용 박사의 아들이 한국에 들어왔다는 사실을 한시라도 빨리 알려주고 싶었다. 그러나 그 자신도 연락할 방법이 없었다. 아니 그가 아직 살아있는지 죽었는지조차 알 수 없었다. 살아있다면 벌써 연락이 왔을 것이라는 생각에 벌써부터 실망감이 그를 괴롭히기 시작했다.

그러나 그런 실망은 오래 가지 않았다. 민태준을 만난 뒤로, 거의 사그라져가던, 친구를 찾겠다는 마음속 불꽃이 다시 활활 피어올랐다. 그는 컴퓨터에 앉아 자판을 두드리기 시작했다.

〈미 군수업계의 놀이터가 된 한국의 무기 시장〉

「시장상인과 조폭의 한미관계」라는 지난 14일자 사설에 대해 독자들의 찬반 반응이 뜨겁다. 내 사설을 비판하는 사람들이나 옹호하는 사람들이나 다만 방법에 차이가 있을 뿐 나라를 사랑하는 마음은 똑같을 것이다. 그런데 내 사설에 비판하는 사람들조차도 그 비판 내용을 뜯어보면 자주국방을 반대하는 것이 아니다. 다만 남한이 핵무장을 할 경우 미국과 관계가 끊기고 유엔의 제재를 받을 것을 우려하는 것이다.

그런데 분명히 해야 할 것은 국제사회에서 규제하는 것은 평화를 위협하는 공격용 핵무장이나 핵물질의 해외 유출이라는 점이다. 공격용이냐 아니냐의 판단 기준은 어디에 있나? 그것은 그 나라의 민주제도의 수준과 국민의 의식수준에 달려 있다. 우리가 추구하는 것은 유엔헌장에서도 인정하고 있는 자위권 범위 내의 방어용이다. 이것은 북한의 움직임을 고려할 때 더 분명해진다. 그럼에도 미국 등 강대국들의 태도와 인식은 여전하다. 그들이 우리나라의 안녕과 행복을 언제까지 책임질 수 있다는 것인가? 결과적으로 우리는 독립을 이루고도 군사적으로는 여전히 속국 상태다.

우리 속담에 때리는 시어머니보다 말리는 시누이가 더 밉다고 한다. 북한을 포함한 우리 주변 네 열강의 핵무장이 날로 현실화되어가고 있는 상황에서 우리만 손발을 묶겠다는 미국의 속내는 도대체 무엇인가?

혹시 그들은 여전히 한국을 거대한 재래식 무기 판매시장 정도로 인식하고 있는 것은 아닌가? 진정한 동맹관계는 허울이 아닌가? 지난 사설에서도 밝혔듯 한국은 전 세계에서 무기 구입액 3위~4위를 차지한다.

우리에게는 미군수업자 로비에 놀아나고 있는 정부와 정치인만 있는가? 국민의 세금으로 자기 배를 불리는 이들을 언제까지 방치할 것인가?

우리 정부와 미국 정부는 즉각 테이블에 마주 앉아야 한다. 미사일 사정거리부터 늘리고 이어 전술 핵의 한반도 재배치 허용를 논의해야 한다. 그렇지 않을 경우 방어적 목적의 핵무장을 허용해야 한다.

물론 우리는 엄격한 국제기구의 사찰을 언제라도 수용할 것이다. 모든 것을 투명하게 운영할 것이다. 핵무기 저장고 역시 국제기구 사찰을 받을 수 있다.

그간 남측의 일부 못난 정치권의 헛발질로 인해 우리를 노리는 국가들의 핵무장 위협이 점차 커지고 있다. 경고한다. 이런 상황이 계속될 경우 애국심 충만한 과학자들의 자위적 움직임이 일어날 가능성이 높다. 누가 그들을 막을 것인가?

최근 심상치 않은 소식이 한 가지 들려왔다. 우리의 젊고 유능한 일군의 국방과학자들이 아주 특별한 실험에 도전하고 있다는 소식이다. 그리고 초기 실험에서 괄목할 만한 결과를 도출했다고 한다.

이 같은 움직임은 그간 미국의 대 한반도 군사정책이 초래한 자연스런 풍선효과로 봐야 한다. 조폭상인과 같은 미국의 행태가 고착될수록 우리 젊고 유능한 과학자들의 자위적이고 창의적인 움직임은 더 활발해질 것이다. 미국의 잘못된 정책에 대한 실망, 우리 정부와 정치권의 사대주의에 대한 반발로 인한 풍선효과가 지금 한반도 남쪽 젊은 과학자들 사이에서 본격화되고 있다. 그들의 움직임을 과소평가하지 말라.

주필은 『단소리, 쓴소리』 창에 내걸 이 칼럼을 읽어 내리며 이 칼럼이 몰고 올 반응을 상상해보았다.

빈발성 역행성 기억상실증

주필의 칼럼이 나간 지 사흘이 지났을 무렵 각종 원고가 어지럽게 놓인 책상 구석에서 전화기가 울렸다.

"따르릉, 따르릉."

전화벨이 몇 차례 울리지도 않았는데 황 주필이 서류 사이에 묻힌 수화기를 급히 집어 들었다. 수화기를 들자마자 상대가 말을 시작했다.

"황공필 주필 되시지요?"

"네, 제가 황공필입니다만?"

"여기는 경북 상주에 있는 한마음 요양원입니다."

"요양원이라고요?"

황 주필은 순간 불길한 생각이 들었다.

'혹시 설마?'

"한창혁 박사님 부탁으로 전화 드렸습니다."

그의 불길한 예감은 그대로 들어맞았다.

"한 박사님께서 황 주필님을 보고 싶어 하십니다."

"지금 뭐라고 했소? 한창혁 박사라고 했소? 그가 나를 찾는다고요?"

"네, 그렇습니다."

"한 박사가 거기 왜 있는 것입니까?"

수화기 너머에서는 아무 대답이 없다. 심장이 요동치기 시작했다.

"한 박사는 지금 어떤 상태입니까?"

역시 대답이 없었다. 더 이상 전화상으로 물어보느니 직접 가서 눈으로 확인하는 편이 나았다.

"거기 가려면 어떻게 해야 합니까?"

전화를 건 여인이 요양원을 찾아오는 방법과 연락처를 알려주었다.

얼마 후 황 주필은 한마음 요양원이 있는 경북 상주로 향하고 있었다. 옆에는 민 박사가 함께 타고 있었다. 두 사람은 상주로 향하는 내내 거의 말이 없었다. 주필은 차창 밖을 내다보며 뭔가를 깊게 생각했고, 민 박사는 백미러에 비친 그의 모습에 쉽사리 말을 걸지 못했다. 4시간의 여정 끝에 상주에서 동쪽으로 15킬로미터 정도 떨어진 한마음 요양원에 도착했다.

"어서 오십시오!"

두 사람이 정문을 열고 들어서자 자원봉사자 명찰을 단 여자들이 로비에서 공손하게 그들을 맞았다.

"무슨 용무로 오셨습니까?"

"여기 입원해 있는 한창혁 환자를 만나러 왔습니다."

그들이 수용자 명부를 펼치더니 한 박사를 찾기 시작했다. 요양원은 얼핏 보기에도 꽤 규모가 크고 시설도 비교적 현대식으로 잘 되어 있었다.

"여기 있군요, 백합동 5층 506호실입니다. 김 간호사가 안내해드릴 거예요."

데스크의 여인이 어디론가 전화를 걸자 잠시 후 흰 가운을 입은 간호사가 나타났다.

"어서오세요, 제가 전화를 드렸던 김 간호사입니다. 한 박사님은 제가 돌보고 있는 환자들 중에 한 분이시고요. 자, 저를 따라오세요."

두 사람은 간호사를 따라 안내데스크 옆에 난 문으로 나섰다. 문 밖에는 넓은 잔디가 작은 동산처럼 펼쳐져 있고, 나무로 된 벤치가 곳곳에 설치되어 있었다. 분홍색, 흰색, 노란색 등 다양한 색깔의 옷을 입은 입소자들이 산책과 운동을 하고 있었다.

어떤 입소자는 손발을 조금씩 떨며 지팡이에 의존해 부지런히 잔디밭을 걸었고, 어떤 이는 벤치 위에 앉아 멍한 눈으로 허공을 응시하고 있었다. 두 사람은 잔디를 돌아 백합동문을 열고 들어가 엘리베이터 앞에 멈춰 섰다.

주필이 간호사를 향해 물었다.

"환자들 복장 색이 제각각 다른 이유가 있습니까?"

"특별한 뜻이 있는 건 아니고, 환자들이 묵고 있는 요양소 건물 색상과 맞춘 거예요. 분홍색 복장은 분홍색 코스모스동, 하얀색 복장은 흰색 백합동, 노란색 복장은 노란색 해바라기동 소속입니다."

"한 박사는 좀 어떻소?"

"아직 못 들으셨군요. 한 박사님은 '빈발성 역행성 기억상실증'을 앓고 계세요. 정신이 제대로 돌아오실 때도 있고, 어떤 때는 주변 사람을 전혀 기억 못하실 때도 있습니다."

"그런 현상이 자주 발생합니까?"

"하루에 한 차례, 많을 때는 두 차례 정도 정상으로 돌아오세요. 오전에 잠깐 괜찮으신 것 같았는데 지금은 어떠실지 모르겠네요."

"왜 병원에서 치료를 받지 않고 여기 있는 것입니까?"

"이곳에서도 의사 선생님들께서 회진을 돌고 약물 투여를 하고 있어요. 이곳을 찾는 분들은 대게 증세가 심해 일상적인 생활이 어려운 분들이세요."

"한 박사의 빈발성 역행성 기억상실증은 원인이 밝혀졌나요?"

"분명한 건 후천성이라는 겁니다. 어떤 돌발적 사유로 뇌에 크게 손상을 입어서 그 전에 일어난 사건들을 제대로 기억하지 못하는 거지요. 그 돌발적 사유도 마찬가지로 기억해내지 못하고 계세요. 완전히 정상으로 돌아와 환자분 스스로 기억해내기 전에는 아무도 정확한 원인을 알 수 없는 상황입니다."

황 주필은 갑자기 가슴이 미어졌다. 그는 더 묻지 않고 엘리베이터에서 내렸다. 506호실로 가는 와중 이번에는 간호사가 말을 이었다.

"그래도 처음보다는 많이 좋아지셨다고 들었어요. 여기 오시기 전에 계셨던 병원의 차트를 보니까 처음 증세가 발견됐을 때는 기억이 정상으로 돌아오는 것이 2,3일에 한번 꼴이었어요. 그런데 요즘은 평균 하루에 한 번 꼴로는 기억이 정상으로 돌아오고 있습니다. 느리지만 조금씩 호전되고 있다는 거지요. 다만 최근 들어 다소 정체 상태라 그 점이 안타까워요."

506호실에 도착하자 간호사가 가볍게 노크했다. 순간 황 주필과 민 박사는 노크 소리와 함께 심장도 쿵쾅거리는 것을 느꼈다.

"들어오세요."

점잖은 목소리가 흘러 나왔다. 황 주필은 오랜만에 듣는 터라 그 목소리가 한 박사의 목소리인지 확신하지 못했다.

간호사가 문을 가볍게 열고 안으로 들어갔다. 한 박사는 침대 위에 걸터앉아 창밖을 주시하고 있었다.

"박사님, 손님들을 모시고 왔어요."

"손님?"

그가 천천히 고개를 돌려 두 사람을 쳐다보았다. 그의 눈이 두 사람의 눈과 차례로 마주쳤다. 그러나 그 눈에는 초점이 없었다. 그는 다시 창가 너머 허공으로 시선을 돌렸다. 그는 마치 다른 사람처럼 앉아 있었다. 황 주필은 눈 앞에 벌어진 상황을 도무지 믿을 수가 없었다 . 주필은 자신도 모르게 울컥했다.

"한 박사, 나일세. 황 주필, 기억하겠나?"

황 주필이 다가가서 외치듯이 말했다.

"누구신지……?"

"나야, 코리아 데일리 황공필이네!"

한 박사는 황 주필을 전혀 기억해내지 못했다. 그 눈빛에 오랜만에 옛 친구를 만난 반가움이라고는 전혀 찾아볼 수 없었다.

"지금은 아무리 말씀하셔도 기억을 못 하십니다. 기다리는 수밖에 없어요. 그러면 저는 다른 환자 분들이 있어서 조금 있다가 다시 오겠습니다."

간호사가 그들을 남겨놓고 방을 나갔다. 한 박사가 갑자기 과일을 그들의 앞에 내밀었다.

"좀 드십시오. 오시느라 고생들 하셨을 텐데……. 저는 화장실에 좀 다녀오겠습니다."

두 사람은 텅 빈 방 안에서 한 박사를 기다렸다. 시간이 좀 흘렀으나 박사는 좀처럼 돌아오지 않았다. 황 주필은 자기도 모르게 눈이 스르르 감겼다. 민 박사도 그런 주필의 모습을 지켜보면서 무거워지는 눈꺼풀과 씨름했다.

시간이 좀 흘렀다. 황 주필은 누군가 자신의 이름을 나지막이 부르는 것을 들었다. 누군가 몸을 흔들었다. 눈이 잘 떠지지 않았다. 그때 머리 깊숙한 곳에서 강한 전율이 일었다. 뭔가 이상한 기분이었다. 번쩍 눈을 떠보니 한 박사가 웃음기를 띤 채 그를 내려다보고 있었다.

황 주필이 놀라 소리쳤다.

"한 박사! 나일세, 황 주필이야. 기억하겠나?"

그가 고개를 끄덕였다.

"와주었군, 황 주필!"

그는 자신이 간호사를 통해 그를 불렀다는 것을 기억하고 있었다.

"어째서 그간 연락 한 번 없었나? 이 무정한 친구야."

"이 몰골을 하고 누구 앞에 나서기가 부끄러웠네. 이해해주게. 간호사에게 얘기 들었겠지만 내 기억에 문제가 좀 생겼어. 자네의 애국충정이 흘러넘치는 사설은 가끔씩이나마 잘 읽고 있네."

황 주필과 민 박사는 의식이 돌아온 한 박사를 보고 반가워 어쩔 줄 몰랐다. 그때 한 박사가 말했다.

"하지만 황 주필, 이번 칼럼 내용은 너무 위험했어. 황 주필이 쓴 걸 알면 여기저기서 도끼 눈으로 감시하려 들텐데 걱정이네."

어느 새 그는 방금 병실에서 처음 봤을 때와는 전혀 달라져 있었다.

"꽁꽁 숨어 있는 자네를 불러내려면 어쩔 수 없었네. 내 글에 정보부가 관심을 가졌던 것도 이제 옛날 일이네. 요즘은 정보력 뛰어난 젊은 칼럼니스트들이 많으니 나 같은 사람을 신경 써봐야 얼마나 쓰겠나."

그때 한 박사의 눈길이 한참 동안 잠자코 귀만 기울이고 있던 민 박사에게로 향했다.

"그런데 이 젊은이는 누군가? 낯이 익은 것도 같고……."

"……민일용 박사 아들일세."

한 박사가 깜짝 놀란 표정을 지었다.

"그렇다면 자네 칼럼에 언급된 젊은 과학자란 이 사람을 두고 한 말이겠군."

주필이 말없이 고개를 끄덕였다.

"안녕하십니까, 한 박사님."

민 박사가 정중하게 고개를 숙여 인사했다.

"자네가 정말 민일용 박사의 아들이란 말인가?"

한 박사의 손과 다리가 가늘게 떨렸다. 그저 민태준을 바라만 볼 뿐 말을 잇지 못했다. 민 박사가 이번에는 벌떡 일어나 한 박사에게 큰절을 올렸다. 그제야 한 박사는 흐뭇한 표정으로 입을 열었다.

"자네가 어렸을 적에 자네를 본 적이 있는데 벌써 이렇게 어른이 되었다니 세월이 많이 흘렀군."

"어렸을 때 아버님으로부터 말씀 많이 들었습니다."

"기억력에 문제가 생겨서 이렇게 하루살이처럼 살고 있네. 하지만 자네를 만나니 삶의 의욕이 다시 솟는 것 같군."

"그런데 어쩌다가 몸이 이렇게 된 건가?"

황 주필이 근심어린 표정으로 물었다.

"자세한 연유는 나도 잘 모르겠네. 다만 12.12 직후에 일본으로 밀항해서 장기간 도피 생활을 했을 때 벌어진 것 같네. 오사카 뒷골목 밤길을 걷다가 정체 모를 자들에게 뒷머리를 흉기로 얻어맞은 이후부터라네. 눈을 떠보니 병원이었지. 의사들 말로는 빈발성 역행성 기억상실증이라고 하더군. 그나마 요즘은 조금씩 과거 기억이 한시적으로나마 되돌아올 때가 있네. 그래서 자네를 이렇게 만나고 있지 않나."

"누구 소행인지는 밝혀지지 않았나?"

"나도 모르지, 병원에서 그런 얘기를 들었을 뿐이니까. 하지만 이제 와서 그걸 알아서 뭐하겠나? 내가 볼 때 전문가들 솜씨는 아닌 것 같았네. 전문가들이라면 그렇게 허술하게 행동했겠나, 가지고 있던 것을 다 털어간 것을 보니까 불량배 소행인 것 같아. 허허허. 오사카 밤길을 잘 몰랐던 내가 화를 자초한 게지."

정권의 탄압을 피해 일본으로 밀항해 어려움을 겪고 정체불명의 괴한에게 목숨을 잃을 뻔했으면서도 씁쓸하게 웃는 그 모습을 보니 그가 지나왔던 고단한 삶의 이력이 그려지는 것 같았다. 황 주필은 울컥하는 마음을 간신히 억눌렀다.

"일본에서 도움을 청할 데는 없었나?"

"정권이 바뀌니 다들 안면을 바꾸더군. 그나마 뒤늦게 내 처지를 알고 도와주는 사람들이 몇 있어서 지금까지 잘 버티고 있네. 그들은 나를 돕고 있다는 게 알려지는 걸 원치 않으니 누군지 밝힐 수는 없네. 한 가지만 밝히지. 그들 중에는 박 대통령 시절 청와대 경호요원들도 있네. 고마운 사람들이지."

그때 한 박사가 눈이 마주친 민태준에게 입을 열었다.

"그리고……. 자네가 그간 정신적으로 많이 힘들었겠군. 자네 아버님은 타살당하신 게 틀림없네, 나 역시 그 무렵 똑같이 목숨의 위협을 느꼈으니까. 자네 아버님은 안타깝게도 그 세력의 손길을 피하지 못하셨고, 나는 대통령 경호요원의 도움으로 가까스로 일본으로 밀항할 수 있었던 거지. 거기서 10년 가까이 도피 생활을 하다가 결국 조국을 잊지 못해 몇 해 전에 돌아왔어. 이제 신군부 세력에 대한 역사적 단죄가 내려진 마당에, 자네 아버님을 죽이고 나를 죽이려 했던 사람들이 과연 누구인지도 밝혀질 때가 됐는데……."

한 박사가 안타까운 표정을 지었다. 황 주필은 그 와중에도 한 박사의 말을 수첩에 요약해 적어내려갔다.

한 박사가 말을 멈추고 민 박사를 한참이나 그윽하게 쳐다보았다. 듣고 있던 민 박사가 질문했다.

"당시 아버님과 한 박사님께서는 어떤 연구를 하셨습니까?"

그가 늘 가슴 속에 품었던 질문이었다.

"좋은 질문이군."

갑자기 한 박사의 눈동자에 아련한 눈빛이 떠올랐다. 두 사람은 그런 눈빛을 보며 그가 지난시절을 회상하고 있음을 느낄 수 있었다.

"1970년대 후반이었네. 미국의 감시와 주한미군 철수 압력이 워낙 거세지니 박 대통령도 핵무기 개발 포기 약속을 했지. 그 때문에 플루토늄탄 개발에 몰두했던 비밀실험팀 과학자들도 공황상태에 빠졌지. 비밀실험팀은 사실상 해체 되었고, 얼마 후 흩어져 있던 핵개발 관련 비밀시설들도 하나둘씩 해체 절차를 밟았네. 이 와중 핵개발 팀 내부에서도 갈등이 생기기 시작했어. 핵개발을 그 정도에서 중단해야 한다는 측과 계속 추진해야 한다는 측의 갈등이었지."

한 박사의 목소리는 비록 톤은 낮았지만 당시 상황을 생생하게 증언하고 있었다.

"양측의 주장은 이랬네. 한쪽은 핵개발을 계속 추진했다가는 정권 자체가 위험해질 수 있으니 중단해야 한다는 논리였고, 또 다른 측은 다른 방식을 찾아 핵개발을 계속 추진해야 한다는 논리였지. 미군은 언제고 철수할 수 있다는 것이지. 자네 아버지와 나는 후자에 속했네."

황 주필은 빠른 손놀림으로 한 박사의 발언을 하나도 빼놓지 않고 수첩에 정리해 나갔다. 민 박사의 시선도 한 박사에게 고정돼 움직일 줄 몰랐다.

"그러나 시간이 흘러도 이견 대립만 심해질 뿐 결론은 나지 않았네. 그 사이에 당시 핵개발에 참여했던 과학자들이 하나둘씩 대학으로 자리를 옮겨갔어. 어떤 이는 본래 있던 미국이나 캐나다의 연구소로 돌아갔네. 청와대로부터도, 속해 있던 대학이나 해외 연구소로 돌아가라는 권고가 내려왔지. 자네 아버지와 나는 그때 큰 충격을 받았어. 혼신을 다해 매달려온 국책사업이 하루아침에 중단되니 아쉬움이 너무 컸던 거지. 그날 밤, 광화문 뒤편 술집을 전전하며 인사불성이 될 정도로 마셨어."

한 박사의 회고를 듣는 두 사람의 표정에도 안타까움이 묻어 나왔다. 그들은 당시 과학자들이 겪었을 절망감과 심리적 공황을 이해하려고 애썼다.

"그런데 시설과 인력이 완전 해체된 지 한 달 쯤 지났을까. 자네 아버지와 내가 비밀리에 한밤중에 청와대에 호출됐어. 나중에는 유도탄 전문가인 이강하 박사도 청와대에 불려갔다더군."

민 박사는 마른 침을 삼키며 그 생생한 증언에 귀를 기울였다. 황 주필도 부지런히 펜을 움직였다.

한 박사는 담담한 어조로 말을 이어갔다.

"그때부터 우리는 기존의 방식과는 전혀 다른 그림을 그리기 시작했네. 자네 아버님과 나는 역할 분담을 했지. 나는 금속우라늄 비밀제조에 들어갔고, 자네 아버지는 새로운 방식의 핵 재처리 모델을 찾기 위해 동분서주했어. 그 와중에 프랑스에서 새로운 핵 재처리 기술을 개발했다는 정보를 입수했어. 그것은 발전소 방식이 아닌 연구소 방식이었네. 연구소 방식은 소규모 시설로도 가능하고, 무엇보다 시간을 단축할 수 있다는 이점이 있지. 우리는 관련 보고서를 청와대에 올렸고 이후 열흘 뒤쯤 자네 아버지가 프랑스행 비행기를 탔어."

"세상 사람들은 박 대통령의 70년대 중반 핵개발 포기를 선언한 이후 모든 실험이 중단됐다고 알고 있는데, 이제 역사가 새로 쓰여져야 하겠군."

수첩에 기록을 계속하던 황 주필이 약간 흥분된 목소리로 한 마디 했다. 이어 한 박사의 회고가 계속됐다.

"당시 민일용 박사의 프랑스행은 목숨을 건 도전이었어. 이미 몇 해 전 한국과 프랑스의 비밀 거래가 드러나 큰 곤욕을 한 번 치렀기 때문이지. 굉장히 조심스럽게 추진해야 하는 일이었네. 만일 비밀 핵 프로그램 재추진 움직임이 미국 정부 귀에 다시 들어갈 경우 예상되는 후폭풍은 상상조차 할 수 없을 정도였지. 한 마디로 당시 민일용 박사의 프랑스행은 사자 우리 속에 들어가는 것만큼이나 매우 위험한 일이었네."

황 주필이 마른 침을 삼켰다. 특히 민 박사는 아버지가 사선을 넘나들던 상황을 직접 전해들으니 등에 식은땀이 흘렀다.

"그런데 천우신조로 민일용 박사의 프랑스 비밀 방문이 성공했어. 덕분에 핵 재처리 프로젝트가 새롭게 자리를 잡아가고 있던 시점이었는데 불행히도 10.26이 터졌네. 그 때문에 모든 게 다시 헝클어지기 시작했어. 박정희라는 구심점을 잃은 것에서 오는 당연한 결과였지. 그때 불현듯 핵개발을 재추진할 경우 박정희 대통령이 위험해질 수 있다고 우려했던 과학자들의 경고들이 떠올랐어. 민 박사와 나는 자책감에 시달렸지. 그리고 설상가상으로 10. 26이 있고 나서 불과 두 달도 안 돼 12.12가 터지면서 모든 계획과 시설들이 완전히 해체

되었네."

황 주필은 비밀 핵개발팀의 극비 재가동과 10.26 사태 발발, 12.12 추가 발발, 그리고 모든 시설의 파괴로 이어지는 일련의 과정들이 우연이라고 하기엔 너무나 집요한 일관성이 느껴진다고 생각했다.

"뭔가 보이지 않는 손의 힘이 작용했다는 느낌이 드는군. 엄청난 배후가 있지 않고서야 어떻게 이런 일이 가능하단 말인가? 어쩌면 내부의 배반자가 있었을 수도 있고, 한 가지 물어보겠네. 박정희 대통령 서거 때문에 비밀 시설들이 해체됐다고 보나, 아니면 비밀실험 재추진 때문에 박 대통령이 서거했다고 보나?"

황 주필이 속에 있던 생각을 불쑥 꺼냈다.

"어려운 질문을 하는군. 비밀실험 때문에 박 대통령께서 서거하셨다면, 나는 주군을 죽음으로 몰아넣은 신하가 되는 것이고, 박 대통령이 서거하시자 비밀 시설들이 해체됐다고 답한다면 미국의 감시 수준을 얕보는 셈이 되네. 박 대통령 임기 말기에 대한민국에 거주하던 CIA 요원들이 모두 몇 명이나 됐는지 짐작하겠나? 무려 200명 정도가 곳곳에서 활동하고 있었네."

그 숫자에 충격을 받은 황 주필과 민 박사가 믿기 어렵다는 얼굴로 한 박사를 쳐다보았다.

"당시 청와대로부터 직접 들은 신뢰할 만한 정보네. 미국 역사상 이렇게 많은 CIA 요원을 한 나라에 한꺼번에 보낸 적이 없었지. 당시 카터 대통령은 겉으로는 인권외교를 주창했지만 핵문제에서만큼은 역대 어느 대통령보다도 강경 입장이었어. 카터와 같이 온 미 CIA 요원들은 청와대와 원자력연구소, 정부 각 부처, 국회 등을 나눠 맡아 비밀 핵개발 추진 움직임을 캐기 위해 동분서주했어."

"당시 가동 중이었던 새로운 비밀 실험실은 어떻게 해체된 것입니까? 그리고 그때 모든 게 다 사라졌습니까?"

어느 정도 충격에서 벗어나 민태준이 물었다.

"안타깝지만 새 실험실은 가동된 지 1년 반 만에 해체됐어. 소속을 알 수 없는 무장군인들이 급습했지. 한 가지 다행인 건 그들이 들이닥치기 하루 전에 금속우라늄을 비밀리에 다른 곳으로 이전한 거라네. 정말 운이 좋았지. 간발의 차이였어."

한 박사는 당시의 긴박했던 순간이 떠올랐다.

"자네 아버지가 운영하던 재처리 시설 상황도 비슷했어. 그들이 들이닥치기 전에 핵 재처리 실험일지와 추출에 성공한 미량의 플루토늄을 다른 곳으로 빼돌리는 데 성공했지."

미량의 플루토늄 추출에 성공했다는 한 박사의 전언에 두 사람은 전율을 느꼈다. 그것은 20년 전 한국 원자력계의 기술력을 고스란히 보여주는 증거였다.

"미량이긴 하지만 최초의 추출 성공이었지. 물론 관련 시설은 파괴됐지만. 당시 민 박사 말에 의하면 수색의 손길이 시시각각 좁혀오는 상황에서 재처리 실험일지와 플루토늄을 믿는 후배에게 넘겼다고 했어. 그때는 이미 새로운 실험 방식이 완성되고 재처리를 본격화하기만 하면 되는 상황이었네. 믿는 후배에게 후속 작업을 맡긴 거지."

두 사람은 당시의 긴박하고 위험했던 상황들이 눈앞에서 펼쳐지는 느낌이었다.

"그런데 5공 정권이 들어서고 얼마 안 된 1982년 초에 예상치 못한 일이 발생했네. 원자력발전소 과학자 하나가 연료봉을 교체했는데 이 작업이 비밀 플루토늄 추출로 오인돼 미국 정부 귀에 들어간 거지.

그 작업은 폐연료봉을 질산에 녹인 용액에서 우라늄과 플루토늄이 결합된 액체층을 추출하는 작업이었어. 즉 폐연료봉 교체시기를 확인하기 위한 것일 뿐이었지. 그러자 5공 정권이 비밀 핵개발을 하고 있다는 의심을 품은 미국 정부가 레이건 대통령의 방한 시기를 늦춰버렸지. 당황한 5공 정권은 당시 관련자와 그 주변을 철저히 수사하기 시작했어. 그런데 안타깝게도 그 조사 과정에서 민 박사로부터 재처리 실험일지와 플루토늄을 인수받아 비밀리에 보관해오던 후배 과학자가 걸려들었지. 참으로 어처구니없고 안타까운 일이었어. 그러자 조사 범위가 더 커지고 말았네. 그리고 5공 정권은 그 일을 빌미로 원자력 과학자들과 국방 과학자들에 대한 대대적 숙청을 단행했네. 이것이, 세상엔 잘 알려져 있지 않지만 바로 2차 숙청일세. 이 일로 그때 자리에서 물러나거나 다른 곳으로 전보 발령된 과학자들 수가 또 다시 1백 명 가까이 이르지. 이런 과정을 거치고 나서야 레이건은 한국을 방문했고, 결국 5공 정권은 한국을 방문한 레이건 대통령에게 핵개발 포기는 물론 중장거리 미사일 개발 포기 약속까지 해줬네. 미국으로서는 이참에 한국 정부가 미사일 사정거리 연장을 못하도록 못을 박은 셈이었지."

"미국 정부가 당시 그런 오인을 하게 된 이유가 무엇입니까?"

민태준 박사가 물었다.

"허허, 한국의 권력기관은 물론 민감한 모든 기관의 일거수인투족이 미국 정보망의 손바닥 안에 놓여 있네. 그건 지금도 비슷한 상황이야. 그 점은 여기 황공필 주필도 잘 알고 있지. 한국은 군사력뿐만 아니라 통신주권도 아직 확보하지 못한 상태네. 한국에 정착한 미국의 대북 감시망의 상당부분이 청와대 권력 기관, 그리고 원자력 발전소 등 민감한 시설들을 겨냥하고 있지."

그가 갑자기 말을 멈추고 침대 머리맡의 서랍을 열어 그 안에서 작은 손가방을 꺼냈다. 손가방의 지퍼를 열자 흰 메모지가 나왔다.

"자네에게 필요할 걸세."

종이 위에는 뜻을 알 수 없는 숫자와 기호, 그 아래에는 사람 이름이 적혀 있었다.

"20년 전 월성 지하 핵폐기물 저장소에 금속우라늄을 비밀 보관해 놓은 위치일세. 그 아래 적혀 있는 이름은 당시 나와 함께 금속우라늄을 보관하는 작업을 했던 직원일세. 그를 찾아보게나."

"아! 박사님, 여기 오길 잘했군요. 사실 금속우라늄 비밀보관설이 사실일까 아닐까 많이 망설였습니다. 그런데 이것이 사실이었다니 놀랍습니다."

민 박사는 벌어진 입을 다물지 못하고 있었다.

"다만 그 직원이 그만둔 지 오래라서 조금 걱정되는군. 당시 상황이 너무 급박해 육불화우라늄 직전 단계에서 작업을 중단해야 했네. 많이 아쉬웠지. 하지만 이제 자네가 돌아왔으니 그 이후 과정은 자네에게 맡기면 되겠군."

한 박사의 눈에서는 어느 새 광채가 빛났다. 금속우라늄을 보관한 장소가 적힌 쪽지를 받아든 민태준은 가슴이 방망이질 쳤다.

"황 주필로부터 자네가 새로운 실험을 한다고 들었네. 자세한 내용은 묻지 않겠지만 당부 하나 하지. 실험하는 동안 보안에 철저히 신경 쓰게. 자네가 가장 믿는 사람은 물론 자네 자신까지도 의심해야 하네. 내 말을 명심하게. 핵문제는 20년 전이나 지금이나 상황이 하나도 달라진 것이 없네."

바로 그때 한 박사의 얼굴에서 미묘한 변화가 생겼다. 눈 초점이 서서히 흐려지더니 동공이 열리기 시작한 것이다. 한 박사가 신음을 흘렸다. 놀란 두 사람이 한 박사를 얼른 부축했다.

"한 박사님, 괜찮으십니까?"

"한 박사, 왜 그러나?"

한 박사의 신음이 한동안 계속되더니 상체를 숙인 채 머리카락을 붙잡고 작은 비명소리를 한동안 더 내다가 멈췄다. 그리고 두 사람은 믿을 수 없는 광경을 보았다. 비명을 멈춘 후 한 박사는 언뜻 안정을 되찾은 것 같이 보였지만, 그 눈빛은 방금 전까지의 눈빛이 아니었다. 추상같던 눈빛도 광채도 사라지고 없었다 .

그는 잠깐 동안 두 사람을 힐끗 쳐다보더니 고개를 돌려 창밖으로 시선을 던졌다. 그때 간호사가 허겁지겁 뛰어 들어와서 한 박사의 팔에 주사를 놓았다.

"이제 오늘 면회는 여기서 끝내주셔야 하겠습니다. 기억상실증이 다시 시작되고 있어요. 기억이 바뀌는 경계에는 자칫 위험에 빠질 수가 있습니다."

"팔에 놓은 주사는 어떤 주사지요?"

"사고를 방지하기 위해 수면제를 투여하는 것입니다."

"사고를 방지하다니 그게 무슨 소리지요?"

"기억이 바뀌면서 우울증이 심해지면 자해 행위나 심하면 투신 행위를 할 수 있습니다."

황 주필의 얼굴이 일그러지며 눈시울이 붉어졌다. 두 사람이 방을 나서는데 간호사가 쫓아 나와서 말했다.

"박사님께서 당부하신 내용이 있습니다. 오늘 여기서 나눈 대화 내용은 절대 외부에 노출되지 않도록 해달라시더군요. 그리고 본인에 대한 정보도 일체 비밀로 해달라는 특별한 당부의 말씀이 있었어요."

월성 핵폐 기장

"틀림없이 이 번호가 맞는데……."

"메모지에 그려진 그림도 이곳을 가리키고 있습니다."

월성 원전 중저준위 핵폐기물 저장소에서 두 사람이 당황한 표정으로 뭔가를 찾고 있었다. 민태준 박사와 민 박사 팀의 연구원이었다.

두 사람은 쪽지에 적힌 번호 위치의 핵폐기물 보관 통을 열었지만 찾는 물건은 없었다. 통의 위치 번호와 통에 적힌 번호가 불일치하고 있었다. 그들은 벌써 두 시간째 손에 쥔 쪽지에 적힌 번호를 찾았지만 번번이 헛수고였다.

"큰일입니다. 이 수많은 폐기물 통들 중에 어떻게 찾는단 말입니까?"

연구원이 근심스런 표정으로 입을 연다.

"한 박사님이 공연한 얘기를 할 분이 아닌데……."

이 월성 원전 지하 핵폐기물 저장소에는 중수로를 사용하는 월성 원전에서 나온 핵폐기물들이 통에 보관된 채 저장되어 있었고, 수십 년째 쌓인 엄청난 수의 폐기물통을 보관 중이었다. 뿐만 아니라 유해 성 때문에 통들을 일일이 열어볼 수도 없는 노릇이었다. 공교롭게도 한 박사와 함께 핵폐기물 저장 작업을 했던 관리자는 82년 퇴사하고 없었다.

"아무래도 사무실로 가서 퇴사한 직원의 연락처를 얻어 만나보는 게 빠를 것 같습니다."

"아무래도 그게 낫겠군."

그들은 찾는 것을 포기하고 월성 원전 중앙사무실로 찾아 들어가 신원을 밝힌 후 협조를 요청했다.

"지난 82년도에 퇴사한, 핵폐기물 저장소에 들어오는 폐기물들을 관리하던 조경문 씨의 마지막 연락처를 좀 알 수 있습니까?"

"잠시 기다리십시오."

사무실 내 관리자 한 명이 그들을 힐끗 쳐다보더니 컴퓨터로 검색을 시작했다. 다행히 컴퓨터에는 70년대 중반부터 근무했던 모든 이들의 명단이 저장되어 있었다.

"여기 있군요, 조경문 씨는 1982년도에 그만두었군요. 어…… 그런데 퇴사 이유가?"

두 사람은 사무실 직원이 화면에서 가리키는 손가락 끝을 주시했다.

"교통사고로 사망했다고 적혀 있군요."

"뭐요? 교통사고요?"

"더 이상의 내용은 없습니다. 그저 이름 옆에 교통사고라고 쓰여 있는 게 다입니다. 다행히 여기 전화번호와 주소가 있으니 참고하시지요."

하지만 전화를 걸어보자 사용하지 않는 전화번호라는 안내가 나왔다. 불길한 생각이 가슴 깊은 곳에서 솟았다. 두 사람은 화면을 프린트해서 뽑아 들고 사무실을 나와 곧장 주소지로 차를 몰았다.

"아무래도 불안하군."

"뭐가 불안하다는 말씀입니까?"

연구원이 물었다.

"사망 연도가 하필이면 1982년도라는 것 말이야. 5공 정권이 출범한 지 얼마 되지 않은 해야. 자세한 내용은 가보면 알겠지."

그들이 현장에 도착했을 때 그의 막연한 불안감이 현실로 드러났다. 조경문이 살던 마을 일대가 재개발돼서 과거의 흔적을 찾을 수 없었다. 결국 동사무소의 도움을 받아 그가 이사한 주소지를 간신히 알아보니 신림 7동 산동네였다.

이곳은 재개발에 밀려 쫓겨온 사람들의 집단 거주지였다. 성냥갑 같은 작은 집들이 개펄에 박힌 조가비들처럼 산등성이에 다닥다닥 붙어 있었다. 그들은 동행한 동사무소 직원의 수고로 간신히 그의 집을 찾았다.

복잡한 미로를 한참 찾아 들어간 후였다. 사무소 직원이 돌아가자 민 박사는 페인트칠이 벗겨져 여기저기 녹슨 속살을 드러내고 있는 낡은 철문을 두드렸다.

"계십니까?"

대문에는 사망한 조경문의 이름이 한글로 새겨진 나무 문패가 쓸쓸하게 걸려 있었다. 시간이 좀 흐르자 기력이 쇠한 노파의 대답이 들려왔다.

"누구십니까?"

"조경문 씨 댁이 맞습니까?"

"……."

안에서는 대답이 없었다. 잠시 후 허리가 구부정한 한 노파가 대문을 열고 나왔다. 머리가 하얗게 세고 얼굴에 주름이 가득한 노인이었다. 노파는 대문 밖에 서 있는 두 사람을 긴장한 표정으로 올려다보았다.

"누구를 찾아 오셨다구요?"

"이 집이 조경문 씨 집이 맞습니까?"

"맞소만 그 앤 저 세상 사람입니다. 교통사고로 떠난 지 오래됐어요."

"알고 있습니다. 저희는 원자력연구소에서 나왔습니다."

"우리 아들이 근무했던 연구소에 나오셨군요."

그제야 노파의 안색에 경계심이 조금씩 풀리기 시작했다.

"아드님이 교통사고를 당하셨다고 들었습니다만, 당시 자세한 사정을 알고 싶습니다."

"오래전 일인데……. 자세한 사정이랄 것도 없수. 귀갓길에 뺑소니차에 치였지요. 애미는 그 다음 해에 집을 나가 지금까지 소식이 없고, 저하고 손주 아이하고 삽니다."

안쓰러웠다. 더없이 안쓰러웠다. 또한 그 불안감이 맞아 떨어진 듯했다. 82년도라면 한 박사가 언급했듯이 레이건의 방한을 위해 원자력연구소에 대한 2차 대숙청을 실시했던 시기였다.

"뺑소니 운전자는 잡혔습니까?"

민 박사가 물었다.

"못 잡았수. 주변에서는 애비의 죽음을 두고 말이 많지만 내가 뭘 알아야지요."

노파의 얼굴에서 오랜 세월, 가난과 외로움에 찌든 쓸쓸함이 묻어났다. 그때 노파가 궁금하다는 듯이 물었다.

"그런데 무슨 일로 찾아오셨소? 혹시 한창혁 박사 되십니까?"

두 사람은 서로의 얼굴을 쳐다보았다. 노파의 입에서 한창혁 박사의 이름이 나오다니 놀라웠다.

"저희는 한 박사님의 소개로 찾아온 사람들입니다. 혹시 한 박사님을 잘 아십니까?"

노인은 그들을 위아래로 한참 살펴보더니 의심어린 눈빛으로 질문을 던졌다.

"한 박사님이 아니시군요. 왜 오셨지요?"

노파가 의심하는 듯이 물었다.

"한 박사님께서 아드님에 대해 알려주셔서 오게 됐습니다. 저희는 한 박사님과 아드님이 함께 옮겼던 물건의 위치를 찾고 있습니다."

"……."

한참 시간이 지난 뒤에야 노파의 눈빛이 경계를 풀었다. 노파는 고개를 힘없이 끄덕였다.

"우리 애가 남긴 게 하나 있습니다. 안으로 들어가시지요. 보여드리겠수."

집은 입구 쪽에 부엌이 있고 부엌 양쪽으로 작은 방이 하나씩 있는 단순한 구조였다. 오른쪽 방으로 들어간 노파가 오래된 장롱 깊숙한 곳에서 뭔가를 꺼내 그들 앞에 펼쳐보였다. 낡은 서류 봉투였다. 노파가 서류 봉투 안에서 다시 빛바랜 종이 한 장을 꺼냈다.

"이게 뭐지요?"

"애비가 병원에 입원하고 잠시 정신이 든 사이에 그려서 애미한테 준 것입니다. 곧 죽을 녀석이 무슨 힘으로 이걸 그렸는지……. 늘 마음에 걸렸는데 한 박사님께 꼭 전해주세요. 나는 길눈이 어두워서 여기서 한 발짝도 벗어날 수 없수."

"감사합니다, 어르신. 한 박사님께 꼭 전해드리겠습니다."

그들은 준비해 간 쇠고기와 생선 등 먹거리를 사양하는 노파 손에 억지로 쥐어주고 슬픈 마음으로 달동네를 내려왔다.

그날 저녁, 다시 월성 지하 핵폐기물 저장소를 찾은 두 사람은 통의 번호와 위치가 18년 전과 완전히 바뀌었다는 것을 알 수 있었다. 그때 연구원이 크게 소리쳤다.

"찾았습니다. 민 박사님!"

그 목소리에 민 박사가 서둘러 돌아보았다. 그야말로 그의 머리를 짓눌렀던 먹구름이 물러가고 시야가 번쩍 뜨이는 기분이었다.

며칠 뒤 민 박사는 차 소장과 문 차장을 연구소 회의실에서 다시 만났다.

"한 가지 안 좋은 소식을 전해야 하겠습니다."

문 차장이 무거운 표정으로 입을 열었다.

"지난 번 연구소 불시 조사의 배경을 알아본 결과, 연구소 내에서 관련 정보가 새어나간 것으로 확인됐습니다."

"아니 그게 사실이오?"

차 소장이 깜짝 놀라 되물었다. 그간 비밀 누출 이유를 은밀히 조사해온 문 차장이 이를 연구소 내부자 제보로 결론짓자 당혹스럽기 그지없었다.

"제보 출처가 연구소 내부라니 믿기 어렵군."

"국정원 과학 팀과 선이 닿아 있던 원자력연구소 내 다른 부서 연구원이 추측을 통해 제보한 겁니다. 국정원에서는 그 연구원을 연구소 내 정보원으로 활용해왔고요. 다행히 그 이상의 외부세력 개입은 없는 것 같습니다. 오히려 이번 일을 전화위복의 계기로 삼아 보안을 더 철저히 하면 될 것 같습니다."

문 차장이 말한 '그 이상의 외부 세력'이란 미국의 정보기관을 뜻했다.

"도대체 국정원의 감시망은 어디까지 뻗쳐 있는 거요? 우리가 국정원의 감시까지 받아야 한다니 참으로 서글픕니다."

차 소장이 화난 목소리로 말했다.

"너무 상심하지 마시오, 차 소장! 워낙 민감한 사안이다 보니 국정원이 신경 쓰지 않을 수 없는 거요. CIA도 늘 이곳을 주시하고 있지요. 그보다 걱정스러운 건 이번 국정원과 과학기술부의 불시 조사 사실이 미 정보기관에 흘러들어갔을 가능성이오."

"……."

"그들도 하루 24시간, 일 년 365일 이곳에 신경을 곤두세우고 있으니까. 만일 이 사실이 귀에 흘러들어갔다면 틀림없이 그들도 뭔가를 더 찾아내려고 수단과 방법을 가리지 않을 거요. 그러니 앞으로 보안에 더 신경 써야 할 겁니다."

"국정원의 개입선은 밝혀졌나요?"

"그런데 그게…… 연구소 직원도 국정원 개입선이 어디까지인지 모르고 있었소."

잠시 무거운 침묵이 흘렀다. 예상치 못한 곳에서 보안 누수가 생기자 당황스러웠던 것이다. 차 소장은 연구소 책임자로서 앞으로 비밀 실험실 보안을 어떻게 지켜나갈지를 걱정하고 있었다. 그때 민 박사가 자신의 의견을 피력했다.

"어차피 본격적인 실험 단계에 다다르면 팀을 새로 짜야 합니다. 그간 제가 눈여겨봐둔 과학자들이 있습니다. 그들이라면 믿을 수 있을 겁니다."

"다만 이번 기회에 실험실을 옮기는 것이 좋겠군."

차 소장이 덧붙였다. 모두 차 소장의 말에 동의를 표시했다. 그때 두 사람의 시선이 민 박사를 향했다. 실험 진행 사항에 대한 설명을 기다리는 것이었다.

"최근 연료 문제가 해결됐습니다. 다만 그 자세한 경위는 말씀드릴 수 없다는 걸 이해해주시기 바랍니다. 이제 본격적인 실험 단계에 곧 돌입할 수 있을 것 같습니다."

민 박사가 간략히 설명했다. 그는 한 박사와 황 주필에 대해서는 입을 다물었다. 철저한 보안 의식만이 실험의 성공을 담보한다는 것을 그도 몸으로 느끼고 있었다. 그의 보고에 차 소장과 문 차장의 얼굴에 화색이 돌았다. 금속우라늄 확보는 비밀 실험에서 중대한 진전과 다름없었다.

"민 박사, 실험 기간이 길어지면 보안을 장담할 수 없네!"

곁에 있던 차 소장이 걱정스런 듯이 말했다.

"잘 알고 있습니다."

민 박사가 고개를 끄덕였다. 여기저기서 보안 문제가 불거지자 차 소장이 부담을 느끼기 시작한 것이다.

대덕 원자력연구소 내 지하 비밀 실험실

사방이 화강암이었다. 마치 적의 포탄으로부터 보호를 위해 만들어진 대형 방공호 같은 분위기다.

"고등어 케이크가 아주 맛깔스럽군."

실험실에 들어선 민 박사가 설호선, 주문형 연구원에게 조크를 던졌다. '고등어 케이크'란 금속우라늄에서 절단한 조각을 두고 민 박사가 붙인 별명이었다. 실로 우라늄 조각은 등이 푸르고 은백색의 배를 가진 고등어를 닮아 있었다. 또한 이 '고등어 케이크' 는 이 비밀 실험 팀의 암호이기도 했다. 민 박사의 농담에 연구원들의 얼굴에 약간의 웃음기가 돌았다.

시각은 밤 9시 30분, 실험이 시작된 지 벌써 8시간째다. 에어컨에서 나오는 차가운 공기가 물질을 가열하면서 발생하는 열기와 씨름하고 있었다. 바닥에서도 선풍기가 돌아가고 있었다.

이렇게 매일 비밀 실험을 강행해온 지도 어느덧 6개월이 지나고 있었다. 최근 밤늦은 시각까지 실험이 이어졌고, 실험실을 나올 무렵이면 눈은 붉게 충혈되고 얼굴은 피로로 검게 변했다. 그래도 이들의 표정만큼은 활기찼다.

"보호장비도 시원찮은 곳에 자네들을 밀어넣은 것 같아 정말 미안하네."

민 박사는 차 소장의 미안해 하던 얼굴을 떠올렸다. 대전의 한국 원자력 연구원 내에는 '핫셀' 이라는 최첨단 공법으로 지어진 실험실이 있었다. 물론 이곳에서의 실험은 안전이 철저히 보장됐다. 그럼에도 이들은 지하의 허름한 사무실을 실험실로 개조해 6개월째 실험에 몰두했고, 그러다보니 허술한 방사능 안전관리로 인해 손과 팔, 목 심지어 얼굴 피부가 미량의 방사성에 지속적으로 피폭되면서 피부 껍질이 벗겨지고 피부색이 변하는 등 이상 현상을 겪었다. 게다가 보호 안경도 소용이 없어 실험을 마칠 때면 두 눈이 충혈되기 일쑤였다. 그러나 오늘도 달라진 것은 하나도 없다. 다만 미세한 진전이 그들을 실험으로 이끌었다.

"다음 케이크 투입 준비하지!"

민 박사의 지시가 떨어지자 설 연구원이 통에서 꺼낸 우라늄 덩어리를 금속 접시 위에 올려놓은 뒤 열려진 납유리 속으로 밀어 넣었다. 마치 고래 입 속에 고등어 덩어리를 밀어 넣는 것처럼 보였다.

"무게 측정했나?"

"30킬로그램입니다."

실험이 반복될 때마다 사용된 금속 우라늄 무게와 그 과정에서 이루어진 실험의 결과들이 기록되고 있었지만 크게 눈에 띄는 진척은 없다. 납유리 하단 금속판에서 나온 전선들이 실험실 바닥 위에 뱀처럼 어지러이 흩어져 있었다.

"작업준비 완료!"

주문형 연구원이 답했다. 또 다른 우라늄 덩어리가 실험에 들어가려는 순간이었다. 민 박사는 방사선 차폐 시설인 투명한 납유리 안의 물질을 물끄러미 쳐다보았다. 납유리로 된 실험관 안에 은백색 광택을 내는 우라늄이 아무 변화도 기대하지 말라는 듯한 묵직한 모양새로 놓여 있었다.

순간 민 박사의 얼굴에 오기가 떠올랐다. 실험관 내의 금속 우라늄 케이크는 가로, 세로, 높이가 각각 30, 25, 15센티미터가량이었다. 민 박사가 테이블 위에 놓인 실험관의 전원 스위치를 올리자 파란색 불빛들이 수족관 전등처럼 실험관 주위에서 깜빡거리기 시작했다.

"온도 마스터 스위치와 기압 확인!!"

온도 마스터 스위치가 켜지고 기압계 바늘이 움직이기 시작하자 민 박사는 실험관 외부에 달린 인공 팔 조절기를 이용해 내부 기압과 온도를 서서히 올리기 시작했다. 우라늄 분리 농축 작업에 필수적인 우라늄 덩어리에 대한 기화 작업이다.

"치치직, 치지직."

기압과 온도를 서서히 높이자 물질 위에 푸른 불꽃이 스파크처럼 튀면서 금속우라늄 덩어리의 겉 표면에 균열과 일그러짐이 일었다. 잠시 후 고체덩어리는 마치 남극의 빙산의 한 단면이 녹아내리듯이 실험관 내에서 녹아 반죽으로 변했다. 계기판의 수치는 통 안의 물질이 이미 고체 상태에서 벗어났음을 보여주고 있었다.

"액화 상태 완료!"

설 연구원이 계기판을 보고 밝은 표정으로 말했다. 그러자 숨돌릴 틈도 없이 민 박사의 카랑한 목소리의 다음 지시가 떨어진다.

"불화수소 연결!"

금속우라늄의 변형을 확인한 민 박사가 실험관 내부에 불화수소관을 연결하라고 지시했다. 연결을 확인한 그가 주입 버튼을 누르자 가스가 초음속 비행기가 하늘을 가르는 슈욱 소리를 내며 실험관 내부를 채웠다. 연구 팀원들은 실험관 내부가 구름에 휩싸이는 과정을 숨죽이며 지켜봤다. 민 박사가 능숙한 솜씨로 실험관 내부 온도를 올렸다.

"500도 리미트 접근!"

온도 조절계를 주시하고 있던 주 연구원이 외치자 즉시 온도 가열이 중단됐다. 그러자 잠시 후 실험관 내부가 아름답고 은은한 녹색으로 반짝이기 시작했다. 우라늄이 불화수소와 화학반응을 마친 것이다.

"오로라를 보는 것 같군."

모두의 입에서 탄성이 터져나왔다. 은백색이 오로라 색으로 변화하는 이 일련의 과정은 항상 신비감을 느끼게 했다.

'이것은 우리 핵물리학자들이 누리는 특권이지.' 민태준이 속으로 중얼거렸다. 다음 단계의 실험이 이어졌다.

"불소 연결!"

불화수소와 달리 불소 연결은 위험한 과정이었다. 팀원들은 모두, 불소 작업 과정에서 크고 작은 피부 상처를 얻었다. 실험관 안이 오로라빛 가스로 뒤덮인 것을 확인한 민 박사는 실험관 내부 온도를 350도 정도로 다시 낮추고 이번엔 불소 가스통을 연결했다. 이는 우라늄에 불소를 접목해 기체 형태로 변화시키는 단계였다.

"불소는 특히 조심해서 다뤄야 합니다. 온도와 기압 조절에도 신경 써야 합니다."

민 박사는 차 소장의 당부가 문득 떠올라 기체 화약통을 다루듯 불소가스를 조심스럽게 다뤄가며 투입하기 시작한다. 실험관 내부의 녹색 가스가 이내 화학 작용을 거쳐 흰색 가스로 변해갔다. 실험관 내부가 은백색에서 녹색 그리고 다시 흰색으로 변하는 모습은 차라리 변화무쌍한 색의 마술이었다. 그것을 감상하는 것은 과학자의 특권이기도 했다.

"성분 체크!"

잠시 후 민 박사는 실험관 내로 얇고 긴 투명한 체크 막대를 찔러 넣어 물질의 성분 변화를 체크했다. 막대기에 갈색이 묻어난 것을 본 주 연구원이 외쳤다.

"UF6입니다!"

드디어 우라늄 분리와 농축에 필요한 전 단계 물질 육불화 우라늄 (UF6)기체를 얻은 것이다.

"준비작업이 잘 이뤄진 것 같군!"

육불화우라늄부터는 국제사회의 감시가 더욱 강화된다. 연구원들은 긴장을 풀지 않은 채 다음 지시를 기다렸다. 민 박사가 만족한 얼굴로 두 연구원들을 바라보며 입을 열었다.

"현재 온도와 기압 상태는 어떤가?"

"온도와 기압 모두 정상적이고 질량 변화 거의 없습니다."

주 연구원이 게이지 판을 보며 말하자, 팀원들의 얼굴에 긴장감이 더욱 짙게 드리워졌다. 이제부터는 아주 중요한 단계였다. 민 박사는 주 연구원의 말이 끝나자 기체 상태의 육불화우라늄이 든 실험관을 동위원소 분리 실험관과 연결했다. 분리 실험관은 중간에 자기장관과 연결되어 있었고, 자기장 둘레는 대형 자석들이 둘러싸고, 자기장관 끝에는 좁은 틈새가 길게 나서 검출기와 연결되고, 검출기는 또다시 컴퓨터 모니터와 연결되어 있었다.

"동위원소 분리기에 자기장, 검출기 연결 완료됐습니다!"

갈라진 목소리로 주 연구원이 보고했다. 주 연구원은 며칠 째 목 상태가 좋지 않았다. 감기 기운이 있었지만 오래 괴롭히지 못했다. 연구원들의 몸에 들어온 감기 기운은 며칠을 견디지 못하고 빠져 달아나기 일쑤였다. 곧 이어 민 박사가 자기장 관 뒤편에 놓여 있던 대형 물체를 앞쪽으로 이동시켰다. 포장을 벗기자 레이저 장비가 나타났다. 순수하게 국내 연구원들 손으로 만든 레이저 농축 장비다. 이걸 완성시킬 때까지 겪은 말 못할 우여곡절이 주마등처럼 민 박사의 머리를 스쳐 지나갔다.

장비 제조 과정은 대한민국 과학자의 창의력과 응용력 그리고 끈질 김이 이룩해 낸 쾌거였다. 세계에서 가장 민감한 장비에 속할 우라늄 고농축 레이저 장비 제조는 설계도도 샘플도 구할 수 없는 상황에서 시작된 사업이었다.

미국이나 러시아, 프랑스 정도가 갖고 있을 것으로 추정되는 장비다. 그러나 이들 국가로부터 협조를 얻는다는 것은 애초 불가능했다. 민 박사팀은 이론에 따라 장비 제조를 강행했다.

이목을 피하기 위해 12단계 부품은 다시 각각의 부품이 3~5단계 소부품과 원자재로 나누어 총 40단계 가까운 공정을 거쳐 만들어졌다. 부품을 위한 원자재는 국내와 해외 7곳의 나라에서 공수됐다. 원자재 수입에 협조한 기업은 총 5곳. 그러나 그들도 무엇을 위한 용도인지 알지 못했다.

장비 제조에 들어간 지 4개월만에 1차 모델이 완성됐다. 더욱 놀라운 것은 이 장비는 계속 진화하고 있었다는 것이다. 만들면서 실험하고 실험하면서 개선하고... .

"레이저 전원 연결 확인!"

설 연구원이 레이저 전원 연결을 확인 보고했다. 민 박사는 품에서 작은 수첩을 한 권 꺼냈다. 거기에는 그간의 실험에서 얻어낸 레이저 주파수 내역들이 깨알같이 적혀 있었다. 긴 호흡을 한 번 쉰 민 박사는 레이저 장비 주파수를 본격적으로 조정하기 시작했다.

'C+ 22번째 레이저!'

민태준은 수첩에 깨알같이 적힌 수와 기호 조합을 보며 파장 하나를 선택한 뒤 레이저를 투입시켰다.

"레이저 주사!"

그의 음성을 신호로 실험관 안으로 2단계 작동을 거쳐 레이저가 주사됐다. 모두들 미세한 변화라도 놓치지 않기 위해 실험관 안으로 시선을 집중시켰다.

잠시 후 뭔가 미세한 입자의 꾸물거림이 감지됐다. 극소우주의 질서를 벗어나려는 몇몇 미립자들의 가벼운 몸놀림이었다. 마치 육상선수가 트랙을 돌며 서서히 원을 그리는 모습이다. 레이저에 강타당한 우라늄 235 원자들이 양이온과 자유전자로 분리되고 있었다.

"양이온 분리 완료!"

설 연구원이 전자 계기판을 보고 외쳤다.

"자기장, 음극 전원 가동!"

민 박사가 곧 바로 다음 지시를 내렸다.

'이제 곧 본격적으로 양이온들의 우주 유영을 보게 되겠군.'

민태준은 기대 넘치는 표정으로 실험관에 부착된 현미경을 통해 실험관 내부를 들여다보았다. 분열과 팽창을 앞둔 실험관 내부는 신비한 기운이 감돌았다. 하지만 그 현상은 단지 눈만이 아닌 그 이상을 보는 직감이 있어야 관찰이 가능했다.

'소우주 괘도에서 이탈한 자유전자들이 다른 원자들의 전자를 때리겠지, 그리고 그것은 그들의 양이온화를 가속화시키는 거야.'

민 박사는 자기암시를 통해 초조한 시간을 견뎌냈다. 그리고 양이온 미립자들이 동위원소 분리 실험관 내부를 희미한 움직임으로 통과할 무렵, 고개를 돌려 모니터 화면을 응시했다. 모니터 화면에서 하나의 점선이 불안하게 깜빡이더니 0.3퍼센트, 0.4퍼센트, 0.5퍼센트로 올라갔다. 이어서 0.5퍼센트, 0.6퍼센트, 0.7퍼센트, 0.7퍼센트, 0.7퍼센트, 0.7퍼센트……. 점선들이 제자리에서 깜박거리면서 더 이상의 변화는 없었다. 숫자는 0.7에서 멈췄다.

소우주는 외부의 개입을 불허했다. 처참한 실패였다. 아니, 의미있는 실패의 반복일까? 0.7퍼센트라는 것은 불필요한 우라늄 238이 99.3퍼센트 검출됐다는 의미였다.

'대체 원인이 뭐지?'

민 박사는 거듭되는 실패에 괴로웠다. 소장에게 약속한 기간의 절반이 지나가고 있었다.

'오늘도 실패로 끝나는 건가?'

민 박사는 고민했다. 그는 우라늄 238이 문제라는 결론을 내렸다. 우라늄 구성에서 절대 다수를 차지하는 우라늄 238에서 발생하는 고유의 파장이 우라늄 235를 덮어 레이저 파장이 접근하지 못하는 것이 분명했다. 엄청난 압박감이 밀려왔다. 이 모든 실험이 모래밭에서 바늘 찾기라는 회의감이 밀려들었다. 민 박사는 머릿속으로 수없는 파장 조합들을 천천히 다시 그려서 또 하나의 파장을 찾았다.

'D- 23번째 레이저!'

새롭게 조율하는 민 박사의 손이 가늘게 떨렸다. 최근 민 박사도 조금씩 자신감을 잃어가고 있었다. 이를 지켜보는 팀원들 얼굴에 긴장감과 착잡함이 묻어났다. 레이저 장비는 육불화우라늄이 들어 있는 동위원소 분석기 내부와 이미 연결되어 있다.

이 작업은 수십 만 가지 물질이 내는 고유 파장과 레이저의 무수한 파장 사이의 궁합을 만드는 일이다. 미립자 세계에 대한 천부적인 분석 능력과 장인의 집요함이 동시에 요구되는 작업이기도 했다. 문득 어릴 적 아버지가 했던 말이 떠올랐다.

"로마 바티칸 시스티나 성당 천장의 천지창조를 그린 미켈란젤로가 그 그림을 어떻게 그렸는지 아니? 무려 4년 반이나 천장 밑에 세운 작업대에 앉아 고개를 뒤로 젖힌 채 물감을 칠해나갔단다. 그 때문에 시력에 문제가 생기고 목과 등에 이상이 생겼지. 그러나 미켈란젤로는 그 고통을 뚫고 불후의 명작을 남긴 거야. 과학자의 길도 예술가의 길과 같다. 고통 없이 이뤄지는 건 아무것도 없단다."

민 박사는 아버지와의 기억에 다시금 자신감이 샘솟았다. 지금 하는 일은 분명 예술가의 세계와 닮아 있었다.

"레이저 온!"

새롭게 레이저 파장 조율을 마친 민 박사는 다시 시험관 안으로 레이저를 투입했다. 잠시 후 투명한 실험관 내는 레이저에 전자를 잃고 이온화된 회색빛 알갱이들이 늘어났다. 우라늄 235 양이온의 알갱이들이었다. 분명 이전과는 다른 양상이다. 시간이 흐르면서 점점 늘어난 알갱이들이 통 안을 이리저리 헤집고 다녔다.

"곧 이어 가속도가 붙겠지…."

박사팀은 가슴을 쿵쾅거리며 통 안의 변화를 주시했다. 그와 팀원들이 보고 있는 것은 사실상 낱개의 알갱이들의 움직임이 아니라 수많은 미립자들이 모인 덩어리의 군무였다. 그들은 모두 주먹을 꽉 쥐고 한 곳을 주시했다.

"자기장 음극 전원 가동!"

설 연구원이 민 박사의 지시에 따라 자기장 관 끝에 연결된 음극을 가동했다. 음극 전원을 올리자 잠시 후 양이온 알갱이들이 자기장 관 안으로 빨려오기 시작했다. 마치 경주마들이 결승 라인을 남겨놓고 전력 질주하는 모습과 흡사했다. 직선 운동에서 원 운동으로 그리고 다시 직선 운동으로 변화하는 모습은 어느 곳에서도 볼 수 없는 한편의 전자 레이저 쇼라고 해도 과언이 아니었다.

'중세의 연금술이 현세에 다시 태어난 것 같군!'

보호 안경을 착용한 민 박사는 두 연구원과 함께 양이온 알갱이들이 자기장 통로를 지나 검출기로 진입하는 생생한 향연을 숨죽여 지켜보며 감탄했다. 그들의 눈은 누적된 피로로 실핏줄이 터질 듯 충혈되었다. 잠시 후 검출기의 전자 눈금이 올라갔고, 연결된 컴퓨터 모니터 화면에 푸르고 굵은 띠가 화면 상단을 지나가고 있다. 모두들 다시 고개를 모니터 쪽으로 돌렸다. 그때였다.

1.2퍼센트, 1.3퍼센트, 1.5퍼센트, 1.7퍼센트……. 지금까지 실험 결과와는 확연히 다른 변화된 숫자였다. 1.9퍼센트, 2.0퍼센트, 2.1퍼센트, 2.1퍼센트, 2.1퍼센트, 2.1퍼센트……!

민 박사는 손에 땀을 쥐었다.

'조금만 더! 조금만 더……!'

다들 뭔가를 목을 길게 빼고 기다리는 학처럼 기다렸지만 그것으로 끝이었다. 발전소 핵연료로 사용이 가능한 5퍼센트 농축에도 못 미치는 수치였다. 양이온 알갱이들은 어느새 검정색에 가까운 우라늄 238의 양이온 알갱이들과 뒤섞여 점차 희미해져갔다.

"아깝군."

민 박사가 아쉬움을 토로했다.

"하지만 확실히 진전이 있었습니다."

주 연구원이 실의에 빠진 민 박사를 위로했지만 민 박사는 아무 반응이 없었다. 무엇이 잘못인지 빨리 원인을 찾아야 했지만, 딱히 비교 대상이 없어 부족한 부분을 찾을 수 없었다. 모든 실험은 현재 이론에만 바탕해서 진행되고 있었다. 매회 반복되는 실패의 경험만이 유일한 자산이었다. 어디에도 표본이 없다는 것이 실험의 가장 큰 어려움이었다.

　민태준은 마음이 무거웠다. 고생하는 연구원들에게 제대로 된 길을
제시하지 못하고 있다는 자괴감도 느꼈다. 우라늄 분리는 역시 난제
였다.

일본 도쿄의 한 어두침침한 PC방

　한 사내가 CIA의 위장 사이트로 한 통의 비밀 전문을 전송하고 있
었다. 미 CIA의 위장 사이트는 전 세계에 흩어진 요원들과의 교신을
위한 인터넷 공간으로 일종의 사이버 드보크 역할을 한다. CIA는 이
런 사이버 드보크를 지역별로 수십 개씩 운영하고 있었다.

　이런 형태의 비밀교신은 해외국에 포섭된 정부내 협조자들이나 스
파이들이 자국 정보망을 피해 주로 이용한다. 지금 사이버드 보크를
이용하는 이 자도 한국 정부의 감시망을 피해 멀리 일본까지 날아와
교신중이다.

　「'한국 원자력연구소가 최근 한국 정보 기관의 극비 조사를 받음.
조사 결과 가도리늄, 사마리움, 탈륨 분리 추출 실험으로 밝혀졌음.
그러나 실험이 허용된 물질에 대해 비공개 실험이 이뤄졌다는 점이
의문으로 남아 있음. 실험팀장은 얼마 전까지 미 연구소에서 근무하
다 한국으로 비밀리에 입국한 민태준 박사로 밝혀졌음. 그들의 배후
에 누가 있는지 알아보는데 좀 더 시간이 필요한 것으로 보임.'」

　잠시 후 미 CIA쪽에서 답변이 날아왔다.

　'민태준 박사팀의 행적과 관련해 추가 내용이 입수되는 대로 즉시

알릴 것.'

미 CIA와 비밀 교신을 끝낸 사내는 만면에 만족한 듯한 미소를 띠고 한국행 비행기를 타기 위해 도쿄 하네다 공항으로 향했다.

다음 날 오전 늦은 시각, 민 박사 팀이 실험 테이블 주위에 둘러앉았다. 오전마다 전날 실험 결과에 대한 평가 회의를 해야 했다. 민 박사는 온몸이 엉망이 되어가고 있는 연구원들을 바라보았다. 주 연구원은 손등 피부를, 설 연구원은 허벅지 피부를 덴 상태였다. 그마저도 임시로 치료약을 발라가며 근근이 버티고 있었다. 설 연구원은 수술이 필요했지만 끝끝내 실험 이후로 미루고 있었다.

"상처 부위가 크지 않아서 엉덩이 살을 약간만 떼서 이식하면 되는 간단한 수술이랍니다. 이 실험이 끝나면 할 생각입니다."

설 연구원이 민 박사를 안심시키려는 듯 말했다. 민 박사도 팔 부위에 상처를 입었지만 팀원들에게 미안한 마음에 내색조차 않고 있었다. 주 연구원, 설 연구원의 눈빛은 오늘도 실험에 대한 열의로 불타고 있었다.

"어제 본 약간의 진전이 모두에게 작은 위로와 희망이 되기를 바랍니다만, 아직도 큰 진전은 없습니다. 무엇이 문제인지 여러분의 기탄없는 견해를 듣고 싶습니다."

주 연구원이 먼저 말을 시작했다.

"말씀하신대로 어제 실험에서 작은 성과가 있었습니다. 미미하지만 그래도 2퍼센트를 넘어서는 농축 결과를 얻어냈습니다. 이것은 우리로서는 처음있는 일입니다."

주 연구원이 다소 흥분한 목소리로 말했다.

"저도 동감입니다. 2퍼센트라면 가능성과 한계를 동시에 보여준 수치라고 생각합니다. 그래서 저는 이 양면적인 상황에서 원점으로 돌아갈 필요가 있다고 생각합니다."

설 연구원이 말을 이었다.

"원점이요?"

모두들 설 연구원 쪽을 쳐다보았다. 그의 평소 별명은 'FM대로'였다. 모든 일 처리에 우회보다는 정도를, 응용보다는 기본을 강조하는 스타일에서 얻은 별명이다.

"그렇습니다. 기본으로 돌아가자는 것이지요."

"쉽게 설명해주시겠습니까?"

"우리는 그간 레이저의 응용적 측면에 지나치게 매달려 왔습니다. 응용도 중요하지만 역시 모든 것은 기초가 중요합니다. 응용적인, 테크닉 측면에만 매달리면 한계에 부닥칠 수밖에 없지요. 어려운 응용 문제를 풀다가 막히면 교과서로 돌아가라는 얘기가 있지 않습니까?"

"기본이라……."

민 박사는 고개를 끄덕였고, 설 연구원이 다시 말을 이어갔다.

"제가 최근에 읽은 타임지에 이런 과학 관련 기사가 실렸습니다."

그의 손에는 복사한 타임지 기사가 들려 있었다. 그가 기사를 읽기 시작했고 모두들 거기에 귀를 기울였다.

"2차 대전이 한창이던 때, 독일에서 미국으로 건너온 베르네라는 한 유대계 과학자가 있었다. 그는 당시로선 파격적인 주장을 내놓았다. 전기를 이용해 모든 금속물질의 동위원소 분리가 가능하다는 것이다. 그때 과학계의 많은 사람들이 그를 공상 과학자라고 비웃었다. 중세의 연금술사 같은 주장을 편다고 비난하기도 했다. 그러나 그는 실제로 몇몇 금속 물질을 대상으로 이 실험을 시도해 성공했고, 그 결과를 유력 과학지와 관련 학회에 공개했다. 당연히 과학계는 충격에 빠졌다. 그런데 고밀도의 특수 금속물질로 실험을 발전시켜가던 그가 어느 날 갑자기 모든 실험을 중단했다. 의아하게 생각한 주변 사람들이 그 이유를 묻자 자신의 실험이 조물주가 창조한 우주 자연의 근본 질서를 깨뜨릴 위험성이 크므로 중단을 선언한다고 밝혔다. 그는 기상천외한 실험 아이디어와 파격적인 행보로 이중으로 세상의 주목을 받은 과학자였지만, 여기에서 모든 게 끝났다면 그저그런 공상 과학자로 인식되었을 것이다. 그런데 그후 오펜하이머와 아인슈타인등 내로라하는 유명한 핵물리학자들이 그의 실험 원리를 이용해 원자핵 분열 실험에 성공했다. 그 결과 원자폭탄이 만들어졌고, 그 원자폭탄으로 2차 대전에서 연합군의 승리를 이끌어낼 수 있었다……저는 이 기사를 읽으면서 과학은 세월이 흘러도 기본 원리와 원칙이 중요하다는 점을 새삼 깨달았습니다."

민 박사의 얼굴에 감탄이 떠올랐다.

"아주 훌륭한 얘기요, 나도 언젠가 그와 비슷한 얘기를 접한 게 기억납니다. 설 연구원의 말대로 이 시점에서 한번쯤 처음으로 돌아가 차분히 생각해보는 시간을 가져야겠군요."

"설마 전기를 이용한 우라늄 분리 농축을 실제로 하실 생각이십니까?"

주 연구원이 의아한 표정으로 물었다.

"물론 아닙니다. 하지만 과학의 발견 중에는 과학자가 전혀 예상치 못했거나 의도하지 않았던 결과가 이뤄진 경우가 많지 않습니까. 우리는 그간 레이저 파장 분류에 매몰된 나머지 전자의 이온화에 영향을 주는 다른 요소들에 대해서는 다소 소홀했던 것이 사실입니다. 그런 점에서 기본에 대해 다시 생각해볼 필요가 분명히 있습니다."

모두들 민 박사의 말에 고개를 끄덕이며 귀를 기울였다.

"여러분, 물질의 이온화는 압력에 반비례하고 온도에 비례한다! 모두 들어본 적이 있는 얘기지요?"

그러자 눈치 빠른 주 연구원이 대답했다.

"그렇다면 난관의 해결 포인트가 온도와 압력에 있다는 말씀입니까?"

민태준이 빙그레 웃었다.

"그것도 하나의 중요한 요소인데 우리가 다소 소홀하지 않았나 하는 얘기지요. 물론 자기장의 세기에도 변화를 줘야 할 겁니다. 지금부터는 레이저 파장의 분류와 함께 온도, 압력 그리고 자기장의 세기, 이 네 요소를 전체적으로 조화시키면서 실험을 지속해봅시다."

그날 오후, 실험이 다시 시작됐다. 주 연구원은 민 박사의 지시에 따라 기체 상태의 육불화우라늄의 압력을 낮추고 대신 온도를 높였다. 온도와 압력 재조정이 끝나자 민 박사가 조율해 놓은 레이저 감마파를 주사했다. 곧바로 이온화된 알갱이들이 움직이기 시작했다. 포물선은 한결 컸고, 색은 더 짙은 회색으로 변했다. 알갱이들은 통 안에서 맥박이 뛰듯 힘차게 움직였다.

자기장 공간을 통과할 때 그들의 움직임은 한결 힘차고 빨라졌다. 민 박사와 팀원들의 눈동자가 일제히 컴퓨터 모니터 화면을 뚫어져라 쳐다보았다. 굵은 띠 끝 상단에 우라늄 농축도 변화가 숫자로 떠올랐다. 놀라웠다. 1.5퍼센트, 1.8, 2.5퍼센트, 2.9퍼센트……! 시작부터 달랐다. 모두들 놀란 눈으로 모니터를 주시했다.

3.2퍼센트, 3.5퍼센트, 3.9퍼센트, 4.3퍼센트…… 4.4퍼센트, 4.5퍼센트,4.7퍼센트 !

그러나 거기까지였다. 숫자는 더 이상 올라가지 않았다. 모니터 화면에는 최종적으로 4.5퍼센트라는 선명한 숫자가 깜빡이고 있었다. 이 정도면 핵연료로서 사용이 가능한 농도였다.

상당한 진전이지만 또 다시 한계였다. 연구원들 얼굴에는 기쁨과 실망감이 동시에 드러났다. 그들은 그 후 몇 차례 더 실험을 했지만 4.7퍼센트를 넘지 못했다.

다음 날 늦은 오전, 다시 회의가 시작됐다.

"최근 몇 차례의 실험에서 우리는 중대한 터닝 포인트를 마련했습니다. 원자력 발전소 연료의 황금비율인 농축 5퍼센트에 가까운 수치를 달성했지요. 이로써 우리는 당당하게 핵연료 국산화 기술 가까이 다가가게 되었습니다. 이것은 우리나라가 원자력 발전소를 도입한 지 30여 년 만에 이룬 커다란 진전입니다."

모두들 잔뜩 고무된 얼굴로 민 박사의 말에 귀를 기울였다. 그러나 그것은 자아도취와는 거리가 멀었다. 왜냐하면 실험의 최종 목표는 여기서 끝이 아니라는 것을 모두들 알고 있었기 때문이다. 민 박사가 뭔가를 결심한 표정으로 입을 열었다.

"우리는 이미 핵연료 수준인 5퍼센트 가까이 접근했습니다. 하지만 여기서 멈출 수 없습니다. 실험은 계속될 것입니다. 자주국방의 농축 비율을 달성하는 그 순간까지 말입니다."

자주국방 비율이란 무기급 수준인 90퍼센트 이상의 우라늄 농축을 의미했다. 그것은 곧 바로 국제사회와 미국을 겨냥한 엄청난 독립선언이기도 했다. 핵연료를 연료로 사용하는 핵 잠수함의 경우는 농축 비율이 20퍼센트 정도다.

"이제 5퍼센트의 벽을 뛰어넘기 위해서 파격적인 보완을 모색해야 할 때입니다. 지금까지의 방식으로는 5퍼센트를 넘기 어렵습니다. 획기적인 보강이 필요합니다. 오늘 오후 실험은 쉬겠습니다. 다음 주부터 새로운 방식이 보강된 실험을 할 수 있기를 기대합니다."

민 박사는 획기적인 보강이 어떤 내용인지는 구체적으로 밝히지 않았다. 그러나 그의 머릿속에는 이미 어느 정도 그림이 그려져 있는 상태였다. 서둘러 오전 회의를 마치고 그가 찾아간 곳은 창의병원 면역화학 실험센터 유인화 박사 연구실이었다.

"바쁘실 텐데 이렇게 시간을 내주셔서 대단히 감사합니다."

"별 말씀을요."

유인화 박사가 호기심 어린 눈빛으로 민 박사를 쳐다보며 말했다.

"핵물리학자께서 저 같은 면역 계통의 의사에게 어떤 볼일이 있어 오셨습니까?"

"동위원소 염색 치료법에 대해 박사님께 설명을 좀 듣고 싶습니다."

"아, 그쪽 분야에 관심이 있군요. 동위원소 염색치료법을 알려면 먼저 면역화학염색치료법을 알아야 합니다. 이 치료법은 거기서 시작된 것이니까요."

민태준은 수첩과 펜을 들고 유인화 박사의 다음 설명을 기다렸다.

"원래 과학의 발전이라는 게 이런 식의 과정을 밟게 마련이지요. 그 시작은 에를리히라는 과학자로부터 시작되었습니다. 그는 처음에는 염색을 이용해 동물 세포를 쉽게 관찰하는 데 몰두했지요. 훗날 최초의 매독 치료제이자 화학요법제인 살바르산을 탄생시켰고, 1908년에는 노벨생리의학상을 받았습니다. 하지만 에를리히의 가장 큰 업적은 노벨상 수상 이후에 이루어졌습니다. 그는 특정 염료가 특정 조직에만 착색되는 현상을 발견하고는, 한 걸음 더 나아가 특정 세균에만 효과를 내는 특정한 화학물질이 있으리라는 기발한 착상을 하게 됩니다. 인체에는 해가 없으면서 병원균만 선택적으로 파괴하는 물질이 있지 않을까 생각한 겁니다. 물론 페니실린이 나온 이후에는 왕좌를 넘겨주긴 했지만, 어쨌든 이 세포 염색 원리는 각종 방사선을 응용한 치료 분야에 널리 이용되기 시작했지요. 갑상선암, 위암 등 각종 암의 발견과 치료에 획기적으로 기여하게 된 겁니다.”

민 박사는 가끔은 고개를 끄덕이고 때로는 메모를 해가며 그의 설명을 집중해 들었다.

“선생께서 우리에게 분석 요청하신 두 물질의 화학적 성질을 면밀히 조사해보았습니다. 그 결과 시료 A와 시료 B 사이에 일정한 화학적 유사성이 발견됐습니다.”

순간 민 박사는 사막을 헤매다 오아시스를 만난 기분이었다.

“시료 A의 경우 그 양이 너무 적어서 성질 분석에 상당한 애를 먹었지만, 그럼에도 두 물질에 공통으로 작용하는 염색 물질을 찾아낼 수 있었습니다.”

민태준이 유인화 박사에게 건넨 시료 A는 육불화우라늄이었고, 시료 B는 레이저 장비에 들어가는 시료 물질이었다.

“이게 우리가 만든 두 종류의 염료입니다. A1 염료는 시료 A에 다수 포함된 물질 추적을 용이하게 해주고, 여기 A2 염료는 시료 A에 소수 포함된 물질 추적을 용이하게 해줍니다. A1 염료를 사용할 경우 붉은 색상이, A2 염료를 사용할 경우는 푸른색이 나타나고요. 하지만 이 염료들을 처음에 해당 물질에 안착시키려면 시간이 좀 걸릴 것입니다."

A1은 우라늄 238 염료, A2는 우라늄 235 염료였다.

새로운 한 주가 시작되는 월요일, 민 박사 팀은 특수 염료를 레이저 시료와 육불화우라늄에 안착시키는 방식을 찾는 데만 꼬박 사흘이 걸렸다. 드디어 모든 준비가 끝나자 특수 염료 A2를 안착시킨 후 또 다른 고등어 케이크를 올려놓고 실험을 재개했다. 온도와 압력 조정이 끝났고, 이어서 민태준 박사는 이미 우라늄 235에 맞게 조율해놓은 레이저를 육불화우라늄에 주사하기 시작했다. 이것은 말 그대로 이온화된 알갱이들을 한 곳으로 모으는 게임이었다. 처음엔 별 변화가 없었지만, 시간이 흐르자 회색빛을 띠던 실험관 내부가 푸른색으로 변하기 시작했다. 박사 팀은 눈알이 빠져나갈 것 같은 집중력으로 실험관 내의 변화를 주시했다.

"자기장과 음극 전원 가동!"

분명 지금까지의 사용했던 같은 자기장과 자석이었지만 빨려 들어가는 푸른색 알갱이들의 움직임은 이전보다 빠르고 역동적이었다. 바다 속의 작은 생물들이 거대한 고래 입속을 향해 달려가는 모습과 흡사했다. 진짜 장관은 그 다음에 펼쳐졌다. 자기장 관 안으로 들어간 푸른색 양이온 알갱이들이 힘차게 포물선을 그리며 에너지를 얻은 후 다시 음극을 향해 달리기 시작한 것이다. 일직선상의 푸른색 질주가 시작됐다.

잠시 후 검출기의 전자 눈금이 치솟았다. 컴퓨터 모니터 화면에는 푸르고 굵은 띠가 화면 상단을 지나가고 있다. 그들이 다시 고개를 모니터 쪽으로 돌린다.

7퍼센트, 8퍼센트, 9퍼센트, 10퍼센트……! 출발부터가 달랐다. 모니터 숫자가 올라갈 때마다 그들의 가슴도 함께 출렁거렸다.

15퍼센트, 20퍼센트, 25퍼센트, 30퍼센트, ……75퍼센트, 80퍼센트, 85퍼센트, 87퍼센트! 그들의 머리 속 피가 거꾸로 솟는 느낌이었다. 그 순간 민 박사가 외쳤다.

"작동 중지!"

믿을 수 없었다. 모니터 화면에 최종적으로 깜빡대는 숫자는 놀랍게도 90.5퍼센트였다.

모자 씌우기

민 박사는 한동안 화면에 나타난 숫자를 응시했다. 자신의 눈을 믿기 어려웠다. 불과 6개월간의 실험 끝에 얻은 놀라운 성과였다. 아니, 1차 실험 기간 3개월까지 합하면 9개월 만에 얻은, 끝이 안 보인다고 생각했던 근 1년 만의 놀라운 결과였다. 모두의 얼굴이 흥분으로 가득 찼다.

우라늄 농축 90.5퍼센트라는 숫자는 우라늄 핵무기 수준을 의미했다. 민 박사가 실험을 긴급히 중지시키지 않았다면 농축도는 더 올라갔을 것이다. 당초 핵연료로서 가능한 5퍼센트 안팎으로만 성공해도 다행이라고 생각했으나 이제 엄청난 결과가 눈앞에 등장했다.

연구원들은 팀장인 민 박사를 주시했다. 다음 단계 지시를 기다리고 있는 것이다. 실험 성공이 과학적으로 의미를 가지려면 최소한 똑같은 결과가 3번 이상 나와야 했다. 그러나 민태준은 실험 지속 여부를 고민했다. 팀원들은 그런 민 박사를 이상하다는 듯이 쳐다보았다.

'한국 핵 과학기술의 자긍심을 살려야 하나, 아니면 여기서 만족하고 멈춰야 하는 걸까?'

전자를 택할 경우, 만일 이 실험이 외부에 알려지게 되면 국제사회로부터 확실히 우라늄 핵무기 보유 의심을 사게 될 가능성이 컸다. 하지만 후자를 택하면 자신을 믿고 따라와 준 팀원들을 실망시키는 결과를 낳게 된다.

그는 고민 끝에 결단을 내렸다. 실험을 두 차례 더 실시하기로 했다. 그리고 이어진 실험에서도 역시 90퍼센트 이상의 무기급 고농축 우라늄을 얻어냈다. 즉 세 차례 실험에서 연속으로 모두 93퍼센트 안팎의 핵 무기급 우라늄 고농축 실험에 성공한 것이다.

이 우라늄 농축 성공은 여러 의미가 있었다. 우선 이것은 한국의 원자력 과학기술이 세계 정상에 이를 만큼 비약적인 성공을 했다는 의미였다. 그것도 최첨단 방식인 레이저 농축법을 이용한 성공이었다. 또 하나, 이는 핵으로 무장한 주변 강대국으로부터 자신을 보호할 수 있는 기술적 토대를 마련했다는 것을 의미하기도 했다. 순간 팀원들은 민 박사의 표정이 갑자기 어두워지는 것을 보았다.

밤이 되자 요양원엔 적막감이 급속히 찾아왔다. 대부분의 환자들은 일찌감치 잠자리에 들었고, 그들의 수면을 돕는 명상 음악이 스피커에서 흘러나오고 있었다. 좀처럼 일찍 잠자리에 드는 법이 없는 한창혁 박사도 오늘은 요양원의 다른 환자들처럼 일찍 잠자리에 들었다. 스피커에선 쇼팽의 자장가에 이어 베토벤의 피아노 소나타 14번 월광이 이어지고 있었다.

"편히 주무세요. 새벽에 다시 올께요."

일상적 치료를 끝낸 간호사가 한 박사에게 인사를 건네고 방을 나갔다. 평소처럼 깔끔하게 잠옷으로 갈아 입은 한 박사는 미등만을 남겨놓은채 병실의 모든 전원을 끄고 자리에 누웠다. 한 박사의 고장난 기억의 시계가 그의 어린 시절을 가리키고 있었다. 한 박사는 어린 시절을 더듬으며 서서히 잠에 빠져들었다. 그의 어린 시절 기억속에 오래전에 하늘나라로 떠난 어머니, 아버지의 모습도 떠올랐다.

일반 병실과 달리 요양원의 복도는 오가는 환자도, 가족들도 눈에 띄게 줄었다. 대낮같이 밝히던 전등 대신 침침한 노란색 불빛만이 병동 전체에 조용한 분위기를 연출하고 있었다. 몇몇 간호사들은 바쁘지 않은 걸음으로 간이 의료장비함을 끌며 병실을 돌아다녔고 나머지 간호사들은 책상에 앉아 일을 하고 있었다.

이따금씩 발생하는 환자 발작에 대비해 남자 간호사들도 자신들의 방에서 소일하며 대기했다. 한밤의 요양원 병동은 한마디로 쓸쓸함과 무력감이 팽배해 있었다. 한 박사가 입원해 있는 3층 병실 복도에 아까부터 낯선 그림자 하나가 어슬렁거렸다. 모자를 눌러쓴 사내는 고양이 눈을 닮았다. 하지만 그를 눈여겨 보는 사람은 아무도 없었다. 간호사가 나온 것을 본 그가 한 박사 병실의 문을 열고 들어갔다. 창문으로 비치는 달빛에 그의 손에 든 회칼이 번쩍였다.

사내가 누워있는 한 박사에 다가가 목에 칼을 들이댔다.

"윽!"

차가운 금속성 이물질이 목에 닿자 놀란 한 박사가 눈을 떴다.

"한 박사, 지도를 내놓으시오!"

눈을 떠 침입자를 한동안 바라보던 한 박사는 목에 칼이 들어온 것을 아는지 모르는지 자리에서 벌떡 일어나더니 사내의 목을 조르기 시작했다. 노인의 갑작스런 행동에 사내도 당황했다. 당황한 사내도 같이 한 손에 칼을 쥔 채 노인의 목을 조르기 시작했다.

"아니, 이 노인네가 왜 이리 힘이 세!"

사내는 완강히 저항하는 노인으로 인해 당황했다. 순간 사내는 노인의 눈을 보고 흠칫 놀랐다. 노인의 시선은 동공이 풀어져 있었다.

"이 노인네가 나를 아는 건가 모르는 건가? 이거 미친 노인 아냐?"

초점을 잃은 그의 눈을 보는 순간 사내는 칼을 놓치고 말았다. 노인보다 다소 연배가 아래로 보이는 그는 반항하는 한 박사를 붙잡고 침대 아래로 같이 쓰러졌다. 노인을 정상으로 다루선 안 되겠다고 생각한 사내는 그때부터 주먹과 발길질을 행사했다. 노인은 작은 신음소리를 내며 침대 아래서 이리저리 뒹굴었다. 사내의 주먹과 발길질이 한동안 계속되자 노인은 더 이상의 움직임을 멈추었다.

그가 바닥에 쓰러져 의식을 잃어가는 한 박사를 흔들어 깨우며 소리쳤다.

"지도 어디에 있어? 지도 위치를 말해!"

그러나 한 박사는 아무 대답도 없다.

"이 노인네가 죽었나?"

그가 노인의 맥을 짚었다 .노인의 맥은 아직 가늘지만 뛰고 있었다.

"아이 제기랄, 살다보니 별 일 다보겠군…"

사내는 한 박사의 대답을 듣기를 포기한 채 혼자서 병실을 뒤지기 시작했다. 환자의 머리맡 서랍에서부터 침대 밑에 이르기까지 샅샅이 뒤졌다. 그러나 그가 찾는 것은 나오지 않았다. 그때 바닥에 쓰러져 있던 노인이 신음소리를 내며 다시 움직이기 시작했다. 사내는 그 모습을 본 순간 기겁을 했다.

"아무래도 오늘은 안 되겠군!"

침입자는 노인이 다시 움직이는 기미를 보이자 그를 그대로 방치하고 병실을 빠져나갔다. 그가 병실을 빠져 나간지 얼마 되지 않아 간호사가 다시 들어왔다.

민태준 박사가 팀원들을 향해 무겁게 입을 열었다.

"우리는 이제 완벽하고 충분한 실험 결과를 확보했습니다. 그러나 안타깝게도 여기서 새로운 결단을 내려야 합니다."

팀원들은 민 박사가 도대체 무슨 말을 하려는 것인지 신경을 곤두세우고 들었다.

" 왜냐하면 오늘의 실험 성공은 외부에 알려져선 안 되기 때문입니다. 무기급 우라늄 농축도 그렇지만, 이것이 첨단 기술인 레이저를 이용해 성공했다는 게 외부에 알려지면 그 파장이 더 커질 수밖에 없습니다. 그 파장을 현재 우리 조국은 감당할 수 없습니다."

그들은 민 박사의 속내를 파악하기 힘들었다.

'이미 확보된 기술을 어떻게 감춘다는 거지?'

연구원들은 불안한 마음으로 민 박사의 다음 지시를 기다렸다.

"우리는 이제 새로운 도전을 시작해야 합니다. 당분간은 실험 성공 사실을 대외적으로 비밀로 유지하기 위해, 또 하나의 모험적인 실험에 들어갈 것입니다."

사기가 오를 대로 오른 연구원들은 민 박사가 알 수 없는 말을 하고 있다고 생각했다.

'도대체 이 엄청난 기술 확보를 어떻게, 언제까지 비밀로 유지한단 말이지?'

설 연구원은 민 박사의 말에 강한 거부감을 느끼고 있었다.

"도대체 어떻게 비밀을 유지하시겠다는 겁니까?"

그가 다소 퉁명스럽게 묻자 민 박사가 대답했다.

"고농축 우라늄 물질을 희석시키는 역실험을 시도하는 겁니다."

설 연구원과 주 연구원은 뒷머리를 망치로 얻어맞은 것 같은 충격을 받았다.

"추출된 고농축 물질을 무의미한 상태로 되돌리시겠다는 것입니까?"

"고농축 우라늄 물질의 양은 중요한 게 아닙니다. 우리는 기술을 확보하지 않았습니까. 물론 저 물질을 비밀 보관하는 방법도 있습니다. 하지만 그것은 상당한 어려움을 수반합니다. 또한 돌발적인 위험 발생의 가능성도 있습니다. 따라서 비밀 유지 자체가 어렵습니다. 만에 하나 오늘의 실험 성공 사실이 외부에 알려지면, 섣부른 보관이 오히려 더 큰 문제를 초래할 수 있습니다. 무엇보다 정부 입장이 아직 불명확합니다. 따라서 역 실험을 통해 고농축 물질의 상태 자체를 바꾸는 것이 현명하다고 생각합니다."

지금 민 박사는 무기급 고농축 우라늄 성공 사실을 위장하기 위해 또 하나의 '모자 씌우기' 작업에 돌입하려 하고 있었다. 민 박사는 팀원들을 둘러보며 동의를 구했다. 처음에는 당혹감을 느끼던 연구원들도 차츰 그 제안에 수긍하는 쪽으로 기울었다. 기술적으로는 준비가 됐지만 정부의 입장이 명확하지 않다는 것을 그들도 잘 알았기 때문이다. 심지어 이를 보관할 곳도 마땅치 않은 것이 한국의 실정이었다.

실험이 재개됐다. 대기 중이던 육불화우라늄의 기화 상태에 A1 염료가 투입됐다. 이윽고 민 박사는 수첩에 깨알같이 적힌 숫자를 보며 우라늄 238에 필요한 레이저 파를 준비시켰다.

"F+ 102번째 레이저!"

레이저 조율을 마친 민 박사의 눈에 전에 없던 광채가 느껴졌다. 두 연구원은 민 박사의 눈빛에서 그가 기밀을 유지하기 위해 보이지 않는 적과 싸우고 있음을 느꼈다. 아마 그들이라도 저랬으리라. A1 염료가 레이저 시료에 투입되면서 역 실험 준비가 끝났다. 잠시 후 그의 최종 작업 지시가 떨어졌다.

"자기장 세기 유지, 음극 전원 가동!"

레이저 주파수 조율과 자기장 조정, 그리고 음극 전원을 확인한 설 연구원의 보고에 민 박사는 파장이 다른 레이저 감마 파를 실험관 안으로 주입했다.

잠시 후 실험관 내에는 전보다 크고 붉은색의 원을 그리는 알갱이들의 움직임이 시작됐다. 이것들은 서서히 음극 지점을 향해 빨려 들어가기 시작했다. 이 알갱이들은 레이저에 맞아 전자를 잃고 이온화된 붉은색 우라늄 238 알갱이들로서, 자기장 안에 들어오자 이전 실험 때보다 더 큰 원 운동을 그리다가 음극 지점을 향해 무서운 속도로 빨려 들어갔다. 검출기와 연결된 컴퓨터 모니터에는 붉은색 우라늄 238이 더 굵은 띠를 형성한 채 U235의 푸른색 띠 아래를 지나가고 있었다.

드디어 푸른색 띠 끝 상단에 농축도 변화가 숫자로 뜨기 시작했다. 90.5퍼센트 까지 올랐던 우라늄 235의 농축도가 서서히 떨어지기 시작했다. 연구원들은 그걸 보며 한편으로는 비통한 심정이었다. 당당히 농축기술을 보유하고도 또다시 발전용 핵연료조차 계속 해외에서 수입해야 한다니. 농축 수치가 계속 떨어져 15퍼센트에 이르렀을 때 민 박사가 긴급하게 지시했다.

"자기장 중지!"

검출기와 연결된 모니터 화면에 8퍼센트 숫자가 깜빡였다. 90.5퍼센트까지 성공했던 우라늄 235 농축 물질을 우라늄 238으로 희석함으로써 그 농도를 일반 핵연료보다 약간 높은 수준인 8퍼센트까지 떨어뜨린 것이다. 두 번째, 세 번째 실험도 역시 성공했다. 예비 실험까지 포함한 그때까지의 모든 실험의 농축도 평균은 약 5퍼센트로 맞춰졌다.

다음 날 아침 문현수 차장이 차 소장과 민 박사가 있는 비밀 실험실 C2에 상기된 표정으로 들이닥쳤다. 차 소장으로부터 간밤의 실험 결과에 대한 간단한 언질을 받고 급히 달려온 것이다. 이야기를 나누던 차 소장과 민 박사는 문 차장이 들어오자 고개를 돌려 쳐다보았다.

"민 박사, 대충 얘기 들었소, 이것은 한국 국방사에 기록될 일대 쾌거요!"

그가 흥분과 기대감에 가득 찬 표정으로 외쳤다. 너무 급하게 달려와서인지 거친 숨소리가 섞였다. 그러나 두 사람은 그와 달리 차분히 가라앉은 표정이었다. 순간 문 차장은 이상한 느낌에 사로잡혔다.

"문 차장, 이리 와 앉으십시오."

차 소장이 우선 자리를 권하자 문 차장이 그들의 맞은편에 자리를 잡았다. 곧이어 민 박사가 입을 열었다.

"실험은 대성공이었습니다."

"아, 차 소장에게 들은 내용이 모두 사실이었군요. 정말 큰일을 하셨소. 북한 때문에 생긴 10년 묵은 체증이 내려가는 기분이오. 민 박사 팀이 자랑스럽소."

그러나 거듭된 칭찬과 격려, 그리고 감격에도 두 사람은 묵묵히 듣고만 있었다. 그제야 문현수 차장도 신중한 자세로 물었다.

"그런데 이번에 추출한 고농축 물질은 어디에 있소? 좀 봅시다."

그는 고개를 좌우로 돌려 실험실 내부를 훑다가 테이블 위 은회색 용기를 발견했다. 원통형으로 목이 길고, 표면은 한눈에도 특수합금 재질로 덮여 있었다.

"저겁니까?"

그가 용기를 가리키며 묻자 민 박사가 고개를 끄덕였다. 그가 용기 쪽으로 성큼성큼 다가갔다. 지름 약 30센티미터인 용기 뚜껑이 상단을 덮고 있었다. 용기 뚜껑 가운데에는 작은 원처럼 생긴 굵은 홈을 잡고 돌리자 뚜껑이 가볍게 들렸다. 조심스럽게 안을 보니 젤리처럼 굳어 있는 붉은빛 물질이 보였다. 하지만 꼭 붉은색만은 아닌 이 물질은 각도에 따라 검게도 또 때로는 푸른빛마저 보였다. 문 차장은 신비로움마저 느꼈다.

"아……!"

처음 보는 것이었지만 문 차장은 틀림없는 고농축 우라늄 물질일 것이리라 확신했다. 민 박사는 이번에도 역시 고개만 끄덕였다.

"중량이 얼마나 됩니까?"

"30킬로그램 정도 됩니다."

"그러면 리틀보이 두 개 정도는 만들 수 있는 양이 아니오? 정말 대단한 일을 하셨소, 민 박사!'

리틀보이는 2차 대전 당시 우라늄 핵탄두를 의미하는 은어로, 통상 무기급 고농축 우라늄 15킬로그램이면 탄두 한 개를 만들 수 있었다.

"실망스러우시겠지만…… 그 용기 속의 우라늄 농축도는 5퍼센트입니다."

"5퍼센트?"

그의 얼굴에 짧은 순간 찬바람이 불고 지나갔다. 문 차장은 혹시 잘못 들었나 싶어 어리둥절한 표정으로 민 박사를 쳐다보았다.

"농축도가 5퍼센트라면 내가 알기론 핵발전소 연료 수준이라는 건데, 그러면 고농축 실험에 성공한 게 아니란 말이오?"

그러자 차 소장이 나서서 대답한다.

"고농축 실험은 분명히 성공적이었소, 문 차장. 하지만 추출 증거를 그대로 남겨놓을 순 없어요. 우리 현실상 이 물질을 비밀 보관하기도 결코 쉽지 않소. 그래서 역실험을 통해 다시 일반 핵연료 수준의 저농축 물질로 희석시킨 것이오."

문 차장은 순간 손에 쥐고 있던 모래가 속절없이 빠져나가는 기분이었다. 당혹감을 넘어 화가 치밀어 오르기 시작했다. 그때 소장의 설명이 다시 이어졌다.

"우리 실험의 주목적은 처음부터 관련 기술 확보와 핵연료 국산화 문제였소. 핵물질 확보 자체가 주목적은 아니었단 말이요. 그것은 정치하는 사람들 영역이지 우리 영역은 아니오. 문 차장에겐 미안하게 됐소. 아무튼 물질을 그대로 놔둘 경우 우리 연구소와 연구 인력들이 위험한 상황에 처할 수가 있어서 불가피한 조치를 취해야 했소. 그러나 중요한 건 우리가 고농축 우라늄 물질을 추출하는 최첨단 기술을 확보했다는 사실이오."

문 차장은 그의 말이 귀에 들어오지 않았다. 그에게 필요한 것은 고 농축 우라늄 물질이었다. 그는 상의도 없이 일을 처리한 차 소장을 무섭게 노려보았다. 당장이라도 멱살을 쥐고 흔들 기세였다.

"차 소장, 민 박사, 이게 무슨 짓이오? 어떻게 나한테 일언반구도 없이 이럴 수가 있소?"

그가 분노한 목소리로 말했다. 차 소장이 미안한 표정으로 말했다.

"다시 말하지만 우리 연구소와 연구원들을 보호하기 위한 어쩔 수 없는 선택이었소. 그 이상의 것을 요구하겠다면, 우선 대통령의 확실한 의지를 알아야 합니다. 그것 없이는 우리 연구소와 연구원들을 사지로 내몰 수는 없소. 우리는 이미 지난 신군부 시절 고아 신세가 되고 창씨개명을 당했소. 그때의 치욕을 되풀이할 순 없소! 우리 연구소로서는 사활이 달린 문제요."

차 소장이 창씨개명을 언급한 것은 신군부 등장 후 국내외 압력으로 원자력연구소를 한국에너지 연구소로 바꿔 인력과 연구 범위를 대폭 축소시켰던 사건을 의미했다.

"어떻게 대통령이 이 일에 직접 관여할 수 있겠소! 어느 나라도 그렇게 하는 나라는 없어요!"

문 차장이 분을 못 이겨 소리를 질렀다.

"이것 보시오. 그간 여러 차례 연구소 방문 요청을 했음에도 김대중 대통령은 들어주지 않았소. 한번도 우리 연구소를 방문하지 않았단 말이오. 햇볕정책 때문이오? 그렇다면 국민의 정부도 핵에 관해 미국 눈치를 보고 있는 거요. 그러니 우리 마음을 돌리려면 대통령이나 적어도 정부의 확실한 의지를 보여주시오!"

차 소장의 말에 문 차장의 얼굴이 붉으락푸르락 달아올랐다

"차 소장은 그게 무리한 요구라는 것을 정녕 모릅니까? 대통령이나 정부가 이 일에 공식 개입한다는 게 어떤 의미인지 아시오? 만에 하나 정부가 개입했다는 게 외부에 알려질 경우 감당할 수 없는 후폭풍이 이 나라에 몰아닥칠 것이오. 지금은 박정희 대통령이 선두에 서서 핵을 만들던 때와는 국내외 여건이 크게 다르단 말이오!"

"제가 이번에 확보한 기술에 대해 잠시 설명하겠습니다."

민 박사가 차분한 목소리로 두 사람 언쟁에 끼어들었다. 분을 삭이지 못하던 문 차장도 민 박사가 말하자 한 걸음 물러나 귀를 기울였다

"사실 역실험은 제가 먼저 제안했던 것입니다. 그 이유를 지금부터 말씀드리겠습니다. 제 말씀을 듣고 나면 그럴 수밖에 없었다는 것을 이해하실 것입니다."

민 박사는 사람을 끄는 묘한 매력이 있었다. 문 차장은 그것이 그의 뛰어난 전문지식에서 나오는 자신감에서 비롯된다는 것을 그를 처음 만났을 때 느낀 바 있었다.

"비핵국들의 비밀 핵개발의 경우 플루토늄 방식이든 원심분리기 방식이든 1년에 많아야 2개 내지 3개 이상을 생산하기 어려운 게 현실입니다. 하지만 이번에 우리가 확보한 핵증기 레이저 분리시스템(AVLIS)을 이용하면, 제가 계산해본 결과 천연 우라늄 연료만 충분히 지원될 경우 실험실 한 곳에서 3.5일만에 한 개의 우라늄 핵탄두를 만들 수 있습니다."

"……!"

"다시 말해 지금까지의 핵개발 방식이 소로 논밭을 가는 수준이었다면, 이번 기술은 최첨단 대형 트랙터를 이용하는 이상으로 그 파괴

모자 씌우기

력이 강합니다."

문 차장은 충격을 받은 듯 커진 눈동자를 닫지 못했다. 그 정도인 줄은 몰랐다는 표정이었다.

"때문에 당장 고농축 물질을 확보하지 못했다고 초조해 할 필요가 없습니다. 기초 연료, 즉 천연 우라늄 연료만 있으면 짧은 시간 내에도 대량 핵무기 생산이 가능하니까요. 더욱이 이 기술은 원자로조차도 필요 없습니다. 이런 작은 실험실에서도 얼마든지 핵무기 개발이 가능한 극도로 민감한 기술입니다."

문 차장은 자신의 귀를 몇 차례 의심했다. 지금 듣고 있는 얘기가 환상은 아닐까. 그러나 이것은 분명한 현실이었다. 눈앞에서 민 박사가 분명하고도 담담한 어조로 얘기하고 있었다. 실망과 분노로 얼룩졌던 그의 표정은 어느새 호기심으로 가득 차 있었다.

"내, 민 박사의 연구 성과를 어느 정도 기대는 했지만 그 정도 뛰어난 기술을 확보할 줄은 상상 못했소."

문 차장이 약간 떨리는 음성으로 말했다. 민 박사가 설명을 계속했다.

"때문에 이 기술은 보안이 가장 중요합니다. 만일 이 사실이 외부로 알려지면 북한뿐만 아니라 중국과 일본까지도 자극함으로써 미국의 강력한 반발을 불러올 수 있습니다."

어느새 심각한 표정으로 바뀐 문 차장이 눈빛을 번뜩이며 물었다.

"5퍼센트로 농축된 이 우라늄 물질은 어떻게 할 생각이오?"

그때 차 소장이 대신 대답했다.

"이건 월성 원자력 발전소로 보내질 것이오. 거기서 우리 손으로 만든 최초의 핵연료를 시험할 겁니다. 그리고 문 차장이 궁금해 할 것 같아서 내 미리 밝혀두겠소. 이번 실험에 사용된 레이저 장비는 해체를 해서 현재 특수 보관실 캐비닛에 보관해놓은 상태요."

"장비 해체?"

그가 크게 놀란 표정을 지었다. 그러나 문 차장은 이내 고개를 끄덕였다.

"좋소, 후속적인 일들에 대해서는 좀 시간을 갖고 생각해봅시다. 그럼 내가 다시 연락하리다."

그가 말을 마치고 실험실을 나가자 차 소장이 민 박사를 향해 환하게 웃으며 입을 열었다.

"민 박사 팀이 이번에 우리 원자력계를 위해 아주 큰일을 했소. 식민지 조립공이었던 그간의 후진국 수준에서 벗어날 수 있는 큰 계기가 마련됐소. 하하!"

차 소장의 호탕한 웃음소리가 실험실 내에 울려 퍼졌다.

"정치하는 사람들은 너무 조급해서 탈이야. 항상 자기 임기 내에 가시적인 성과를 얻으려다가 일을 그르치지. 과학자에게 진정한 조국은 바람처럼 스쳐지나가는 정권이 아니오, 이 말을 명심하시기 바라네. 우리 실험은 정권에 관계없이 차분히 계속되어야 하오."

소장이 한동안의 웃음을 멈추고 심각한 표정으로 민 박사를 쳐다보았다.

"민 박사! 사실은 최근 한창혁 바사를 만났네. 자네를 만난 이후 니에게도 연락을 취했더군."

"한 박사님을 만나셨습니까?"

소장의 안색이 어두웠다. 아마도 한 박사의 병세가 좋지 않아서일 것이라고 민 박사는 생각했다.

"한 박사를 만났을 때 충격적인 이야기를 들었네. 자네가 다녀간 뒤 며칠 후 한 박사가 괴한에게 피습 당했어."

"네? 피습이라고요?"

민 박사가 깜짝 놀라 되물었다.

"괴한이 한 박사한테서 무엇인가를 알아내려 했던 것 같아. 불행 중 다행히도 피습을 당할 때 한 박사는 제정신이 아니었어. 그래서 괴한은 뭘 찾으려 했는지 병실을 뒤집어놓고 돌아갔지. 다음 날 아침 회진하러온 간호사가 박사의 목과 팔에 난 상처를 보고 깜짝 놀라서 묻자 한 박사도 전날 일어난 일을 짐작했던 같네."

"한 박사님은 얼마나 다치셨습니까?"

"크게 다치진 않았네. 그는 자기보다도 자네 팀의 안위를 걱정해서 나를 불렀네. 자네 연구에 대해 기대도 많았지만, 걱정도 많이 했네. 자네들의 안전에 신경 써달라고 신신당부하더군. 또 안전을 위해서는 비밀 유지가 무엇보다 중요하다고 강조했어. ……그가 요양원에 입원해 있는 모습을 보고 참 슬펐네. 조국을 위해 몸 바친 선배가 그런 몰골로 병원에 있는 걸 보니 참담했어."

"혹시 범인으로 짚이는 자가 있습니까? 문 차장을 의심하시는 건 아닙니까?"

"아직 확실한 증거가 없으니 섣부른 결론은 금물이겠지. 하지만 문 차장에게 의심의 눈길이 가는 것은 사실이네. 그 만큼 우리 일을 잘 아는 사람도 드무니까. 자네도 앞으로 자네 자신을 제외한 모든 사람을 의심하게. 지금부터 비상상황이네."

칠흑 같은 밤, 연구소 상공에 짙은 먹구름이 몰려들었다. 연구원들이 거의 퇴근한 건물 내에는 적막감이 찾아들었다. 멀리 보이는 도로 위에는 자동차 불빛들이 붉은색 꼬리를 늘어뜨리고 달리고 있었다.

그날 밤 연구동 3층 특수보관실에 검은 그림자 둘이 문틈에 연기 스며들듯 침입했다. 그들은 노련한 손동작으로 특수보관실 전자암호를 찾기 시작했다.

"찾을 수 있겠나?"

"염려 마십시오, 이 정도는 5~6분이면 가능합니다."

사내 하나가 자신의 손에 쥔 특수 암호 해독기로 전자 캐비닛의 암호를 찾아내기 시작했다. 암호 숫자 하나를 디지털 주파수로 바꾸어 잡아내는 데 걸린 시간은 불과 1분이 채 걸리지 않았다. 잠시 후 6자리 암호 숫자가 모두 파악됐다.

"다 됐습니다!"

대형 특수 케비닛의 전자 자물쇠가 풀리는 띠리링 소리가 정적에 휩싸인 특수보관실 내부에 경쾌하게 울렸다. 그는 이중 잠금장치를 위로 올린 후 앞으로 잡아 당겼다. 문이 부드럽게 열렸다. 뒤에 서 있던 자가 손전등으로 내부를 비추었다. 순간 그들은 눈앞의 광경에 비명을 지를 수밖에 없었다.

"앗!"

당연히 안에 있어야 할 레이저 장비 부품이 없었다. 캐비닛은 텅텅 비어 있었다. 텅빈 케비닛 앞에 서 있는 두 사내 중 하나의 얼굴이 심하게 일그러졌다. 손전등을 든 손이 가볍게 떨리면서 손전등의 불빛도 따라 떨리면서 캐비닛 내부를 어지럽게 비췄다. 그들은 특수보관실 내부 구석구석을 다 살폈다. 하지만 아무 흔적도 찾을 수 없었다. 레이저 장비는 완벽히 사라졌다.

모자 씌우기

"대체 어디로 옮긴 거지?"

"다른 곳으로 옮긴 것이 아닐까요?"

"좋아, 나를 따라오게!"

그들은 특수보관실을 나와 지하 비밀 실험실로 뛰었다. 신분 노출의 위험이 있는 엘리베이터 대신 불 꺼진 복도를 지나 비상계단을 이용해 지하 비밀실험실로 향했다. 이번에도 한 사람이 비밀 실험실의 전자잠금장치를 가볍게 해제하고 문을 열었다. 감시 카메라가 없다는 것을 아는 나머지 한 명이 실험실의 전원 스위치를 찾아 올렸다. 텅 빈 실험실 풍경이 눈에 들어왔다. 아무것도 없었다. 테이블 위에 놓여 있던 5퍼센트 고농축 우라늄 물질도 어디론가 사라진 뒤였다.

"제길, 모든 게 깨끗이 정리됐군. 끝까지 나를 못 믿겠다는 건가? 도대체 이렇게까지 완벽하게 나를 따돌리는 저의가 의심스럽군. 아무래도 수상해!"

급하게 달려오느라 거친 숨을 몰아쉬며 화를 내는 이는 다름 아닌 문 차장이었다.

"혹시 외부로, 그러니까 연구원 밖으로 옮긴 것은 아닐까요?"

그때 그가 뭔가 짚이는 것이 있는지 눈빛을 반짝였다.

"특수보관실로 다시 가보지!"

"특수보관실로요?"

"틀림없이 보관실 내 어딘가에 단서가 남아 있을 거야."

그들은 다시 보관실로 가서 캐비닛에서부터 보관실 구석구석을 재수색했다. 그렇게 30분쯤 지났을 무렵이었다.

"이것 좀 보십시오!"

문 차장과 함께 온 요원이 소리쳤다. 그의 손에 뭔가가 들려 있었다. 특수 캐비닛 밑면과 바닥 사이 좁은 틈에서 뭔가를 발견한 것이다. 문 차장은 손전등으로 그가 손에 든 것을 이리저리 비추며 자세히 살폈다. 이윽고 문 차장의 얼굴에 회심의 미소가 번졌다.

그날 밤 늦게 숙소에 돌아온 민 박사는 고농축 우라늄 물질 추출 실험에 성공했다는 흥분과 낮에 있었던 문 차장과 차 소장의 언쟁을 떠올리자 좀처럼 잠이 오지 않았다. 뒤척이던 그는 자리에서 일어나 책상으로 향했다. 책상에 앉아 스탠드를 켜자 눈앞에 아버지의 일기장이 보였다. 그는 그걸 꺼내들고 읽기 시작했다.

아버지의 일기장은 일기 형식이라기보다는 대통령과의 대화를 가능한 한 그대로 옮겨놓은 일종의 녹취록 형식이었다. 그중에 특히 눈을 사로잡는 대목이 있었다. 한 박사로부터 얼마 전에 들었던 아버지의 비밀 프랑스행 대목이었다.

1978년 6월 2일.
청와대로부터 늦은 시간에 부름을 받았다. 청와대 관저에 도착한 나를 비서실장이 대통령 서재가 있는 2층으로 안내했다.
"어서 오십시오. 궂은 날씨에 오시느라 고생이 많으셨습니다. 각하께서 서재에서 기다리고 계십니다. 저를 따라오시죠."
그는 늦은 시간인데도 대통령 곁을 떠나지 못하고 있었다. 나는 비서실장을 따라 대통령이 있는 2층 서재로 향했다. 2층으로 오르는 계단 바닥은 윤이 났고 손길을 탄 계단 손잡이에는 세월의 흐름이 빛나고 있었다. 서재로 올라가는 동안 관저 밖 빗방울은 점점 굵어졌다.
"민일용 박사님을 모시고 왔다고 말씀드리게!"

"안으로 들어가시죠, 기다리고 계십니다."

서재를 지키고 있던 경호원이 비서실장과 나를 안내했다.

"각하, 민일용 박사님 모시고 왔습니다!"

비서실장이 안을 향해 보고했다.

"안으로 모시고 오게!"

대통령의 카랑카랑한 음성이 들려왔다. 안으로 들어서자 책을 읽고 있던 대통령이 안경을 벗고 반갑게 나를 맞았다.

"어서 오시오. 민일용 박사! 이쪽으로 와 앉으시오!"

대통령의 서재에는 수많은 책들이 빈틈없이 꽂혀 있었다. 몇 번은 봤을 만한 책들에서부터 최근 들여온 듯한 책들까지 빼빽했다. 서재에 꽂힌 책들 속에서 대통령의 고독을 느낄 수 있었다. 대통령은 영부인을 잃고 난 뒤부터는 서재에서 보내는 시간이 부쩍 많아졌다.

"농민들은 비가 너무 안 와도 걱정이지만 비가 너무 와도 걱정이요. 하지만 우리 농촌도 이제 과거의 천수답 수준에서 많이 벗어났지 않았소?"

나는 대통령의 말이 내게 묻는 질문인지 분명치 않아 고개만 가볍게 끄덕였다. 예년보다 일찍 시작된 장맛비가 서재 창밖 감나무를 흔들며 주룩주룩 흘러내리고 있었다. 비바람이 나뭇잎을 흔들며 내는 스산한 소리가 빗소리와 묘한 조화를 이루고 있었다.

이따금씩 창문이 흔들렸다. 대통령이 그런 창 밖 광경을 잠시 쳐다보더니 입을 열었다.

"이거 대추차요, 누가 불면증에 좋다고 가져다줘서 마시고 있는데, 민 박사도 드셔보시오."

대통령은 불면증에 시달리고 있었다. 대통령이 손수 따라준 대추차의 진한 향이 코를 자극했다. 이윽고 차 한 모금을 입에 머금은 대통령이 사람을 빨아들이는 우수에 찬 눈으로 나를 바라보며 천천히 입을 열었다.

"민 박사! 아무래도 우리의 대북 억지력 확보 시점을 당초 목표보다 앞당겨야겠소. 미국이 우리의 핵 사업 재개를 눈치 채기 전에 말이요, 요즘 와서 미국이 청와대를 향해 쏘아대는 감시 전파가 전례 없이 강해졌소!"

미국이 청와대를 감시하기 위해 최근 장비와 인력을 대폭 보강했다는 얘기를 들은 기억이 났다.

"이렇게 궂은 날씨에 민 박사를 오라고 한 것도 사실은 미국의 도청을 피하기 위해서요. 비가 많이 내리면 미국의 도청 능력이 크게 떨어지지요."

찻잔을 입에 대는 대통령의 눈빛이 빛났다. 찻잔을 테이블 위에 가볍게 내려놓더니 대통령이 다시 입을 열었다.

"이제 더 이상은 미국을 믿을 수 없소. 미국이 우리를 제쳐두고 북한과 중국, 소련과 수차례 뒷거래를 한 정황이 파악됐소. 게다가 미국이 프레블로 호 사건 때 북한과 무슨 뒷거래를 했는지 지금도 모르오. 그리고도 미국을 진정한 우리 우방으로 볼 수 있겠소? 더 심각한 건 미국이 우리 원자력 발전 사업은 사사건건 방해하면서, 일본에게는 핵 재처리를 허용하려는 움직임을 보이고 있다는 기요. 일본의 핵 재처리 시설 본격 가동은 이제 시간문제요. 앞에서는 북한의 군사 위협이, 뒤에서는 일본의 핵 위협이 가시화되고 있소. 나는 이걸 대단히 우려스럽게 보고 있소. 그런데 내가 무슨 얘기를 해도 야당과 언론은 나를 의심하니 답답한 노릇이오."

대통령은 찻잔을 다시 들어 한 모금 마셨다. 찻잔 옆에는 담배갑이 놓여 있었지만 담배에는 좀처럼 손대지 않았다. 영부인 역할을 하고 있는 영애, 근혜와의 약속 때문이었다.

그날 가까이서 본 대통령의 얼굴에는 검은 점들이 군데군데 눈에 띄었다. 검버섯이었다. 야당과 언론에서는 박 대통령을 독재자라고 불렀다. 권력 욕심 때문에 육영수 여사를 잃고 미군마저 한국을 떠나려 한다고 비난하고 있었다.

"내가 핵보유를 고집하는 이유는 다른 게 아니오. 지금 미국이 우리에게 어떻게 하고 있소? 주한미군 주둔을 이유로 내세워 걸핏하면 우리 국정에 간섭하고 있소. 사사건건 자기들의 잣대로 한국의 민주주의와 인권을 문제 삼고 있지 않소. 이것은 명백한 내정 간섭이고 공갈 협박이오. 그뿐이오? 뒤로는 자신들의 무기를 사라고 강요하고 있지 않소."

대통령의 눈빛이 어느새 분노로 일렁이고 있었다.

"민 박사가 이번에 프랑스를 다시 한 번 극비리에 다녀와야 하겠소. 이번 프랑스행은 지난 번과 달리 더 조심해야 할 거요. 현지 대사가 이미 사전 작업은 다 해놓았소. 민 박사가 프랑스 현지 전문가를 만나서 협상을 마무리해주시오."

대통령이 내 얼굴을 똑바로 쳐다보며 특별 임무를 내렸다. 내가 답변할 차례였다.

"알겠습니다. 그리 하지요."

박정희 대통령이 테이블 위에 놓여 있던 밤색 서류가방을 건넸다.

"이걸 갖고 가시오. 내가 해외 나갈 때 종종 사용하는 가방이오. 사용 용도에 대해선 경호실장이 나중에 설명할 것이오. 박사, 건투를 빌겠소!"

청와대를 나온 차가 광화문을 지나 조명이 환히 밝혀진 남대문 곁을 지날 때 대통령의 마지막 말이 떠올랐다.

"민 박사, 핵무기만 완성되면 나는 한국에 그 어느 나라보다도 수준 높은 민주주의를 도입하고 곧바로 대통령직에서 물러날 거요. 그때가 되면 '안보가 있고 나서 평화도 있고 민주주의도 있다'는 내 말을 국민들도 이해하게 될 겁니다. 그 전까지는 누가 어떤 욕을 해도 내 길을 갈 생각이오. 내가 죽고 나서 20년 후, 30년 후에 내 무덤에 침을 뱉을 자는 많지 않을 거요."

'미국과의 이 위험한 숨바꼭질을 언제쯤 끝낼 수 있을까?'

집으로 향하는 차 안에서 왠지 우울한 느낌을 떨칠 수 없었다. 박 대통령이 미국과 위험한 게임을 벌이고 있다는 생각이 들었다. 차가 반포대교를 건널 때까지도 박 대통령이 매우 위험한 상황에 처해 있다는 불안감이 떠나지 않았다.

"박사님, 아까부터 뒤를 따라오는 차가 한 대 있어서 코스를 좀 바꾸겠습니다."

나는 그의 말에 놀라서 뒤를 돌아보려 했다.

"뒤를 돌아보지 마십시오! 청와대를 24시간 감시하고 있는 미 CIA 차량입니다. 박사님은 제가 안전하게 모시겠습니다."

운전자는 시내를 여러 군데 돌아서 나를 집에 내려주고 돌아갔다. 때문에 30분이면 도착할 거리를 1시간 걸려 도착했다.

"미행 차량을 따돌렸습니다. 이제 편히 쉬십시오."

1978년 4월 21일 프랑스 파리 오를리 공항.

모자 씌우기

파리에서 대통령의 특명을 성공리에 마치고 비행기에 올랐다. 대한 항공 902편 보잉 707 기내에는 프랑스에서 일을 마치고 귀국하는 한 국인들, 서울을 방문하는 외국의 상사원들, 프랑스 여행객들로 활기가 넘쳤다. 임무를 완수했다는 뿌듯함에 긴장이 풀어지면서 피로감이 몰려왔다. 눈을 감고 잠을 청하는데 중간 기착지인 앵커리지에 도착하기 직전 예기치 못한 사태가 발생했다. 비행기가 북극 항로를 이탈해 소련 영공으로 들어가는 불상사가 일어난 것이다.

"왜 바다가 안 보이고 육지가 보이지? 벌써 서울에 도착할 리 없는데……."

승객들이 술렁이기 시작했다.

"비행기가 항로를 잘못 든 것 아닐까?"

불안감이 기내에 번져갔다. 그때 비행기 창밖으로 거대한 물체가 나타났다. 꼬리 부분에 별 그림을 부착한 소련 전투기가 민항기 우측 정면에 나타났다. 소련 조종사가 비행기 날개를 좌우로 흔들기 시작했다. 우리 비행기 조종사에게 신호를 보내는 것이었다.

얼마 지나지 않아 갑자기 '꽝' 하는 굉음과 함께 비행기가 요동 쳤다. 소련 전투기가 비행기에 총격을 가한 것이다. 총격을 맞은 비행기 한쪽 날개 파편 일부가 창문을 뚫고 기내로 들어왔다. 기내는 승객들의 비명으로 아수라장으로 변했다. 뒤늦게 비행기 창 밖에서 거대한 소련 전투기의 모습을 발견한 승객들은 비행기 충격과 소음의 원인이 전투기라는 사실을 깨닫고 일순간에 패닉 상태로 빠져들었다. 그때 기장의 다급한 안내 방송이 흘러 나왔다.

"승객 여러분, 동요하지 마십시오. 이 비행기는 지금부터 소련 전투기 유도에 따라 비상착륙할 것입니다. 안전벨트를 단단히 매주시기 바랍니다."

'소련 영토에 비상착륙한단 말인가?'

승객들이 동요하기 시작했다. 나는 소련 전투기 조종사와 우리 비행기 조종사 간에 신호 오해가 있었음을 깨달았다. 그 결과 소련 전투기의 총격으로 승객 두 명이 사망하고 13명이 다쳤다. 공포의 와중에도 몇몇 승객이 부상당한 이들을 돌보았다. 나는 간발의 차이로 파편을 피했지만, 바로 옆자리에 앉아 있던 승객이 옆구리를 다쳤다. 만일 내 좌석이 옆 좌석이었다면? 생각만 해도 위험천만한 상황에서 운 좋게 벗어난 것이다.

"비행기가 급회전하니 안전벨트를 단단히 매주시기 바랍니다!"

안내방송이 거듭 흘러나왔다. 비행기는 멋대로 흔들렸다. 비행기가 소련 영공 위에서 갑자기 방향을 트느라 요동칠 때마다 승객들도 비명을 질렀다. 두 눈을 감고 두 손을 모아 간절히 기도하는 승객들도 있었다. 비명이 공포감을 더 확대시켰다.

다행히도 비행기는 소련 영토인 무르만스크 남쪽 200마일 지점의 얼어붙은 이만드리 호수에 무사히 비상착륙했다. 기적이었다. 다들 호수 얼음이 깨지지 않기만을 기도했다. 기장의 무사착륙을 알리는 안내방송이 나오자 승객들은 안도와 기쁨의 탄성을 질렀다. 그때였다. 비행기가 얼음 위에 착륙하자마자 어디선가 지프 차들이 달려와 비행기에 접근했다.

"승객 여러분, 자리에서 일어나지 마시고 그대로 앉아계십시오."

또 다른 불안감이 시작됐다. 잠시 후 소련 군인들이 무장을 한 채 기내에 들어와 화물칸을 철저히 수색하기 시작했다. 그들끼리 주고받는 말을 알아들을 수는 없었으나 표정에서 살벌한 기운이 묻어났다. 그들은 조금이라도 수상하다 싶으면 승객들에게 손가방도 열어 보게 했다. 승객들이 열어 보이길 주저하면 자신들이 직접 열었다. 나는 뭔가 이상하다는 느낌을 받았다.

'민간여객기가 불시착했는데 승객들 가방을 뒤지다니.'

그들은 조금이라도 의심되는 것이 있으면 철저히 수색했다. 나는 좌석 아래에 놓아두었던 가방을 무릎 위에 올려놓았다. 여차하면 가방 속 내용물을 파괴할 생각이었다. 그러나 다행히도 소련군들은 내 가방을 스쳐 지나갔다. 2시간가량을 수색하던 그들이 모두 내려갔다. 안도의 한숨이 절로 터져 나왔다.

'이제야 서울로 돌아가는구나.'

나는 그들이 비행기에서 내리는 것을 보고서야 가슴을 쓸어내렸다.

1978년 4월 25일.

비행기가 소련 무르만스크에 비상착륙한 지 사흘 만에 미국을 거쳐 서울로 돌아왔다. 다음 날, 청와대로 가는 차 안에서 조간신문을 읽었다. 신문은 온통 대한항공 902편 보잉 707기의 항로 이탈과 억류됐던 승객의 석방 소식을 다루고 있었다.

"민 박사, 고생 많았소!"

무사히 귀국한 나를 보자 대통령은 덥석 내 두 손을 잡고 반가워했다.

"정말 수고 많았소, 우리 비행기가 소련에 강제 착륙 당했을 때 내가 민 박사를 사지로 몰아넣은 게 아닌가 얼마나 조마조마했는지 모르오!"

대통령이 진심으로 나의 무사귀환을 기뻐하고 있음을 알 수 있었다. 나는 대통령에게 프랑스에서 가져온 문건을 건넸다. 대통령은 문건을 꼼꼼히 들여다보며 매우 흡족해 했다. 대통령은 엄숙한 표정으로 내게 말을 했다.

"민 박사의 어깨 위에 우리나라의 이 나라의 미래가 걸려 있소! 이 점을 명심해주시오."

대통령이 인터폰을 눌러 경호실장을 호출했다. 잠시 후 경호실장이 들어오자 대통령은 말했다.

"앞으로는 나를 경호한다고 생각하고 각별히 민 박사의 경호에 신경 쓰도록!"

"알겠습니다!"

"민 박사, 요즘은 중앙정보부도 믿기 힘든 세상이 됐소. 중요한 정보가 자꾸 미국으로 새나가니 말이오. 그래서 경호실장에게 민 박사 경호도 특별히 부탁한 것이오."

대통령 집무실을 나오자 경호실장이 말을 건넸다.

"대통령 경호실 직원이 민간인을 특별 경호하는 것은 매우 드문 일입니다. 아무튼 무사히 돌아오셔서 정말 다행입니다. 제 사무실로 함께 가서 잠깐 말씀 나누시지요."

나는 경호실장이 긴히 할 말이 있다는 것을 알아차렸다. 곧이어 경호실장의 집무실에서 그와 마주 앉았다.

"이번에 비행기 사고 때문에 각하께서 걱정을 많이 하셨습니다. 그런데 이번 사고는 아무래도 석연치 않은 점이 많습니다."

"무슨 말씀입니까?"

경호실장의 예상치 못한 말에 놀라서 내가 되물었다.

"우리 항공기가 항로를 이탈한 건 분명하지만 항공기가 소련 영공으로 들어간 과정이 상식적으로 잘 납득 가지 않는다는 것이 우리 전문가들의 판단입니다."

"항공기 내부의 기기 고장이 원인이지 않습니까?"

"조종사와 항법사 두 사람은 모두 베테랑들입니다. 그런 단순한 실수를 할 사람들이 아닙니다. 물론 겉으로 드러난 원인은 기기고장이지만, 다른 원인이 개입됐을 수 있습니다."

"다른 원인이라면?"

내가 놀란 토끼 눈을 하고 물었다.

"비행기의 통신기기가 무언가에 의해 임의로 작동 불능 상태에 빠졌을 가능성에 대해서 조사 중입니다."

나는 그의 말을 금방 알아들을 수가 없었다. 전문적인 분야이기도 했지만, 나는 음모론적인 시각에는 근본적으로 부정적이었다.

"이번에 박사님이 타신 항공기가 들어간 지역은 소련으로서는 아주 민감한 군사 지역이었습니다. 군사시설도 그렇지만 소련의 최첨단 기기들이 모여 있는 곳이기도 하지요. 서방에서는 지금 소련이 그 지역에서 어떤 특수 실험을 하고 있다고 의심하고 있습니다. 반면에 소련은 서방에서 민항기를 이용해 그 지역을 정탐하고 있다는 의심을 가지고 있지요. 어쩌면 이번 사건은 박사님과 제가 앞으로 해야 할 일과도 관련이 있을지도 모릅니다."

'특수 실험 지역?'

간단해 보이던 사건의 실체가 점점 복잡한 의혹 덩어리로 변해가는 느낌이었다.

"항공기 자이로 나침반은 여간해서 고장 나지 않는다는 게 전문가들 지적입니다. 갑작스런 장비 고장도 석연치 않고요. 더욱이 소련 측에선 우리 KAL기에 영공을 침해하지 말라는 신호를 보냈다고 주장하고 있습니다. 하지만 우리 승무원들은 육안으로 볼 수 있는 어떤 신호도 받은 적이 없다고 말하고 있어요."

나는 점점 등골이 오싹해지는 것을 느꼈다. 경호실장은 이번 소련 영토 강제 착륙 사건에 다른 숨겨진 비밀이 있을 수 있다는 점을 강하게 시사하고 있었다.

"우리 정보기관에 의하면 민 박사님의 파리에서의 행적을 북한 측 요원이 계속 추적해왔다고 합니다."

"……."

"라데팡스 거리에 소재한 북한 무역대표부 직원 하나가 박사님을 쭈욱 감시하고 있었습니다. 그는 북한 무역대표부 직원으로 위장한 북한 정찰국 소속입니다. 아마 우리와 프랑스 간의 접촉 움직임을 이상하게 생각해서 추적하고 있었던 것 같습니다."

'극비리에 추진한 프로젝트를 북한이 눈치챘다니.'

"그렇다면 북한이 이번 사고의 배후라는 얘기입니까?"

"처음엔 우리도 그렇게 의심하고 북한 측 요원의 행적을 추적했지요. 그런데 그럴 가능성이 매우 희박하다는 결론을 내렸습니다."

경호실장의 설명을 듣자니 갈수록 오리무중이었다.

"파리에서 박사님의 행적을 제일 잘 아는 이들은 프랑스 정보기관 아니겠습니까? 그들은 박사님의 프랑스행이 시작되기 전부터 우리 정보기관과 매우 협력적인 관계에 있었습니다. 프랑스 정보기관 설명에 의하면 북한이 파리에서 활동을 하고는 있지만, 그들의 일거수 일투족을 파리 정보기관에서도 다 체크하고 있다는 겁니다. 그래서 파리에서의 활동에 상당히 제약을 받고 있지요."

경호실장이 잠시 침묵을 지키다가 말을 이었다.

"프랑스 방문 기간 동안 박사님을 현지에서 에스코트한 우리 요원이 프랑스 국영 에너지 기업 인근 거리에서 당한 차량 피해사고 기억하십니까? 그 가해 차량을 프랑스 정보기관에서 오랫동안 추적했습니다. 그 결과 그 차량이 미국 정보기관과 모종의 연계가 있다는 의심을 갖게 됐습니다."

실제로 프랑스에서 민 박사를 에스코트하던 현지 중정 요원의 차량이 프랑스의 국영 에너지 기업 인근 거리에서 정체불명의 차량과 크게 접촉사고를 당했다. 가해 차량은 뺑소니를 쳤고 도난 차량인 것으로 밝혀졌다.

"미국 정보기관과 모종의 연계라면 어떤 뜻입니까? 증거가 있나요?"

"아직 뚜렷한 증거는 확보하지 못했습니다만, 프랑스 현지 정보기관에서는 CIA와 직간접적으로 관련된 자들이 저지른 소행일 가능성이 크다고 보고 있습니다. 그들은 돈만 주면 무슨 일이든 하는 매우 위험한 집단입니다. 그들이 민 박사와 프랑스 정부에 일종의 경고를 보낸 사건으로 추정하고 있습니다."

"그들이 어떻게 파리까지 저를 미행했을까요?"

내가 궁금하던 점을 물었다.

"아마도 한국에서부터 박사를 미행했던 것 같습니다. 청와대는 24시간 감시당하고 있습니다. 박사님이 청와대에서 박정희 대통령을 만난 걸 알고 그때부터 미행했던 것 같습니다."

이윽고 등에 소름이 돋았다. 살아 있는 것만으로도 행운이라고 느껴졌다.

"민 박사가 탄 비행기가 강제 착륙해 있을 때 대통령께서 소련 당국에 전례 없는 성의를 보였다는 것을 박사님도 아실 겁니다. 미국과 적대관계에 있는 소련에게 아주 호의적인 태도를 보인 겁니다. 그 점을 잘 생각해보면 뭔가 이번 사건 관련해 실마리가 잡힐 겁니다."

소련 당국은 박정희 대통령의 이런 공손한 요청 덕분인지 억류 3일 만에 승객들을 석방했고 기장과 항법사는 10일 만에 석방했다.

"대통령께서는 이번 사고 원인을 미국보다는 소련에서 찾는 게 더 나을 수도 있다는 판단을 하신 것 같습니다. 왜냐면 블랙박스를 소련 당국이 갖고 있기 때문입니다. 저도 각하의 그런 판단에 공감했습니다."

역시 블랙박스만 있다면 의혹투성인 이번 사건 원인의 실마리를 찾을 수 있을 것 같았다.

"하지만 블랙박스 내용을 소련 당국이 공개할지 의문입니다. 특히 이번 사건에 감춰진 배후가 있다면 더 그렇겠지요."

경호실장이 잠시 말을 끊었다가 재개했다.

"소련은 절대 그 블랙박스를 우리나 국제기구에 넘기려 들지 않을 겁니다. 왜냐하면 두 초강대국들은 서로 대립 관계이긴 하지만, 종종 협력해서 얻는 이익도 크기 때문입니다. 한 가지 실례를 들어드리지요. 지난 1960년대 초반 미·소 두 나라 정보기관 수장들이 극비리에 뉴욕과 모스크바를 오가며 비밀 회담을 가졌습니다. 거기서 그들은 우선적으로 핵확산을 막기 위해 협력하기로 비밀 조약을 맺었습니다. 그것이 확대된 것이 오늘날 NPT(Nuclear Non-Proliferation Treaty: 핵확산금지조약)입니다. 두 나라는 NPT 체제 출범 이후에도 비밀 모임을 계속 갖고 있지요. 이렇듯 초강대국들 간의 이해가 한·미 간의 이해보다 앞서는 경우가 종종 있을 수 있습니다. 핵보유 선두국인 프랑스가 이번 일로 미국과 상당 기간 냉각 상태로 접어들게 될 것 같습니다."

경호실장의 자세한 설명이 이어지면서 국제사회의 얽히고설킨 이면이 드러났다.

"앞으로 박사님에 대한 경호를 1급 경호로 상승시키게 될 것입니다. 대통령 다음의 경호 수준이라고 보시면 됩니다. 그러나 박사님께서도 스스로 조심하셔야 할 것입니다. 저들이 언제 민 박사님을 노릴지 알 수 없는 일입니다."

나는 말없이 고개를 끄덕였다.

"박사님, 그런데 이번 사건에서 불행 중 다행인 점이 하나 있습니다. 소련이 누군가로부터 정확하지 못한 정보를 받았을 수도 있다는 겁니다. 한국이 지난 70년대 초반처럼 화물칸에 핵 재처리 관련 장비를 싣고 간다는 정보를 받았던 모양입니다. 그래서 비행기를 강제로 착륙시켜놓고 화물칸을 집중적으로 뒤졌고 승객의 화물은 대충 넘어간 게 아닌가 싶습니다."

민 박사는 일기를 읽어 내리면서 현재와 과거를 오갔다. 이 모든 것은 오늘의 그 자신에 관한 얘기이기도 했다.

'적의 적은 친구가 될 수 있다는 건가? 적대 관계인 두 나라가 한국의 핵문제를 놓고 뒷거래를 했다는 말인가? 어떻게 이런 일이 있을 수 있나.'

그는 아버지가 겪었던 죽음의 공포가 자신에게도 밀려오는 것을 느꼈다. 아버지가 그랬듯이 어쩌면 자신도 비슷한 상황에 서게 될지 모른다는 불길한 예감이 들었다. 민태준은 비행기 총격 때 아버지가 겪었을 혼란과 요동, 그리고 총격 소리가 자신의 온몸을 휘감는 기분이었다. 머리가 어지러워졌다.

민 박사는 갑작스레 환청을 들었다. 자신을 향해 다가오는 발자국 소리였다. 멀리 떨어진 소리였지만 분명히 들렸다. 발자국 소리가 점차 크게 들려오더니 연구실 문 앞 가까이 다가왔다. 잠겨 있던 문이 열리고 빛나는 물체가 눈에 들어왔다. 권총이었다. 권총을 쥔 손이 눈에 이어 침입자의 얼굴을 가리고 있던 안개가 서서히 걷혔다.

"안 돼!"

그가 소리쳤다. 꿈이었다. 동시에 그는 전화기 쪽으로 얼굴을 돌렸다. 전화벨이 울리고 있었다. 서둘러 수화기를 집어 귀에 대자 뚜뚜뚜 하는 신호음만 들렸다. 꿈에서 느꼈던 공포의 흔적이 여전히 남아 있었다. 일기장을 읽다가 그만 책상에서 잠이 든 것이다.

어디부터가 꿈이고 어디부터가 현실인지 구분이 가지 않았다. 꿈에서 본 침입자의 얼굴을 기억해보려 애썼지만 떠오르지 않았다. 피로가 엄습해왔다. 그는 일기장을 눈에 잘 띄는 곳에 두고 다시 잠을 청했다. 일기장을 가지고 오라는 차 소장의 말이 생각난 것이다.

"내일 올 때 아버지 일기장을 갖고 이 메모지에 적힌 장소로 오게. 단, 아무에게도 자네 행선지를 알려서는 안 되네."

충북 괴산의 보물찾기

다음날 아침 민 박사는 서울로 향하는 고속도로를 달리고 있었다. 소장이 전날 은밀히 준 메모지에 적힌 장소를 찾아가는 중이었다. 그곳은 생소하고 들어보지도 못한 장소였고, 메모지와 지도를 동시에 이용해 찾아야만 하는 곳이었다. 박사는 차를 몰며 곰곰이 생각했다.

'왜 군이 연구소에서 멀리 떨어진 곳에서 만나자고 했을까?'

그는 아침 일찍 문현수로부터 받은 전화 한 통이 마음에 걸렸다.

"민 박사, 일어났군요. 간밤에 전화를 여러 번 했소. 지금부터 내가 하는 말을 잘 들으시오. 차 소장이 아무래도 개인적인 야심을 갖고 있는 것 같소. 틀림없이 무슨 일을 꾸미고 있는데 그게 뭔지 통 알 수가 없소. 그러니 민 박사가 잘 살펴보시오."

그는 밑도 끝도 없이 불쑥 차 소장을 의심하는 얘기를 꺼냈다.

"갑자기 그게 무슨 소리입니까?"

"내 말 오해하지 말고 잘 들으시오. 간밤에 특수보관실 캐비닛에 보관되어 있던 레이저 장비가 분실됐소, 사라졌단 말이오!"

민 박사는 그 말에 갑자기 몸이 땅으로 꺼지는 듯했다. 모든 게 간밤에 자신이 겪었던 악몽과 오버랩됐다. 하지만 그가 레이저 장비 분실을 어떻게 알았는지 궁금했다.

"그 사실은 어떻게 알았습니까?"

"이보시오, 민 박사! 나는 이 일과 관련한 모든 걸 알고 확인해야 할 의무가 있는 사람이오, 나를 의심하지 마시오. 다른 의도는 없소."

문 차장의 약간 성난 음성이 수화기 타고 흘러나왔다

"아무래도 내 생각엔…… 차 소장이 의심스럽소. 민 박사는 믿기 힘들겠지만."

"무슨 근거로 그런 말씀을 하시는 겁니까?"

"사고 현장에서 차 소장과 관련한 증거가 나왔소."

민 박사는 문 차장의 계속되는 설명을 대꾸 없이 듣고만 있었다. 세계 최첨단 기법으로 고농축 우라늄 물질을 추출하는 데 성공한 일로 환희했던 것이 불과 하루 전이었다. 그 하루 사이에 모든 상황이 충격적으로 뒤바뀌고 있었다. 무엇보다도 레이저 장비 분실이 큰 사고였다. 차 소장이 갖고 있다면 다행이겠지만, 만일 이것이 외부 세력에게 넘어갔다면 큰 문제였다. 불똥이 어디로 튈지 알 수 없었다. 장비에는 이번 실험에 대한 수많은 비밀이 녹아 있었다. 민 박사는 머릿속이 복잡해졌다. 쉽게 결론이 날 것 같지 않았다. 일단 차 소장을 만나 확인하는 것이 급선무였다. 그러나 민 박사는 문 차장에게 자신이 지금 차 소장을 만나러 가는 길이라는 사실을 밝혀야 할지를 놓고 고민했다. 하지만 차 소장은 주위 아무에게도 행선지를 알리지 말고 오라고 당부하지 않았는가.

"민 박사! 지금 내 말 듣고 있는 거요? 내 말을 명심하시오. 모두 민 박사가 염려돼서 하는 얘기요! 혹시라도 의심되는 정황이 발견되면 즉시 알려주시오!"

민 박사는 결국 행선지를 얘기하지 않고 전화를 끊었다. 잠시 혼란스러웠다. 차가 서울 방향 톨게이트를 빠져나가자 소장과 만나기로 한 목적지를 향해 속도를 냈다.

톨게이트에서 빠져 나와 약 1시간 30분가량 지나자 소장이 언급한 충북 괴산군 초입에 도착했다. 거기서 다시 메모지에 적힌 구체적 장소를 찾아가야 했다. 그는 차를 갓길에 세워놓고 지나가는 주민에게 물었나

"요동리 황석을 가려면 어느 방향으로 가야 합니까?"

"황석은 잘 모르겠고, 요동리로 가려면 저쪽 두 번째 사거리에서 왼편으로 꺾어서 10키로 정도 더 들어가야 할 거유."

마을 주민이 친절하게 대답했다.

"감사합니다."

박사는 머리를 숙여 고마움을 표시하고는 차를 계속 몰았다. 가다 보니 요동리라고 적힌 팻말이 나타났다. 그러나 황석이라는 곳은 모습을 드러내지 않는다. 그가 가진 지도에도 황석은 없었다. 박사는 할수 없이 다시 차에서 내려 길 가던 일흔이 넘어 보이는 노인에게 길을 물었다.

"말씀 좀 여쭙겠습니다, 어르신. 요동리 황석이란 곳을 찾아가고 있습니다. 어디로 가면 될까요?"

"어디 말이우?"

노인이 귀가 어두운 듯 다시 물었다.

"요동리 황석을 찾아가고 있습니다."

그러자 그가 박사를 이상한 사람이라는 듯이 위아래로 살펴보더니 잘라 말했다.

"어디서 온 사람인 줄은 모르겠소만, 그런 곳은 우리 마을에 없소!"

'그런 곳이 없다고?'

박사는 노인의 대답에서 뭔가 감추고 있다는 느낌이 들었다. 그가 소장이 건네준 쪽지를 다시 살펴보았다. 틀림없이 요동리에서 황석을 찾으라고 쓰여 있다.

"황석은 없는 지명입니까?"

"그렇소. 지명으로는 그런 곳이 없수다, 내가 이 마을에 40년을 산 사람이오."

대답을 마친 노인은 민 박사의 얼굴을 한참동안 말없이 쳐다보았다.

'지명으로는 없다고?'

"노인장, 그러면 혹시 지명 말고 그런 비슷한 이름을 가진 곳은 있을까요?"

이번에도 노인은 민 박사의 얼굴을 한참동안 처다보더니 썩 내키지 않은 듯 입을 열었다.

"오래전에 비슷한 이름을 가진 곳이 한 곳이 있었던 것 같소만……. 그런데 거긴 왜 찾는 것이오?

민 박사는 대답하기가 난감했다. 왜냐하면 황석에 대해 아는 것이 없었기 때문이다.

"저는 이 일대의 지리를 연구하는 사람입니다. 혹시 그곳이 어디인지 아십니까?"

박사가 대답을 적당히 둘러댄 후 조심스럽게 되물었다. 노인은 이 대답의 진실성 여부를 가리려는 듯 한참동안 그의 눈빛을 바라보다가 입을 열었다.

"무슨 광산 이름 같았는데……."

"광산이요?"

민 박사가 솔깃해진 표정으로 되물었다.

"저 앞에 산이 하나 보이지요? 저 산 너머 어디에 예전에 광산이 하나 있었는데, 아마 그 광산 이름이 내 기억에 황석이었던 것 같소. 하지만 지금은 폐광된 지 오래 됐수다."

"황석이 광산 이름이란 말씀인가요?"

"내 기억으론 그렇소."

노인이 대답했다. 민 박사는 노인의 표정을 바라보며 황석에 어떤 사연이 담겨있다는 것을 느꼈다.

"한때 외지 사람들이 거기서 뭘 캔다고 몰려들었지만 무슨 이유에서인지 곧 문을 닫았소. 그런데 그 사람들이 거기서 일하면서부터 우리 마을에 몹쓸병이 돌아서 주민들이 죽고 병으로 고생했소. 물맛도 이상해지고 말이오. 그래서 우리가 관청에 강력 항의를 했던 기억이 나오. 아마 그때 그 사람들이 무슨 지하수를 건드렸던 것 같소. 어쨌든 그러더니 얼마 안 가서 문을 닫습디다. 우리 항의가 먹혀 들어간 것이지는 잘 모르겠소만. 그리고 몇 달 있다가 또 다른 누군가가 와서 한동안 보물인가 금괴인가를 찾는다고 난리를 피우더니 거기도 곧 포기하고 나갑디다."

"보물이나 금괴요?"

"이보시오, 젊은 양반. 거기는 저주받은 곳이오, 혹시 당신도 그 광산에 관심을 갖고 온 거라면 생각을 접는 것이 좋을 게요. 우리 마을에도 아주 안 좋은 영향을 준 곳이오. 그래서 마을 사람들은 물론 아이들도 저주받은 곳이라 해서 그 근처에는 아예 가지를 않소."

노인은 과연 마을에서 40년을 산 사람답게 마을의 과거사를 꿰뚫고 있었다.

"어르신, 감사합니다. 자세히 설명해주셔서. 절대 우려하시는 그런 일은 없을 것입니다."

노인이 박사를 한동안 바라보더니 다소 온화해진 표정으로 입을 열었다.

"예전에 닦아놓은 도로가 그대로 있으니 찾기 어렵지는 않을 것이오. 저 길을 따라서 산자락을 끼고 좀 가다보면 오른쪽으로 얕은 언덕과 언덕 사이로 난 길이 보일 거요. 풀이 많이 우거져 있을 게요. 약간 위로 경사진 도로인데, 그 도로를 타고 10분가량 더 가면 흔적을 찾을 수 있을 거요."

"감사합니다."

박사는 거듭 감사를 표시하고 노인이 알려준 대로 차를 몰았다. 비록 비포장도로였지만 도로가 아예 없는 것보다는 나았다. 그때 검은 차 한 대가 그의 차 뒤를 멀리 떨어져 따라오기 시작했다. 이 차는 숙소부터 따라붙었지만 민 박사는 오는 내내 그 차를 전혀 눈치 채지 못했다.

길은 좁았고 사람이나 차량이 거의 다니지 않는 듯 도로 주변이 어수선했다. 얼마를 더 달리자 길가에 세워둔 낡은 팻말 하나가 눈에 들어왔다.

'황석광 5킬로미터!'

반갑긴 했지만 폐쇄된 광산의 팻말이 아직 그대로 있다는 게 이상하기도 하고 신기하기도 했다. 그가 차를 약 5분가량 더 몰자 노인이 일러준 대로 오른쪽에 양쪽 언덕 사이로 길이 하나 나 있었다. 풀이 너무 우거져 시야를 방해받긴 했지만 큰 어려움은 없었다. 경사진 산길을 따라 좀 더 차를 모니 이윽고 넓고 평편한 지역이 눈에 들어왔다. 역시 잡초가 무성했지만 한때 무수한 차량들이 이용했을 법한 인위적으로 조성한 넓은 공간이었다.

서서히 차를 몰아 주위를 살피던 중 멀리 눈에 익은 차량이 한 대 보였다. 소장의 지프였다. 소장은 이 지프를 원광석 채취 목적으로 탐사할 때 종종 이용하곤 했다. 박사는 소장의 지프 옆에 자신의 차를 세웠다.

'제대로 찾아왔군!'

차를 세워둔 곳에서 동쪽 방향으로 약 50미터 정도 떨어진 곳에 낡은 시설물이 눈에 들어왔다. 한 때 이곳에 있던 갱 출입구가 틀림없다고 민 박사는 생각했다. 그것은 시설물이라기보다는 노인의 말대로 과거의 흔적이라고 표현하는 것이 맞을 것 같았다. 오래전 폐쇄된 광산이라는 것을 말해주듯이 갱의 출입구는 온통 낡고 허물어져가고 있었다. 글자가 훼손된 채로 먼지에 파묻혀 있는 낡은 간판만이 한 때 이곳에 갱이 있었음을 말해주고 있었다 . 박사가 갱의 입구를 향해 걸어가자, 민 박사를 따라온 자도 멀리서 걸음을 옮겼다.

갱의 입구로 들어서니 굴이 무너지는 위험을 막기 위해 양쪽 벽과 천장에 여기저기 나무 기둥을 세워놓은 것이 눈에 들어왔다.

'소장은 왜 이런 곳에서 나를 만나자고 했을까?'

민 박사는 이 광산의 정체가 궁금해졌다. 광산의 정확한 실체에 대해선 마을 주민들도 모르고 있는 것 같았다. 민 박사는 미행하는 자가 있다는 사실을 전혀 눈치 채지 못한 채 갱도 안으로 천천히 걸음을 옮겼다. 박사를 뒤따라오던 자도 갱 입구 쪽으로 서서히 접근했다.

갱 안에 들어와 보니 밖에서 보기와는 달리 넓고 천정이 높았고, 아름다운 자연 동굴의 모습을 하고 있었다. 이곳이 광산이 맞는다면 자연 동굴 속에 지하 광물이 매장되어 있는 셈이었다. 게다가 기형의 바위들이 마치 기둥처럼 여기저기 세워져 있어서 영화 속 미로 같은 모습이었다. 밖에서 들어온 빛이 동굴 안에 미세한 조명 역할을 해주었지만, 빛이 점점 희미해지면서 곧 칠흑같이 컴컴한 어둠 속에 묻혀버렸다. 민 박사는 더 이상 들어갈 수 없자 걸음을 멈추고 소장을 불렀다

"소장님, 저 왔습니다!"

그의 말이 메아리가 되어 고요한 동굴 내부에 울려 퍼졌다. 동굴 안은 습도가 높아 눅눅했다. 어디선가 물방울이 떨어지는 소리도 들렸

다. 박사의 외침에도 아무 대답이 없자 그가 다시 소장을 불렀다.

"소장님, 저입니다!"

또 다시 그의 소리가 동굴 안에 메아리처럼 울려 퍼졌다. 이번에도 대답이 없어 돌아서려는 순간, 멀리서 응답이 들려왔다.

"알았네, 거기서 기다리게!"

희미한 대답이 동굴 안쪽 멀리서 들려왔다. 잠시 후 암흑 속에서 희미한 불빛이 이리저리 흔들리며 차츰 가까이 다가왔다. 소장은 손에 전등을 들고 연구소 작업복 대신 일반 작업복을 입고 있었다.

"오는 데 어려움은 없었나?"

"네, 괜찮습니다."

박사는 일반 작업복 차림으로 나타난 소장의 모습에 자꾸 눈이 갔다.

"자네에게 손전등을 가지고 오라는 말을 깜빡했네. 다행히 나한테 두 개가 있으니 이것을 자네가 사용하게. 저 안은 암흑천지네. 머리에도 써야 제대로 앞이 보일 거야."

소장은 손에 든 전등 외에도 모자에도 광산용 전등을 착용하고 있었다. 민 박사는 소장의 그런 모습이 어딘가 낯설게 느껴졌다.

한편 민 박사를 미행해 온 자는 그들로부터 멀리 떨어져 두 사람의 행동 하나하나를 지켜보고 있었다. 두 사람이 주고받는 대화 내용을 듣고 싶었지만 거기까지 들리지는 않았다.

"한때 여기서 뭘 캤다는 말을 마을 주민에게 전해 들었습니다만."

민 박사의 말에 소장이 박사를 힐끗 쳐다보며 되물었다.

"뭐라고 얘기하던가?"

"그 노인도 자세한 내용은 모르는 것 같았습니다."

"음, 그럴 거야. 여기가 어떤 광산이라는 것을 구체적으로 아는 주민은 많지 않으니까. 하지만 자네는 곧 알게 될 걸세."

"그런데 갱도가 폐쇄되어 있군요."

갱도를 보며 박사가 말했다.

"그래서 자넬 오라고 한 것일세."

박사는 의외의 대답에 머뭇거렸다. 한때 갱도였던 것으로 보이는 곳은 오래전에 폐쇄됐음을 보여주려는 듯 두꺼운 쇠막대가 십자 형태로 가로세로 질러져 있고, 철문 가운데에는 대형 자물쇠가 걸려 있었다. 어디에도 지하 갱도로 내려가는 길은 없어 보였다. 그런데 소장은 민 박사가 해답을 갖고 있다고 얘기하고 있었다.

"국내 원자력 계에 전설 속의 보물 얘기가 일부 학자들 사이에서 전해져 내려오고 있지."

민 박사는 어리둥절한 표정을 지으며 소장을 쳐다보았다. 순간 민 박사는 아침에 통화한 문 차장의 말이 떠올랐다. 문 차장은 소장이 비밀리에 무슨 일을 꾸미고 있다고 얘기했다. 그는 소장의 얼굴을 힐끗 쳐다보았다. 확실히 평소와 다른 모습이다. 외진 곳에서 비밀리에 만나자고 했으면서도 그 이유를 밝히지 않는 소장의 행동은 확실히 수상한 점이 있다. 문 차장의 말이 머릿속에서 맴돌았다.

"그러나 여기 와보니 그 보물이 전설이 아닌 실제로 존재하는 보물인 것 같네. 궁금한 점이 많겠지만, 조금만 참게. 갱 입구를 가로막는 저 판도라의 상자 뚜껑을 열면 모든 게 밝혀지지 않겠나?"

'판도라의 상자?'

그때 소장이 갑자기 품에서 무엇인가를 꺼냈다. 지도 한 장이었다.

"얼마 전에 한 박사로부터 받은 지도일세."

한눈에 보기에도 낡고 오래된 지도였다. 소장이 접혀 있던 것을 펼치자 A4 용지 대략 6장 정도 크기의 지도가 눈에 들어왔다.

"우리가 서 있는 바로 이곳을 가리키고 있는 걸세."

소장이 손으로 지도 한가운데를 가리켰다. 자세히 보니 요동리라고 쓰여 있고 빨간색으로 동그라미가 그려져 있었다.

"혹시 지난번 한 박사님께서 피습 당하신 것도 바로 이 지도 때문에……."

"아, 자네에게 미처 얘기하지 않았군. 확신할 수는 없지만 아마도 이 지도 때문일 것이란 느낌이 드네."

"이곳에 대체 어떤 보물이 감춰져 있기에 그들이 이 지도에 목을 매는 겁니까?"

차 소장은 잠시 무엇인가를 생각하더니 말을 이었다.

"만일에 말일세, 이곳에 뭔가 특별한 것이 감춰져 있다면 어떻겠나?"

"특별한 것이라니 무슨 말씀입니까?"

"예를 들어 금괴가 묻혀 있는 위치를 알려주는 지도라면?"

민 박사는 깜짝 놀란 표정으로 소장을 쳐다보았다. 소장이 재미있다는 듯 호탕하게 웃었다.

"하하하, 자네도 놀라는군!"

민 박사는 마을 노인으로부터 들었던, 한때 금괴를 찾겠다고 광산을 뒤지던 이들이 있었다는 얘기를 떠올렸다.

"민 박사, 박 대통령께서 돌아가시고 신군부가 집권한 뒤로 한동안 그런 소문이 떠돌았던 게 사실이네. 박 대통령께서 핵개발을 위해 비밀 금괴를 묻어두었다는 얘기였지. 그리고 그 금괴를 찾을 수 있는 암호가 비밀 핵개발 팀 박사 셋에 분산되어 전해지고 있다는 얘기도 떠돌았지. 세 박사에 대한 집중적인 추적이 시작된 것도 그 때문이었네."

"금괴를 찾기 위해서 말입니까?"

"믿기 어렵겠지만 그런 적이 있었네."

"그때는 이미 자네 아버님이 비명에 돌아가시고 난 후였어. 그리고 또 한 사람의, 이강하 박사가 있었는데 그도 행방불명된 상태였지. 그러다보니 시선이 한 박사에게 집중된 게지. 한 박사가 일본으로 종적을 감추자 금괴를 좇던 사람들도 포기했다가, 한 박사가 한국으로 돌아온 걸 알고 다시 덤벼든 것 같네."

민 박사는 소장의 설명을 듣고 나서도 금괴의 존재를 반신반의했다. 하지만 무턱대고 허황되다고 치부하기에는 소장의 행동이 너무 진지했다. 더욱이 이 지도는 한 박사로부터 입수한 것이 아닌가. 머릿속이 복잡해졌다.

"사람들이 제대로 짚었는지 아닌지는 곧 저 갱 안의 모든 것이 다 알려줄 걸세."

차 소장은 속을 알 수 없는 미소를 지어보였다. 민 박사는 소장이 언제쯤 이 모든 수수께끼 같은 얘기의 결말로 들어갈지 궁금했다.

"아버님 일기장은 갖고 왔나?"

소장이 화제를 돌렸다. 민 박사는 품안에서 일기장을 꺼내 소장에게 건넸다.

"그러면 이제부터 전설 속의 보물을 만나기 위한 수수께끼를 하나씩 풀어보도록 하지. 물론 첫 번째 열쇠는 찾았네, 바로 이 지도지. 그리고 두 번째 열쇠는 바로 자네 아버님의 일기장일세. 나는 한 박사로부터 그렇게 들었네."

　민태준은 소장의 말에 깜짝 놀랐다. 차 소장은 한 페이지씩 일기장을 넘기며 꼼꼼히 살펴보기 시작했다. 박사는 소장의 행동을 의아함이 가득한 눈으로 지켜보다가 갑자기 머리카락이 쭈뼛 서는 것을 느꼈다. 그간 보지 못했던 글자 같기도 하고 부호 같기도 한 것이 일기장이 접히는 곳에 쓰여져 있는 걸 발견한 것이다. 소장은 그것을 준비해온 메모지 위에 그대로 옮겨 적었다. 소장은 다시 일기장 페이지를 꼼꼼히 넘겨갔다.

　얼마 후 영어인지 기호인지 알 수 없는 것의 오른쪽 절반을 옮겨 놓은 것 같은 글씨가 나타났고, 일기장 후반부쯤에도 글자 같기도 하고 부호 같기도 한 글씨가 나타났다. 차 소장은 이것을 앞서 옮겨 적은 것의 왼편에 나란히 적었다.

　"바로 이거였군!"

　소장이 일기장 앞뒤에서 찾은 글자들을 한데 조합해 민 박사에게 보여주었다. 영어 알파벳 V, J, M, S이었다. 분명히 영어 알파벳이었다.

　"그런데 이게 무슨 의미인 거죠?"

　민 박사가 물었다.

　"갱도 입구를 여는 암호인 것 같네. 이 알파벳의 의미를 풀면 갱 입구를 열 수 있는 거지."

　굳이 철문까지 만들어서 봉쇄하고 어려운 암호를 풀어야 갱 입구를 열 수 있게 했다는 것은 단순히 도난 절도 방지 이상의 방비를 의미하는 게 분명했다.

　"이건 그만큼 이 갱 안 내용물의 보안이 중요하고 절실했다는 의미겠지. 최근 한 박사로부터 또 하나 들은 내용인데, 이 갱은 여느 갱과 달리 독특한 점이 있네. 철문을 강제로 열면 갱 전체가 무너지는 특이한 구조로 되어 있지. 그럴 경우 이 안에 있는 모든 광물이 한데 섞여 엉망이 되는 걸세. 경우에 따라선 위험한 일이 발생할 수도 있고……."

차 소장이 고민하더니 말을 이었다.

"자, 이제 우리 앞에 놓인 두 가지 숙제를 풀어야 할 시간이네. 우선 이 알파벳들이 어떤 수를 의미하는지 알아내야 하네. 또한 이강하 박사가 가지고 있을 나머지 한 개의 암호도 알아내야 하지. 그러지 못하면 이 입구를 열기 위해 무려 백만 가지 경우의 수를 일일이 대입해봐야 해."

자물쇠는 0부터 9까지의 수 가운데서 한 가지 수를 찾게 되어 있었다. 따라서 6자리를 다 모르면 백만 가지 수를 일일이 대입하는 수밖에 없었다.

"이 일기장에 나타난 알파벳들이 담고 있는 수의 비밀은 자네 아버님만이 알고 계셨네. 하지만 그분은 돌아가시고 안 계시니, 자네가 그 비밀을 풀어주길 바라네."

민 박사는 소장의 요구에 당황했다.

"제가 말입니까?"

"잘 생각해보게. 자네는 할 수 있을 걸세."

소장은 거듭 민 박사에게 알파벳의 비밀을 풀 것을 재촉했다. 민태준은 소장이 무리한 요구를 하고 있다고 생각했다. 그러나 아버지가 일기장에 부호를 적어두었다는 데 생각이 미치자 어떻게 해서든 그 비밀을 풀어야 한다는 생각이 확고해졌다. 순간 그의 머리를 스치고 지나가는 것이 있었다.

"혹시……?"

민 박사가 입을 열자 차 소장이 눈을 크게 떴다.

"뭔가 떠오르는 게 있나?"

"혹시 여기에 등장하는 알파벳들은 태양계 행성의 약자들이 아닐까요?"

"태양계 행성?"

"제가 어렸을 때 아버지께서 태양계 행성들에 대해 많은 얘기를 해 주셨습니다. V는 VENUS, 즉 금성의 약자이고 J는 JUPITER, 목성의 약자, M은 MARS와 MECURY, 즉 화성과 수성의 약자, 그리고 S는 SATURN, 즉 토성의 약자로 보입니다."

"으음, 그럴 듯하군……."

"나아가 V는 2(태양에서 2번째 위치), J는 5(태양에서 5번째 위치), M은 각각 1과 4(태양에서 각각 1번째와 4번째 위치), S는 6(태양에서 6번째 위치)과 연결되지 않을까요?"

"역시 그 아버지에 그 아들이군, 놀랍네!"

차 소장이 감탄한 듯한 표정으로 말했다.

"그래도 나머지 한 자리가 비어 있지 않습니까? 실종된 나머지 한 분의 박사님께서 가지고 계실 알파벳을 모르는 상황이군요."

민 박사가 답답한 표정으로 차 소장을 향해 물었다.

"……이제 그 세 번째 열쇠도 알 것 같아, 아마도 알파벳 U자일 가능성이 높겠군."

이번엔 민 박사가 눈이 휘둥그레져서 물었다.

"무슨 근거로 그런 생각을 하셨지요?"

"이 곳은 우라늄 광산이네. 우라늄은 영어로 URANIUS이고, 이건 태양계에서 7번째 위치에 놓인 천왕성에서 따온 이름이 아닌가?"

"우라늄 광산이라고요?"

민 박사가 어이없다는 표정을 지어 보였다. 한국의 우라늄광은 거의 무용지물이나 다름없을 정도로 형편없다고 알고 있었기 때문이다.

"자네가 지금 무슨 생각을 하는지 대충 알고 있네. 하지만 국내 원자력계에서 왜 이 광산에 전설 속의 보물이 있다고 말했는지 신기하지 않나?"

그들은 갱의 출입구를 굳게 잠가둔 철문 자물쇠에 번호를 넣었다. 첫 번째 자리에는 2, 두 번째 자리에는 5, 세 번째 자리에는 1, 네 번째 자리에는 4, 그리고 다섯 번째 자리에 6을 입력했다. 그리고 마지막 6번째 자리에 천왕성의 태양계 순서인 7을 입력했다. 그리고 자물쇠 몸통과 머리 분리를 시도했지만 자물쇠는 꿈쩍도 하지 않았다. 차 소장이 고개를 갸우뚱했다.

"수성과 화성의 번호가 바뀐 것이 아닐까요?"

"흠, 그럴지도 모르지."

소장이 다시 첫 번째 자리에 2, 두 번째 자리에 5, 세 번째 자리와 네 번째 자리는 각각 4와 1의 위치를 바꾸어 입력했다. 그리고 다섯 번째 자리에는 6, 그리고 마지막 6번째 자리에 역시 7을 입력했다. 그리고 자물쇠 몸통을 다시 아래로 가볍게 잡아당겼지만 이번에도 자물쇠는 꿈쩍도 하지 않았다. 소장이 난감한 표정을 지었다.

"어디가 잘못된 거지?"

차 소장이 고개를 들어 천정을 바라보며 무엇인가를 곰곰이 생각했다. 그러나 해결책이 좀처럼 떠오르지 않았다. 그때 민 박사가 입을 열었다.

"혹시 위치나 순서가 아니라 발견된 순서를 의미하는 건 아닐까요?"

"태양계 행성들이 발견된 순서 말인가?"

민 박사는 소장의 눈에서 강렬한 빛이 발산되는 것을 느꼈다.

"수성, 금성, 화성, 목성, 토성은 고대부터 알려져 있었지요. 천왕성은 1781년, 해왕성은 1846년, 그리고 명왕성은 1930년에 발견되었습니다. 그러니까 지구를 제외한 행성 발견 순서로 따지면 천왕성의 발견 순서는 6번째가 됩니다."

차 소장은 즉시 자물쇠 맨 끝자리 번호 7을 6으로 바꾸었다. 그리고 양손으로 각각 자물쇠 고리와 몸통을 잡고 기도하는 심정으로 가볍게 분리시켰다. 그러자 놀라운 일이 벌어졌다. 자물쇠 하체가 미끄러지듯이 상체에서 분리되면서 철옹성 같던 자물쇠가 가볍게 풀린 것이다.

"드디어 열렸군!"

두 사람의 얼굴에 놀람과 기쁨의 기색이 떠올랐다. 이때 멀리서 두 사람을 지켜보던 사내의 얼굴에도 반가운 기색이 어렸다.

'기다리던 때가 왔군!'

그는 품에서 권총을 꺼내들고는 두 사람에게 가까이 접근하기 시작했다. 그가 손에 쥔 권총은 국정원에서 많이 사용하는 글록19 권총이다. 그러나 소장과 박사 두 사람은 아무것도 눈치 채지 못한 채 육중한 철문 가운데 놓인 양손잡이를 각각 잡고 열었다. 무거운 철문이 끼익 소리를 내며 열리자 거대한 암흑이 눈앞에 나타났다. 금방이라도 괴수가 침묵을 깨고 튀어나올 것 같은 음산한 느낌이었다. 차 소장은 손전등으로 갱 안쪽을 비추더니 문 안으로 성큼 걸음을 내디뎠다. 그 뒤를 민 박사가 따랐다. 소장이 철문 바로 뒤쪽의 전기 스위치 박스를 발견하고는 뚜껑을 열어 길게 뻗은 흰색 전기 스위치 손잡이를 위로 들어 올렸다. 그러자 각종 기계가 다시 일제히 돌아가는 소리가 들리면서 어둠 속에 잠들어 있던 갱 안의 모습이 환하게 드러났다. 잠들어 있던 갱 내부가 살아 꿈틀거리기 시작한 것이다.

"아!"

두 사람의 탄성이 동시에 터져나왔다. 갱 안은 20년 전에 광부들이 사용했던 것으로 보이는 리프트카용 굵은 철선 가닥들과 광물들을 실어 날랐을 쾌도차와 레일, 컨베이어, 그리고 갱내 배수와 환기에 필요한 모터 시설들이 비교적 잘 보존된 채로 놓여 있었다. 비록 20년의 시간이 흘렀음에도 갱 안의 20년 전 모습을 연상하기가 어렵지 않았다.

"이곳은 사실 자연 관광 동굴로도 손색없는 곳인데……. 우라늄이 발견되면서 그런 면에서는 가치를 잃게 된 참으로 안타까운 곳이지. 이 광의 운명이라고 할까. 한 박사에 의하면 이 광은 우리 연구소에서 오래전에 특수 연구 목적으로 사들인 곳이라더군."

민 박사는 그것이 곧 군사 과학적 목적으로 이 광을 사들였다는 의미임을 알아차렸다.

민 박사를 뒤따라온 자는 두 사람과 불과 20여 미터 떨어진 곳에서 두 사람의 말에 귀를 기울이고 있었다. 그러나 나지막하게 나누는 대화 내용이 좀처럼 귀에까지 들리지 않았다.

'제기랄! 무슨 대화를 나누는지 알아들을 수가 없군. 하지만 여기

서 더 가까이 가면 자칫 일을 그르칠 수도 있어. 구체적인 행동을 보일 때까지 좀 더 기다려야겠군.'

여전히 궁금증이 가득한 민 박사의 얼굴을 보며 소장이 입을 열었다.

"이제 자네가 궁금해 하는 것들에 대해 내가 알고 있는 모든 걸 말해줘야 할 시간이군. 박 대통령 시절, 비밀리에 이곳 괴산 일대에서 광물자원 탐사가 시작되었네. 그 계기는 아주 우연한 것이었어. 70년대 중반에 이곳 마을 주민들 사이에서 괴질이 발생한다는 보고를 접한 적이 있어. 그리고 조사 결과, 정부는 이 일대에 우라늄과 라돈이 묻혀 있다는 것을 알았네. 그 우라늄과 라돈이 마을 상수도와 지하수를 오염시킨 거지. 그래서 정부에서 주민들 식수원을 대대적으로 정화하는 작업을 했네."

소장의 설명은 마을 노인에게서 들은 내용과 대체로 일치했다.

"그 이후 정부에서는 이곳 괴산뿐만 아니라 옥천 그리고 충남의 금산 등도 재조사했고, 과거 일본이 남긴 기록들까지 참조했지. 그 결과 괴산뿐만 아니라 옥천과 금산 일대에도 약 2억5천만 톤가량의 어마어마한 우라늄이 묻혀있다는 걸 발견했지. 그중에서도 괴산의 우라늄이 매장량도 압도적일 뿐더러 품질도 상대적으로 괜찮은 것으로 드러났네. 그 결과 우리 연구소에서는 이곳의 경제적 가치와 전략적 중요성을 계산해 비밀리에 이 광을 민간 소유자로부터 사들인 설세. 하지만 미국의 감시 때문에 드러내놓고 연구를 할 수 있는 환경은 아니었지. 그러다 12.12가 터지고 원자력 사업에 대한 분위기가 더 험악해지면서 이 광의 존재를 알고 있는 몇몇 과학자들이 서둘러 이 광에 대한 모든 관련 서류를 파기했네. 이 광을 지금까지 보전할 수 있었던 것도 그 덕분이었지. 그리고 당시 이 광을 여는 암호를 세 분의 과학자가 나눠 가졌던 건 세 종류의 암호가 다 모이기 전에는 결코 이 입구를 열지 못하도록 하기 위해서였지. 광의 보안을 유지하기 위한 어쩔 수 없는 조치였다고 생각되네."

민태준은 서서히 이 광산이 전설 속의 보물이라고 불렸던 이유를 이해하기 시작했다.

"이 마스크를 착용하게. 방독과 방진을 겸한 특수 마스크라네."

소장이 독일제 마스크 하나를 박사에게 건넸다. 박사는 특수 마스크를 착용하면서 소장이 얼마나 철저히 사전 준비를 했는지를 느낄 수 있었다.

한편 미행자는 두 사람이 갱 입구로 들어가는 것을 보고 더 가까이 접근했다. 이제 결정적인 행동을 취할 순간이었다. 그가 마지막 행동을 위해 철문 입구로 가까이 다가갔다. 순간 그는 등 뒤에서 뭔가 이상한 기운을 느끼고 뒤를 보는 순간, 한 사내가 그를 무서운 눈으로 노려보고 있음을 깨달았다,

"아, 당신이 어떻게!"

순간 무거운 쇠뭉치가 그의 머리를 가격했다. 권총 손잡이였다. 사내는 눈동자에 초점이 풀린 채 가벼운 신음소리를 내며 그 자리에 고꾸라졌다.

"이 자를 서울로 압송해!"

"알겠습니다!"

뒤이어 나타난 이들이 사내를 처리하는 동안 남자는 갱 안쪽을 주시하며 소장과 민 박사에게 다가갔다. 이제 막 철문 안으로 들어선 소장과 박사는 갱도 안을 둘러보는 중이었다. 차 소장은 손전등으로 스

위치 주변을 다시 이리저리 비추다가 전원 스위치 바로 옆에 있는 또 다른 스위치 박스를 발견했다. 그가 박스 뚜껑을 열고 '리프트카'라고 적힌 스위치 손잡이를 올렸다. 잠시 뒤 어디선가 꾸르릉 꾸르릉 하는 이상한 소리가 들렸다. 두 사람은 금방 그게 무슨 소리인지 알아차렸다.

'리프트카가 올라오는군.'

그 소리는 이 동굴 안 작업이 단 하루도 쉰 적 없다는 느낌을 주었다. 박사는 갱 안 깊숙한 곳의 리프트카가 수직으로 올라오는 모습을 불안한 눈빛으로 바라보았다. 잠시 후 리프트카가 그들의 앞에 도착했다. 리프트카 앞에는 '최대 수용인원 12명'이라고 붉은색으로 적혀 있었다. 그 규모를 보니 이 광을 본격적인 생산목적용이 아닌 특수 연구 목적으로 사들였다는 소장의 설명을 이해할 수 있었다. 소장이 턱 신호를 보냈고, 민 박사도 불안한 눈빛으로 고개를 끄덕였다. 차 소장이 먼저 리프트카의 문고리를 열고 안으로 들어갔고, 민 박사도 그 뒤를 따랐다. 차 소장이 곧이어 하강스위치를 누르자 리프트카는 잠시 덜컹거리는 불안한 움직임을 보이더니 다시 지하의 어둠 속으로 빨려 들어가기 시작했다.

'오래된 줄이지만 목숨까지 걸진 않아도 될 것 같군.'

비교적 튼튼해 보이는 리프트카 줄을 보며 민 박사는 속으로 안심했다. 다행히 갱도 안은 넓고 깊고 환했다. 마치 넓고 싶은 우물 안으로 들어선 기분이었다. 리프트카는 아주 느린 속도로 하강하고 있었다. 깊은 곳까지 내려오자 문 차장의 말이 불현듯 다시 떠올랐다.

"민 박사, 차 소장을 조심하시오. 그가 아무래도 개인적 야심을 갖고 있는 것 같소. 틀림없이 무슨 일을 꾸미고 있는 것 같은데 그게 뭔지 통 알 수가 없소. 내 말을 명심하시오. 나는 민 박사가 염려돼서 하는 얘기요."

민 박사는 소장을 곁눈질했지만 소장은 그 눈빛을 전혀 의식하지 못하는 것 같았다.

"민 박사, 소장이 뭔가를 감추려 하고 있소만 그게 뭔지 도무지 감을 못 잡겠소. 박사가 알게 되면 나에게 꼭 알려주시오, 그렇지 않으면 큰 문제가 발생할 수 있소. 나의 최대의 임무는 박사를 보호하는 것이오."

소장의 얼굴은 마스크에 가려져 보이지 않았다. 그는 리프트카 아래쪽과 갱의 암반 벽면을 번갈아가며 주시하고 있었다. 리프트카가 깊이 내려가자 소음이 들리기 시작했다. 소장의 몸에 부착된 방사능 계측기인 가이거 계수기에서 나는 소리였다. 깊이 들어갈수록 그 소리는 점점 커지기 시작했다. 측정기 바늘이 붉은색 숫자들 근방에서 빠른 속도로 떨리고 있었다. 잠시 후 피폭 허용치를 넘어선 수치에 바늘이 멈춰 섰다. 리프트카도 멈췄다. 더 이상 내려갈 곳이 없었다. 리프트카가 멈춰선 곳에는 또 다른 굴이 수평으로 나 있었다. 소장이 다시 지도를 꺼내더니 지도 뒷면에 깨알 같은 글씨로 적힌 내용을 유심히 살피고는 굴 안으로 들어섰다. 박사도 그 뒤를 따라 들어갔다. 저만치 흑갈색, 암회색의 암석들이 눈에 들어왔다. 때로는 옅은 분홍빛을 띠고 있는 것들도 있었다. 민 박사는 순간적으로 그것들이 우라늄 광석이라는 것을 알아차렸다.

'이 모두가 우라늄 광석들이란 말인가!'

박사는 눈앞에 펼쳐진 풍경에 놀라움과 충격을 감출 수 없었다. 소장의 몸에 부착된 방사능 계측기가 계속해서 소음을 토해냈다. 소장이 측정기를 끄자 소리도 멎었다. 그때 소장이 뒤따라오던 박사를 제지했다. 더 이상 들어오지 말라는 손짓이었다.

'왜 혼자 들어가려는 거지?'

민 박사는 소장이 들어간 굴 쪽을 바라보며 생각에 잠겼다. 비교적 양질의 우라늄광이 한국 땅에도 존재한다는 소장의 말은 놀랍지만 사실이었다. 더 놀라운 건 연구소 차원에서 이 광의 존재를 지금까지 비밀로 붙여왔다는 점이었다. 그는 모든 의문과 궁금증이 풀릴 시간이 다가왔다는 사실에 흥분을 느꼈다.

뒤이어 나타난 또 한 사람의 추적자가 철문 안으로 들어서서 소장과 박사가 리프트카를 타고 내려간 갱도 아래쪽을 유심히 살피고 있었다. 얼마 후 다시 모습을 드러낸 소장의 손에는 커다란 덩어리 세 개가 들려 있었다. 모두 검은 주머니에 담긴 채였다. 민 박사는 주머니 안에 든 저것들이 바로 우라늄 광석일 것이라고 생각했다. 소장이 민 박사를 향해 다시 턱짓을 했다. 올라가자는 의미였다.

리프트카는 두 사람과 지하에서 캔 광물을 싣고 다시 출발점으로 올라가기 시작했다. 리프트카가 덜컹거리며 올라갈 때 민 박사는 다시 한번 공포감을 느꼈다. 그러나 민 박사의 우려와 달리 갱 내 어둠 속에서는 아무 일도 일어나지 않았다. 두 사람이 탄 리프트카가 다시 위로 올라오자 새로운 추적자는 급히 몸을 감추었다. 무사히 갱 밖으로 나온 뒤 차 소장이 마스크를 벗으며 박사에게 말을 건넸다.

"오늘 수고했네. 자네와 나는 오늘 전설 속 보물에게 20년 만에 햇빛을 쏘여준 거라네. 자, 이제 내려가세."

"연구소로 돌아가십니까?"

"아닐세, 연구소는 이제 위험하네. 이제부터는 보다 안전한 장소에서 실험을 계속해야 하네."

박사는 소장의 설명에 의아함과 동시에 약간의 한기를 느꼈다.

"보다 안전한 곳이란 어떤 곳을 말씀하시는 거지요?"

차 소장이 희미한 미소를 띠며 대답했다.

"가보면 알 테니 따라와보게! 오늘 우리가 캐낸 이 우라늄 광석이 어디까지 우리에게 도움이 될지 직접 실험해보세."

이중 스파이

　박사는 차 소장이 뭔가 치밀한 사전 계획을 세워놓고 한 치의 오차도 없이 일을 진행시키고 있음을 깨닫고 약간의 두려움을 느꼈다. 문 차장보다 차 소장이 더 위험한 인물일 수 있다는 생각이 머리를 스치고 지나갔다. 그러나 그는 소장을 믿고 따라 나서기로 했다. 과학자로서의 호기심과 모험심이 중도포기를 막고 있었다.

　두 사람이 갱 밖으로 나왔을 때는 여름비가 내리고 있었다. 해가 지려면 아직 멀었지만 하늘은 이미 컴컴해져 있었다. 두 사람은 자동차 헤드라이트의 불빛을 밝힌 채 한적한 지방도로를 차로 달렸다. 지나가는 차량이라고는 이따금씩 지나가는 소형 승용차와 경운기가 전부였다. 그들 뒤에는 멀리 떨어져서 미행하는 차가 따라붙었지만 그들은 알지 못했다.

　소장과 박사는 1시간가량 달려 어느 허술한 공장 앞에 멈춰 섰다. 공장은 외지인의 접근이 쉽지 않은 곳에 위치해 있었다. 괴산군 번화가에서 멀리 떨어져 있을 뿐만 아니라 주변에 비슷한 창고 건물들이 많아 특별히 눈에 띄지도 않았다. 비가 내려서인지 주위는 더욱 조용했다.

"자, 내리게!"

먼저 차를 세운 소장이 민 박사에게 손짓했다. 두 사람은 우라늄 광물이 든 검은 주머니가 담긴 박스를 함께 들고 창고 쪽으로 걸음을 옮겼다. 민 박사가 물었다.

"이곳도 연구소 건물입니까?"

"그런 셈이지. 이 건물 주인에게서 반영구적으로 임대해 쓰고 있는 중이네. 연구소 이름을 사용하지 않고 민간인 이름으로 된 건물을 임대해 쓰는 이유를 짐작하리라 보네."

창고 안은 넓었고 여기저기 테이블과 자재들, 장비들이 널려 있었으며, 창고 한쪽 구석에는 뭔가가 가득 담긴 진회색 대형 비닐봉투들이 차곡차곡 쌓여 있었다. 내부 모습은 전형적인 창고 건물이었지만 그것이 눈속임이란 것을 알아차리는 데는 별로 오랜 시간이 걸리지 않았다. 민 박사는 소장을 따라 창고 뒷부분으로 나아갔다. 창고 뒤쪽에는 사과 박스 크기의 가죽 상자들, 비닐봉투들, 원형 통들이 몇 개 놓여 있고, 가운데에는 대형 캐비닛이 있었다. 소장이 캐비닛을 한쪽으로 밀자 또 다른 출입구가 나타났다.

"우리가 들어온 이 창고 건물과 맞닿은 옆 창고 건물의 지하를 함께 빌려 사용하고 있네. 하지만 입구를 폐쇄시켜서 이쪽 건물을 통해서만 들어갈 수 있도록 되어있지. 자, 따라오게!"

민 박사는 소장을 따라 들어가며 비밀의 방에 들어선다는 느낌이었다. 그리고 잠시 후 민 박사는 눈앞에 벌어진 광경에 토끼눈을 했다.

거기에 또 하나의 실험실이 마련되어 있었다. 천정 가까운 곳의 환기구 몇 개를 제외하면 사방이 외부와 완전히 차단되어 있었다. 안으로 들어가 여기저기를 살피던 민 박사는 구석에 놓여 있던 철제 캐비닛을 열어보고는 너무 놀라 하마터면 뒤로 넘어질 뻔했다.

"아, 이건!"

"맞네. 박사 팀이 실험실에서 사용하던 그 레이저 장비네."

그것은 완전 해체돼 특수보관실에 보관되어 있어야 할 물건이었다. 언제 이리로 옮겨진 건지 의문스러울 수밖에 없었다. 박사는 갑자기 등골이 서늘했다. 그가 의심 가득한 눈으로 소장을 쳐다보며 물었다.

"이게 왜 여기에 있습니까?"

"자네가 상당히 혼란스러울 거라고 생각하네. 이 장비는 내가 어젯밤에 몰래 이리로 옮겼네. 앞으로 우리가 해야 할 후속사업의 보안을 위해서는 어쩔 수 없었네. 문 차장도 자네도 완벽하게 속일 수밖에. 이제 이 일은 자네와 나만 아는 일이네. 또 하나, 여기로 자네를 부른 건 연구소 내에서는 더 이상 보안 유지가 어렵다는 결론을 내렸기 때문이야."

차 소장을 의심하던 문 차장의 눈빛이 떠올랐다. 박사는 누구의 말을 믿어야 할지 혼란스러웠다. 차 소장은 박사의 눈빛에서 그런 심정을 읽고는 상황을 더 정성스럽게 설명했다.

"오해 말게. 여기서 하는 작업도 핵연료 국산화라는 큰 목적 내에서 이뤄지는 걸세. 자네가 여기서 할 일은 국가 비상시에 대비해 이 괴산 광 우라늄의 정련과 제련 시스템을 완벽하게 갖춰놓는 일이네."

"국가비상사태에 대비입니까?"

박사가 눈을 가늘게 뜨고 되물었다. 소장이 고개를 끄덕이더니 무겁게 가라앉은 목소리로 답변을 시작했다.

"사실 한반도에는 우라늄 광맥이 흐르고 있네. 특히 북한에서 두드러지고 남한에도 일부 이어지고 있지. 자네도 오늘 봤다시피 말이야. 우리가 그중에서도 품질이 매우 우수한 광을 비밀리에 보관해온 건 첫째, 강대국들의 불필요한 의심을 사지 않기 위해서, 둘째, 그간 우리에겐 우라늄 농축 기술이 없어서였네. 이제 우리에게는 기술이 있네. 하지만 이 사실을 언제까지나 비밀로 유지하기는 어려울 걸세. 또 언제까지 감추고 지낼 수도 없지. 때문에 우선은 발전소 핵연료 수준에서라도 서서히 우리 기술을 실용에 옮겨야 할 걸세. 그런데 그것이 자네도 짐작하다시피 결코 간단한 일이 아닐세. 이제 하나둘씩 우리에게 의심의 눈초리를 던지는 눈들이 늘어나게 될 거야. 수출국들이 우리에게 연료 공급을 중단할 수도 있고. 우리는 그에 대비해야 하네. 민 박사가 그 일을 맡아줘야겠어."

민 박사는 소장의 눈을 쳐다보았다. 그의 눈은 마치 복면 사이에 드러난 눈처럼 속내를 헤아리기가 어려웠다. 차 소장이 말을 이었다.

"북한은 비공식적으로 세계에서 가장 많은 양의 우라늄을 보유하고 있네. 그들이 외국의 제재에 맞서 우라늄 핵탄두 개발을 본격화할 경우, 우리 안보는 바람 앞에 흔들리는 촛불 같은 신세가 될 수 있어. 우리는 그 상황에도 대비해야 하네. 내 말 무슨 뜻인지 알겠나?"

"……."

"국가 비상시를 대비해 이곳 황석광의 정련, 제련 시스템은 물론이고 농축시스템도 사전에 갖춰야 하네. 그 작업을 맡아달라는 말일세."

소장이 언급한 국가비상사태가 경제적 의미와 군사안보적 의미 중

어느 쪽에 더 무게가 실린 건지는 그도 단언할 수 없었다. 그러나 안보위기 상황을 염두에 둔 것은 틀림없었다. 그는 잘 알아들었다는 뜻으로 고개를 끄덕였다.

순간 뒤에서 섬뜩한 웃음소리가 들려왔다.

"하하하하!"

두 사람은 놀라서 고개를 돌렸고, 문 쪽에 서 있는 사람을 보고 깜짝 놀랐다. 그는 어느 새 웃음을 멈추고 매의 눈으로 두 사람을 노려보고 있었다. 다름 아닌 문 차장이었다.

"아니, 당신이 여길 어떻게 알고 찾아온 거요?"

차 소장이 당황한 음성으로 물었다.

"차 소장! 나를 언제까지 속일 수 있다고 생각했소?"

순간 얼굴이 붉어진 차 소장이 곁에 선 민 박사를 힐끗 쳐다보았다.

"민 박사를 미행한 모양이군."

그러자 문 차장은 한쪽 입꼬리를 살짝 치켜 올렸다.

"함부로 넘겨짚지 마시오. 대체 나와 상의도 없이 이런 위험한 일을 벌이는 이유가 뭐요? 당신은 최근 철저히 나를 배제하고 속이고 따돌려왔소. 도대체 이유가 뭐요?"

그의 손에는 권총이 들려 있었다. 그러나 차 소장은 대답 없이 차가운 눈초리로 그를 노려보기만 했다.

"좋소. 그럼 내가 대신 대답해보리다. 나는 당신 같은 사람을 잘 알지. 국가 안위보다는 개인의 연구 목적이나 명예를 앞세우는 과학자들 말이오. 당신은 민 박사를 이용해 개인적 야심을 채우려는 게 분명하군. 당신의 명예를 높이기 위해, 아니면 그보다 더한 야심 때문에 말이야. 사람들 앞에서는 핵연료 확보라는 그럴듯한 명분을 내세우고는 속으로는 우라늄 핵폭탄 제조라는 정말 위험한 생각을 하고 있지. 그러나 정부의 통제를 받지 않는 일부 극단적 과학자들의 핵폭탄 제조는 재앙을 초래할 수 있어."

문 차장의 말이 계속되는 동안 차 소장의 이마에 굵은 주름이 새겨졌다. 그가 불쾌한 감정을 감추지 않고 문 차장의 말에 반박했다.

"문 차장, 첩보 영화를 너무 자주 봤나 보군. 내가 당신을 배제한 이유는 다른 데 있소. 당신이 한 박사 피습 사건에 연루됐다는 정황증거 때문이오. 당신이 최학수와 공모해서 한 박사가 갖고 있는 지도를 빼앗으려고 한 걸 알고 있소."

"최학수와 한편이라니? 그리고 한창혁 박사 피습이라니 대체 무슨 소리요?"

문 차장이 의아한 표정으로 말했다. 곁에서 듣고 있던 민 박사는 문 차장이 한 박사 피습에 연루됐다는 말에 깜짝 놀랐다.

"시미치 떼지 마시오! 당신이 최학수와 공모해서 한 박사의 지도를 빼앗으려고 하는 이유를 나는 잘 알지. 그 지도가 금괴가 묻힌 곳을 알려주리라 생각해서 아니오? 민일용 박사의 일기장은 이미 사본을 만들어 갖고 있으니 한 박사의 지도마저 빼앗으려고 든 거지. 최학수를 시켜서 말이오."

"도대체 무슨 증거로 그런 허무맹랑한 얘기를 늘어놓는 거요?"

"한 박사가 피습 당하던 날 최학수가 요양원을 찾은 동영상이 입수됐소. 이 일에 최학수를 끌어들인 건 당신이오. 그것보다 더 확실한 물증은 없소."

"방금, 최학수의 동영상을 입수했다고 했소?"

문 차장이 심각한 표정으로 물었다.

"그렇소. 한 박사가 거처하고 있는 요양병동 CCTV는 고장 나 있었지만, 다행히 요양원을 방문한 한 가족이 자신들이 찍은 동영상을 인터넷에 올렸소. 거기에 한 박사의 병동에 나타난 최학수의 모습이 찍혀 있었소."

"정말 최학수가 있었단 말이오?"

"끝까지 잡아 뗄 생각이시군. 그래봤자 소용없소. 당신들이 한통속이란 건 이미 충분히 알았으니까. 당신이 일기장을 가지고 내게 접근한 것부터가 금괴를 찾기 위해 민 박사를 불러들이기 위한 것 아니었소?"

문 차장은 차 소장의 애기가 계속되는 동안 당혹스러운 표정이었다.

"그건 오해요. 그렇지 않아도 나도 갱 안에서 최학수를 보고 적잖게 놀랐소."

"뭐요, 갱 안에서 최학수를?"

"그렇소, 당신 둘을 미행하고 있더군. 지금쯤 내 부하 요원이 서울로 연행하고 있을 거요."

잠시 후 그가 안주머니에 손을 넣었다. 그가 꺼낸 것은 명함이었다.

"이 명함, 차 소장 당신 거지요? 특수보관실 캐비닛 아래 있더군. 레이저 장비가 사라진 날 밤에 당신이 몰래 들어왔다는 증거가 아니면 뭐란 말이오."

그러자 차 소장이 어이없다는 표정으로 반박했다.

"좋소. 그날 밤 내가 레이저 장비를 꺼낸 건 맞소. 하지만 나는 그때 명함 같은 건 없었소. 나는 애초에 명함을 연구복 안에 넣고 다니지 않으니까."

문 차장은 거침없이 대답하는 차 소장을 보며 그가 진실을 말하고 있음을 알 수 있었다.

'그렇다면 누군가 일부러 거기에 소장의 명함을 흘렸다는 얘긴 가……?'

문 차장은 순간 불안에 휩싸였다. 지금껏 엉뚱한 곳을 헤매고 있었다는 생각이 엄습했다. 바로 그때 "탁! 억!" 하는 둔탁한 소리가 연속적으로 들리더니 문 차장이 옆구리를 부여잡고 통나무처럼 힘없이 바닥으로 쓰러졌다. 동시에 벽에 기대 있던 자재들까지 파편을 튀기며 사방으로 흩어졌다. 갑작스런 상황에 두 사람은 혼비백산했다. 난데없이 입구 쪽에서 총알이 날아온 것이다. 그리고 창고 입구에서 권총으로 그들을 겨냥하고 있는 것은 다름 아닌 최학수였다.

"최학수, 당신! 이게 무슨 짓이오!"

가까이 다가온 최학수의 눈빛에 살기가 드러났다.

"민태준 박사, 처음 봤을 때부터 당신이 민일용 박사의 아들이란 걸 직감했지. 그때부터 정부가 모종의 계획을 세웠다는 것을 눈치 챘고. 그래서 그간 당신 일거수일투족을 감시한 거야. 물론 한창혁 박사를 만났다는 사실도 알게 됐고."

그때 문 차장이 한 손으로 피가 흐르는 옆구리를 부여잡고 간신히 말했다.

"최학수! 금괴는 없어! 다 허황된 얘기야!"

차 소장과 민 박사가 정신을 차리고 쓰러진 문 차장에게 가까이 다가가려 할 때였다. 최학수가 다시 권총을 겨누며 소리쳤다.

"움직이지 마!"

이어서 최학수가 비웃음을 흘리며 말했다.

"금괴라고? 나도 한때는 금괴를 찾기 위해 노력했지. 물론 그런 건 없다는 걸 알게 됐지만. 하지만 실망하지 않아. 지금은 금괴보다 더 큰 물건을 잡았지. 나는 저 레이저 장비로 미국과 제법 큰 흥정을 할 생각이야. 아니 한국 정부와 흥정할 수도 있겠지."

"최학수, 무슨 짓인가! 자네도 한때는 국가의 녹을 먹던 요원이 아니었나?"

출혈로 안색이 창백해진 문 차장이 그를 향해 나무라듯이 소리쳤다. 그러자 최학수는 문 차장의 이마에 권총을 겨누며 신경질적으로 말했다.

"시끄러워! 나는 조국을 위해 수십 년을 헌신했어. 그런데 조국은 나를 헌신짝 버리듯이 내팽개쳤지. 작은 실수 하나 때문에 말이야. 그러니 나도 다른 요원들처럼 CIA에 내 영혼을 판 것뿐이야."

문 차장이 거친 숨을 몰아쉬며 최학수를 올려다보다가 고통으로 일그러진 얼굴로 다시 입을 열었다.

"한 가지만 더 묻겠다. 수갑은 어떻게 풀었지? 그리고 너를 호송하던 내 부하요원은?"

"당신 부하는 지금쯤 영안실에 있을 걸. 빗길에 미끄러져 산 아래로 추락사한 것으로 처리되겠지."

문 차장의 얼굴이 더 창백해졌다. 이건 그에게 공범이 있다는 의미였다. 문 차장은 자신의 실수를 뼈저리게 후회했다.

"힘들어 보이는데 이제 고통을 멎게 해줄까? 당신은 그동안 내 미끼 노릇을 잘 했지. 민 박사를 불러들이는 데 말이야."

그가 가쁜 숨을 몰아쉬는 문 차장 얼굴에 권총을 겨눴다. 문 차장은 두 눈을 부릅뜬 채 그를 노려보고 있었다.

"안 돼! 그를 놓아두시오! 지금이라도 병원으로 데려가면 살릴 수 있소!"

차 소장이 울부짖었다. 그러자 최학수는 총구의 방향을 돌려 두 사람을 겨눴다.

"좋아. 좀 더 고통을 맛보게 서서히 죽여주지. 어차피 죽게 되어 있으니까. 그 전에 당신들은 저 레이저 장비를 내 차에 실어!"

최학수가 야비한 웃음을 흘렸다. 차 소장과 민 박사가 시키는 대로 장비를 옮겨 싣자, 최학수는 두 사람을 다시 창고 안으로 끌고 들어가 바닥에 꿇어 앉혔다.

"이제 사라져줘야겠소! 당신들을 죽인 범인은 여기 문 차장이 될 것이오. 물론 문 차장을 죽인 범인은 당신 차 소장이 되겠지, 으흐흐."

그때 차 소장이 두 눈을 부릅뜨고 소리쳤다.

"정히 죽이려면 나 하나만 죽이시오. 여기 민 박사를 죽인다면 조국의 심장부에 총을 겨누는 매국 행위가 될 거요! 전직 요원으로서 마지막 양심은 지켜주시오!"

"마지막 양심? 적반하장이군. 당신들이야말로 조국을 위험에 빠뜨릴 수 있는 사람들이야. 당신들의 모험적인 행동 때문에 이 조국이 다시 위험에 빠지기 전에 내가 먼저 죽여주지. 누구 먼저 해치울까? 그렇지. 그렇게 소원이라면 차 소장, 당신을 먼저 죽여주지."

그가 총을 소장에게 겨누고 방아쇠를 당기려는 순간이었다.

"탕!"

한발의 총성이 파열음을 내며 실내공기를 뒤흔들었다. 놀랍게도 최학수가 그 자리에서 고꾸라졌다. 바닥에 얼굴을 묻은 그의 뒷머리에서 선지 같은 피가 흘러나왔다. 쓰러진 문 차장이 마지막 남은 힘을 다해 총을 쏜 것이다. 그는 최학수가 쓰러지자 자신도 얼굴을 바닥에 묻고 쓰러졌다. 피를 너무 많이 흘린 것이다. 그제야 상황을 파악한 두 사람이 문 차장에게 달려갔다.

"문 차장! 정신 차리시오, 문 차장!"

그는 가느다랗게 신음소리를 내고 있었다. 두 사람은 그가 정신을 놓지 않도록 그를 계속 불렀다.

"민 박사, 어서 구조대에 연락하게!"

순간 문 차장이 손을 허공에 내 저으면서 간신히 입을 열었다.

"그럴 필요 없소. 이곳 뒤처리는 내게 맡기시오. 나를 후송할 사람들이 따로 있소⋯⋯. 지금부터 내가 하는 말을 잘 들으시오⋯⋯. 이번 고농축 실험⋯⋯. 아무래도 사실이 외부로 새어나간 것 같소. 이 실험실을 폐쇄하고⋯⋯. 레이저 장비도 다른 곳으로 옮기시오. 우라늄광의 존재를 아는 최학수가 숨진 게 그나마 다행이오⋯⋯. 으윽."

그가 말을 하다 말고 고통스런 표정을 지었다. 옆구리를 움켜잡은 손에서 피가 흘러나오고 있었다.

"문 차장, 말하지 마시오!"

차 소장이 옷을 벗어 피가 흐르는 그의 옆구리를 막았다.

"정부 내에 내가 모르는 미 첩자가 있었소⋯⋯. 그를 잡아야 하는데⋯⋯ 더 이상 실험 내용이 외부에 알려지지 않도록 각별히 유의⋯⋯ 하시오. 절대 누구도 믿지 마시오."

그는 더 이상 말을 잇지 못했다.

"문 차장!"

그들이 소리쳐 불렀지만 문 차장은 완전히 의식을 잃고 말았다. 그리고 과도한 출혈과 늦은 조치로 병원에 도착한 지 30분 만에 숨을 거두고 말았다.

차 소장과 민 박사는 문 차장의 조언대로 실험 장소를 옮겨 황석광에 대한 국가비상시 시스템 구축 작업을 전개했다. 그리고 작업은 전개된 지 약 한 달 보름 만에 완료됐다. 그리고 그 작업 내용은 비밀에 부쳐졌다.

미 서부 해안에서 20여 킬로미터 떨어진 산호초 섬

지도에도 나와 있지 않은 작은 섬에 헬기 착륙 소음이 요란하게 울려 퍼졌다.

맨 먼저 착륙한 헬기에서 세계적인 우라늄 수출국 기구 의장인 캐나다 원자력계의 거물 로비스트, 고든 휴타지가 내렸다. 이 우라늄 카르텔은 처음에는 캐나다, 호주, 프랑스, 남아프리카 4개국으로 시작해 미국의 참여로 5개국 간 카르텔로 성장했다.

이들은 전세계 우라늄 원광석 수출 시장의 50퍼센트를, 판매 대행을 포함하면 약 60퍼센트를 좌지우지하고 있었다. 고든 휴타지는 이 카르텔을 배경으로 전 세계 우라늄 원광석 시장에서 막강한 영향력을 가진 신의 손이었다.

이어서 착륙한 헬기에서는 세계적인 우라늄 농축 대행업체들을 다수 거느린 프랑스 원자력업계의 거물, 아서 험멜이 내렸다. 아서 험멜은 프랑스 내 농축업협회 회장이자 정부관련부처의 자문역도 맡고 있었으며, 비핵국들의 농축 의뢰 비용은 대개 그에 의해서 결정된다고 해도 과언이 아니었다.

뒤이어 도착한 헬기에서 내린 사람은 제너럴 일렉트릭스사와 함께 전 세계 원자로 수출시장을 독과점하고 있는 웨스팅하우스의 특별 고문, 빅터 노만이었다.

그는 미 정계에서 여야를 막론하고 막대한 선거자금을 후원해 의회 내에 막강한 영향력을 행사하고 있었다.

이어 두 대의 헬기가 더 도착했고, 미국과 이스라엘 정보기관의 동아시아와 중동 지역 책임자들이 내렸다. 그리고 이들은 모두 대기 중인 특별경호원들의 호위를 받으며 외부로부터의 감청 및 모든 촬영이 차단된 섬의 지하 시설로 안내되었다.

잠시 후 헬기 소음이 잦아들 무렵 섬 뒤편에 마련된 비상 활주로에 흰색 자가용 제트기가 가볍게 내려앉았다. 곧 비행기 문이 열리자 한 노인이 모습을 드러냈다. 오늘의 비밀 모임의 회장을 맡고 있는 니콜키스였다. 그는 한때 미국의 여러 정부를 거치며 미 CIA의 중요 간부직을 맡았던 인물로 15년 전 CIA를 그만두고 이 모임을 창설해 오늘까지 이끌어왔다.

그는 CIA에서 일하면서 아시아와 중동, 아프리카 지역의 원자력 분야에서 비밀스런 활동을 전개하며 세계 각국에 넓은 인맥을 만들었고, 미국의 원자로 시장, 프랑스의 농축 시장, 남아프리카와 캐나다의 핵연료 시장에서 베일에 가려진 최고의 로비스트로 활동해왔다.

그는 모자를 눌러 쓰고 지팡이를 손에 쥔 채 흰 수염을 날리며 경호원을 따라갔다. 이어서 내린 학자풍의 또 다른 남자가 서류 가방을 쥔채 노인을 급히 뒤쫓았다.

니콜키스 회장의 비상임 자문역이자 현직 대학교수인 이차크 나타니엘이었다.

두 사람이 회의장에 들어오자 미리 온 모두가 자리에서 일어나 예를 갖췄다.

"앉으시오! 오늘 상반기 정기모임에 참석하기 위해 멀리까지 와주신 여러분께 깊이 감사드립니다."

이들은 상반기와 하반기 각각 한 차례씩 정기적으로 모임을 가짐으로써 원자력계 정보를 교환하고 세계시장에 대한 전략을 세우며 전세계의 최고의 음식을 맛보며 친목을 다져왔다.

"오늘은 특히 IAEA 정기이사회를 앞두고 있어서 진지하게 논의해야 할 안건들이 여러 건입니다. 먼저 이스라엘 중동 지부의 사라 메이어 실장의 설명을 듣겠소."

의장의 붉은 얼굴이 흰 수염과 극명한 대조를 이루고 있었고, 우묵한 흑진주 색깔의 눈은 무슨 생각을 하는지 가늠하기가 쉽지 않았다. 사람들은 그를 베일 속에 가려진 제왕이라고 불렀고, 또 어떤 이들은 스탈린처럼 냉혹함이 묻어나는 인물이라고도 했다. 니콜키스의 간단한 인사말과 소개가 끝나자 이스라엘 중동 지부의 사라 메이어가 자리에서 일어나 참석자들에게 목례를 한 후 오늘의 안건을 설명을 시작한다. 그는 여성으로서 모사드 고위 간부직까지 오른 입지전적인 인물로 날카롭고 세련된 인상이었다.

"최근 이란의 핵 동향에 대해 설명 드리겠습니다. 그간 우리 모사드가 수집한 첩보에 의하면 이란은 유엔과 서방의 우려와 경고에도 불구하고 비밀리에 핵무기 개발 노력을 계속해왔습니다. 또한 이를 위해 핵물질 추출과 미사일 개발 기술을 북한에 크게 의존해왔지요. 현재 모사드는 관련 정황 증거들을 계속 찾고 있습니다. 특히 이란과 북한이 국제사회 경제규제가 강화되자 최근 핵과 미사일 관련 북한 기술자들을 비밀리에 이란의 나탄즈 등 주요 핵관련 군사 시설에 투입시켜 장기체류하며 지원하고 있다는 정황이 확인됐습니다. 양국 간 정기 여객선인 고려항공과 이란에어 등을 이용해 규제대상 화물들을 비밀리에 운송해온 것도 정황증거도 수집되었지요. 때로는 외국 전세기까지 동원해 불법적인 거래를 지속해온 것으로 보입니다."

"으흠……!"

참석자들의 신음소리와 기침소리가 여기저기서 터져 나왔다. 이란과 북한에 대한 국제사회 규제는 주로 물적 교역에 집중되어 있었으므로 기술자 등 인력 지원의 경우 이를 막을 뾰족한 방법이 없었다. 또한 전세기를 이용할 경우 제 3국의 경제 이해관계 때문에 포착이 쉽지 않았다.

"뒤쪽 스크린을 봐주십시오!"

그녀가 회장의 맞은편 벽면에 스크린을 띄웠다. 화면에 항구의 모습이 나타났다.

"이란과 북한 간의 불법적인 커넥션이 최근 파키스탄까지 연계된 3각 커넥션으로 확대되고 있습니다. 저 화면에 나타난 항구는 이란 남부의 반다르 아바스 항구입니다."

화면이 바뀌어 특정 화물선을 클로즈업하고 있다.

"그리고 항구에 정착해 있는 저 배는 노르웨이 국적의 화물선입니다. 그러나 저 배의 화주는 파키스탄 사람인 것으로 밝혀졌습니다. 우리 모사드가 이 동영상 화면 자료를 미국 측 협조를 얻어 정밀 분석한 결과, 저 배에서 내린 화물은 다시 인근의 이란 화물공항으로 옮겨져 북한으로 들어갔습니다. 여기서 중요한 것은 저 노르웨이 선박이 출발한 곳이 파키스탄 항구였다는 점, 그리고 화주가 파키스탄 인이라는 점입니다. 그러나 우리가 파악한 바로 저 화물의 원 화주는 북한입니다. 즉 해외 감시망을 피하기 위해 상대적으로 미국의 감시가 덜한 파키스탄을 화주로 노르웨이 선박을 빌려 이란으로 들어갔다가 북한으로 들어간 것입니다. 이것은 파키스탄과 이란, 북한 간 3각 커넥션의 명백한 정황증거입니다."

그녀가 설명하는 동안 회의실은 종이 넘기는 소리 하나 들리지 않았다.

"여러분도 잘 아시다시피 이란의 핵무장은, 이스라엘은 물론 중동평화에 악영향을 미칠 중대 사안인 동시에, 미국 등 서방국가의 이익에 중대한 악영향을 미칠 수 있습니다. 때문에 이란과 북한에 대한 보다 강력한 IAEA 사찰과 엄중한 유엔 제재가 뒤따라야 한다고 생각됩니다. 즉 이 문제를 차기 IAEA 정기이사회에서 반드시 다뤄야 합니다."

이스라엘 중동 지부장답게 사라 메이어는 중동 문제에 대한 현안 설명과 함께 이란에 대한 IAEA의 보다 강력한 제재를 요구한 후 자리에 앉았다.

"사라 메이어 실장, 설명 잘 들었소. 다음엔 마르셀 줄리아니 CIA 동아시아 지부장으로부터 지역 현안에 대한 설명을 듣고 난 후 함께 처리 방안을 의논합시다. 줄리아니 지부장, 설명해주시요."

마르셀 줄리아니가 자리에서 일어나 참석자들에게 가벼운 목례를 했다. 짙은 눈썹에 유난히 새카만 눈동자와 굵은 턱선이 정보를 전문적으로 분석하는 인물이라기보다는 현장요원같은 느낌을 주고 있었다.

"마르셀 줄리아니라고 합니다. 최근 우리가 입수한 첩보에 의하면 한국에서 수상한 움직임이 포착됐습니다."

"한국에서 수상한 움직임?"

참석자들 사이에서 작은 수군거림이 일었다.

"한국에서 핵물질 관련 수상한 움직임이 포착됐다는 첩보가 올라왔습니다."

"지금 북한이 아니라 한국이라고 했소?"

믿을 수 없다는 표정으로 고든 휴타지가 금테 안경을 고쳐 쓰며 물었다.

"그렇습니다. 유감스럽지만 이번 사안은 한국 관련입니다. 남한이라고 하면 더 이해가 빠르지요."

그가 골치 아프다는 듯 인상을 쓰며 대답했다.

"핵무기 제조 움직임이라면 구체적으로 무엇을 말하는 거요?"

"저희로서도 확인할 수 없었던 실험으로 추정하고 있습니다."

"확인할 수 없는 실험이라니? 그게 무슨 말이오?"

"플루토늄 추출 방식은 아닌 것으로 보인다는 얘기입니다. 아시다시피 한국의 21개 원자로는 IAEA와 미국에게 철저하게 감시당하고 있습니다."

"그렇다면?"

"우라늄 농축과 연관이 있지 않나 추정하고 있습니다."

"우라늄 농축? 한국에는 미군이 24시간 상주하고 있소. 그런 상황에서 한국이 그런 고도로 민감한 우라늄 농축 기술을 확보했다고는 믿기 어렵소."

회의실 내부가 순식간에 어수선해졌다. 프랑스 원자력업계의 아서 험멜이 왕방울 같은 두 눈을 크게 뜨고 물었다.

"그렇다면 남한도 원심분리기 도입을 추진했다는 말이오?"

마치 뒤통수를 얻어맞은 표정으로 그가 말했다. 프랑스는 한국의 우라늄 농축 대행을 맡고 있었다. 즉 한국의 우라늄 추출 정보는 그들에게 경제적으로 매우 민감한 이해관계가 걸려 있는 문제였다.

　"솔직히 말씀드리면 아직까지는 한국이 원심분리기를 도입한 흔적을 발견하지 못하고 있습니다. 오래 전 한국이 그런 움직임을 보이다가 중도에 포기했다는 의심은 하고 있었지만, 어쨌든 우리도 그런 불확실한 점들 때문에 한국 핵실험 징후의 정확한 내용을 파악하는 데 어려움을 겪고 있습니다."

　마르셀 줄리아니가 난감한 표정을 지으면서 말을 이었다.

　"CIA 한국 담당자가 그렇게 얘기하면 어쩌자는 것이오! 우리가 미 CIA와 미 의회 정치인들에게 매해 지원하는 정치자금이 얼마인지나 아시오?"

　모임의 회장인 니콜 키스가 질타하듯이 말했다. 그는 아무 대답도 못했다. 선거가 코앞으로 다가온 상황에서 말실수를 했다가는 선거자금은 물론, 유태계 표도 날아갈 판이었다. 니콜 키스 회장은 전미 유태계협회 상임고문으로 미국 내 유태계에 강력한 영향력을 가지고 있었다. 장내가 소란스러워지고 거친 숨소리가 여기저기서 터져 나왔다.

　"우라늄 농축 물질이 있다면, 어느 정도 농축률인지는 파악하고 있소?"

　여기저기서 질문이 쏟아졌다. 마르셀 줄리아니는 난처한 표정을 지으며 대답했다.

　"아직 그 부분도 파악하지 못한 상태입니다. 조금만 기다려주시면……."

"CIA는 대체 뭐하는 거요! 무기급인지 발전용 수준인지, 아니면 헛소문인지 알아야 적절한 대처를 할 게 아니오?"

장내가 다시 소란스러워지자 의장이 끼어들었다.

"여러분, 진정합시다. 지금 중요한 것을 생각합시다. 한국이 정말로 우라늄 실험을 했다면 그 농도는 어느 정도이고, 대체 어떻게 그 농축을 성공했는지를 먼저 알아야 합니다. 세 번째는 이런 일의 재발을 방지하기 위해 보다 강력한 제도적 장치를 만드는 일입니다!"

그의 발언은 세 번째 내용을 특히 강조하고 있었다.

"의장님 말씀이 맞습니다. 책임 소재를 따지기에 앞서 한국과 이란 내 상황에 대한 정확한 진상을 확인하고 보완 대책을 시급히 마련하는 게 급선무입니다."

니콜 키스 회장의 비상임 자문역이자 현직 대학교수인 이차크 나타니엘이 의장을 거들었다. 그는 지금부터 제기하려는 특별 안건에 대한 설명을 위해 오늘 회의에 참석한 차였다.

"한국과 이란과 관련한 정확한 진상 확인을 하려면 미 정보기관도 그렇지만, IAEA에서도 조사에 나서야 할 것입니다. 그런데 현행 규정상 실험실에서 일어난 일들은 규제가 어렵습니다. 그것이 무기급 실험인지 순수 연구목적의 실험인지의 구분도 모호합니다."

모두들 나타니엘의 설명에 고개를 끄덕였다. 그들은, 규제에도 불구하고 비핵보유국들이 그 허점을 이용해 교묘히 핵개발을 추진하고 있다는 의심을 떨쳐버리지 못하고 있었다.

"그래서 이번 IAEA 정기이사회에서는 이 문제의 해결과 유사사건의 재발 방지를 위해 모호하고 나약하기 짝이 없는 현행 규정을 이번 기회에 분명하게 개정해야 할 것입니다."

그가 미리 준비해온 문건을 참석자들에게 돌렸다. 사실상 남은 건 준비된 문안에 서명하는 일뿐이었다.

"여러분께 나눠드린 이 문건 내용들은 차기 IAEA 이사회에서 반드시 개정해야 하는 내용을 현행 조항과 비교해놓은 것입니다."

그때 이 비밀 모임에서 신중론을 대변해온 빅터 노만이 우려 깊은 표정으로 반문했다.

"IAEA 규정 강화는 비핵보유국 이사들의 강한 반발을 살 겁니다. 더욱이 지금 말한대로라면 강화될 규정을 소급적용하자는 말인데 과연 비핵국들에게 설득력이 있겠습니까?"

그러나 나타니엘은 그런 질문을 예견했다는 듯 조금도 망설임 없이 답했다.

"물론 반발이 있을 것입니다. 그러나 소급적용을 강제하지 않을 경우 조항 개정은 의미가 없습니다. 기존 조항들은 낡고 구멍이 많으니까요. 추정컨대 지금 핵기술이 세계 여러 나라로 번지고 있습니다. 내세우는 명분들은 핵연료 국산화지만 이를 놔둘 경우 결국 핵무기 보유를 시도함으로써 전 세계가 핵무기 경쟁에 휘말리게 될 겁니다. 또한 우리의 시장을 잠식해올 것이고요. 우라늄 농축과 핵무기 보유는 동전의 양면이니까요."

이때 마르셀 줄리아니 CIA 지부장이 거들었다.

"이것은 또 다시 우리 군수시장의 위축으로도 연결될 것입니다!"

의장은 잠시 참석자들을 둘러보며 나타니엘의 발언에 대한 반응을 살폈다. 빅터 노만은 웬일인지 더는 문제제기를 하지 않았다. 모두들 수긍한다는 듯 고개를 끄덕이고 있었다.

"자, 오늘은 뜻을 모았으니 비핵보유국 이사들의 반발이 있더라도 다음 회의 때 이 사안을 전격 통과시키도록 합시다."

보름 후 그들의 뜻대로 IAEA 이사회가 모였고, 과학자들의 개인적 실험 내용까지 조사할 수 있는 세부적인 사찰 규정을 담은 소급 규정이 비핵보유국들의 반발 속에서 통과됐다.

거세지는 국제 감시

IAEA 일부 조항이 개정된 지 보름 뒤

한국 원자력연구소 차용탁 소장 집무실에는 차 소장과 민 박사가 심각한 표정으로 테이블을 사이에 두고 앉아 있었다. 차 소장 앞에는 방금 IAEA에서 날아온 팩스 한 장이 놓여 있었다. 앞에 놓인 커피는 차갑게 식은 지 오래였다. 두 사람은 팩스를 가운데 두고 석고상처럼 굳은 표정으로 앉아 있었다.

차 소장 앞의 팩스는 「각국 원자력연구소 연구원들의 실험환경 특별 점검」이라는 제목의 협조요청 공문이었다. 표현은 '점검'이라고 둘러대고 있었지만 핵무기 제조 의혹에 대해 IAEA가 긴급 사찰을 하겠다는 의도였다. 드디어 우려했던 일이 벌어진 것이다. 민 박사가 한동안의 침묵을 깨고 입을 열었다.

"절대 이 협조 요청을 받아들여서는 안 됩니다. IAEA의 이번 사찰이 소급 조항에 근거한 것도 문제지만, 사찰 적용 대상 선정도 불공정하기 짝이 없습니다. 비핵보유국가들, 그중에서도 한국을 대상으로 의혹을 제기하고 있지 않습니까. 이번 IAEA 특별 사찰은 사실상 한국에 대한 표적 사찰이 분명합니다."

"정말 우리에 대한 표적 사찰인가……?"

"그렇습니다, 명백히 한국을 노린 사찰입니다. 소급 조항을 통과시키고 나자마자 한국을 첫 번째 대상으로 삼았습니다. 이란과 북한이 이번 특별 점검에 호응할 가능성은 희박하고, 그들은 이미 개정된 조항을 수용할 수 없다는 입장을 밝히지 않았습니까."

민태준 박사의 눈에서 불꽃이 일고 있었다. 그는 황석광 인근에서의 총격전 이후 보이지 않는 세력의 개입을 피부로 느끼고, 그에 대한 강한 반감을 느끼고 있었다. 소장은 고개를 끄덕이며 사실상 동의를 표시했다. 이란과 북한은 이미 이 소급 입법을 받아들일 수 없다는 입장을 공개적으로 밝혔지만, 한국은 중립적 입장을 취하고 있었다. 소장은 국제기구에 대한 협조 거부가 혹시라도 더 큰 문제를 키우지 않을까 하는 우려에 압박당하고 있었다. 여전히 결정을 내리지 못하는 소장을 바라보며 민 박사가 다시 입을 열었다.

"이번에 IAEA 공문은 뭘 점검하겠다는 것인지도 명확치가 않습니다. 그러니 언론에 공개하지 않고 비공개적으로 보내왔겠지요. 이는 그만큼 이들도 한국 관련 제보에 확신하지 못하고 있다는 것을 의미합니다. 즉 이는 IAEA라는 공신력이 있는 기구를 이용해 한국을 탐색하려는 보이지 않는 세력의 음모라는 생각이 듭니다. 즉 우리는 여기에 말려들 필요가 없다고 봅니다."

"보이지 않는 세력이라…… 민 박사 말이 일리가 있는 것 같군. 좋네. 우리의 연구주권이 여전히 살아 있음을 보여주세!"

사흘 후 차 소장은 IAEA 특별 점검단 앞으로 한국의 입장을 담은 비공식 서한을 보냈다.

「IAEA의 이번 특별 점검이 한국 과학자들의 창의적인 연구 의욕을 꺾을 것이 우려됩니다. 연구자들이 실험실 내에서 행하는 소규모 실험은 학술적 차원에서 권장되고 접근되어야 할 사안이거늘, 여기에 국제 규제와 감시의 칼날을 적용하는 것은 지나친 처사이자 자칫 주권침해 소지마저 있습니다. 역사적으로 과학은 연구자들의 자유로운 연구 활동 속에서 놀랄 만한 결과를 도출해왔습니다. 부디 대한민국의 입장을 잘 헤아려 특별 점검 계획을 철회해주시기 바랍니다. 한 가지 덧붙이자면, 이번 조항 탄생 과정에도 적지 않은 반대와 논란이 있었던 만큼 이 조항을 근거로 특별 점검을 강행할 경우 비핵국들의 강력한 저항은 물론 강대국들의 횡포라는 비난이 국제사회에 형성될 우려도 있습니다.」

그러나 상황은 쉽게 끝나지 않았다. 차 소장이 IAEA 앞으로 한국의 입장을 전달한 지 한 달쯤 지났을 무렵 IAEA에서 다시 특별 점검에 대한 협조 요청 공문이 날아왔다.

「한국에서 일군의 원자력 분야 연구자들이 실험실에서 비밀리에 핵물질 실험을 했다는 정황 제보가 본 기구에 입수되었습니다. 따라서 지난 번 이사회에서 통과된 개정 조항에 근거해 한국 연구자들의 실험실을 직접 방문해 살펴보고자 합니다. 이번 특별 점검은 IAEA의 공식 점검이나 사찰이 아닙니다. 우리는 귀국으로 하여금 특별 점검을 수용하도록 강요할 생각은 없습니다. 하지만 귀국도 알고 있다시피 IAEA 회원국들은 IAEA와의 상호신뢰와 자발적 협조 속에서 핵 확산 방지를 위해 노력해왔습니다. 협조 요청을 정당한 이유 없이 거부할 경우 국제사회 일각으로부터 귀국이 받고 있는 핵물질 비밀 제조 의심이 사실로 굳어질 수 있다는 점을 밝혀둡니다. 한국이 당당하다 면 특별 점검을 거부할 하등의 이유가 없다고 생각합니다.」

두 번째 공문은 첫 번째 공문과 내용에서는 큰 차이가 없었으나 표현 면에서 대단히 위압적이었다. 하지만 이 공문도 역시 언론에 공개되지 않았고, 점검의 구체적 대상에 대한 공지도 모호했다. 이는 IAEA도, 만에 하나 특별 점검에서 성과를 얻지 못할 경우 돌아오게 될 역풍을 부담스러워하고 있음을 보여주고 있었다.

'IAEA 측의 특별 점검 압력이 집요하군.'

차 소장은 우라늄 농축 특수 사업을 승인하면서 오늘 같은 일을 각오하지 않은 건 아니었다. 하지만 막상 IAEA로부터 2차 요구서를 받고 나니 연구소, 아니 한국을 향해 사찰의 먹구름이 몰려오고 있다는 불안감이 커져갔다. 하지만 그는 고심 끝에, 보이지 않는 적들에게 도전장을 내미는 심정으로 2차 요구서 역시 수용 불가하다는 한국의 입장을 다시 전송했다.

「우리 대한민국은 IAEA 조항에 어긋나는 행동을 한 적이 없다고 자부합니다. 적어도 최근 핵보유국들이 일방적으로 일부 조항을 개정하기 전까지는 말입니다. 또한 국제 감시가 아닌 국제적 연구와 학술적 차원에서 논의하는 자리라면 얼마든지 그간 연구 내용에 대해 허심탄회하게 밝히고 토론할 용의가 있다는 점을 말씀드립니다.」

한국의 원자력연구소와 IAEA와의 신경전이 고조되면서 긴장감도 커져갔다. 차 소장과 민 박사가 IAEA라는 거대한 국제기구를 전면에 내세운 보이지 않는 세력과 싸우는 동안, 정부 내 누구도 이들을 적극적으로 도우려 들지 않았다. 문현수 차장이 피살 당한 이후 정부와의 희미한 연결선마저도 완전히 끊어진 상태였다. 연구소 특수사업부에서는 한동안 불안한 나날이 지속됐다.

"특수사업부 연구원들이 동요하고 있지는 않습니까?"

"동요 같은 건 없습니다. 모두 이번 실험 성공에 강한 자부심을 갖고 있습니다."

"IAEA의 특별 점검 요청 사실에 대해 알려주긴 했습니까?"

"네, 하지만 그들도 저와 같은 생각입니다. 외세의 압력에 굴복해선 안 된다고 말합니다."

"저들이 아무리 놀라운 정보망을 갖고 있다 한들 우리의 프로젝트를 속속들이 알기는 쉽지 않을 것이오. 모두 민 박사의 모자 씌우기 덕분이오, 지금으로서는 다행입니다."

서울 옥수동 산동네

홍태평은 마을 공용주차장에 자신의 2.5톤 냉동 탑 차를 세웠다. 어둑어둑해지는 하늘에는 돛단배를 닮은 달이 구름 사이를 외로이 떠돌고 있었고, 달빛을 받은 저 멀리 한강은 은빛으로 출렁이고 있었다.

그가 차를 세운 직후, 검정색 승용차 한 대가 그로부터 얼마 떨어지지 않은 곳에 멈춰서는 것이 백미러에 잡혔다. 홍태평은 차에서 내리지 않고 백미러를 통해 뒤쪽의 차를 주시했다. 그는 최근 괴산에서 은밀한 작업에 참여한 이후로 늘 주변을 살피는 버릇이 생겼다. 짧은 시간에 많은 돈을 벌어서도 좋았지만, 뭔가 국가를 위한 중요한 일에 동참했다는 자부심도 있었다. 그가 미행을 의심한 것은 마을 어귀에서부터였다. 멈칫멈칫 그의 뒤를 따라 경사진 길을 오르는 모습에서 해당 차는 이 길이 초행임을 직감할 수 있었다.

잠시 후 뒤차에서 사람 하나가 내려 그가 있는 쪽으로 다가왔다. 사이드 미러에 잡힌 그 음산한 표정을 보는 순간 핸들을 쥔 손에 땀이 배었다. 그러나 그는 그를 지나쳐 부챗살처럼 뻗은 산동네 골목을 향해 걸음을 재촉했다.

그는 공용주차장의 희미한 가로등 불빛에 의지해 짙은색 양복 차림의 그 뒷모습을 눈으로 뒤따랐다. 그가 왼편 골목으로 접어들어 시야에서 완전히 사라지고 나서야 그도 차에서 내렸다.

그는 오른편 골목길을 통해서 산동네로 걸음을 옮겼다. 언덕에 형성된 주택가 골목은 초입 부근 몇몇 상가에서 흘러나오는 노란 불빛이 조명 역할을 하고 있었다. 음지와 양지가 구분되지 않는 곳, 모두가 생존을 위해 싸우는 산동네 공동체. 그런데 최근 이곳에 재개발 바람이 불면서 주민들 사이에 지나친 기대감과 반목이 일고 있다는 게 더없이 안타까웠다.

어디선가 귀에 익은 소리가 들렸다. 마을 아래로, 칸마다 불을 밝힌 전철이 특유의 금속음을 내며 달려왔다.

달빛에 비친 한강과 불밝힌 전철을 바라보는 일은 그에게 고단한 삶을 벗어난 여유와 같았다. 이때는 그가 유일하게 위에서 아래를 내려다보는 시간이기도 했다. 전철 레일 너머로 불을 환하게 밝힌 고층 아파트 단지가 우뚝 서 있었다.

전철이 꼬리를 감추며 시야에서 완전히 사라질 무렵, 갑자기 뒷목이 서늘해졌다. 왼편 골목으로 사라졌던 정체불명의 낯선 자가 불쑥 다시 나타난 것이다. 홍태평은 순간 흠칫했다.

"홍태평 씨 되십니까?"

그의 쇳소리 나는 목소리에 홍태평의 가슴은 방망이질 쳤다.

"그렇소만 댁은 누구시요?"

홍태평이 짐짓 아무렇지도 않은 척 퉁명스럽게 묻자 그가 자신의 신분증을 보여주었다. 누르스름한 가로등 불빛 아래 얼핏 보니 정보부 요원 신분증이었다.

"얼마 전 괴산에서 당신이 한 작업에 대해 좀 물어볼 것이 있습니다."

괴산이란 말에 홍태평은 소스라치듯 놀랐다. 가족 외에는 누구에게도 말하지 않았던 은밀한 작업이었다.

'내가 그 작업을 한 사실을 어떻게 알지?'

홍태평이 그의 얼굴을 자세히 쳐다보았다. 그 눈에는 살기가 느껴졌다. 불현듯 그가 내민 신분증이 의심스러웠다. 절대 극비 사항이라며 보안을 강조하던 연구소장의 말이 떠올랐기 때문이다. 의심하는 눈초리를 느낀 상대방이 갑자기 손을 뻗어 홍태평을 잡으려 했다. 순간 그는 그 손을 급하게 뿌리치고 뒷걸음질을 친 후 돌아서 언덕 꼭대기를 향해 뛰기 시작했다. 잠시 멍하니 그를 바라보던 사내도 그를 쫓기 시작했다.

홍태평은 얼마 못 가 숨이 턱까지 차올랐다. 쫓는 자와 쫓기는 자의 숨소리가 밤공기를 불안하게 가르며 골목 안에 퍼져나갔다. 산 중턱쯤 오르자 홍태평은 모든 걸 포기하고 멈추고 싶을 정도로 허파가 찢어지는 듯한 고통을 느꼈다. 뒤를 돌아보니 사내가 뻗으면 손이 닿을 듯한 거리에서 따라오고 있었다. 언덕 정상에 다가가자 계단이 나타났고, 몇몇 집들에서 희미한 불빛이 새어나왔다. 하지만 대부분의 집들은 불 꺼진 채로 이미 철거가 확정됐음을 말해주는 숫자가 대문에 표시되어 있었다.

그는 계단을 오르면서 자신이 방향을 제대로 잡은 것인지 확신할수 없어 두려움에 사로잡혔다. 소리를 쳐도 도움될 만한 일은 벌어질것 같지 않았다. 놈은 여전히 가까이 붙어서 쫓아오고 있었다. 계단을통해 언덕 정상에 오르자 이번에는 산길이 눈앞에 나타났다. 뒤를 돌아보니 그의 집이 멀리 보였다. 놈은 여전히 눈에 불을 켠 채 언덕 계단을 오르고 있다.

그는 왼편으로 난 산언덕 길을 향해 뛰었다. 그곳의 가파른 경사로인해 조금씩 미끄러지면서 때로는 손으로 흙과 풀을 움켜잡으며 기어올랐다. 구름 한 점 없는 하늘에는 달이 교교한 빛을 발산하고 있었다. 홍태평이 산 정상을 거의 올랐을 무렵 갑자기 눈앞에 3미터 가량높이의 철조망이 가로막고 나섰다.

'이 산 정상에 철조망이라니?'

빠른 눈길로 철조망에 붙은 경고문을 읽어보니 최근에 설치된 무인변전소 시설이었다. 재개발공사 때문에 설치된 것 같았다. 후진할 길이 없었다. 빠져나갈 길은 철조망을 오르는 방법 밖에 없었다. 놈은점점 가까이 다가오고 있었다. 달빛에 드러난 사내의 입에서 흘러나오는 거친 숨소리가 그의 귀까지 들려왔다.

홍태평은 있는 힘을 다해 철조망을 기어오르기 시작했다. 아래를보니 사내는 서의 1미터 아래까지 접근해 있었다. 그가 홍태평의 발을 잡으려고 손을 뻗는 순간, 홍태평은 철조망 담을 넘었다. 그의 몸이 떨어지면서 쿵 하는 소리가 주변에 둔탁하게 퍼졌다. 그도 모르게신음소리가 튀어나왔다. 그러나 방심하고 있을 틈이 없었다. 사내도철조망을 거의 다 오른 상황이었다.

그는 몸을 일으켜 세워 다시 앞으로 달렸다. 옆구리와 팔이 욱신거렸다. 충격 때문에 머릿속이 빙빙 돌고 균형을 잡기 어려웠다. 그는 비틀거리며 앞으로 달렸다. 이상한 기분이 들어 어둠 속 전방을 세히 살펴보니 철조망이 또 다시 그를 가로막고 있었다. 뒤를 보니 사내는 없었다. 그제야 그는 자신의 사방으로 철조망이 둘러쳐져 있다는 것을 알았다. 뒤늦게 자신이 매우 위험한 지역에 갇혀버렸다는 것을 깨달았다. 거대한 변압기와 관련 부속 장비들이 흉물스럽게 눈에 들어왔다.

'이곳을 빨리 벗어나야 해!'

그가 떨리는 손과 발을 진정시키며 다시 철담을 넘었다. 그리고 앞으로 달려 나가려는 순간, 누군가의 손이 뒤에서 그의 머리카락을 잡아 당겼다. 길목에서 미리 대기하고 있던 사내였다. 그는 힘없이 뒤로 나동그라졌다. 이미 지칠 대로 지쳐 저항할 기운도 없었다. 위에서 계속 신물이 올라오고 있었다. 그를 쓰러뜨린 남자의 겉 모습은 별로 지친 듯이 보이지 않았지만, 그의 입에서 나오는 거친 숨소리가 마치 쇠를 가는 그라인더 소리처럼 들려왔다. 그의 새카만 눈동자가 그를 노려보고 있었다.

"다시 묻겠다. 괴산에서 네가 한 작업이 뭐지?"

"나는 물건을 실어 날랐을 뿐이오."

"어떤 물건?"

"어떤 물건인지는 모릅니다. 그들이 주는 대로 실어 날랐을 뿐이오."

"어디로 물건을 실어 날랐지?"

홍태평은 다시 소장의 말이 떠올랐다.

"여기서 한 일은 무덤까지 비밀로 유지해야 합니다. 물건의 내용에 대해서도, 물건의 도착지에 대해서도 일체 발설해선 안 됩니다. 당신은 그저 시키는 대로만 하면 됩니다."

"그건 모릅니다. 알아도 말할 수 없소!"

그러자 놈이 한손으로 그의 목을 잡아끌었다. 엄청난 완력이었다. 그는 종잇조각처럼 그가 이끄는 대로 끌려 올라갔다.

"죽고 싶어 환장했군!"

목에 가해지는 엄청난 압박 때문에 숨이 멎을 것 같으면서도 홍태평은 그의 손에서 벗어날 궁리를 했다. 그는 놈의 사타구니가 있을 위치를 그려보았고, 마지막 남은 힘을 다해 무릎으로 그쪽을 강하게 걷어찼다.

"윽!"

순간적으로 그의 목을 움켜쥔 사내의 손아귀 힘이 약해졌다. 홍태평은 그 틈을 이용해 사내의 손아귀를 강하게 뿌리치고 다시 도망치기 시작했다. 어디가 어딘지 방향을 잡기가 어려웠다. 뒤를 돌아다보니 사내가 어둠 속에서 꾸물거리며 일어서더니 곧바로 다시 쫓아오기 시작했다. 다시 붙잡히면 죽을 수밖에 없다는 강한 공포감이 그를 휘감았다. 더 달리다 보니 앞쪽으로 주택가 불빛이 보였다. 불빛을 보는 순간 방향 감각이 다시 살아났고, 차를 세워둔 주차장 방향이 눈에 들어왔다.

'이쪽 길이 맞군!'

순간 사내가 홍태평을 붙잡으려고 허공으로 몸을 날렸다. 간신히 그 손을 피해 앞으로 내달리는 순간, 홍태평은 자신의 몸이 허공에 붕 뜬 것을 느꼈다. 상황을 파악했을 때는 이미 늦었다. 그는 벼랑 아래

산길 아래로 세차게 굴러 내려갔다. 나무와 바위들이 온몸에 부딪치며 뼈가 부러지는 둔탁한 소리가 들렸다. 홍태평은 가족들의 얼굴을 떠올렸다. 뒤따라오던 사내가 벼랑 위에 서서 거칠게 욕을 내뱉었다.

"제기랄!"

그는 곧 자리를 떴다. 다음날 아침, 홍태평은 온몸에 피멍이 든 시신으로 발견됐다. 인근을 지나던 마을 주민이 발견하고 신고한 것이다. 소식을 듣고 달려온 가족들은 오열했다. 잠시 후 한 사람이 그의 영안실로 들어왔다. 신문에 난 사건 기사를 보고 달려온 차 소장이었다. 그는 유가족에게 고개를 숙인 채 말했다.

"진심으로 위로의 말씀을 드립니다."

영문도 모르고 졸지에 남편을 잃은 부인은 졸도 직전이었다. 차 소장은 유가족에게 위로금을 전달하고 영안실을 나왔다. 마음이 착잡했다. 홍태평은 2차 특수사업인 황석광 시스템 구축 사업에서 운반 일을 맡아 비밀 물질을 은밀한 장소로 옮기는 일을 했다. 차 소장은 인근 파출소에 들려 자신의 신분을 밝히고 사인을 물었다.

"사인이 뭡니까?"

"목격자는 없지만 목에 강하게 졸린 흔적이 있는 것으로 보아 피살당한 것으로 추정됩니다. 문제는 이곳은 산동네라 방범 CCTV가 충분치 않아서 목격자를 확보하기가 쉽지 않다는 것입니다."

경찰관이 답답한 표정으로 말했다.

소장은 파출소를 나오며 심한 자책감에 휩싸였다. 홍태평은 한때 연구소 운전 요원으로 일했던 자로, 어느 날 개인 사업을 하겠다면서 연구소를 퇴직했다. 그러나 희망과 달리 사업이 풀리지 않고 생계가 어려워지자 소장에게 장문의 편지를 띄었다. 임시직이라도 좋으니

다시 일하고 싶다는 내용이었다. 소장은 그의 딱한 사정을 알고 연구소 2차 극비 사업인 황석광 시스템 구축 사업에 두 달 가까이 그를 운전 요원으로 임시 채용했다. 그런데 그가 바로 그 황석광 사업 때문에 피살당한 것이다. 소장은 그를 죽음에 몰아넣은 건 자신이라는 자책감에 괴로워하며 한 동안 깊은 절망감 속을 헤맸다.

"홍태평 씨가 피살됐네. 2차 사업에 참여했던 화물 트럭 운전자야."

다음 날 아침, 차 소장이 침통한 표정으로 민 박사에게 말했다. 그도 이미 신문 기사를 보고 홍태평의 죽음에 대해 알고 있었다. 민 박사도 표정이 어두워졌다.

"놈들이 우리 코앞까지 와 있다는 느낌이 드네. 황석광 시스템 구축 사업은 극비리에 진행된 사업이었는데 놈이 홍태평의 정체를 어떻게 알았는지 이해할 수 없군. 소름이 끼쳐! 마치 놈들이 우리를 어항 속에 가둬놓고 지켜보고 있는 것 같네."

"이번 일로 정부 내, 적어도 원자력연구소 내부에 스파이가 있다는 것이 분명해졌습니다."

"민 박사의 팀원들은 지금 어떻소?"

"팀이 해체된 후 각기 다른 부서에서 연구 활동을 하고 있습니다. 일부는 해외에 나가 있구요. 그들은 실험기간 동안 가명을 사용했기 때문에 신분이 노출될 염려는 거의 없습니다. 걱정하지 않으셔도 됩니다. 그런데 운전자가 놈에게 물질이 실려간 장소를 말하지 않았을까요?"

"그렇지 않다는 걸 오늘 아침 확인했네. 하지만 절대 방심해선 안 되네. 아직은 모든 게 불확실한 상황이야. 홍태평 씨는 비밀을 지키려다 죽은 것으로 보이네. 보안 유지에 앞으로 더 신경 써야 할 것 같아."

9.11 테러

민 박사의 팀이 IAEA와 신경전을 벌이고 있을 무렵, 전혀 예상치 못한 초유의 사태가 발생했다. 미 역사상 처음으로 미 본토의 심장부가 유린당하는 9.11 테러가 발생한 것이다. 2001년 9월 11일, 이슬람 무장 테러 단체 알카에다의 손에 뉴욕의 세계 무역 센터와 워싱턴의 국방부 청사 펜타곤이 테러 당했다. 미국은 물론 그것을 목격한 전 세계가 경악했다. 미국의 수도 한 복판에서 벌어진 이 초유의 자살 테러 사건으로 수천 명이 사망했고, 수천 명이 부상당했다. 부시는 테러와의 전쟁을 선포하고 빈 라덴과 그의 조직 알카에다를 뿌리 뽑기 위해 동분서주했다. 세계의 관심은 이 테러와의 전쟁에 쏠렸고, 그러는 사이에 한국의 핵물질 실험에 대한 미국의 관심도 수면 아래로 가라앉았다.

이는 한국 과학자들로서는 숨을 돌릴 여유였다. 파키스탄과 아프가니스탄 접경 지역의 황량하고 험준한 산악지대에 숨어 있는 빈 라덴과 그의 테러 조직들이 최첨단 무기와 장비로 무장한 미군의 추격 팀을 조롱하듯 따돌리고 있었다.

"요즘 우리 연구소 핵실험 의혹에 대한 IAEA나 외부의 시선이 좀 가라앉은 것 같습니다."

민 박사가 소장에게 말했다.

"테러에 희생된 사람들에게는 안 된 얘기지만, 다행히 그런 것 같군. 하지만 수면 아래 잠시 가라앉았다고 봐야지. 언젠가는 다시 위로 떠오를 테니까."

한편 그 무렵 대선을 앞둔 부시는 뭔가 일을 벌일 참이었다. 결국 그는 빈 라덴과 알카에다 괴멸에 실패했고, 이를 무마할 필요가 있었다. 결국 부시는 연계성이 부족하다는 수많은 지적에도 불구하고 알카에다와 연계성이 의심되며 대량살상무기를 보유하고 있다는 이유로 2003년 3월 20일, 이라크를 상대로 전쟁을 선포했다. 하지만 그는 대량살상무기가 핵무기인지 생화학무기인지조차도 명확히 하지 않았다. 이는 미국의 허락 없이 핵무기 등 대량살상무기를 보유하는 것을 금지시키겠다는 경고이기도 했다.

미국과 이라크의 전쟁은 코끼리가 개미를 짓밟는 것이나 다름없는 일방적인 전쟁이었고, 그 결과 미군은 20일 만에 이라크를 완전히 함락시켰다. 그럼에도 부시는 빈 라덴과 알카에다 조직 괴멸에 실패해 초조하기만 했다. 덕분에 한국의 핵물질 실험 의혹은 미국의 관심사에서 점차 후순위로 밀려났다.

그러나 소장의 불길한 예언은 들어맞았다. 9.11 테러 이후 3년 가까이 수면 아래 잠겨 있던 한국의 핵물질 실험 사안이 엉뚱한 곳에서 수면 위로 떠올랐다. 이는 훗날 한국 현대 정치외교사에서 가장 당혹스런 사건 중에 하나로 기록되게 된다.

워싱턴 DC 포토맥 강가에 위치한 부시의 선거운동본부

한국에서 핵물질 실험이 있은 지 3년이 흐른 2004년 4월 초, 부시의 재선을 돕기 위해 1급 참모들이 모였다. 포토맥 강 위에 서린 짙은 안개처럼 선거 본부는 심각한 분위기였다. 선거 본부에서 내려다보이는 포토맥 강가도 우울한 날씨 때문인지 카누를 즐기는 이들도, 송어를 낚던 낚시족도 보이지 않았다.

"엘바라데이 IAEA 사무총장이 내일 오스트리아 빈 본부에서 예정대로 기자회견을 가질 예정입니다. 여기서 그는 이라크에 대량 살상무기가 없다는 취지의 주장을 펼칠 것으로 보입니다. 분명히 우리의 선거전에 타격이 될 겁니다."

백악관 선거 참모 어윈 덜레스가 근심어린 표정으로 말문을 열었다. 선거운동사무실에 모인 이들은 미국 동, 서, 남, 북, 중앙 등 5개 지역의 선거 책임자들과 백악관, 공화당에서 온 선거 책임자들, 포토맥 강 건너편 버지니아 주 랭리의 CIA에서 특별 차출된 비밀요원, 부시의 재선을 돕는 몇몇 기업인들과 대학교수 등이었다.

갈매기 한 쌍이 포토맥 강물 위에 우울한 울음소리를 남기며 날아갔다. CIA 내 선거 담당이자 오스트리아 빈 주재 비밀요원인 얀센버그의 보고가 이어졌다.

"IAEA 내 우리 협조 요원의 제보에 의하면, 엘바라데이는 내일 기자회견에서 이번 전쟁은 미국 에너지 업계인 홀리버튼 사의 중동 석유 시추권 확보 때문이라는 의혹 또한 제기할 것이라 합니다."

홀리버튼 사는 석유 시추와 건설을 전문으로 하는 미국 내 최대의 군산복합체로서 딕 체니 부통령이 바로 이 회사의 CEO 출신이었다.

"엘바라데이도 이제 본격적인 정치꾼이 다 됐군. 부시 대통령의 최측근인 딕 체니 부통령을 건드려서 관심을 끌겠다는 수작 아닌가?"

공화당 선거 담당자 골드 커크가 경멸조로 내뱉었다. 그는 부시와 같은 텍사스 주 출신으로 아버지 부시 시절부터 부시 가문의 정치자금 후원자 역할을 해왔다. 뒤이어 텍사스 주에서 온 기업가 출신 휴워드 레논이 입을 열었다.

"국제기구 사무총장은 통상 재선이 관례 아닙니까? 3선은 욕심입니다. 미국 정부가 왜 그런 사람을 사무총장에 두 번씩이나 앉혀놨는지 이해할 수가 없군요. 나는 이러자고 미국 정부에 그 많은 세금을 바치는 게 아닙니다. 엘바라데이의 3선은 반드시 막아야 합니다."

그는 특히 엘바라데이에게 불만이 많았다. 그는 자신에게 돌아오기로 되어 있던 이라크 석유 시추권이 막판에 엘바라데이가 영향력을 행사하면서 중동계로 넘어갔다는 의심을 강하게 품고 있었다.

"더 시급한 건 내일 열릴 엘바라데이 기자회견입니다. 무슨 수를 써서라도 막아야 합니다."

이야기 전개가 산만해지자 백악관에서 나온 선거책임자가 방향을 바로 잡았다.

"엘바라데이에 대한 IAEA 회원국들의 지지 분위기는 어떻습니까?"

그가 IAEA 주재 미 CIA 요원에게 물었다.

"회원국들 사이의 지지세가 만만치 않습니다. 그는 비교적 중립적 입장에서 IAEA를 이끌어 왔다는 평을 받고 있습니다. 러시아와 중국도 엘바라데이에 대해서는 비교적 호의적인 태도를 보이고 있습니다."

"러시아와 중국까지도? 골치 아프게 됐군!"

참석자들 가운데 누군가로부터 한숨소리가 터져 나왔다.

"현재 후보군으로 엘바라데이를 막을 수 없다면 다른 후보를 찾으면 되지 않겠습니까?"

백악관의 어윈 덜레스가 불쑥 후보 교체 필요성을 제기했다. 모두들 그를 쳐다보았다. 엘바라데이가 재선되어 사무총장직을 맡는 동안 그와 맞설 만한 인물이 딱히 눈에 띄지 않던 차였다. 모두가 난감한 표정을 짓고 있는 걸 본 그가 다시 말을 이었다.

"인물은 찾아보면 되겠지요. 없으면 만들어내면 됩니다. 엘바라데이도 우리가 밀어줘서 당선된 인물 아닙니까?"

"혹시 염두에 둔 후보가 있습니까?"

다른 참석자들이 반신반의하는 표정으로 물었다.

"무명의 엘바라데이가 사무총장이 된 것도 순전히 미국의 도움 때문이었습니다."

참석자들 가운데 고개를 끄덕이는 이들이 많았다.

"IAEA 사무총장 자리를 노리는 후보들은 얼마든지 있습니다. 지금부터 찾아도 늦지 않을 겁니다. 내가 부시 대통령에게 건의해보겠습니다. 아마 대통령도 반대하지 않을 겁니다."

그의 얼굴에 자신감이 드러났다.

"현재 엘바라데이의 경쟁 상대로 어떤 인물들이 거론되고 있소?"

공화당에서 나온 골드 커크가 궁금한 얼굴로 물었다.

"현재 엘바라데이에게 도전을 표한 인물들은 IAEA 일본대사와 남아프리카공화국 민티 IAEA 대사, 장-폴 퐁슬레 전 벨기에 부총리, 경제협력개발기구(OECD) 산하 원자력기구(NEA)의 루이스 에차바리 사무총장, 어네스트 페트릭 전 슬로베니아 IAEA 대사 등 5명입니다."

CIA 요원이 잠시 숨을 돌린 후 말을 이었다.

"일본의 아마노 후보는 IAEA의 탈정치화, 이란 핵문제에 대한 원칙적 대응 등을 강조해 미국 등 서방의 지지를 받고 있는 반면, 남아프리카 민티 후보는 이란 핵 문제에 '적극적 중재자'를 자임하고 있지만 서방 진영이 강한 거부감을 보이고 있지요. 따라서 이들 외에 다른 후보를 찾아야 할 것으로 보입니다."

골드 커크가 그의 분석에 수긍이 간다는 듯 고개를 끄덕였다. 현재까지의 전망은 엘바라데이가 3선에 도전한다면 그대로 통과될 가능성이 높다는 것이었다. 그들로선 그것은 어떻게 해서든 막아야 했다. 백악관 선거참모 어윈 덜레스가 이날 모임의 결론을 맺었다.

"좋습니다. 다른 사무총장 후보를 물색하는 문제와 엘바라데이 기자회견을 막는 문제를 병행해서 추진해야 할 겁니다. 엘바라데이 후임자 선정 문제는 내가 부시 대통령에게 직접 보고하겠습니다. 그리고 오늘 모임에서 나온 얘기들은 외부에 알려지지 않는 게 좋겠습니다."

오스트리아 빈 시가지가 한눈에 내려다보이는 도나우 타워

비에 젖은 도나우 강이 빈 시가지를 돌아 흑해로 흘러가는 모습이 한눈에 내려다보였다. 이곳은 도나우 타워의 명물인 회전식 레스토랑으로, 새벽부터 내린 비에도 불구하고 많은 관광객들로 북적였다. IAEA 본부 건물이 바라다 보이는 레스토랑 한쪽 구석에 두 사내가 팽팽한 긴장감 속에 마주 앉아 있었다. IAEA 본부에서 온 직원 어서 멀린과 오스트리아 빈 주재 CIA 요원인 요하네스 얀센버그였다.

"백악관 분위기가 폭발 일보 직전입니다. 꼭 기자회견을 강행해야 하겠습니까?"

얀센버그가 막 커피잔을 탁자 위에 내려놓은 IAEA 대외 협력실 어서 멀린에게 말했다. 그 발언에서는 엘바라데이에 대한 섭섭함과 불만이 느껴졌다. 어서 멀린이 맞은편에 앉은 CIA요원을 힐끗 쳐다보더니 입을 열었다.

거세지는 국제 감시

"이미 회원국들과 언론들에 기자회견 개최를 통보했소, 이제 와서 취소하면 IAEA의 국제 위상이 크게 흔들릴 거요, 미국 정부의 눈치를 보고 있다고 온갖 비난이 쏟아지겠지."

어서 멀린의 대답은 단호했다.

"정말 IAEA가 미국 선거에 개입하고 있다는 오명을 뒤집어쓸 생각입니까? 내일 기자회견을 하게 될 경우 IAEA가 민주당 후보를 지원하고 있다는 정치적 구설수에 휘말릴 수 있습니다. 시점이 좋지 않습니다."

요원이 은근한 설득과 위협을 병행하며 기자회견 취소를 압박했지만, 어서 멀린은 불쾌하다는 듯 말했다.

"정치적 구설수요? 부시 대통령 눈치 보느라 기자회견을 연기하는 거야말로 구설수에 휘말리는 일이 될 거요."

"이보시오! 존 캐리 후보는 무책임한 정치인이오. 그는 이라크 재건에서 발을 빼려 들고 있소. 눈앞의 표를 위해 인기 전술을 쓰고 있단 말이오. 엘바라데이 사무총장의 기자회견으로 존 캐리가 이득을 보게 되면, 그건 결국 빈 라덴을 돕는 결과가 될 것이오. 빈 라덴은 이라크를 중동 장악의 전진기지로 삼으려 들고 있소. 그러면 이라크는 이슬람 근본주의자들의 오아시스가 될 것이고, 그럴 경우 이라크 국민들이 다시 겪게 될 고통을 생각해봤습니까?"

요원이 눈에 불을 켠 채 어서 멀린을 코너로 몰기 시작했다.

"이라크 국민들의 고통……? 아무 증거도 없이 이라크 전쟁을 일으킨 장본인은 누구요? 이라크 국민들을 괴롭히는 게 미국의 정치 중립이오? 미국이 대량살상무기를 전쟁 명분으로 거론한 이상 우리 IAEA는 이 사실을 파악해야 할 의무가 있소. 솔직히 말해볼까요? 당신은 이라크 재건을 걱정하는 게 아니라 부시 대통령의 재선에 차질이 있을까 걱정하는 거 아니오? 갈수록 차가워지는 여론을 더욱 의식하는 것 아니냐 이 말이오."

어서 멀린은 조금도 물러서지 않았다. 얀센버그가 담배연기를 허공으로 내뿜으며 말했다.

"왜 하나만 알고 둘은 모르십니까? 후세인은 이라크의 석유 국유화 조치를 통해 반미 이미지를 앞세워 중동지역의 강자로 군림하려 했습니다. 그런 후세인을 그대로 둘 경우 중동에 석유 국유화가 유행병처럼 번져갈 것이고, 그러면 전 세계가 에너지 대혼란에 빠졌을 것입니다. 이게 바로 빈 라덴이나 극단 이슬람주의자들이 노리는 겁니다. IAEA는 여기에 협력할 생각입니까?"

요원은 한발도 물러서지 않고 반박했다. 그가 말을 이었다.

"생각해보세요, 지금 빈 라덴이 노리는 게 무엇이겠습니까? 그는 지금 부시 대통령이 재선에 실패하기만을 학수고대하고 있습니다. 그걸 위해서라면 무슨 일이든 할 것입니다. IAEA는 그런 빈 라덴의 바람을 따를 작정입니까?"

"이제 당신이 왜 나를 만나자고 했는지 들었으니, 내 대답을 분명히 하겠소."

어서 멀린이 눈을 똑바로 뜨고 최후 통첩하듯 얀센버그를 쏘아보며 입을 열었다.

"무엇보다 IAEA는 핵 문제에 관한 한 진실을 밝혀야 할 국제사회의 의무가 있소. 미국의 석유자원 확보를 위해 국제기구의 중립성을 훼손할 수는 없습니다. 이게 우리의 공식적인 대답이오."

IAEA 요원이 할 말을 다한 듯 자리를 박차고 일어나려 했다. 그 때 그의 면전을 향해 요원이 쏘아붙였다.

"우리는 IAEA와 엘바라데이 사무총장과 관련한 몇 가지 의심에 대한 증거들을 갖고 있소!"

CIA 요원의 눈빛이 차갑게 돌변했다. 자리를 막 뜨려고 했던 멀린이 주춤거렸다.

"지금 우리를 협박하는 거요?"

얀센버그의 입가에 음험한 미소가 번졌다. 그가 말없이 작은 봉투 하나를 어서 멀린 앞으로 내밀었다.

"이게 뭐요?"

봉투 안에는 사진이 몇 장 들어 있었다. IAEA의 대외 협력실 직원 중에 하나가 주위 시선을 피해 은밀한 장소에서 누군가를 만나고 있는 장면이었다.

"이 자가 만난 사람들은 이란과 북한의 정보국 관계자들이오. IAEA 관계자가 핵무기 제조가 의심되는 나라의 정보 관계자들을 만나다니 이상하지 않소?"

그러자 어서 멀린의 얼굴에 가소롭다는 표정이 떠올랐다.

"이까짓 사진 몇 장으로 사무총장의 기자회견을 막겠다는 것이오? 우리는 비핵화를 위해서 세계 누구와도 만나고 있소. 정보 관계자들과의 만남은 지극히 자연스런 일이오. 내가 지금 당신을 만나고 있는 것처럼."

어서 멀린이 쏘아붙였다. 그러나 얀센버그는 여전히 음험한 미소를 머금은 채 또 다른 문건을 내밀었다.

"이건 또 뭐요?"

"이 사진 주인공의 계좌요. 우리는 이 자의 행적을 오랫동안 추적해왔소. 그리고 여기 입금된 돈의 출처를 조사해보니 매우 의심스러웠소."

어서 멀린의 얼굴에 갑자기 핏기가 사라졌다.

"이건……."

"이란과 북한으로부터 돈이 들어온 차명계좌였소."

CIA 요원은 당혹해 하는 멀린의 표정을 놓치지 않았다.

"그는 이들 나라로부터 최근까지 정기적으로 돈을 받아왔소. 그 대가로 이 두 나라에 어떤 도움을 주었으리라는 것은 내가 굳이 설명하지 않아도 당신도 짐작할 것이오."

어서 멀린은 뒤통수를 세게 얻어맞은 느낌이었다. 눈앞이 캄캄했다. 무엇보다 IAEA 사무총장 선거가 얼마 남지 않은 시점이라는 것이 걱정스러웠다.

"더 충격적인 사실은 이라크 핵시설 조사에 참여했던 일부 과학자들이 IAEA 발표 내용에 문제가 있다며 미국 정부에 은밀히 조사를 제안해왔다는 것이오. 그들은 이란과 북한의 핵시설 사찰 서류 일부가 교묘하게 조작됐다는 주장도 전해왔소. 이런 사실이 국제사회에 알려지면 IAEA 사상 최대의 스캔들이 되지 않겠소?"

어서 멀린의 커피 잔을 쥔 손이 가늘게 떨렸다. 지금까지 겪었던 그 어느 협박보다도 강력했다. 그는 침착하게 대응하기로 했다.

"이게 사실이라 한들, 이는 어디까지나 개인적인 차원의 부패일 뿐 IAEA와는 아무 관련이 없소."

그가 반박했지만 그 말에서는 힘이 느껴지지 않았다.

"물론 이 검은 돈들이 IAEA나 엘바라데이에게 직접 흘러들어갔다고는 생각하고 싶지 않소. 하지만 언론의 속성상 이 돈이 3선에 도전하는 엘바라데이 선거자금으로 흘러들어갔을 가능성이 보도될 수 있지는 않겠습니까?"

얀센버그가 음흉한 웃음을 흘렸다. 그 말은 언론에 그렇게 정보를 흘리겠다는 말처럼 들렸다. 어서 멀린은 갑자기 머리가 휑하니 빈 것 같아서 테이블 위 물 컵을 맥없이 들었다 놨다 했다. 요원은 실눈을 뜨고 그의 당황하는 모습을 바라보았다.

"하지만 너무 걱정 마시오. 우리도 이 자료들이 언론에 공개되는 것도, IAEA의 몰락을 원치도 않소. 미국과 IAEA는 지금까지 한 배를 타오지 않았습니까."

어서 멀린은 CIA 요원의 말이 갑자기 유화적으로 바뀌고 있다고 느꼈다. 그가 다시 한 번 본론을 꺼낼 것임을 금방 예상할 수 있었다.

"엘바라데이를 설득해 기자회견을 취소해주시오. 아직 시간이 남았습니다."

어서 멀린이 잠시 눈을 감았다가 뜬 후 무겁게 입을 열었다.

"일단 위에 보고하고 의논해보겠소. 이것은 내가 결정할 문제가 아니니, 당신들의 뜻대로 될지는 장담 못합니다."

충격에서 좀처럼 헤어나지 못하고 있는 어서 멀린을 보며 CIA 요원은 봉투와 사진을 테이블 위에 놔두고 사라졌다. 멀린은 사라져가는 얀센버그의 뒷모습을 멍하니 바라보았다. CIA라는 거대한 조직 앞에 IAEA가 도마 위에 오른 생선 꼴이 됐다는 느낌마저 들었다. 죄 지은 사람처럼 그의 등에서는 식은땀이 흘렀다.

다음날 아침, 뉴욕타임스와 가디언, 오스트리아 조간신문 슈탄다르트, 디 프레세 등에 CIA로부터 의심을 받던 IAEA 직원이 자택에서 자살했다는 기사가 주요 뉴스로 보도됐다.

「사랑하는 나의 가족들을 알라신이 보호해주시길, 부시는 이라크 국민의 학살자! 알라 신의 천벌이 내려질 것이다.」

이것이 그가 공식적으로 남긴 유서의 전부였다. 그는 따로 가족들에게 사랑하고 미안하다는 간단한 내용의 유서를 한 통 남겼다.

지난 밤 늦게까지 비상회의에서 격론을 벌였던 IAEA 핵심 직원들은 그의 자살 소식에 충격을 감추지 못했고, 분위기는 반전됐다. 밤샘 격론은 새벽이 돼서야 결론이 났다. 엘바라데이는 부시 정부의 기대와 달리 기자회견을 강행했고, 미국의 이라크 침공의 부당성을 강력히 성토했다. 정공법을 택한 것이다.

"미국은 이라크 침공의 이유로 대량살상무기 보유를 들었습니다. 그런데 대량살상무기라는 게 대체 무엇입니까? 핵무기입니까? 생화학무기입니까? 아니면 재래식무기 대량 보유입니까? 미국은 어째서 이렇게 모호한 표현을 사용했을까요? 그만큼 자신들 주장에 자신이 없기 때문이 아니었을까요? IAEA가 파견한 중립적 인사들의 현지 조사 결론에 따르면, 이라크에는 어떤 대량살상무기도 없었습니다. 이라크 내 군사시설, 공장, 연구소 등 대량살상무기의 제조 또는 저장 장소가 의심되는 곳을 이 잡듯 수색했지만 핵무기는 물론 우려할 만한 생화학무기도 발견하지 못했습니다. 있는 것이라고는 재래식 무기가 전부였고, 이것들은 모두 미국이 제공했던 구식 무기였습니다. 우리는 부시 정부가 내세운 대량살상무기 보유라는 전쟁 명분의 정당성을 어디에서도 찾을 수 없었습니다. 특히 이번 사찰단에는 미국인도 다수 포함되어 있었습니다."

엘바라데이의 기자회견의 영향력은 파괴적이었다. 그의 기자회견 파장이 순식간에 일파만파로 퍼져나갔다. 기자회견을 지켜본 민주당 진영은 크게 고무되었고, 민주당 존 캐리 후보는 때를 놓치지 않고 공화당 후보 부시를 집중 공격하기 시작했다.

"부시 정부가 내세운 전쟁 명분의 허구성이 백일하에 드러났습니다. 부시 정부는 미국 젊은이들을 명분 없는 이라크 전쟁의 늪으로 빠뜨리고 있습니다! 즉각 국민들에게 사죄하고 후보직에서 물러나야 합니다!"

미국을 포함한 세계의 주요 언론들도 엘바라데이의 기자회견 내용을 주요 기사로 보도했다. 아랍계 알자지라 방송은 이라크의 석유를 노린 부시의 검은 야욕이 드러났다고 말하는가 하면, 뉴욕타임스는 기자회견을 하는 엘바라데이의 사진과 부시의 사진을 나란히 올려놓고 부시의 재선 가도에 짙은 먹구름이 끼었다고 보도했다. 이라크 전쟁을 반대하면서 미국과 소원해졌던 프랑스의 주요 언론들도 이라크 전쟁으로 이라크 내 유전 상당수가 파괴되고 그 환경 피해가 심각하다는 점을 우회적으로 부각시켰다.

기자회견 다음날 IAEA 사무총장 집무실

책상 위에 놓아둔 신문들 위로 누군가의 얼굴이 떠올랐다. 며칠 전 자살한 그 부하 직원이었다. 엘바라데이는 눈을 감은 채로, 죽음을 결심한 그의 심정이 어떠했을까 생각했다. 그는 참담한 마음에 한동안 눈을 뜨지 못했다. 3선 도전을 결심한 자신이 원망스럽기도 했다.

"똑똑똑."

그는 집무실 문을 가볍게 노크하는 소리에 정신을 차렸다.

"들어오시오."

대외협력실의 어서 멀린이었다. 그는 걱정스러운 표정이었고, 엘바라데이는 그의 표정을 불안한 눈빛으로 쳐다보았다. IAEA와 자신의 중립성을 전 세계에 널리 각인시킨 이 기쁜 순간에 부하의 얼굴이 너무 어두워 마음에 걸렸다.

"총장님, 긴히 드릴 말씀이 있습니다."

"무슨 내용인가?"

"어제 총장님 기자회견에 부시 행정부가 상당히 격앙했다고 합니다."

"충분히 예상했던 일이 아닌가?"

엘바라데이는 애써 대수롭지 않다는 반응을 보였다.

"그런데……."

그가 잠시 뜸을 들이더니 말했다.

"부시 정부에서 IAEA 차기 사무총장으로 새로운 인물을 적극 찾고 있다고 합니다."

"뭐야?"

엘바라데이는 부하의 보고에 한동안 말이 없었다. 기자회견이 3선 연임에 어떤 형태로든 영향을 미치리라는 것을 알았지만, 미국이 그런 식의 계획을 세우리라고는 생각지 못한 차였다. 그는 잠시 골똘히 생각에 잠겼다가 자리에서 일어나 집무실 한가운데에 놓인 테이블 소파로 발걸음을 옮겼다.

"그 정보가 확실한가?"

"네, 거의 확실합니다. 미 백악관에서 흘러나온 얘기입니다."

"부시 정부가 지원하려고 하는 인물은 누굴까?"

"아직 자세한 건 파악하지 못했습니다. 부시 핵심 참모들 사이에서

만 논의되는 1급 기밀사안인 것 같습니다. 다만 지금까지 거론돼온 인물 군에는 없던 새로운 인물이라는 소문이 있습니다."

"새로운 인물이라? 그럴 수 있겠군."

부시 정부의 반격이 예상보다 빠르게 진행되고 있었지만, 약간 의외이기도 했다. 차기 사무총장 자리를 노리는 인물들은 이미 공개되어 있었다. 일본과 남아프리카공화국 IAEA 대사 그리고 장 - 폴 퐁슬레 전 벨기에 부총리, 경제협력개발기구(OECD) 산하 원자력기구(NEA)의 루이스 에차바리 사무총장, 어네스트 페트릭 전 슬로베니아 IAEA 대사 등이었다. 그런데 이들은 모두 그의 경쟁 상대가 될 수 없었다. 일본의 아마노는 친서방적 인물로 평가받고 있고, 남아프리카의 민티 후보는 반서방 성향을 의심받고 있었다. 한 마디로 국제적으로 엄중한 중립성이 요구되는 IAEA 사무총장으로는 어울리지 않았다. 이 때문에 엘바라데이는 내심 안심하고 있었다.

"언젠가는 마주쳐야 할 과제 아니겠나? 이번이 그 기회일 수 있네, 위기는 기회일 수 있으니까. 자네는 미국이 지원하는 새 후보에 대한 정보가 입수되는 대로 알려주게."

어서 멀린이 나가자 엘바라데이는 집무실 창가로 다가갔다. 창밖에는 때 아닌 폭우가 내리고 있었다. 유럽은 벌써부터 기상이변에 시달리고 있었다. 계절 변화의 흐름이 깨지면서 날씨가 심한 변덕을 부렸다. 특히 오스트리아의 빈의 날씨는 4월 들어 더욱 종잡을 수 없었다. 언론에선 연일, 기상이변이 몰고 올 미래 재앙에 대해 특집기사를 내보내고 있었다.

'미국과 나와의 관계도 날씨와 다를 바 없군.'

그는 미국 정부와 의기투합했던 8년 전을 떠올리며 국제관계의 무상함을 느꼈다. 이라크 전쟁 전만 해도 엘바라데이는 미국 정부와 좋은 관계를 유지했다. 하지만 이라크 전쟁이 둘 사이의 관계를 변화시켰다. 마음 한구석에 불안감이 피어올랐다. 문득 3선 도전을 선언한 것이 후회되기도 했다. 그러나 이내 마음을 고쳐먹었다.

'안 돼. IAEA가 언제까지나 미국의 이익에 놀아날 수야 없지.'

하지만 미국이 지원하려고 하는 새로운 후보가 누구인지 알 수 없는 통에 불안감이 커져갔다. 사실 미국의 지원이 없더라도 적극 반대만 없다면 상황은 불리할 것이 없었다. 그러나 미국이 자신의 3선 연임을 적극 반대해 새로운 후보를 물색해 내세운다면, 그때는 상황이 달라질 수 있었다. 그는 마음이 무거웠다.

백악관 참모 회의실

"엘바라데이 사무총장은 이라크 핵의혹에 대해서는 왜 이렇게 조사를 물렁하게 하는 거지?"

부시가 고개를 저으며 말했다. 그는 백악관 선거참모 어윈 덜레스로부터 선거와 관련한 보고를 듣다가 짜증을 부리고 있었다.

"이슬람 사람들은 도무지 믿을 수가 없어."

부시는 엘바라데이가 이라크 대량살상무기 사찰에 진정성을 보이지 않고 있는 건 그가 아랍계이기 때문이라고 생각했다. 엘바라데이가 태어난 이집트는 아프리카 대륙 북동부에 위치해 있지만 국민 90퍼센트가 이슬람을 믿고, 언어도 아랍어를 사용한다. 부시는 아침부터 자기 말을 듣지 않는 엘바라데이에 대해 연속적으로 성토하고 있었다.

"요즘 내 지지율 추세가 어떤가?"

부시가 퉁명스런 목소리로 물었다. 텍사스 주지사 시절 인사불성이 될 때까지 마시던 음주 습관이 최근 다시 나타나고 있었다.

"최근 일주일새 5퍼센트가량이 줄었습니다."

그가 다소 걱정스런 표정으로 대답했다.

"다들 벌써 9.11 테러의 악몽을 잊었나보군!"

부시가 신경질적인 투로 내뱉더니 표정이 어두워졌다. 한때 15퍼센트까지 벌어졌던 존 캐리와의 지지율 격차는 엘바라데이의 이라크 대량 살상 무기 관련 기자회견 이후 8퍼센트까지 좁혀졌다. 현직 프리미엄을 감안할 때 8퍼센트 지지율 격차는 결코 안심할 수 없는 수준이었다. 엘바라데이는 최근 기자회견과 언론 인터뷰 등을 통해 미국이 이라크 침공 이유로 내세운 근거들이 모두 허위라는 점을 강력 제기했고, 이로 인해 아랍계의 영웅으로 떠오르고 있었다. 반면 이것이 부시 지지율 하락의 주요 요인으로 작용하고 있다는 것이 부시 캠프의 판단이었다.

"엘바라데이에 대한 대응 전략을 바꿔보는 게 좋겠습니다."

어윈 덜레스가 입을 열었다. 부시가 다소 의아하다는 표정으로 되물었다.

"어떤 전략 말이지?"

그러자 어윈 덜레스가 기다렸다는 듯 준비해온 보고서를 대통령 앞으로 내밀었다.

"한국의 핵물질 활동에 대한 CIA 한국 지부의 최근 보고서 내용입니다."

"한국의 핵물질 활동 보고서라니?"

"한국 핵물질 실험이 아무래도 심상치 않다는, 주한 미 대사관에 있는 우리 정보요원의 보고서입니다. 여기에 의하면 이 실험은 레이저를 이용한 우라늄 농축 실험일 가능성이 높다고 합니다. 한국은 벌써 두 차례나 IAEA 비공식 핵사찰을 거부했습니다."

"비공식 핵사찰을 두 번씩이나 거부했다구요?"

"이것은 명백한 IAEA 의무조항 위배입니다. 틀림없이 뭔가가 있습니다."

부시가 다시 짜증 섞인 표정으로 말했다.

"이것이 대선과 무슨 관련이 있나? 그리고 이런 중대한 사안을 왜 이제까지 방치해 두었던 거지?"

"이라크 전쟁으로 그간 관심 밖으로 밀려나 있었습니다. 뒷장을 넘겨보시지요."

뒷장을 넘기자 선거참모 캠프에서 작성한 「M.E 대책」이 눈에 들어왔다. M.E 는 모하메드 엘바라데이를 말하는 것이다. 계획서를 한참을 들여다보던 부시가 입을 열었다.

"음, 그러니까 한국 핵물질 실험과 엘바라데이 3선 저지를 연계시키자는 얘긴가?"

부시는 특유의 동물적 감각으로 선거참모가 올린 보고서 내용을 한눈에 파악했다.

"그렇습니다. 한국의 핵물질 사안이 국제적으로 공론화되면 상황이 달라집니다. 엘바라데이가 이라크 명분 싸움에서는 승리했을지 모르지만, 이란과 북한 핵의혹에 이어 한국의 핵물질 사안까지 놓쳤으니 IAEA 사무총장으로서의 자격에 큰 문제점이 발견될 것입니다."

"흠, 돌멩이 하나로 세 마리 참새를 동시에 잡자는 의도구만."

그의 얼굴에 비로소 웃는 표정이 떠올랐다. 보고서 내용은, 비밀 핵물질 실험 당사국인 한국 정부의 위험한 행동을 견제하고 이라크 대량 살상무기 부재에 따른 외부 비난 여론의 시선을 다른 곳으로 돌리고, 나아가 엘바라데이의 3선 연임까지 막겠다는 것이었다.

"만일 엘바라데이가 한국의 핵물질 사안의 증거를 찾아내게 된다면?"

"그때는 이미 대선이 끝나 있을 때일 것입니다. 어쨌든 한국 핵 의혹은 3선 연임을 노리는 엘바라데이가 적극적으로 해결하려 들 것입니다. 우리로선 손 안 대고 코푸는 셈이지요."

"하지만 한국은 우리의 동맹국이오. 게다가 아직 뚜렷한 증거가 나온 것도 없는데 만일 이를 강하게 제기할 경우, 오히려 반발을 살 수 있소. 그렇지 않아도 북한 핵 문제 때문에 골치 아픈데……."

한국의 핵실험 의혹을 단정 짓는 듯한 참모의 보고에, 부시가 다소 걱정스런 눈초리로 물었다.

"각하, 한국 문제를 유야무야 넘어가면 앞으로 이란 문제, 북한 문제도 해결하기 어려워질 수 있습니다. 우선은 우리가 IAEA보다 선수를 치는 것이 매우 중요합니다. 증거가 전혀 없는 건 아닙니다. 4년 전에 미국에서 행방불명된 레이저 핵 과학자 한 명이 수 년 전에 한국으로 극비 입국했다고 합니다. 그는 미 학계는 물론 우리 정보기관에서도 주목하고 있던 인물이었지요. 그는 다름 아닌 최첨단 방식으로 우라늄 농축 기술에 관한 중요한 연구를 진행하던 과학자입니다."

부시가 갑자기 달아오른 얼굴로 물었다.

"가장 최첨단 방식?"

"AVLIS 방식으로서, 세계적으로도 최첨단 방식에 속하는 실험입니다. 유럽의 핵보유국 중 프랑스 정도와 소련이 기술을 보유하고 있는 것으로 추정됩니다. 중국에서도 아직 이 방식으로 실험을 성공한 경우가 없습니다."

부시가 다소 놀란 표정을 지었다.

"그런 과학자가 한국에 있단 말이오?"

걱정인지 비웃음인지 모를 야릇한 표정으로 부시가 물었다.

"그렇습니다. 한국으로 비밀 입국했다는 그 과학자가 바로 AVLIS 방식의 우라늄 추출에서 탁월한 기술을 보유했다는 이 인물입니다. 더욱이 파악된 정보로 볼 때, 한국은 AVLIS 이전에 이미 레이저 동위원소 분리법(MLIS), 증기 레이저 동위원소 분리기술(AVLIS) 등에 대한 실험 자료가 어느 정도 축적되어 있었던 것 같습니다."

"흠, 생각보다 핵 관련 기술이 많이 발전되어 있었군. 박정희 대통령 시절의 뿌리들이 아직 남아 있다더니 그 말이 맞는가."

"이 밖에도 몇 가지 증거가 더 있습니다."

"또 뭐지?"

"한국에서 활동하던 우리 비밀요원이 몇 해 전 피살된 사건이 있었습니다. 그 요원은 그때 이 밀입국한 핵과학자의 뒤를 쫓고 있었습니다. 이 일련의 사건들과 증거들을 종합해볼 때, 한국의 핵개발 움직임에 대한 의심이 더 강해질 수밖에 없습니다."

"그런데 저 이집트의 늙은 여우를 사무총장 자리에서 축출하면, 누가 그 자리를 맡게 되는 거지? 대신할 인물은 생각해봤나?"

이집트의 늙은 여우란 엘바라데이 사무총장을 의미했다.

"그 부분도 생각을 해보았습니다. 보고서 맨 뒷장을 보시지요."

부시는 보고서 뒷장에 적힌 내용을 한참 들여다보더니 입가에 희미한 미소를 머금었다. 그런 뒤 뭔가를 결심한 듯한 얼굴로 말했다.

"기발한 아이디어야. 앞으로 상황 전개가 재미있어지겠군. 한국의 그 친구 표정이 갑자기 보고 싶어지는데."

부시가 말한 '한국의 그 친구'란 노무현 대통령을 뜻했다.

미 의회 의사당 근처 엠파이어 빌딩의 1층 커피숍

구석진 곳 침침한 실내조명 아래 두 사람이 소리를 낮춰 이야기를 나누고 있었다. 허리를 상대방 쪽으로 숙인 채 누가 엿들을 수 없을 작은 목소리로 이야기를 주고 받는 중이었다.

"틀림없는 사실이오?"

서류를 받아든 자가 의심 가득한 눈빛으로 되물었다. 눈빛은 강하고 턱에 난 흰 수염이 마치 기인 같은 인상을 주는 사내였다.

"자네와 내가 하루 이틀 아는 사이인가? 내가 전해준 정보가 어디 한 번이라도 틀린 적이 있었나?"

맞은편에 앉아 있던 자가 반문했다. 그 말에 수염 난 사내는 가만히 상대의 표정을 살폈다. 자신의 정보 내용에 상당히 자신감을 갖고 있는 표정이었다.

"하긴 크게 틀린 적은 없었지. 하지만 그 때문에 오히려 이용당한다는 느낌이 든단 말이야. 지난번 한국의 대선 정보도 덥석 물었다가 오히려 이회창 후보를 도와준 게 아니라 어렵게 만들지 않았나. 하지만 고급 정보는 항상 피를 뜨겁게 만들어서 좋아, 하하."

그가 소리 죽여 웃자 흰 수염이 떨렸다.

그의 이름은 크리스 넬슨으로, 유피아이 통신사에서 재직한 경험이 있었고 넬슨 리포트의 창업자였다. 넬슨 리포트는 넬슨 자신의 이름을 걸고 하는 1인 통신 업체로서 그의 주 고객은 전 세계에 나가있는 미 대사관과 미 행정부, 의회 내부 소식에 목말라하는 미국 주재 외국 대사관, 해외 기업 등이었다. 그는 이 고객들을 상대로 1인 통신 사를 운영하는 독특한 전문기자로서, 세계를 떠들썩하게 한 여러 특종들과 미 워싱턴과 백악관을 둘러싼 각종 뜬소문을 전달하거나 생산하고 있었다.

"하지만 이건 너무 큰 사안이라서 나도 좀 신경이 쓰이는데……. 사실 한국에 아는 지인도 많고 해서 잘못된 내용이 보도되었다가는 그들과 관계가 끊길 거요."

"그러니까 특별히 넬슨 기자에게만 전달하는 것 아니오. 방법은 여러 가지가 있소. 단정성 보도가 아닌 확인 중에 있는 보도라는 식의, 당신들이 잘 하는 것들이 있지 않소? 실명을 거론하지 않고 보도하는 방법도 있고 말이오."

"나는 지금까지 익명으로 보도를 낸 적이 없소. 그 만큼 내 기사에 자신이 있다는 얘기지. 내가 걱정하는 것은 당신들이 재미삼아 던진 돌에 개구리가 맞아 죽을 수도 있다는 거요."

넬슨이 말을 마치자 상대방이 봉투 하나를 내밀었다. 두툼한 것으로 보아 그 안에 무엇이 들었는지 금방 눈치 챌 수 있었다.

"하워드 의원! 나를 뭘로 보는 거요! 정보 제공자에게는 돈을 받지 않는다는 게 내 원칙이오. 나는 당당하게 내 기사를 구매한 고객에게만 돈을 받지. 내가 1인 미디어 업체로 지금까지 버틸 수 있었던 것도 이 최소한의 도덕성을 지켰기 때문이오. 앞으로 일주일 정도 보충 취재를 한 뒤에 기사 여부가 확정될 거요. 그때까지 좀 기다리시오."

"고맙소, 넬슨!"

거세지는 국제 감시

하워드 의원의 얼굴이 환해졌다. 넬슨은 정중하게 인사를 사양했다.

"기자에게 고급 정보를 알려주는 쪽이 오히려 고마운 거 아니오. 참고로 당신과 내가 나눈 대화가 다 녹음되었다는 걸 밝혀두겠소. 나중에라도 허튼 짓 할 생각일랑 마시오."

"역시 당신한테는 못 당하겠구먼. 마음대로 하시오. 설마 자기 무덤 파는 행위를 세상에 공개하려 들진 않겠지."

"당신네들이 뒤통수 치지만 않으면 나도 별다른 행동은 취하지 않을 테니 걱정하지 마시오."

그로부터 일주일 후인 2004년 9월 3일 아침, 충격적인 AP 통신사의 외신 하나가 대한민국을 강타했다. 한국전쟁 이후 가장 곤혹스런 문제가 장마철 먹구름처럼 대한민국 전체를 시커멓게 뒤덮기 시작했다.

「한국, 2000년 초 비밀리에 핵물질 실험, IAEA 무기급 우라늄 농축 보유 의심. IAEA 의정서 위반, IAEA가 비밀리에 특별 사찰 실시 중」

가히 대한민국뿐만 아니라 세계적으로 엄청난 충격과 파장을 몰고 올 만한 기사 제목이었다. 물론 AP 통신사는 넬슨 리포트를 인용해 이 기사를 보도했다. 신문과 방송 모두가 일제히 톱뉴스로 이 문제를 다루기 시작했고, 일부 야당 의원들은 참여정부가 투명치 못한 핵 활동으로 나라를 곤경에 빠뜨렸다고 공격했다.

아침 일찍 집무실에 출근한 반기문 외교통상부장관은 비서실 직원이 책상에 가져다놓은 AP 통신기사를 받아들고 깊은 충격에 휩싸여 있었다. IAEA는 며칠 전부터 한국에서 비밀 사찰 중이었으며, 어디까지나 비공개 조건이었다. 하지만 이제 AP 통신기사로 인해 이 사실이 만천하에 드러나 국제사회로부터 의심을 사게 된 것이다. IAEA는 각 국가에 대해 수시 사찰이 가능하지만 이번 사찰은 매우 이례적으로 결정된 것이었다. 한국 정부의 양해와 철저한 보안 속에 진행되고 있던 일이 보도로 나가자 한국 정부는 당혹스러울 수밖에 없었다. 한국 외교부는 즉시 IAEA에 항의 전화를 걸었다.

"왜 사찰 사실을 비밀로 하겠다는 약속을 지키지 않은 거요?"

"우리도 전혀 모르는 일이오. 우리도 보도를 보고 답답해하던 참이오."

당황하기는 IAEA도 마찬가지였다. AP 통신기사는 걷잡을 수 없는 속도로 전 세계 언론사로 퍼져나갔고, 한국 문제에 대한 유엔안보리 회부 가능성까지 보도되기 시작했다.

엘바라데이의 위기

"대체 어떻게 된 건가!"

엘바라데이가 집무실에서 한국에 관한 언론들의 보도기사를 읽고 부하 요원들에게 호통을 치고 있었다.

"CIA가 개입된 것 같습니다!"

어서 멀린이 당황한 표정으로 말했다. 엘바라데이는 마치 거대한 톱니바퀴에 끼어든 느낌이었다. 보도가 엄청난 속도로 퍼져가고 있었다. 전 세계가 IAEA의 사찰 결과를 주목하기 시작한 상황에서, 이제는 뒤로 돌아갈 수도 없었다. 엘바라데이로선 뭔가 결과를 내놓지 않으면 안 되는 상황이었다.

"부시는 역시 믿을 게 못 되는 자야. 대체 이렇게 하는 저의가 뭐지? 한국의 핵 문제가 불거지는 건 부시의 대선 가도에도 도움이 안 될 텐데……."

엘바라데이가 낮은 목소리로 중얼거리듯이 말했다.

"오히려 반대로 생각했을 수도 있습니다."

그 말에 엘바라데이는 어셔의 얼굴을 바라보았다. 엘바라데이는 평소 그의 상황 분석력을 높게 평가하던 차였다.

"한국 핵실험 문제가 외부로 공개되는 것이 부시의 대선에 반드시 불리한 요소만은 아니라는 판단을 했을 수도 있을 겁니다. 오히려 이라크 문제로 곤경에 처한 부시 입장에서는 국민들과 언론의 따가운 시선을 한국 문제로 돌릴 수 있다는 계산을 했을 겁니다."

엘바라데이가 고개를 끄덕였다. 뭔가를 뒤늦게 깨달은 표정이었다.

"또한 미국에 잠재적으로 위협이 되는 요소가 도처에 산재해 있다는 식으로 위기상황을 부풀리는 선거 전략을 구상했을 수도 있지요. 그보다 큰 문제는……."

그가 잠시 말을 끊었다가 다시 입을 열었다.

"그가 세계 각국 핵문제 감시에 대한 1차적 책임은 IAEA가 져야 한다는 것을 계산에 넣었을지 모른다는 겁니다."

그 말에 엘바라데이의 얼굴이 딱딱하게 굳었다.

"음, 나와 한국 문제를 선거에 이용하겠다는 전략이군."

"어차피 한국은 지난 2001년, IAEA의 예비 점검 요구를 두 차례나 거절했습니다. 때문에 이번 기회에 철저히 점검해볼 필요가 있었지요. 만일 CIA가 IAEA보다 먼저 한국 핵물질 사안에 대한 명백한 물증을 제시할 경우, 총장님의 3선 가도에 좋지 않은 영향을 미칠 수 있습니다."

엘바라데이는 불안했다. IAEA 사무총장이 되고 나서 처음으로 느끼는 불안감이었다. 세계 불법 핵 활동에 대한 감시자인 자신조차도 일이 어떻게 돌아가는지 짐작조차 할 수 없는 상황이었다. 만일 한국에 대한 이번 사찰에서 결정적인 증거가 나오지 않을 경우 한국에 면죄부를 줌으로써 그의 무능력이 도마 위에 오를 가능성이 농후했다. 게다가 이 상황에서 미 정보기관이 결정적인 증거를 제시한다면, 자신과 IAEA는 치명타를 입을 것이다. 더욱이 미국이 지원하는 새 사무총장 후보에 대해서도 어떤 파악도 못한 상황이었다.

'경험으로 보건대, 한국은 아직 본격적인 핵물질 실험단계까지는 못 갔을 거야. 설령 갔다고 해도 연구실 차원의 소규모 실험이 있었을 뿐이겠지….'

엘바라데이는 스스로를 안심시키려 애썼다.

"자네 생각은 어떤가? 과연 한국이 미국의 의심처럼 우라늄 농축 실험에 성공했을까? 우리 조사팀이 지금까지 조사했지만 아무 물증도 확보하지 못하지 않았나?"

"그렇습니다. 지금으로서는 물증을 찾지 못한 상태입니다. 비록 한두 번의 농축 실험에서 5퍼센트 정도의 결과가 나왔다고 해도, 워낙 소규모의 실험이라 큰 의미를 부여하기는 어렵다고 봅니다."

엘바라데이는 지금까지 IAEA가 내린 결론을 위안으로 삼았다. 그런데 그 위안이 오히려 그를 괴롭히기 시작했다. 그는 미 CIA의 정보가 부풀진 것이라고 느끼면서도 그것을 무시하기에는 뭔가가 찜찜했다. 과연 미국의 숨겨진 카드는 무엇일까?

'혹시 나를 밀어내기 위한 공작은 아닐까?'

생각이 여기까지 미치자 엘바라데이는 자신이 음모에 빠졌을 수도 있다고 생각했다. 그렇다면 여기서 빠져나갈 방법은 하나였다. 어떻게 해서든 한국의 핵물질 실험을 밝혀내는 길뿐이었다. 그렇지 못할 경우 예기치 못했던 돌발변수에 의해 3선 가도가 좌절될 수 있었다.

"차기 사무총장 후보에 대해 알아보고 있습니다만……."

어서가 사무총장의 눈치를 살폈다.

"누군지 알아냈나?"

엘바라데이가 곧바로 물었다. 이는 그만큼 예민한 문제였다.

"아직 확실치는 않지만, 미국이 한국인 후보를 찾고 있다는 얘기를 들었습니다."

"뭐야? 한국인 후보라고?"

그가 놀란 눈으로 물었다. 그로선 예상치 못했던 정보였다.

"제 분석으로는, 부시의 재선 가도, 사무총장님 밀어내기, 핵 의혹을 받고 있는 한국 길들이기 등의 다목적으로 나온 카드 같습니다. 최근 한국인 유력 후보들에 대한 정보를 나름 입수해보았더니, IAEA 주재 한국 대사와 한국 외교통상부 차관이 유력하다는 소문이 들리더군요. 그밖에 유엔 주재 한국대사도 물망에 오르고 있다고 합니다……."

그가 말끝을 흐렸다.

"IAEA 대사와 외교통상부 차관? 그리고 유엔대사?"

"하지만 이들은 모두 친미 성향 이미지를 갖고 있다는 것이 일반적 평가입니다. 따라서 사무총장님에게 큰 위협은 못 될 것 같습니다."

엘바라데이는 입을 다물었다. 어서의 이 말은 그를 위로하기 위한 것일 수도 있었다. 한국은 직접적인 북핵 위협을 받고 있는 나라였다. 이 중요한 사실이 그의 머리를 무겁게 짓눌렀다. 북한 핵의 위협에 놓여 있으면서도 핵실험과 관련한 모든 연구 활동을 감시받고 있는 나라, 심지어 다른 나라들에게는 허용된 순수 에너지 목적의 핵연료 실험조차도 철저하게 규제받고 있는 나라가 바로 한국이었다. 자신이 생각해도 한국에 대한 규제가 과도하다는 느낌이 들 정도였다. 하지만 바로 그런 나라이기 때문에 한국의 후보가 역으로 핵무장이나 핵확산 감시자로서 적격자라는 인식을 심어줄 수 있었다. 물론 한국이 핵 의혹에서 말끔히 벗어날 경우라면 그랬다. 아무리 생각해도 한국인 후보는 일본이나 남아프리카 후보들과는 다른 강점이 도사리고 있었다. 이 때문에 엘바라데이는 불안감을 쉽사리 떨쳐내지 못하고 있었다.

한국의 국회 상임위

AP 통신의 핵 관련 외신은 대한민국 전체를 흔들어놓기에 충분했다. 정부는 이 사안의 심각성을 다각도로 검토한 결과, 우선 여야 정치권에 정쟁 자제를 간곡히 요청하고 언론의 취재 요구에 대해 가급적 성실히 응한다는 내부 방침을 세웠다. 그러나 정치권의 협조는 처음부터 삐걱거리기 시작했다. 야당의 일부 정치인들이 핵물질 사안을 정치공세의 도구로 삼기 시작한 것이다.

"노무현 대통령이 비밀리에 핵무기를 추진해서 국가안보와 경제를 위기에 빠뜨리게 하고 있습니다."

한 번 공개적인 문제제기가 터지자, 야당의 기세는 날이 갈수록 강도를 더해갔다. 논란이 되고 있는 한국 핵실험 사안을 노무현 정부의 비밀 핵개발로 단정해 몰아붙이는 정치인도 있었다.

"정부는 모든 사안을 공개해서 미국과 국제사회의 의심을 해소시켜야 합니다. 미국 몰래 핵개발을 한다는 것은 미친 짓이고 어리석은 짓입니다."

여야의 많은 의원들이 당적을 떠나 참여정부의 이실직고를 촉구하기도 했다.

"이번에 드러난 문제가 된 핵물질 실험은 2000년도, 김대중 정부 시절에 있었던 일입니다. 따라서 이건 김대중 대통령이 이실직고해야 할 사안입니다."

핵물질 실험 배후로 김대중 정부를 지목하는 목소리도 있었다. 또 어느 저명한 진보 언론인은 이렇게 정부의 위선을 공격했다.

"김대중 대통령은 겉으로는 노벨평화상을 수상하고, 뒤로는 핵무기 생산을 옹호해왔다는 비난에서 자유로울 수 없을 겁니다. 이것은 노벨평화상을 수상한 일본 사토에이사쿠 수상이 비밀리에 핵무기 개발 보고서를 작성하다가 탄로 난 것과 비유할 수 있습니다."

하지만 이 모두는 궁극적으로는 김대중 정부를 이어받은 노무현 참여정부를 향한 공격이기도 했다. 언론들의 비판적 보도들이 줄을 이었다.

「A일보- '핵개발을 목적으로 한 실험 있었나?'
B일보- '정부가 몰랐을 리 없어, 대한민국은 더욱 궁지에!'
C일보- '북한, 6자회담서 한국 핵실험 문제 논의해야 한다고 주장!'
D일보- 'IAEA, 한국 핵문제 고강도 사찰 몇 차례 더 실시할 듯'
E일보- '일본 아사히 신문, 한국, 82년도에도 플루토늄 추출했다!」

이 같은 논란은 급기야 핵무장 필요성을 둘러싼 논쟁으로까지 번졌다. 특히 한국을 대표하는 두 일간지인 「민족통일일보」와 「코리아 데일리」는 각기 자사의 대표 칼럼니스트를 동원해 핵무장 논쟁을 벌였다.

〈민족통일일보 칼럼〉: 반통일적인 핵무장주의

우리나라가 지금 IAEA로부터 핵사찰을 받고 있는 중이라는 사실이 최근 밝혀졌다. 일부 모험주의적 성향의 과학자들의 불장난이 국가 전체를 혼란에 빠뜨리고 있는 것이다. 비공개로 진행되던 핵사찰이 갑자기 전 세계 언론에 공개된 경위가 의심스럽다는 얘기도 흘러나오고 있다. 그 문제는 그 문제대로 짚고 넘어가야 할 대목이다. 그러나 보다 근본적인 문제는 한국이 과연 IAEA가 의심하고 있는 것처럼 무기급 우라늄 농축 실험을 했느냐 하는 것에 대한 진실을 가리는 문제다. 우리는 이 문제에 대해 정부가 조금의 숨김도 없이 IAEA에 앞서 모든 진실을 낱낱이 공개하길 바란다. 그렇게 주장하는 데는 몇 가지 이유가 있다.

첫째, 핵문제는 감춘다고 해서 감춰지는 것이 아니기 때문이다. 언젠가는 반드시 밝혀지게 되어 있는 것이 핵물질의 속성이다. 그때 가서 더 큰 문제를 만들지 않으려면 철저한 진실 고백만이 정답이다.

둘째, 핵의 문제는 우리가 원자력 발전소를 21기나 운영하고 있다는 것에서도 보여지듯이 우리 산업에 막대한 영향을 미치고 있는 분야다. 그러나 핵무기는 전혀 별개의 문제다. 우리가 원자력 발전소를 이만큼 건설하고 국가 산업의 지속적 발전을 이룩할 수 있었던 것도 핵무장에 대한 우리의 분명한 입장 덕분이었다. 원자력 발전은 앞으로도 우리 경제 발전을 위해 상당 기간 필수불가결한 분야다. 따라서 국제사회에 모든 의혹을 분명히 소명하고 원자력 발전에 조금이라도 지장을 초래하는 문제는 정리해야 한다.

마지막으로 핵문제는 우리 통일 문제와도 연관이 깊다. 통일은 우리 민족이 반드시 성취해야 할 과제다. 그런데 통일을 위해서는 주변

4대강국의 협조가 필요하며, 이 협조를 얻으려면 통일 한반도에 대한 그들의 우려와 불안을 미연에 방지해야 한다. 아울러 통일 한반도가 자신들에게 이익이 될 것이라는 믿음을 줄 수 있어야 한다. 그런데 남한도 북한처럼 핵무장을 추진하게 되면 과연 주변 4강이 통일된 한반도를 수용하겠는가? 강력한 핵무장 국가가 탄생하겠다는데 그들이 받아들이겠는가?

핵무장을 주장하는 이들은 통일에 반대하는 자들과 마찬가지다. 우리는 철저하게 비핵 · 평화로 나아가야 한다. 그래서 통일 한반도가 군사적으로나 경제적으로나 자신들에게 이익이 된다는 것을 4강에게 확신시켜주어야 한다. 한반도 주변 4강이 핵무장 경쟁에 들어갈 경우 그 비용과 국가적 혼란을 생각해봐야 한다.

끝으로 덧붙이자면, IAEA와 미국의 신뢰는 우리 민족의 활로와도 밀접한 관련이 있다. 우리는 이미 그 부정적 사례를 북한을 통해 보고 있다. 따라서 이들의 신뢰를 얻기 위해서 할 수 있는 조치는 모두 취해야 한다. 그를 위해서 약간의 희생도 불가피할 수 있다. 현행 국제 규정에 의하면 핵물질 실험은 그것이 소규모일지라도 국제 조항에 위배되는 것이다. 따라서 철저히 조사를 받고 허물이 드러나면 관련자 처벌은 물론 당시 감독기관에 있던 자들도 철저하게 조사해서 처벌해야 한다. 만일 정권 관련자가 연루되어 있다면 민족의 이름으로 처벌해야 한다. 그래서 우리의 비핵 평화 의지를 전 세계에 분명히 각인시켜줄 필요가 있다.

- 상임 논설위원 최태복

이 칼럼을 읽는 동안 황공필 주필의 손이 부들부들 떨렸다. 최태복은 그와 핵문제에 관한 한 대척점에 있는 대표적인 친미군사동맹주의자였고, 두 사람은 지면을 통해 종종 핵무장 필요성을 놓고 맞붙어 왔다. 그의 영향력을 잘 알고 있는 황 주필은 이번 칼럼을 그대로 지나쳐선 안 된다고 생각했다.

〈코리아 데일리 칼럼〉: 10만 양병설의 교훈을 잊었는가!

IAEA의 사찰을 빌미로 우리 과학자들을 매도하고 핵에 대해 부정적인 인식을 심어주려는 기도가 나타나고 있어 우려스럽다. 핵과 산업은 동전의 양면처럼 연결되어 있다. 농축기술이 산업과도 밀접한 관련이 있다는 것은 상식이다. 미국 등 선진국의 고도의 산업성장은, 바로 개발도상국에는 금지되어 있는 군사적 위험 기술들의 산업적 응용에 성공함으로써 이루어진 것이다. 그럼에도 이 양자를 분리해 과학자들의 연구 노력을 매도하고 그들을 처벌해야 한다는 목소리가 등장하고 있어 걱정스럽다. 심지어 핵무장에 대해 제대로 된 논의조차 허용하지 않는 우리 사회 분위기가 답답하기 그지없다. 핵무장을 죄악시하는 자들은 미국에 철저하게 의존하는 동맹 체제만이 한국을 영구히 보호해줄 것처럼 선전한다. 또한 우리가 핵을 갖고 있을 때 주변강국이 우리 통일을 반대할 것이라는 주장을 펴고 있다.

하지만 이 논리는 우리나라를 더 위험한 상태에 빠뜨리게 할 또 다른 위험성을 내포한다. 힘이 없는 평화는 환상에 불과하다. 지금 우리 평화는 미국에 지나치게 의존하고 있는 절름발이 평화다. 미국의 해외 팽창 정책에도 변화가 불가피한 상황이다. 현재 주일미군, 주한미군 이중체제도 언젠가 주일미군체제로 단일화되는 날이 올 것이다. 그때 가서도 미군을 잔류시키려면 우리는 지금보다 훨씬 큰 규모의 비용을 지불해야 할 것이다. 결국 미군이 한반도에서 철수하거나 감축될 경우 일본의 군사적 영향력이 커질 것은 자명하다. 그렇게 되면 한반도는 중국이나 북한, 그리고 일본의 군사적 영향력 하에 놓일 수밖에 없게 된다.

　나아가 더 악몽 같은 시나리오는 북한의 핵무기 위협에 놓이는 것이다. 북한은 체제 유지를 위해 절대 핵을 포기하지 않을 것이다. 막연히 통일이 곧 온다는 환상에 젖어 핵 위협에 대한 대비를 언제까지 늦출 것인가? 군사적 힘의 불균형을 외교력으로 덮는 데에도 한계가 있다. 힘이 뒷받침되지 않는 외교는 반드시 굴욕적인 외교가 될 가능성이 높다. 우리는 그런 경험을 역사에서 숱하게 보아왔다. 우리가 왜 몽고에 오랜 기간 수모를 당했고, 어째서 임진년과 병자년의 수모를 당했으며, 무엇 때문에 일제 36년 치하에 시달려야 했나? 근본적으로 힘이 크게 부족했기 때문이다. 힘이 뒷받침되지 않는 외교는 사대 외교가 될 수밖에 없다. 당나라 백만 대군을 우리가 어떻게 물리쳤나? 광개토대왕은 어떻게 중원의 그 넓은 대륙을 호령할 수 있었나? 다 힘이 있었기 때문이다. 외교만이 능사가 아니다. 또한 통일을 위해서도 핵무장이 필요할 수 있다. 왜냐하면 그것이 북한으로 하여금 적화통일이라는 쓸데없는 환상에서 벗어나게 만들 수 있기 때문이다.

　북한은 언젠가 남한에서 주한미군이 철수할 것이란 기대감을 가지고 있다. 그때를 대비해 고난을 참고 견디자고 북한 주민들을 설득한다. 따라서 북한의 오판을 막기 위해서라도 우리 자체적인 핵무장이 필요하다. 경제적으로나 군사적으로나 우리가 북한보다 월등히 강한 상황을 만드는 것이 오히려 남북한 평화통일을 앞당길 수 있는 현명한 길일지도 모른다. 우리는 10만 양병설의 역사의 교훈을 절대 잊어서는 안 된다.

-황공필 논설실장

청와대 NSC 회의실

IAEA 특별 사찰과 여야 정치권의 대정부 질의, 국내 언론들 간의 핵무장 논쟁 등으로 어수선 가운데 열린 회의에는 여러 사람들이 참여했다. 정동영 통일부장관, 오명 과기부총리, 반기문 장관, 윤광웅 국방부장관, 안보보좌관, 국정원장, 이종석 NSC 사무차장, 그 밖의 관계자들이었다. 또한 오늘 회의에는 한국 원자력연구소의 차용탁 소장도 참석했다. 그는 오늘 특별 참석자 자격으로 두 번째 참석이었다. 이처럼 NSC 정식멤버가 아닌 사람이 NSC 회의에 참석한다는 것은 매우 이례적인 일이었다. 그만큼 IAEA의 핵사찰 문제가 국가적으로 당면한 중요한 현안이라는 의미였다.

캐나다, 일본, 오스트리아를 방문한 오명 과기부총리와 파월 미 국무장관과 중국, 일본 외상을 접촉한 반기문 장관의 보고가 이어졌고, 이어서 최근 미국을 비공개로 방문한 이종석 사무차장이 말을 꺼냈다.

"미 네오콘 분위기가 심상치 않습니다. 부시 행정부 내 강경파인 볼튼 차관과 럼스펠드 국방장관이 영국과 프랑스 등 유럽 관계자들을 만나 한국 문제의 안보리 회부를 은밀히 주장하고 있습니다."

이 사무차장의 발언은 안 그래도 무거운 회의실 내부 공기를 납덩이처럼 가라앉혀 놓았다. 이 사무차장은 노무현 대통령 특명으로 볼튼 국무부 차관과 스티븐 해들리 백악관 국가안보회의 부보좌관을 수차례 비공개로 만났다. 여기서 그는 한국의 핵물질 실험은 북한이

나 이란 같은 나라들의 그것과는 근본적으로 다르다는 것을 설득했지만 상대는 분명한 답변을 회피했다.

"볼튼 차관, 우리가 동맹관계인 건 맞소? 그렇다면 어떻게 우리에게 이럴 수가 있소? 노무현 대통령께서 이 점에 심각한 의문을 지금 품고 계십니다. 나를 미국으로 급파한 것도 한미관계가 과연 동맹관계가 맞는지 확인하고 오라는 의미요. 당신이 대답해보시오, 우리가 동맹관계가 맞는지!"

이종석은 강하게 밀어붙였다. 대통령의 의지가 확인된 이상 주저할 것이 없었다. 노무현 대통령은 미국의 의지에 변함이 없다면 그에 상응하는 비상대책까지 세우겠다는 각오로 그를 보냈다. 그래서 이종석은 어느 때보다도 강하게 볼튼을 밀어붙였다.

그러나 볼튼의 대답은 차갑기 그지없었다. 그는 비웃는 듯한 표정으로 말했다.

"남한의 핵을 인정하면 북한 핵도 막을 수 없게 됩니다! 미국 정부로서는 절대 허용할 수 없는 상황이오. 이 점에선 중국 정부도 우리와 입장을 같이 하고 있소."

"중국 정부를 끌어들이지 마시오! 우리가 알고 있는 중국 정부 입장은 당신이 주장하는 것과는 차이가 있소! 그들은 한국의 핵문제를 우려하는 것이 아니라 미국의 은밀한 개입을 의심하고 있소!"

하지만 결국 이 차장은 볼튼의 요지부동에 당황하고 불쾌한 표정으로 자리를 박차고 일어날 수밖에 없었다.

이 차장의 보고가 끝나자 잠시 침묵이 흘렀다. 한동안 누구 하나 입을 열지 않았다.

"더 심각한 문제는 따로 있습니다."

이번엔 NSC 의장 특별보좌관이 입을 열었다.

"미 네오콘들의 강경 입장이 그동안 한국 문제를 관망하던 영국과 프랑스에도 영향을 주었습니다. 최근 두 나라가 돌변해 이란 핵문제와 한국 핵문제를 함께 묶어서 안보리에 회부해야 한다고 주장하고 있습니다. 그럴 경우 한국도 국제사회에서 이란, 북한과 함께 악의 축 국가로 낙인찍힐 수도 있는 상황입니다."

그간 한국 정부는 전 방위 외교 노력으로 미 행정부 내 비둘기파인 콜린 파월 국무장관, 리자오싱 중국 외교부장, 가와구치 일본 외상으로부터 한국 사안에 대한 원만한 해결 약속을 얻어낸 차였다. 그런데 막판에 가서 일이 뒤틀린 것이다. 딕 체니 부통령에서 럼스펠드 국방장관, 존 볼튼 국무차관으로 이어지는 미 네오콘 돌발변수가 한국 정부를 혼란 속으로 밀어 넣고 닥쳐올 경제위기에 대한 불안까지 가중시키고 있었다.

"불길한 예감이 드는군."

참석자 중에 하나가 들릴 듯 말 듯한 소리로 중얼거렸다. 조용히 듣고 있던 대통령 홍보수석이 입을 열었다.

"최근 IAEA 사찰 문제가 국내 여론의 핵무장 필요성 논란으로 이어지고 있어 걱정입니다. 국내 유력 일간지들이 핵무장 논쟁에 불을 붙이고 있습니다."

"지금 때가 어느 때인데 그런 논쟁을 벌이다니, 정신이 있는 사람들인지 모르겠습니다. 미국이 이 논쟁을 어떻게 볼지 심히 걱정되는군요."

NSC 의장이 미간을 살짝 찌푸리며 말했다.

"특히 코리아 데일리 황공필 주필이 대단한 강성입니다. 우리 중에 하나가 그를 만나서 협조 요청을 하는 건 어떻겠습니까?"

"그는 만나서 설득되는 사람이 아닙니다. 핵문제에 대해서만큼은 과거부터 아주 대단했지요. 만났다가 오히려 일만 더 커질 수 있습니다. 차라리 무대응으로 나가는 것이 바람직합니다. 민족일보의 최태복과 코리아 데일리 황공필은 핵무장 문제로 이미 오래전부터 논쟁을 일삼아 왔으니, 정부가 굳이 그 논쟁에 끼어들 필요 없습니다."

NSC 의장 비서가 적극 만류했다. 말 그대로 이러지도 저러지도 못하는 상황이었다. 이때 NSC 전략기획실장이 입을 열었다. 그는 이번 사태 이후 원자력연구소의 비밀실험주의에 비판의 날을 세워왔던 인물이다.

"미국 입장 못잖게 IAEA 사찰단 입장도 중요하다는 걸 간과해선 안 됩니다. IAEA에 미국의 영향력이 크다고 한들, 미국이 IAEA의 중립적인 위치를 크게 뒤흔들 수는 없습니다. IAEA가 한국 문제에 어떤 입장을 취하느냐 따라 미국, 중국 등 안보리 상임이사국들도 영향을 받을 겁니다. 그런 점에서 앞으로 나올 IAEA 이사회 보고서에 어떤 내용이 담길지가 중요합니다. 일단 우리 과학자들의 국가관과 진술을 믿고 기다려볼 필요가 있습니다."

'과학자들의 국가관?'

말을 아끼고 있던 차 소장은 그의 발언에 뭔가 의도가 깔려 있다는 것을 간파했다.

"이제 남은 것은 진실뿐입니다. 한국이 얼마나 진정성 있게 사찰에 임할 것이냐, 또 그를 통해 IAEA 사찰단을 얼마나 잘 설득할 수 있느냐만 남았습니다. 실험을 담당했던 우리 원자력연구소 관계자들은 언론보도와 미국의 반응이 과장됐다고 반발하고 있습니다. 만일 사찰단을 설득할 수만 있다면 상황이 그리 비관적이지만은 않지 않습니까, 차 소장님?"

그가 실눈을 뜨고 차 소장을 바라보며 물었다.

"차 소장께선 이번 사찰 결과를 어떻게 예상하고 계십니까? 지금 우리나라의 미래가 원자력연구소 특수사업팀의 입에 달려 있습니다. 혹시 우리가 알아야 할 또 다른 내용이 있다면 지금 털어놓으시죠! 문제가 더 커지기 전에."

그의 발언에는 기대감보다는 빈정거림이 묻어 있었다. 모두들 차 소장 쪽으로 고개를 돌렸다. 정부는 그간 차 소장의 말을 믿고 따라왔다. 그리고 뒤늦게 우라늄 농축에 이어 1982년 4~5월 플루토늄 0.7g 추출 비밀실험이 드러나자 한국 정부의 신뢰도가 국제사회에서 코너에 몰려 있었다.

"1982년 플루토늄 비밀실험 같은 사실이 또 드러날 경우, 이제 한국은 국제사회에서 발붙일 곳이 없습니다."

그가 소장의 답변을 다시 재촉하며 말했다. 사실 정부와 NSC 내부에서는 차 소장이 트러블 메이커이며 고의로 뭔가를 감추려 한다는 등의 수군거림이 많았다. 차 소장도 이런 반응에 대해 어느 정도는 이해하고 있었지만, 어디까지나 그것은 책상머리나 지키고 있는 자들과 실험실 현장에서 싸우는 자들과의 차이에서 나오는 것이라고 치부하고 있었다.

차 소장은 NSC 참석자들이 답변을 재촉하는 동안 눈을 감고 생각을 정리했다. 잠시 침묵이 흘렀다. 그가 눈을 다시 떴을 때는 그 얼굴에 묘한 자신감이 묻어나고 있었다.

"거듭 말씀드리지만 1982년 플루토늄 추출 파동은 전두환 정권과 레이건 정권 때 끝난 문제입니다. 이 문제를 다시 거론하는 저들의 저의가 의심스럽습니다. 여기에 넘어가서는 안 됩니다. 이 문제로 우리 내부에 더 이상의 논쟁은 없었으면 합니다."

연구소의 입장을 못 박은 이 한 마디는, 그의 발언이 오락가락한다는 일부의 공격에 대해 단호하게 맞선 것이었다.

"다만 현재 논란이 되고 있는 우라늄 추출과 관련한 국제사회 의구심에 대해서라면, 저희가 IAEA 사찰단에 최선을 다해 협조하고 있다는 점은 말씀 드리고자 합니다. 더 이상 새롭게 드러나는 상황은 없을 것입니다. 저희는 모든 걸 있는 그대로 보여주고 있으며, 사찰단도 저희의 그런 자세에 만족하고 있습니다. 상황은 비관적이지 않습니다."

차 소장은 어려운 상황일수록 단호하고 자신감 있는 모습을 보여주는 것이 매우 중요하다는 걸 알았다. 때문에 그는 지금까지 숱하게 받았던 질문에 답했던 것과 똑같이 대응했다. 그것이 도끼눈을 뜨고 의심을 거두지 않는 미국이나 IAEA 사찰단은 물론 정부 내 관계자, 언론 내 비판론자들과 대적하는 최선의 방안이라고 생각했기 때문이다.

"진실은 이미 분명합니다. 따라서 이번 사안은 진실게임이 아닌 힘의 우위와 국가의 이해관계가 걸린 문제입니다."

그는 청문회에 선 것 같은 기분을 부러 다독이며 결의를 다졌다. 그러나 그의 미묘한 뉘앙스에 반감을 느낀 전략기획실장이 다시 질문했다.

"과학자들이 흔히 빠지기 쉬운 오류가 뭔지 아시오? 나라의 안전보다는 자신들의 실험과 업적을 중시하는 이기심이오. 국가에서 제공하는 막대한 연구비를 개인적 야심을 위해 전용하는 일은 없어야 합니다."

그는 평소 과학자들의 기밀주의를 못마땅하게 생각해오던 차였다. 차 소장은 그 발언이 조롱조에 가깝다는 것을 느끼면서도 발언을 자제했다.

"하지만 과학자들이 한시도 잊지 않고 있는 바가 또 있습니다. 과학자의 실험은 국가를 위한 것일 뿐, 정권을 위한 것이 아니라는 점입니다."

그의 말에 회의실 내부에 찬바람이 돌았다. 소장의 발언에서 정부에 대한 도전이 감지됐기 때문이다. 정부 관계자들이 볼 때 소장의 발언은 적반하장 격의 발언과 다름 없었다. 그때 갑자기 차 소장의 도전적인 질문이 이어졌다.

"그렇다면 전략기획실장께 한번 물어봅시다. 우리나라에 원자력 발전소가 모두 몇 기인 줄은 아십니까?"

소장의 질문에 그가 어이없다는 표정을 하며 대답했다.

"누굴 놀리는 거요, 모두 21기 아니요?"

"맞습니다, 그렇다면 그 21기 발전소를 돌리려면 핵연료인 우라늄을 사용해야 하는데 거기 들어가는 우라늄의 농축도가 몇 퍼센트인 줄은 혹시 아십니까?"

"그것은 상식적인 것 아닙니까? 내가 아는 바로는 3~5퍼센트 정도 된다고 들었소."

"잘 아시는군요. 그렇다면 그 5퍼센트 농축은 어디서 하는지 알고 계십니까?"

기획실장의 얼굴에 당황한 표정이 나타났다. 그는 자신이 말려들고 있다는 걸 느끼면서도 알고 있는 대로 대답했다.

"자세히는 모르겠지만 미국, 캐나다, 프랑스 등에서 하는 것 아니오?"

"현재 대부분은 미국에서 하고 있습니다."

"미국에서?"

"그렇습니다. 우리가 사용하는 원자력 발전소 핵연료는 세계 여러 나라에서 수입된 것입니다. 그러나 농축은 주로 미국에서 하고, 아주 일부를 프랑스에서 할 뿐입니다. 즉 미국은 우리에게 농축 대가로 돈을 받고 있고, 따라서 우리의 핵연구에 가장 민감한 반응을 보이고 감시하는 나라입니다. 우리가 해마다 우라늄 농축 비용으로 미국에 얼마를 지불하는지 아십니까?"

소장의 질문이 점점 구체적으로 들어가자 기획실장의 감정이 폭발했다.

"그래서 말하고자 하는 요점이 뭡니까?"

차 소장은 상대의 격앙된 반응에 흔들리지 않고 곧바로 대답했다.

"무려 3천억 원이오, 해마다 들어가는 농축 비용만 그렇습니다. 여기에 우라늄 원석 수입 금액은 **빠져** 있지요. 즉 우리는 원자력 발전소를 돌리기 위해 해외에서 우라늄 원석을 수입하는데 그 비용만 약 1천억 원입니다. 즉 우라늄을 전량 수입해 1천억 원을 지불할 뿐만 아니라 그 우라늄의 농축 비용 3천억 원까지 지불하는 겁니다."

"……."

"다시 말해 이 말은, 배보다 배꼽이 더 크다는 얘기입니다, 이게 바로 우리 현실입니다! 그런데 우리의 전력 수요는 해마다 늘어나고 있고, 미국은 우리 발전소 운영을 위한 간단한 농축 행위조차 금지시켜 농축을 자신들의 나라에서 하도록 만들고 있습니다. 부디 우리 과학자들의 핵연료 국산화에 대한 순수한 애국적 의도를 개인적 야심이라거나 이기주의 발로로 매도하지 마십시오!"

모두 침묵 속에서 그의 말에 귀를 기울이고 있었다. 차 소장은 내친 김에 한 마디 더 보태야겠다고 생각한 듯 헛기침을 한 번 하더니 말을 이었다.

"특수사업부 소속 연구원들은 과학자로서의 임무에 충실했을 뿐이고, 위의 지시를 따랐을 뿐입니다. 대한민국 과학자로서 최선을 다했을 뿐입니다. 만일 국가적 혼란에 대해 책임을 물을 일이 생긴다면 저에게 물어주십시오. 그들의 사기를 꺾는 일은 하지 말아주십시오. 그러나 다시 한 번 분명히 말씀드리지만 이 문제는 앞으로 확대되지 않고 종결될 것입니다. 모든 것이 완벽하게 정리되어 있는 상태입니다."

차 소장이 자신감 있는 어투로 말을 맺었다. 그는 참석자들의 편치 않은 표정을 보며 이럴 때일수록 정부 관계자들을 안심시키는 것이 중요하다고 생각했고, 분명하고도 단호하게 정부 관계자들을 안심시켰다. 또한 이것이야말로 그들이 원하는 답변이리라 생각했다.

'실제로도 모든 건 완벽하지! 미국이나 IAEA나 원하는 증거를 결코 찾을 수 없을 테니까. 아직은 공개할 시기가 아니야. 20년 전의 참담한 경험을 되풀이할 수는 없어. 정권의 안위를 위해 국가 중요 자산을 송두리째 미국에 팔아넘긴 군사정권의 어리석은 행위가 되풀이돼선 안 돼.'

차 소장은 참석자들의 면면을 살펴보며, 요양원에서 한 박사를 만나 들었던 이야기를 회상했다.

"차 소장, 이번 실험이 성공하면 반드시 언젠가는 세상이 크게 시끄러워질 것이오. 가장 위험한 적은 항상 내부에 있어요. 믿었던 옆사람에게 배신을 당해보지 않은 사람은 그 아픔을 잘 모를 거요. 우리 과학자들은 국가의 미래를 보고 뚜벅 뚜벅 걸어가야 하오. 절대 정권에 일희일비해선 절대 안 됩니다. 우리에 대한 평가는 훗날 역사에 맡깁시다."

이 말은 박정희 대통령 시절의 핵개발 비밀이 샌 통로가 다름 아닌 대통령의 측근이었음을 의미하고 있었다. 회의 분위기가 무겁게 가라앉자 NSC 의장이 마무리를 했다.

"차 소장의 단호한 설명에 안심이 됩니다. 하지만 미국과 IAEA가 우리 뜻대로 움직여줄지는 확실치 않소. 상황이 완전히 종료될 때까지 잠시도 방심하지 말고 다들 맡은 역할에 더욱 최선을 다해주시기 바랍니다. 언론과의 인터뷰 내용은 가급적 통일해주시고, 이 문제로 야당이 오해가 없도록 설명과 설득을 병행해주십시오."

버지니아 랭리 CIA 본부 동아시아 지부장실

"IAEA의 핵사찰에 대한 한국 정부의 반응은 어떤가?"

닐 오스만 동아시아 지부장이 묻자 한국 담당 과장이 대답했다.

"현재 한국은 IAEA의 사찰이 실시된 후로 지금까지 NSC 회의를 수차례 열어 대응 방법을 찾고 있습니다. 하지만 상당히 당황해 하고 우왕좌왕하고 있는 모습입니다. 회의에서 나온 얘기들을 종합해보면, 한국 정부가 이번 핵물질 실험 사안에 직접 개입되어 있는 것 같지는 않습니다. 2차, 3차 회의에는 원자력연구소장도 참석했는데 그도 사찰에 자신 있다는 투로 설명했다고 합니다."

지부장의 얼굴이 일그러졌다. 그는 한국 정부가 핵물질 실험에 대해 몰랐다니 이해할 수 없었다. 참여정부가 김대중 정부로부터 실험 결과에 대한 자료를 넘겨받지 못했을 리 없다고 판단하고 있었다.

"한국 정부도 그렇고, 과학자들도 그렇고, 틀림없이 뭔가 숨기는 게 있어! 반드시 알아내야해! 무엇보다도 한국이 레이저를 이용해 우라늄 농축 실험을 했다는 게 꺼림칙해. 믿는 도끼에 발등 찍힌 기분이지. 만일 한국이 이 신기술을 획득했다면, 이건 아주 심각한 문제야! 한국은 북한과는 달리 경제력과 기술력이 우수한 나라야. 그래서 더 위험해!"

닐 오스만은 어느 새 본능적으로 냄새를 맡고 사냥을 시작한 맹수의 눈빛을 품고 있었다.

"그밖에 한국의 요원들로부터 새로이 들어온 정보는 없나?"

"현재 원자력연구소 주변부 정보 수집을 계속하고 있습니다. 한 협조 요원이 최근 보내온 비교적 새로운 정보에 의하면, 얼마전 남한의 충북 괴산이란 지역에서 연구소 과학자들의 은밀한 움직임이 있었다고 합니다. 현재 그 구체적 내용이 무엇인지 파악 중에 있습니다."

"충북 괴산이라……?"

"남한 내 일부 지역에 우라늄광이 몇 군데 있는데 혹시 그와 연관된 움직임은 아닌지 살펴보고 있습니다."

"남한의 우라늄 광이라면, 내가 알기론 별로 가치가 없는 것들인데……. 그보다도 우리에게 정보를 제공하는 한국 협조자들은 믿을 만한가?"

"그렇습니다. 그들에 관한 모든 약점 자료가 우리에게 확보되어 있습니다. 우리를 배신하는 순간 자신도 죽는다는 걸 잘 알고 있는 자들입니다."

"그렇군. 만일 한국 정부가 이번 사안에 개입하지 않은 게 사실이라 해도 과학자들의 움직임이 위험해 보여!. 그 자들은 이미 IAEA의 2차례 특별 점검 요청을 거부한 전력이 있는 자들이야. 뭔가 숨기고 있는 게 있을 거여!.... 가능한 한 그 주변을 더 철저히 조사해볼 필요가 있어. 그리고 이번 기회에 드미트리를 한국에 보내는 것이 좋겠군."

"드미트리를요?"

드미트리는 CIA 내 핵사찰 전문 요원으로서 IAEA와 독자적으로 각국의 핵활동을 감시하면서 제3세계 국가들 사이에서는 지킬박사와 하이드라 불리는 인물이었다. 심지어 일부 중동 국가들에서는 그를 '죽음의 핵 사도'라고 불렀고, 역대 미국 정부는 핵 정책을 수립할 때 그의 보고서를 아주 중시 여겨왔다.

"드미트리를 보내게. IAEA는 유약해서 믿을 수가 없어. 지금까지 드미트리의 살모사 눈을 피해간 국가는 어디에도 없지. 그는 CIA 역사상 가장 뛰어난 과학 요원이야."

미 CIA, 한국 핵물질 사안에 직접 사찰 나서다

"CIA 소속의 핵 분석관인 드미트리가 한국에 입국했다는 소식입니다."

원자력연구소 대외협력담당관이 차용탁 소장에게 긴급 보고했다.

"방금 국성원 과학팀으로부터 연락을 받았습니다."

"음, 조만간에 이곳에 들이닥치겠군."

차 소장은 이미 정부로부터 미 CIA 소속 드미트리가 한국에 올 것이며, 원자력연구소를 방문할 것이란 내용을 통보받았다. 이후 차 소장은 드미트리에 대해 다양한 경로를 통해 정보를 수집했다.

「지난 2002년 이라크에 대한 미국의 독자적 핵사찰을 주도한 인물로 알려져 있음. 그가 이라크를 다녀온 후 이라크 전쟁 필요성 보고서 작성됨. 그는 핵전문가라기보다는 CIA의 핵공작 전문가로 알려져 있음. 의도된 목적을 위해 수단과 방법을 가리지 않는 냉혈한으로 보임.」

"아니! 저건 뭐지?"
원자력연구소 경비대원 하나가 정문 쪽을 향해 다가오는 뭔가를 보고 놀라 소리쳤다.
"뭔데 그래?"
경비 초소 안에 있던 경비원이 정문 밖으로 빠르게 시선을 돌렸다.
"미국 국기를 단 차량들이네?"
구름 한 점 없이 맑게 갠 가을 하늘, 오후 2시의 따가운 햇살이 원자력연구소 정문 앞 아스팔트 도로 위에 내리꽂히고 있었다. 자동차 본넷 양옆에 작은 성조기를 꽂고 외교관 번호를 단 자동차 행렬이 창문마다 햇볕을 가리고 연구소 정문을 향해 다가오고 있었다.
"소장 비서실에 빨리 연락해! 미국에서 온 방문객이 정문 가까이 왔다고!"
그들은 간단한 신분확인 절차를 거친 후 정문을 통과하자마자 쏜살같이 본관을 향해 달려 나갔다. 두 번째로 도착한 차에서 테가 굵고 붉은 빛이 감도는 선글래스를 착용한 미 CIA 핵 사찰관 드미트리가 내렸다.

그가 내리자 정문 본관 앞에서 대기하고 있던 소장이 먼저 알아보고 다가갔다.

"먼 길 오시느라 수고 많으셨습니다. 내가 차용탁 소장입니다."

차 소장은 진심에서 우러나는 목소리로 드미트리를 환영했다. 턱밑에 깔린 가는 구레나룻에 짙은 눈썹, 직각으로 세워 뒤로 빗어 넘긴 머리칼, 사진을 통해 본 바로 그 얼굴이었다.

"반갑소. 내가 드미트리요, 연락은 받았겠지요?"

인사를 건넸지만, 선글래스에 가려진 그의 눈동자가 소장의 안색을 빠르게 훑고 있었다.

'역시 소문대로 차가운 인상이군!'

"시간을 절약하는 게 좋겠소. 나를 핵물질 실험이 있었던 장소로 안내해주시오!"

"저와 함께 실험실로 가보시죠."

소장은 드미트리와 그 일행을 연구소 지하로 안내한 뒤 '기자재 창고'라는 팻말이 붙은 장소 앞에서 걸음을 멈췄다.

"여기가 지난 2000년도에 우라늄 물질 실험을 했던 장소입니다. 지금은 기자재 창고로 사용하고 있습니다. 안을 보여드리지요."

소장이 비밀번호를 입력해 잠금장치를 푼 후 그들을 창고 안으로 안내했다. 소장을 따라 안으로 들어간 드미트리가 의심스럽게 말했다.

"주변이 이게 뭡니까?"

"보시다시피 각종 장비나 물품 창고로 사용한 지가 오래됐습니다."

"지금은 구체적으로 어떤 물품들을 보관하는 곳이오?"

"실험에 사용하는 각종 기자재와 소량의 우라늄 원석 등을 보관하고 있습니다."

그때 드미트리 일행이 갖고 온 방사능 계측기에서 약한 음이 들렸다. 주위에 방사능을 내뿜는 물질이 있다는 것을 뜻했다.

"방사능 계측기를 갖고 오셨군요. 이 창고에서 보관하고 있는 소규모 우라늄 원석 덩어리들 때문일 것입니다."

'우라늄 원석 덩어리라, 제법 머리를 썼군!'

그가 실눈을 뜨고 소장의 눈을 잠시 쏘아보았다. 곧 드미트리 일행이 구석구석을 돌아다니며 우라늄 방사성 잔류량을 계측해 눈에 띄는 것은 모조리 기록해가기 시작했다.

"실험실이 폐쇄된 이후로는 이곳에서 실험이 이뤄진 적이 없고 지금까지 창고로 사용되고 있을 뿐입니다."

그러나 싸늘하게 식은 드미트리의 표정에서는 그가 이 설명을 믿지 않고 있음이 분명히 드러났다. 그가 다시 입을 열었다.

"당시 실험에 사용했던 레이저 장비는 어디에 있소?"

그러자 소장이 기다렸다는 듯이 입가에 희미한 미소를 띠며 대답한다.

"당시 사용했던 레이저 장비는 해체해서 특수보관실 캐비닛에 보관해오고 있습니다. 안내하기 전에 우리의 요청사항을 말씀드리겠습니다. 특수 보관실 내에서는 어떤 형태의 촬영도 금하고 있습니다. 그리고 출입은 드미트리 요원 한 분께만 허락하겠습니다. 이상의 요청사항을 양해하신다면 저를 따라오시지요."

드미트리가 차 소장을 한동안 쏘아보았다. 그리고는 할 수 없다는 듯 함께 온 요원들에게 고개를 끄덕였다. 혼자 가겠다는 신호였다. 소장이 드미트리를 3층 특수보관실로 안내한 뒤 보관실 문을 열고 전원 스위치를 올렸다. 곧이어 정적에 휩싸인 내부가 드러났고, 오염되지 않은 정화된 공기 냄새가 느껴졌다.

"민감한 정밀장비들을 보관하다보니 환기와 습도, 온도가 일정하게끔 자동조절장치를 작동시키고 있습니다."

보관실은 꽤 넓었다. 드미트리는 빠른 눈짓으로 보관실 내부를 둘러보다가 보관실 한쪽 끝에 놓인 2미터 높이의 캐비닛에 시선을 멈췄다. 직감적으로 그것이 레이저 장비가 보관된 캐비닛임을 깨달았다.

소장이 비밀번호를 입력해 캐비닛 문을 열자 그 안에 황금빛 몸체와 붉은색, 푸른색의 각종 소형 부착 장비와 계측기, 자기장 관과 검출기, 영롱한 비취빛의 레이저 돌들이 가지런히 해체된 채 보관되어 있는 것이 보였다. 실험 당시 사용했던 컴퓨터는 이미 파괴된 뒤였기 때문에 보이지 않았다.

"당시 사용했던 컴퓨터는 어디에 있소?"

"그것은 이미 해체된지 오래입니다."

"흠~!"

드미트리 인상이 일그러졌다.

"이것이 2000년도에 사용했던 레이저 장비입니다."

드미트리는 다소 충격을 받은 표정으로 안경을 고쳐 써가며 해체된 장비의 모습을 유심히 살펴았다. 소장은 그의 모습을 입가에 희미한 미소를 띠고 바라보고 있었다.

"도대체 이 장비는 어디서 구입한 거요? 미국이요?"

드미트리가 묻자 차 소장은 입을 다문 채 고개를 저었다.

"그러면 프랑스? 러시아?"

이번에도 차 소장은 고개를 젓고는 입을 열었다.

"이 장비는 일부 부품을 수입해 우리 연구소에서 자체 제작한 것입니다."

"그렇다면 우라늄 레이저 농축 장비 부품이 국제시장에서 거래되고 있다는 얘기요?"

드미트리가 날카로운 눈빛으로 쏘아보며 물었다. 그러자 소장의 입가에 다시 희미한 미소가 떠올랐다.

"아시다시피 레이저 농축 장비 부품은 공개된 시장이든 암시장이든 현재 거래되는 물품이 아닙니다."

"그렇다면 도대체 저 장비를 어떻게 만들었다는 얘기요?"

그가 여전히 의심을 거두지 않은 눈빛으로 거듭 물었다.

"죄송합니다만 그것은 우리 연구소 1급 기밀사항이므로 밝힐 수 없습니다. 이해해주시기 바랍니다. "

순간 드미트리의 눈에 경멸조의 눈빛이 떠올랐다. 기밀사항이라 공개할 수 없다니 가소롭다는 얼굴이었다. 소장도 그의 표정을 읽었고, 둘 사이에 한동안 눈빛이 강하게 부닥쳤다.

"좋소, 어디 당신들의 우라늄 수입과 사용 목록 좀 봅시다."

소장이 미리 준비한 장부를 건네자 드미트리는 우라늄 원광석과 농축 우라늄 수입 사용내역 자료를 꼼꼼히 살폈다. 그때 자료를 읽어가던 눈에서 갑자기 강렬한 빛이 떠올랐다.

"당신들이 해외에서 해마다 수입하는 우라늄 4천 톤 중에 400킬로그램이 아귀가 맞지 않는군. 이건 행방불명이라는 뜻이오. 당신들의 우라늄 수입량과 IAEA에 보고한 잔량을 비교하니 그런 결과가 나오는데 설명을 좀 해줘야겠소."

수입량과 실제 사용량 사이의 약 400킬로그램의 오차를 간파한 드미트리가 소장을 몰아붙였다.

"우리는 원자로를 21기나 운영하고 있습니다. 그리고 원자로 한 기당 매년 20킬로그램의 분실량이 발생하지요. 이게 결코 많은 수치가 아니라는 건 사찰관께서도 잘 알 겁니다. 또한 우리가 매년 수입하는 연간 4천 톤과 비교하면 1만 분의 1 수준에 불과합니다. 이 정도 소실 비율은 미국, 영국, 러시아, 중국 등의 손실률 1~2퍼센트에 비하면 오히려 적지요."

소장의 반박에 드미트리가 미간을 잠시 찌푸렸다. 소장은 평소 드미트리의 발언록을 통해 그가 핵물질 분실 양에 대해 기존 핵보유국과 비핵보유국 사이에 이중 잣대를 적용하고 있다는 것을 알고 있었다.

물론 우라늄은 민감한 물질이라 이동 경로는 물론 사용량까지도 철저히 감시의 대상이었음에도 원자력 발전소 운영 과정에서 여러 이유로 인해 어쩔 수 없이 분실분이 발생하고 있었다. 문제는 막대한 양을 사용하고 있는 미국과 영국, 인도, 러시아나 중국의 경우 더 많은 우라늄 분실 사건이 발생함에도 이를 문제 삼지 않는다는 점이었다.

"핵보유국과 비핵보유국을 똑같은 잣대로 볼 수 없소! 이는 핵무기 확산을 방지하기 위한 어쩔 수 없는 조치요. 세계평화를 위해 불가피한 조치란 말이오!"

'음, 차별적인 세계관을 갖고 있군!'

소상은 핵보유국들이 구축해놓은 질서야말로 카스트 제도처럼 차별적이고 불공평하다고 생각했다. 또한 그들의 제도에는 원칙도 없었다. 최근 세계2차 대전을 일으킨 주범국가이자 비핵 국가인 일본에게 플루토늄 보유를 허용하고 있는 것을 봐도 그랬다. 뿐만 아니라 해마다 계속되는 엄청난 분실량도 문제 삼지 않고 있었다.

"분실, 소실, 망실? 어떻게 해마다 40킬로그램의 우라늄이 분실되거나 소실될 수 있단 말이오? 이에 대한 만족할 만한 설명이 없다면 IAEA 이사회에 강력히 문제제기를 하겠소. 만일 IAEA에서 안되면 미국 단독으로라도 유엔에 제소하겠소."

드미트리는 물소 떼의 약점을 노리는 사자처럼 금방이라도 달려들어 목덜미를 물어뜯을 기세였다. 잠시 후 소장이 속을 알 수 없는 미소로 입을 열었다.

"우리도 해마다 분실되는 우라늄의 행방을 찾기 위해 백방으로 노력하고 있지만, 찾지 못하던 차요. 우리가 내린 결론은 이렇소. 행방불명된 대부분의 우라늄은 연구자들의 실험 과정에서 자연소실된 것이고, 일부 우라늄은 실험실과 원자로에서 관리 소홀로 다른 쓰레기들과 섞여 소각장으로 갔다고 말이오."

"지금 누굴 놀리는 거요?"

드미트리가 화가 난 얼굴로 자리에서 벌떡 일어났다.

"행방불명도 문제지만 어떻게 그 원인도 불명일 수 있소? 그만큼 한국 정부의 관리가 부실하다는 것이 아니오? 자, 여기 서류에 보면 소각 얘기는 없소, 그러니까 원인도 모른 채 행방불명된 우라늄이 1998년도 이후 지금까지 무려 150킬로그램이요. 이 사실에 대해 확실한 답변이 없다면 한국 사안에 대해 안보리 회부를 추진할 수밖에 없소."

소장은 얼른 답변을 하지 못했다. 그런 표정을 본 드미트리는 이제야 물증을 잡았다는 듯 회심의 미소를 지었다.

"소장의 해명은 앞뒤가 맞지 않소. 실험하다가 자연 소실되는 분량은 그렇다 쳐도 핵물질이 든 상자를 구분 못해 쓰레기와 함께 버렸다는 것인데 그게 말이 된다고 생각하시오? 그렇다면 청소부가 실험실 내로 들어가서 우라늄 시료가 든 상자를 밖으로 내놓았다는 얘기인데 그것도 말이 되지 않소. 원자로를 21기나 운영하는 한국에서 우라늄 관리를 그렇게 허술하게 했다는 것을 믿을 바보는 지구상에 한 명도 없소! 자, 이제 더 이상 말장난은 말고 진실을 말하시오."

차용탁 소장이 드미트리를 상대하고 있을 그 시각, 민태준 박사는 드미트리에 관한 국정원 자료를 검토 중이었다. 그는 지금 드미트리가 전 세계 핵물질 제조 의심 지역들에서 벌인 사찰 행보를 꼼꼼히 살피고 있었다. 이 보고서에는 드미트리가 남미와 아프리카, 아시아, 중동 일부 국가를 다니면서 실험 증거를 찾아낸 과정들이 잘 정리되어 있었다.

민 박사는 소장이 이미 충분히 검토한 자료였지만 자기 시각에서 다시 이것을 검토해야 한다고 생각해서 자료를 읽기 시작했다. 하지만 아무리 눈을 크게 뜨고 봐도 소장에게 특별히 도움될 만한 정보는 눈에 띄지 않았다. 자료의 대부분은 드미트리 쪽이나 미국 쪽에서 선전용으로 화려하게 치장한 것 같은 냄새가 났다.

'우리 쪽 자료를 살펴볼까?'

그는 드미트리에 관한 국정원 자료보다는 연구소에서 자체적으로 만든 사찰 대비 자료를 다시 꼼꼼히 살피는 것이 효과적일 수 있겠다고 생각했다. 자료를 꼼꼼히 살피던 그의 눈에 띄는 것이 있었다. 우라늄 분실량이었다.

'차 소장님은 어떻게 답했을까?'

민 박사는 우라늄 분실량의 원인에 대해 분실, 소각, 소실 등으로 대답했을 것이라고 추측했다.

'과연 그 정도 설명으로 독사 같은 드미트리가 순순히 넘어가줄까?'

민 박사는 고개를 저었다. 드미트리는 그 정도로 포기할 위인이 아니었다. 문득 뇌리에 방금 전에 읽은 드미트리의 중동에서의 행적 자료가 떠올라 재차 살피는 순간, 그는 자신도 모르게 작은 비명을 질렀다. 민 박사 머릿속에 득의양양한 미소를 짓고 있을 드미트리의 얼굴이 떠올랐다.

"큰일이군! 놈을 너무 가볍게 보았어!"

그는 차 소장의 수행 비서에게 전화를 걸었다. 잠시 후 비서가 전화를 받았다.

"나 민태준 박사입니다. 소장님과 통화가 가능합니까?"

"지금은 안 됩니다. 드미트리 쪽에서 주위 사람들의 배제를 요청했습니다. 저도 그래서 두 사람과 멀리 떨어져서 전화를 받고 있는 중입니다. 지금 소장님이 드미트리와 소각장으로 향하는 중입니다."

"소각장이오? 안 됩니다!"

우려했던 일이 벌어졌다. 전화기를 내려놓은 민 박사가 한국 자료와 중동에서의 행적 자료를 다시 비교해보았다. 상황이 아주 흡사했다. 한국도 영락없이 덫에 걸렸다는 생각이 들었다.

근심 어린 표정으로 드미트리와 동행하고 있을 소장의 얼굴이 떠올랐다. 문득 차 소장이 가엾다고 느껴졌다. 이제 머잖아 한국 핵물질의 감춰진 진실이 드러날 것이다. 그러면 무슨 일이 일어날까? 생각만 해도 끔찍했다.

그는 방망이질 치는 가슴을 간신히 진정시키며 전화기 다이얼을 돌리기 시작했다. 전화벨 소리가 들리는 동안 머릿속으로는 할 말을 정리하기 시작했다. 시간이 없으니 되도록 상대방이 쉽게 알아듣게 전달해야 했다. 그러나 그가 과연 이 조언을 제대로 알아들을까? 상대는 여전히 전화를 받지 않았다. 손목시계를 보니 소장과 드미트리가 거의 현장에 도착할 시간이었다.

역시 드미트리는 한번 문 먹이는 절대 놓치지 않는 맹수처럼 한번 품은 의심은 쉽게 포기하지 않는 인물이었다. 드미트리와 나란히 소각장을 향하는 차 소장의 가슴은 크게 방망이질 치고 있었다. 두 사람을 태운 차가 소각장으로 향하는 약간 경사진 길을 오르기 시작했다. 소장은 드미트리의 집요한 질문에 말려 소각장 사찰을 제안했지만, 막상 그가 받아들이자 당황할 수밖에 없었다.

"좋소, 소각장으로 함께 갑시다! 가서 방사능 준위를 조사해봐야 하겠소. 금년에 처리한 것들이 혹시 남아 있을지 모르니까요."

드미트리가 역으로 치고 나오더니 당황하는 소장의 표정 변화를 놓치지 않았다. 소각장에는 우라늄을 태운 흔적이 남아 있을 가능성이 희박했다.

일부 슬러지를 제외하면 우라늄은 소각장 아닌 다른 장소에서 특별 관리되고 있었기 때문이다. 만일 흔적이 남아 있지 않다면 사라진 핵물질의 소재를 거세게 추궁할 것이 틀림없었다. 그렇다고 소각장에 가자는 제의를 철회하면 고의로 증거를 회피한다고 몰아부칠 것이 틀림없었다. 신뢰양난이었다.

"다 온 것 같습니다. 내리시지요."

두 사람은 소각장 입구에서 내렸고, 소각장, 매립장과 두 군데서 우라늄 준위를 측정했으나 2ppm 정도가 나왔다. 드미트리가 눈에 불을 켜고 말했다.

"소장, 2ppm이 무슨 의미인지 잘 아시지요? 평균치 4 ppm 이하로 나왔다는 건 이곳에서 우라늄이 소각되지도 매립되지도 않았다는 걸 의미하는 거요. 이제 더 이상 거짓을 말하지 말고 사라진 우라늄 행방에 대해 말해주시오."

드미트리가 소장을 압박했다. 도망가는 먹이의 목덜미를 앞발로 짓누르고 있는 맹수 같았다. 소장의 얼굴에 당혹감이 점점 크게 번져갔다.

"혹시라도 완전 소각돼서 발견되지 않는 거라는 얘기를 하려거든 아예 하지 마시오. 내가 이곳에 오기 전에 받은 자료에 의하면 소각 시간은 불과 20분가량이었소."

드미트리는 소장의 코앞에 대사관을 통해 입수한 소각 관련 자료를 가까이 들이밀었다. 소장의 얼굴이 흙빛으로 변했다.

"비록 기록에 적힌 소각장 온도가 우라늄이 불에 녹는 온도보다 약간 높다고는 하지만, 소각 시간이 20분 미만이라면 틀림없이 완전히 타지 않은 우라늄이 있어야 합니다. 그런데 방금 소각장은 물론 매립장까지 우라늄을 측정했지만 발견되지 않았소. 우라늄은 이곳에서 처리되지 않은 것이오. 그러나 사실대로 대답하시오."

역시 드미트리는 소문대로 살모사처럼 약점을 파고들었다. 그는 자신의 사찰 능력에 스스로 만족하는 얼굴로 소장을 노려보았다. 마치 마지막 유언 정도는 들어줄 수 있다는 너그러운 표정도 섞여 있었다. 소장이 천천히 입을 열었다.

"분실된 우라늄은……."

소장이 입을 열었다. 드미트리와 미국 수행원들은 곧 그의 나올 발언에 귀를 기울였다. 하지만 소장은 시간을 끌며 머릿속으로 대답거리를 찾고 있었다. 바로 그때였다. 무리들 사이에서 묵묵히 듣고 있던 소각장 관리소장이 불쑥 끼어들었다.

"그런 수치가 나오는 이유는 간단합니다. 우라늄 시료가 1nm이하로 잘게 조각나서 그렇습니다."

느닷없이 튀어나온 발언에 모두가 멍한 얼굴로 그를 쳐다보았다.

"당신은 누구요?"

드미트리가 물었다.

"여기 소각장 관리소장입니다. 저희 관리사무소에서는 몇 년 전부터 우라늄이 인근 토양에 미칠 영향을 최소화하기 위해 우라늄을 1nm이하로 잘게 나눠 소각해오고 있습니다. 그 덕에 다른 물질들과 쉽게 섞여 수치가 높게 나오지 않는 것일 겁니다."

저녁노을이 뒤편 산등성이 위에서 소각장을 붉게 물들이고 있었다. 소각장과 매립장에까지 노을빛이 번져 왔다.

"우리나라는 겨울을 제외하면 비가 자주 내립니다. 특히 여름철에는 한꺼번에 많은 비가 내리고요. 그 때문에 소각재가 더 넓은 지역으로 확산, 희석될 가능성이 크지요. 이 일대 주민들에게 물어보시면 금방 확인이 될 것입니다."

"당신 말을 내가 어떻게 믿지?"

관리소장이 그의 질문에 피식 웃었다.

"여기 소각장 기계를 보세요. 수치가 1nm 이하로 맞춰져 있지 않습니까."

드미트리는 관리소장을 따라가 기계를 보는 순간 할 말을 잃었다. 갑자기 나타난 소각장 관리소장의 해명에 온몸에 맥이 빠졌고, 금방이라도 독을 뿜어낼 것 같던 사나운 눈빛도 서서히 힘을 잃어갔다.

엘바라데이의 위기

핵개발이 의심되는 전 세계 숱한 지역을 사찰다녔지만 이렇게 완벽에 가깝게 증거를 인멸한 경우는 처음이었다. 실험 장소도 실험 장비도, 소각장에서도 모든 흔적도 완벽하게 지워진 상태였다. 드미트리는 자존심이 상했지만 더 이상 캐봐야 나올 것이 없다는 것을 깨달았다.

'정상적인 방법으로는 물증 찾기가 도저히 불가능하겠군.'

드미트리는 고개를 저었다. 얼마 뒤 그들이 아무 성과 없이 소각장을 떠났다. 곧이어 차 소장이 관리소장에게 물었다

"이게 어떻게 된 일입니까?"

그는 아직도 어안이 벙벙한 모습이었다.

"민 박사님께서 급하게 전화를 하셨더군요. 그래서 그분이 시키는 대로 얘기했습니다."

"기계 수치는 어떻게 된 것이오?"

"별 것 아닙니다. 언제라도 조작이 가능한 것이니까요. 많이 배웠다는 분들도 종종 간단한 기계 조작에는 서투르지 않습니까, 허허허."

삼청동 국정원 안가

이범용 국가위기대응 수석보좌관은 밀려오는 불안감을 떨치지 못하고 있었다. 곧 마무리될 줄 알았던 핵물질 실험 의혹이 좀처럼 해결될 기미를 보이지 않고 계속해서 발목을 잡고 있었다. IAEA와 CIA 사찰까지 당당히 받았고, 그 결과 이것이 큰 사안이 아님이 밝혀졌음에도 미국, 영국 , 프랑스, 이태리 등에서 의혹의 시선이 거두어지지 않고 있었다.

뿐만 아니라 한국 핵 의혹 사안에 대한 안보리 회부가 필요하다는 얘기도 공공연히 제기되는 중이었다. 이범용 보좌관이 착잡한 표정으로 손목시계를 쳐다보았다.

'국정원장이 좀 늦는군.'

그는 국정원장이 갑자기 비밀리에 만나자고 한 이유를 곰곰이 생각해보았다. 십중팔구 핵물질 실험 사안 때문일 것이다. 그러나 또 다른 이유로 비밀리에 불렀을지도 모른다는 생각도 들었다. 그는 원형 유리 테이블 위에 놓인 김이 모락모락 나는 커피 잔을 입에 댔다.

'국정원장이야 늘 숱한 정보들에 둘러싸여 있는 사람 아닌가? 만나 보면 무슨 얘긴지 알게 되겠지.'

그때 천장평 국정원장이 이범용 보좌관이 기다리고 있는 안가 방문을 열고 들어왔다. 이 보좌관은 국정원장을 보자마자 만일 그가 짐승으로 태어났다면 병든 호랑이나 사자를 귀신 같이 찾아서 잡아먹는 하이에나쯤 되었으리라 생각했다. 그만큼 동물적 후각이 강해 보이는 사람이었다.

'후각은 정보원의 필수적 자질이야. 그런 점에서 천 원장은 천부적 자질을 갖고 태어났지. 천 원장이 오늘은 또 무슨 냄새를 맡고 왔을지 궁금하군.'

"이 보좌관, 갑자기 급한 일이 생겨서 처리하느라 좀 늦었소."

그의 얼굴에는 약속 시간에 늦은 데 대한 미안함과 동시에 긴장감이 묻어 있었다. 이 보좌관은 국정원장이 먼저 입을 열기를 기다렸다.

"이 보좌관도 알고 있겠지만, 이번 핵물질 사안을 둘러싼 해외 측의 공세가 멈추지를 않는군요."

"우리 정부의 모두가 역시나 염려하고 있는 사안이오. 나도 마찬가지고 말이오."

"내 얘기는 뭔가 냄새가 난다는 얘깁니다."

"냄새라니요?"

이 보좌관이 되물었다.

"음모의 냄새 말입니다."

"무슨 얘기인지 좀 자세히 해보시오."

"최근에 내가 도달한 결론이오. 이 보좌관도 IAEA와 CIA의 연구소 사찰이 잘 마무리된 건 알고 계시지요?"

이 보좌관이 고개를 끄덕였다. 이 보좌관은 국정원이 이번 사찰 진행 과정에서 보이지 않는 뒤 역할을 했다는 것을 잘 알고 있었다. 이들은 만에 하나 발생할지 모를 과학자들과 VIP들에 대한 경호 역할과 더불어 연구소 비밀이 불필요하게 외부로 새나가는 것을 막는 역할을 했다. 심지어 그들은 과학자들이 거주하는 아파트 앞에서 24시간 경호를 하고 있었다.

"이번에 국정원에서 수고 많이 했다는 얘기를 들었습니다."

"칭찬 듣자고 이 얘기를 꺼내는 게 아니오."

국정원장이 손사래를 쳤다.

"이 보좌관도 알다시피 IAEA와 CIA 사찰이 잘 마무리됐음에도 한국 사안의 안보리 회부 가능성이 거론되고 있소."

"나도 그 점을 매우 우려하고 있소."

"어디 그뿐이요? 국내 일부 언론들과 정치권에서도 이번 사안을 참여정부의 반미 성향과 연결시켜 공격하고 있소."

"나도 분위기가 지나치게 과열됐다는 느낌이 듭니다. 국가안보 문제를 두고 언론과 정치권이 이렇게까지 대통령을 공격하는 것은 이례적인 일입니다."

그 말에 국정원장이 뭔가를 잠시 생각하더니 천천히 입을 열었다.

"바로 그 점이요, 이 보좌관. 그래서 하는 말인데, 나는 이번 상황을 보면서 지난 탄핵 때와 비슷한 불안감을 느끼고 있소."

국정원장이 갑자기 탄핵 얘기를 꺼내자 보좌관의 양미간이 찌푸려졌다.

"너무 과하게 반응하는 것 아닙니까?"

그러나 국정원장은 이 보좌관의 얼굴을 애써 외면하고 물 컵을 들어 단번에 비우더니 짙은 눈썹을 꿈틀거리며 입을 열었다.

"이런 얘기를 꺼내서 좀 당황스럽겠지만, 지난 번 탄핵안이 가결됐을 때 미국의 유력언론인 워싱턴포스트나 블룸버그 통신이 보였던 보도 행태를 생각해보시오. 그들은 미국 정부를 대신해 한국의 언론들을 선동했소. 대한민국이 반미 대통령으로 인해 경제·안보적으로 위기에 처했다고 말이오. 당시 나는 대한민국이 유력언론들에 의해 난도질당한다는 느낌을 받았소. 그런데 지금 보시오. 핵물질 실험 관련해 국제언론들로부터 또 다시 비슷한 공격을 받고 있지 않소?"

"그거야 언론 속성상 그럴 수도 있는 것 아니겠소?"

이 보좌관은 대체 국정원장이 무슨 얘기를 하려는 건지 선뜻 이해되지 않았고, 다소 황당하다는 느낌마저 들었다. 담배를 한 대 피워 문 국정원장은 전혀 개의치 않고 자신의 말을 이어갔다.

"나도 언론의 속성을 아주 잘 아는 축에 속하지요. 그러나 지금 해외언론 보도들을 보시오. 비공개 사찰이 갑자기 AP통신을 통해 공개된 경위도 의심스럽소. 게다가 최근에는 일본 언론들도 어디서 정보를 접했는지 결정적인 뉴스들을 한 방씩 날려 우리 정부를 당혹스럽게 만들고 있소. 그뿐이요? 국내 일부 정치권과 언론에서 이번 핵 문제를 노 대통령의 반미와 연결시켜 비판하는 것도 지난 번 탄핵 때와 아주 흡사해요."

이 보좌관도 지난 번 탄핵 당시 미국 언론 상황을 잘 알고 있었다. 노무현 대통령 탄핵안이 처리됨으로써 한국 대통령 자리가 공석이 됐을 때, 미국 워싱턴포스트는 「서울의 환호와 분노」라는 기사에서 노 대통령 탄핵의 가장 큰 사유가 반미 성향인 것처럼 집중 보도했다. 또한 블룸버그 통신은 「북한은 노무현 대통령의 추락을 즐기고 있을 것」이라는 칼럼에서 노무현 대통령이 지난해 대선에서 미국에 적대적인 공약을 내놓았고, 당선 후에는 미국과 기 싸움을 벌이기 시작했다고 지적하면서 김정일 위원장이 지금의 상황을 가장 즐거워 할 것이라고 썼다.

그러나 이번 사안을 또 다시 지난 탄핵 때와 연계해 발언하는 원장의 발언은 쉽게 받아들이기 어려웠다.

무엇인가를 곰곰이 생각하는 이 보좌관을 향해 국정원장이 질문을 던졌다.

"이 보좌관, 혹시 증권투자 좀 하시오?"

"아, 우리 경제가 어떻게 돌아가는지 좀 알고 싶어서 몇 년 전부터 조금은 하고 있지요. 직접 하는 건 아니고, 아는 사람 권유로 펀드투자를 좀 하고 있습니다."

"그러면 혹시 사우스리스크(south risk)라는 말은 들어봤습니까?"

"글쎄요, 처음 들어보는 용어입니다."

국정원장은 그럴 줄 알았다는 표정이었다. 이범용 보좌관은 참여정부의 다른 참모들과 달리 대선 이후에 합류한 인물이었으며, 정부 참여 전에는 중립을 표방해 참여정부 성골들 눈에는 못마땅할 수밖에 없었다.

"노무현 대통령이 탄핵 당하던 날, 주가가 상승했지 않습니까? 그게 바로 사우스리스크 때문입니다. 한 나라의 대통령이 탄핵을 당했는데 주가가 올랐다가, 탄핵이 헌재에서 기각되어 대통령이 다시 복귀한 첫날 오히려 국내 주가가 200포인트 이상 떨어졌지요."

"……."

"이처럼 증권가에서 노 대통령을 두고 노스리스크(north risk)와 상반된 개념으로 사우스리스크라고 칭합니다. 노 대통령이 부시 대통령과 사이가 안 좋으니 경제에도 악영향을 미칠 수 있다는 의미지요. 실제로 노 대통령이 업무에 복귀하던 날 주가 하락 요인을 알아보니 주로 미국과 유럽 그리고 미국계 아시아 자본들이 이탈했기 때문이었소. 분명히 불안했던 게요. 미국 정부가 직접 이걸 지휘했다고는 할 수 없겠지만, 백악관과 미국 언론의 분위기가 한국의 해외 투자자들에게 상당히 안 좋은 영향을 미쳤으리라 확신하고 있소."

"그래서 나에게 도대체 무슨 이야기를 하려는 것이오?"

이 보좌관이 불쾌한 표정으로 말했다. 그는 국정원장이 이번 사안을 너무 정치적으로 해석하고 있다고 생각했다.

"이 보좌관, 한국이 안보리에 회부된다고 생각해보시오. 가장 먼저 경제가 상당 부분 봉쇄될 것이고, 그러면 수출로 먹고사는 한국 경제는 상당한 충격에 빠지게 될 것이오. 그렇게 국민 경제가 도탄에 빠지면 어떻겠소? 노 대통령을 겨냥해 또 다시 사우스리스크니 '반미 대통령' 운운하는 말들이 지금보다 더 크게 떠오를 거요. 그 다음 일어나게 될 일들에 대해서는 내가 굳이 말하지 않아도 충분히 예측할 수 있겠지요."

"하지만 그것은 어디까지나 가상 상황 아니겠소. 근거가 부족해요, 음모론이 설득력을 얻으려면……."

그때 국정원장이 말을 잘랐다.

"지금 근거가 부족하다고 하셨소? 핵물질 실험 사안으로 한국이 안보리에 회부될 경우, 이 땅에서 제2 탄핵 사태보다 더한 일도 벌어질 수 있어요. 나는 최악의 상황까지 염두에 둬야 한다고 생각하오. 근거가 부족하다고 하셨는데, 미국이 노 대통령을 어떻게 생각하는지는 지난번 주한미군을 일방적으로 빼내갈 때 잘 보여주지 않았소? 노 대통령이 탄핵에서 복귀하던 날, 미국은 우리와 상의도 없이 주한미군 2사단에서 1개 보병 여단과 지원부대 등 약 4천 명을 이라크로 차출키로 결정해서 일방적으로 통보했소. 이게 정상적인 동맹관계요? '각자의 길을 갈 수밖에 없다'고 판단한 것이 아니라면, 부시가 '그 친구'라고 부르는 노무현 대통령과 동맹관계를 유지할 수 없다고 생각한 게 아니라면, 어떻게 가능한 일이오?"

"물론 이것이 정치적으로 충분히 상상할 수 있는 일이라 해도, 합리주의적인 노 대통령께서는 그런 음모론에 귀 기울이지 않을 거요. 그보다는 끝까지 외교로 문제를 풀려는 노력을 절대 포기해서는 안 될 겁니다."

"하하, 역시 대통령이 왜 당신을 곁에 두는지 알겠소. 당신이 현실주의적이고 합리적이라고 판단했기 때문이 아니겠소. 하지만 외교적 해결? 내가 볼 때 이번 문제는 외교로 풀기 어려울 것이라 보오. 지금 미국, 프랑스, 영국 같은 우리의 전통 우방국들을 보시오. 그들조차도 이미 안보리 회부 쪽으로 기울어 있어요. 우리 외교 라인과 통일 부처 장관들이 전 방위의 외교 노력을 펼치고 있지만 그들 마음은 이미 기울었단 말이오."

국정원장이 냉소적인 눈빛으로 이 보좌관의 말을 반박했다. 그러자 이 보좌관이 국정원장을 쳐다보며 물었다.

"그렇다면 혹시 무슨 다른 방법이 있습니까?"

"사실은 그 문제 때문에 이 보좌관을 은밀히 보자고 한 것이오. 이대로 안보리 회부를 보고만 있을 수는 없지 않소?"

이 보좌관은 국정원장이 나름대로 안보리 회부에 대비한 카드를 갖고 있음을 깨달았다.

"큰 댐도 작은 구멍 하나로 무너지는 거요. 최근 우리의 오스트리아 빈 대사관 주재요원이 엘바라데이 사무총장과 관련한 중요한 정보를 입수했소. 내용인 즉 미국 정부가 차기 IAEA 사무총장 후보로 한국 후보를 밀겠다는 정보를 흘리고 있다는군요. 이 보좌관이 IAEA 관계자를 극비리에 한 번 만나주셨으면 합니다. 영어와 아랍어에 능통한 이 보좌관이 이번 일에 적격이오."

따갑던 햇살이 서서히 힘을 잃어가는 초가을 오후, 엘바라데이가 IAEA 조사요원들과 함께 인천공항 입국장에 모습을 드러냈다. 네 번째 한국 방문이었다.

국내외 기자들이 주위로 몰려들었지만, 조사 요원들은 쏟아지는 질문에 일체 답하지 않았다. 엘바라데이만이 간단히 답을 몇 마디 던진 뒤 경호요원들에게 둘러싸여 공항을 빠져나갔다.

이렇게 한바탕 소동이 흘러간 지 30분 뒤 무렵, 또 다른 인물이 입국장에 모습을 드러냈다. 짙은 선글래스로 얼굴을 가린 그 사내는 주위를 잠시 둘러보더니 빠른 걸음으로 공항 입국장을 빠져나갔다. 초가을 오후의 시원한 바람이 그의 머리카락을 쓸어 올렸다.

"강남 인터콘티넨탈호텔 플리즈!"

그는 IAEA 대외협력관인 어서 멀린이었다. 그는 인터콘티넨탈 호텔 현관에 도착하자마자 기다리고 있던 국정원 요원에게 안내되어 약속 장소인 호텔 34층 파라스 레스토랑 귀빈실로 들어섰다. 안에는 한 사내가 먼저 와서 기다리고 있다가 어서 멀린이 들어오자 자리에서 일어나 먼저 인사했다.

"어서 오십시오, 청와대 참모인 국가위기대응 수석보좌관 이범용입니다. 먼 길 오시느라 수고 많으셨습니다."

"만나서 반갑습니다. 대통령 보좌관께서 저를 보자고 하시기에 상당히 의아했습니다. 솔직히 이 자리에 나가야 할지 고민도 했고요. 전 세계가 한국에서의 핵사찰을 주목하고 있는데 이 만남이 자칫 잘못 알려지면 불필요한 오해를 불러올 수 있으니까요."

"허허, 잘 알고 있습니다. 그래서 저희도 고민이 많았습니다. 마치 당당하지 못해서 비밀 만남을 요청한다는 오해를 사지 않을까 말입니다. 하지만 내부 토의 결과, 지금 상황을 그대로 놔둘 경우 자칫 엉뚱한 방향으로 사태가 흘러갈 수 있다는 결론을 내렸습니다. 그래서 이렇게 대외협력관님께 사무총장님과 한국에 오시는 길에 따로 만남을 요청한 겁니다. 아무튼 어려운 자리에 기꺼이 나와주신 점, 대단히 감사드립니다. 각하를 대신해 깊은 감사를 드립니다."

'대통령 각하를 대신해 감사한다니?'

그 말에 어서 멀린은 더 무겁고 부담스러운 기분이었다. 잠시 후 이슬람 인들이 좋아하는 올리브 샐러드, 허브에 재워 만든 뼈 없는 양고기, 토마토 버터구이, 그리고 마늘빵에 20년 된 보르도산 와인을 곁들인 식사가 서빙되었다.

"이곳 이슬람 요리가 입맛에 맞으신지 모르겠습니다. 이곳 주방장의 솜씨가 훌륭해 이리로 모셨습니다. 저도 가끔 여기 오면 이슬람권 요리를 주문해 먹지요."

"이 보좌관께서는 이슬람 음식이 입맛에 잘 맞으시는 모양이군요."

어셔 멀린의 얼굴에 흡족한 표정이 묻어났다. 이 보좌관은 첫 단추가 제대로 꿰어졌다는 생각에 자신감이 솟았다. 이 보좌관이 어셔 멀린을 편안하게 바라보며 물었다.

"모하메드 자베르가 본명이시죠?"

어셔 멀린은 깜짝 놀랐다. 그 이름은 그가 어릴 적 사용하던 이름으로, IAEA에 몸담으면서부터는 중동 지역 출신 느낌을 주는 이 이름을 공개적으로 사용하지 않아온 차였다.

"어떻게 제 어릴 적 이름을……?"

"귀한 손님이 오시기에 따로 공부를 좀 했지요. 아버님께서 리비아 출신이시고 어머니가 팔레스타인 출신이신 것을 잘 알고 있습니다. 두 분은 유학 시절 만나셨고, 이스라엘 공습으로 사망하셨다는 것도 말입니다."

어셔 멀린은 한동안 놀란 표정이었다. 그는 다른 사람의 손에 양육되면서 이름도 바꾸었고, 국제기구에 근무하면서 부모님 얘기를 꺼낸 적도 없었다. 그러나 그의 마음에는 항상 어릴 적 이름을 불러주시던 부모님의 음성이 남아 있었다.

"너무 놀라실 필요 없습니다. 오늘 제가 말씀드리려는 것은 지금

제 앞에 계신 멀린 특사, 아니 자베르 특사의 조국처럼 주변국들의 위협에 둘러싸인 한국에 대해서입니다."

어서 멀린은 처음 만나는 사람의 긴장을 일순간에 녹여버리는 그의 대화 방식에 감탄했다.

"한국은 겉으로는 비약적인 성장을 이뤘지만, 들여다보면 여전히 정치적으로나 경제적으로나 미국의 영향 하에 놓여 있습니다. 한국의 정계와 재계 리더들 중의 상당수가 미국이나 영국 같은 구라파에서 공부했거나 이들과 경제 관계를 맺고 있지요. 물론 이들을 비난하려는 건 아닙니다. 저도 미국에서 공부를 했고, 대한민국 대통령들도 어떤 형태로든 미국의 지원을 받아 대통령의 자리에 올랐다고 볼 수 있지요. 때문에 당선 후에도 미국과 밀접한 관계를 유지해왔고요. 하지만 이 패러다임에서 유일하게 예외적인 인물이 있습니다. 바로 현 대통령이신 노무현 대통령입니다. 그는 미국에 발길 한 번 안 두고 대통령 자리에 오른 대한민국의 첫 번째 대통령입니다."

어서 멀린은 그가 무슨 말을 하려는지 점차 궁금해지기 시작했다.

"그렇다고 노무현 대통령이 반미주의자인 것은 아닙니다. 정적들은 그에게 반미 딱지를 붙이길 좋아하지만 실제로 노 대통령께서는 실용주의자입니다. 하지만 노 대통령은 대통령이 되기 전에도 대미 관계에서 독자적인 발언을 해왔고, 지금도 자주적인 목소리를 내기 위해 노력하고 계십니다. 자베르 특사! 지금 노무현 대통령과 한국 정부가 핵물질 실험 사안으로 인해 어려움에 직면해 있습니다. 만일 한국이 안보리에 회부되어 경제 제재를 받게 될 경우, 무역으로 먹고사는 대한민국은 엄청난 위기에 직면할 수 있습니다. 이미 탄핵 위기를 한 번 겪었던 노무현 정부 또한 다시금 엄청난 위기에 직면

할 겁니다."

"보좌관의 설명 충분히 알아 들었소……. 하지만 우리로서는 없는 사실을 있다고도, 있는 사실을 없다고도 할 수 없소. 이것이 IAEA의 대원칙이고 기본 정신이오."

"잘 알고 있습니다. 지금 저는 있는 걸 없는 것처럼 해달라고 요청하는 것이 아닙니다. 우리 정부는 IAEA의 사찰에 최대한 협력해왔고, 앞으로도 그리 할 것입니다. 다만 있는 그대로를 충실히 조사해 밝혀 달라는 게 제 요청의 골자입니다."

어서 멀린은 이 대통령 참모가 진짜 하고 싶은 말이 뭔지 더 궁금해졌다. 아직 본론이 나오지 않았다는 판단이 들었다. 그때 이범용 보좌관이 부드러운 표정으로 물었다.

"혹시 IAEA 차기 사무총장 선거의 한국인 후보에 대한 얘기를 들으셨습니까?"

그는 느닷없는 질문에 당황했지만, 사실 한국에 오면서 확인하고 싶었던 내용이기도 했다.

"하하, 역시 들어보신 적이 있군요. 사실 오늘 대외협력관님을 뵙자고 한 이유 중에는 그에 대한 한국 정부의 분명한 입장을 전달하려는 목적도 있습니다. 혹시 이 문제에 국제적 음모가 깔려 있다는 생각은 해보셨습니까?"

"음모요?"

"네, 그렇습니다, 음모 말입니다!"

"어떤 음모를 말하는 것이오?"

"결론부터 말씀드리자면, 현재 IAEA와 한국 정부 둘다 부시 정부의 대선전략에 휘말려 있습니다. 있지도 않은 대량살상무기를 앞세워

이라크 전쟁을 개시한 것처럼, 현재 부시 정부는 핵실험 의혹을 내세워 한국 정부를 압박하고 있습니다. 다만 이라크와는 달리 한국에는 IAEA를 앞세워 압박을 가하고 있지요."

"그것이 음모와 무슨 상관이 있다는 거요?"

멀린이 그 말을 이해할 수 없다는 듯이 되물었다.

"생각해보십시오, 부시의 최대 당면 과제는 재선입니다. 우리는 부시의 재선이 무난히 성공하리라 봅니다. 미국은 지금 전쟁 중에 있고, 전쟁 중에 장수를 바꾸는 나라는 없기 때문입니다. 그런데 부시 입장에서 골치 아픈 문제가 있습니다. 바로 이라크 내 대량살상무기 존재 여부 논란입니다. 설사 부시가 대선에서 승리한다 해도 이 논란은 두고두고 이라크 전쟁 정당성을 훼손할 것입니다. 또한 고위관료들도 이 문제로 청문회에 오를 가능성이 높지요. 그런데 이 골치 아픈 문제를 가장 앞장 서 제기하는 곳이 바로 IAEA입니다. 특히 엘바라데이 사무총장은 미국 입장에서는 피할 수 없는 눈엣가시일 것입니다."

멀린은 어느새 그의 말에 고개를 끄덕이고 있었다. 이 보좌관이 말을 이었다.

"자베르 특사, 솔직히 말하리다. 미국이 차기 IAEA 사무총장으로 한국 후보를 밀고 있다는 정보를 접하고 당황스러웠습니다. 그런데 이 소문이 한국 핵물질 실험 보도가 나온 시기와 겹쳐 있다는 점에서, 이 안에 정치적 의도가 깔려 있다는 결론을 내렸습니다. 이에 대통령께서는 저에게 분명히 전해달라고 하셨습니다. 한국 정부는 차기 사무총장 후보를 낼 생각이 전혀 없으며, 앞으로도 IAEA의 모든 조사에 성심성의껏 임할 것이며, 마지막으로 엘바라데이의 숭고한 평화 유지 노력에 깊은 경의를 표한다고 말입니다. 이 세 가지 점을 꼭 전해

달라고 하셨습니다."

"음……."

어서 멀린이 신음소리를 냈다. 상대는 지금 엘바라데이 사무총장이 개인적으로 가장 궁금해 하고 있는 사안에 대해 명쾌하게 입장을 밝히고 있었으며, 그 한 마디 한 마디에서 진정성이 느껴졌다. 한참을 곰곰이 생각하던 그가 입을 열었다.

"이 보좌관, 새뮤얼 헌팅턴이란 사람에 대해 들어보셨소?"

그의 느닷없는 질의에 한순간 당황해 하던 이 보좌관이 이내 대답했다.

"물론이지요, 『문명의 충돌』이라는 저서로 유명한 학자 아닙니까?"

"혹시 그 책을 읽어보셨소?"

"네, 오래 전에 읽었습니다만."

이 보좌관은 느닷없는 질문에 처음엔 다소 의아했지만, 곧 그 의도를 알아차렸다.

"그 책 내용에 대해 어떻게 생각하는지 물어봐도 되겠습니까?"

이야기가 예상치 못한 방향으로 흘러가고 있다는 느낌이 들었지만, 이 보좌관은 충실히 답변하기로 마음먹었다.

"저는 헌팅턴 교수가 책에서 주장한 문명 충돌의 논리는 미국의 중동 지배를 합리화하기 위해 만들어낸 정치 논리라고 생각합니다."

답변을 듣는 어서 멀린의 눈빛이 반짝였다. 이범용 보좌관이 연이어 답변했다.

"헌팅턴 교수는 미 국방성의 자문교수였지요. 그는 미군을 앞세운 미 석유자본의 중동 진출에 따른 중동 국가들의 반발을 학문적 이론으로 무마했습니다. 그로서 그는 미국이 책임을 피해가고 지속적인 중동 진출을 꾀할 수 있는 일종의 논리 구성에 일조한 학자가 되었지요."

설명을 듣고 있던 어서 멀린의 얼굴에 감탄의 빛이 떠올랐다.

"그가 의도했든 의도하지 않았든, 지금도 그의 이론은 세계 곳곳에서 벌어지고 있는 기독교계의 이슬람 테러를 정당화하는 이론적 도구로 활용되고 있습니다."

이 보좌관은 처음에는 굳어 있던 어서 멀린의 얼굴이 어느덧 부드럽게 풀어진 것을 보았다.

"엘바라데이 사무총장께서 지난해 유엔에서 주최한 한 강연에서 헌팅턴의 책에 담긴 주장의 문제점을 우회적으로 비판했다는 얘기를 들은 바 있습니다."

"아, 그랬군요. 한국에 이처럼 생각이 통하는 분이 있는 줄 몰랐습니다. 나는 그간 한국을 흔한 친미 국가들 중에 하나로만 생각했습니다. 간결하고도 감동적인 답변이었소."

어서 멀린이 고개를 끄덕였다. 이 보좌관은 그의 표정에서 실낱 같은 희망을 보았다.

"이 보좌관, 내가 조언 하나 하지요. IAEA가 핵확산 방지를 위해 국제기구이기는 하나, 아직도 우리 활동에는 한계가 있소. 국제사회는 여전히 미국이나 영국, 프랑스 등의 입김이 세게 작용합니다. 이 보좌관, 이번 싸움에서 정면승부로는 문제를 해결하기 쉽지 않을 거요. 이 싸움은 한번 휘말리면 좀처럼 헤어나기 어려운 고약한 싸움이기 때문이오. 우회수를 찾으시오, 이것이 내가 한국을 위해 해줄 수 있는 조언이요."

‘우회수?’

이 보좌관은 고개를 끄덕인 뒤 한참이나 생각에 잠겼다. 잠시 후 어서 멀린은 그 말을 마지막으로 남기고 이 보좌관과 헤어졌다.

〈2권에 계속〉

모자씌우기 · 1

1판 3쇄 발행 | 2011년 12월 15일

지은이 | 오동선
발행인 | 이용길
발행처 | 모아북수 MOABOOKS

기획총괄 | 정윤상
관리 | 정 윤
디자인 | 이룸

출판등록번호 | 제 10-1857호
등록일자 | 1999. 11. 15
등록된 곳 | 경기도 고양시 일산구 백석동 1332-1 레이크하임 404호
대표 전화 | 0505-627-9784
팩스 | 031-902-5236
홈페이지 | http://www.moabooks.com
이메일 | moabooks@hanmail.net
ISBN | 978-89-97385-01-0   03810

모아북수 MOABOOKS 는 독자 여러분의 다양한 원고를 기다리고 있습니다.
(보내실 곳 : moabooks@hanmail.net)